Alexis · Die Hosen des Herrn von Bredow

Bunte Bibliothek Band 1

Kupfergraben

Willibald Alexis

Die Hosen des Herrn von Bredow

Roman

Kupfergraben

CIP-Kurztitelaufnahme der Deutschen Bibliothek

Alexis, Willibald:

Die Hosen des Herrn von Bredow: Roman / Willibald Alexis. – Berlin: Kupfergraben, 1985.
(Bunte Bibliothek; Bd. 1)
ISBN 3-89181-101-2

ISBN 3-89181-101-2

Umschlagentwurf: Wieland Schütz
Satz: Weender Druckerei GmbH, Göttingen
Druck: Dr. Muschke, Berlin
Bindearbeiten: H. Stein, Berlin

Inhalt

Erster Teil

Zweiter Teil

Erster Teil

Erstes Kapitel

Die Herbstwäsche

Wenn du aus einem langen, bangen Kiefernwalde kommst, der von oben aussieht wie ein schwarzer Fleck Nacht, welchen die Sonne auf der Erde zu beleuchten vergessen, und nun fangen sich die hohen Bäume zu lichten an, die schlanken, braunen Stämme werden vom Abendrot angesprenkelt, und die krausen Wipfel regen sanft ihre Nadeln in den freier spielenden Lüften, da wird dir wohl zumut ums Herz. Das Freie, was du vor dir siehst, sind nicht Rebengelände und plätschernde Bäche aus fernen, blauen Bergen über ein Steinbett schäumend, 's ist nur ein Elsenbruch, vielleicht nur ein braunes Heidefeld, und darüber ziehen sich Sandhügel hinauf, in denen der Wind herrscht, das magere Grün, das von unten schüchtern heraufschleicht, anheulend, wie ein neidischer Hund, der über seine nackten Knochen noch murrend Wache hält. Eine Birke klammert sich einsam an die Sandabhänge, ein Storch schreitet vorsichtig über das Moor, und der Habicht kreist über den Büschen. Aber es ist hell da, du atmest auf, wenn der lange, gewundene Pfad durch die Kiefernnacht hinter dir liegt, wenn das feuchte Grün dich anhaucht, das Schilf am Fließe rauscht, die Käfer schwirren, die Bachstelzen hüpfen, die Frösche ihren Chor anheben und dein Auge dem Luftzug folgt, der leis über die Heidekräuter streift.

Es ist der stille Zauber der Natur, die auch die Einöden belebt, und ihr Auge ist auch hier, denn dort hinter dem schwarzen, starren Nadelwald liegt ein weiter, stiller, klarer See. Er hüllt sich ein, wie ein verschämtes Weib, in seine dunkelgrünen Ufer und möchte sie noch fester um sich ziehen, daß kein unberufener Lauscherblick eindringt. Er spiegelt sie wider in seinem dunkeln Wasser, mit ihrem Rauschen, mit ihrem Flüstern. Aber das dunkle Wasser wird plötzlich klar, wenn die Wolken vorüberziehn, ein Silberblick leuchtet auf; der blaue Himmel schaut dich an, der Mond badet sich, die Sterne funkeln. Dort ergießt der volle See sein Übermaß in ein Fließ, das vom Waldrande fort durch die Ebene sich krümmt. Hier bespült es Elsenbüsche, die es überschatten und gierig seine Wellen ausschlürfen möchten, sickert über in nasse Wiesen und wühlt sich dort im Sande ein festeres Kiesbett, um Hügel sich windend, an Steinblöcken vorübersprudelnd und durstige Weiden tränkend. Die vereinzelten Kiefern, Vorposten des Waldes, wettergepeitscht, trotzig in ihrer verkrüppelten, markigen Gestalt, blicken umsonst verlangend nach den kühlen Wellen; nur ihre Riesenwurzeln wühlen sich unter dem Sande nach dem Ufer, um verstohlen einen Trunk zu schlürfen.

Wer heut von den ferneren Hügeln auf dieses Waldeck gesehen, hätte es nicht still und einsam gefunden. Zuerst hätte ein weißer, wallender Glanz das Auge getroffen, dann ringelten Rauchwirbel empor, und um die schwelenden Feuer bewegten sich Gestalten. Schnee war das Weiße nicht, denn die Bäume röteten sich zwar schon herbstlich, aber sie schüttelten noch sparsam ihre welken Blätter ab, und die Wiesen prangten noch in kräftigem Grün. Schnee war es nicht, denn es blieb nicht liegen; es flatterte und rauschte auf, hellen Lichtglanz werfend und dann wieder verschwindend. Schwäne waren es auch nicht, die aufflattern wollen und die Flügel wieder sinken lassen. Das hätten Riesenvögel sein müssen, deren es im Havellande und der Zauche nie gegeben hat. Auch Segel nicht, die der Wind aufbläht und wieder niederschlägt; denn auf dem Fließe trieben nur kleine Nachen. Auch Zelte nicht, denn es bewegte sich hin und her, und wer näher kam, sah deutlich zwischen den Feuern Hütten aufgerichtet, zierliche von Stroh und rohere von Kieferngebüsch.

Eine Lagerung war es, aber der einsame Reisende brauchte sich nicht vor Raubgesellen zu fürchten; die paar Spieße, die in der Nachmittagssonne glänzten, standen friedlich an die Hüttenpfosten oder Bäume gelehnt. Räuber lachen und singen nicht so heitere Weisen, und die Lüderitze lagerten, wenn sie ausritten, auch nicht in entlegenen Winkeln, zwischen Heide und Moor, wo Kaufleute nicht des Weges ziehen. Ja, wär's zur Nachtzeit gewesen, der Ort war verrufen, auf unheimliche Weiber hättest du schließen können, die ihre Tränke brauen, wo keiner es sieht. Aber es war noch ein heller Nachmittag, und ebenso hell schallte bisweilen ein frohes Gelächter herüber, untermischt mit anderm seltsamen Geräusch, wie Klatschen und Klopfen. Kurz es war ein Lager allerdings, aber nicht von Kriegsknechten oder Wegelagerern, nicht von Kaufleuten oder Zigeunern, welche die Einsamkeit suchen; es war ein Feldlager, wo mehr Weiber als Männer waren, und das Feldlager war eine große Wäsche.

Von den Sandhöhen nach Mitternacht, deren nackte Spitzen über das Heidegestrüpp vorblickten, konnte man es deutlich sehen. In einem Sattel dieser Sandhügel stand nämlich ein bepackter Karren. Sein Eigentümer, der Krämer, hatte ihn hier untergebracht außer dem Wege, damit kein Späheraug Gäule noch Wagen entdeckte, bevor er sich versichert, was da unten vorging. Selbst war er geräuschlos, vorsichtig, auf eine Kiefer geklettert, um auszuschauen, und sein ängstliches Gesicht heiterte sich auf. Denn was er sah, hatte nicht allein gar keinen Anschein von Gefahr, sondern sogar für ihn etwas Lockendes. Der weiße, wallende Glanz kam von den an Seilen trocknenden Leinwandstücken her, die der Wind dann und wann hoch aufblähte. Andere größere Stücke lagen zur Bleiche weithin verstreut am Fließ, an den Hügelrändern bis in den Wald hinein. Überall war Ordnung und das waltende Auge der Hausfrau sichtbar. Jeder, Mägde, Knechte, Töchter, Verwandte und Freunde, bis auf die Hunde hinab, schien sein besonderes Geschäft zu haben. Die begossen mit Kannen, die schöpften aus dem Fließ, die trugen das Wasser. Jene nestelten an den Stricken, welche zwischen den Kieferstämmen angespannt waren; sie prüften die Klammern, sie sorgten, daß die nassen Stücke sich nicht überschlugen. Dort hingen gewaltige Kessel über ausgebrannten Feuerstellen, und daneben standen Tonnen und Fässer. Aber diese Arbeit schien vorüber; nur auf den einzelnen Waschbänken, die in das schilfige Ufer des Fließes hineingebaut waren, spülten noch die Mägde mit hochaufgeschürzten Röcken und zurückgekrempelten Ärmeln. Es war die feinere Arbeit, die man bis auf die Letzt gelassen, die jede für sich mit besonderer Emsigkeit betrieb. Da gab es mancherlei Neckereien zwischen dem Schilf. Wollte aber ein Mann in die Nähe dringen, ward er unbarmherzig bepritzt. Ja, einem Herrn im geistlichen Habit, der Miene machte, sich durch das Schilf zu schleichen, ward von einer der losen Dirnen ein ganzer Eimer gegen den Kopf gegossen. Ein Glück, daß er beizeiten ausbog, und mit ein paar Tropfen aufs Gesicht kam er davon, und die Dirne mit einem drohenden Finger. Den andern legte der geistliche Herr schnell auf den Mund, mit einem bedeutungsvollen Blicke, denn er sah die gebietende Hausfrau herankommen.

„Ach, meine gnädige Frau von Bredow auf Hohen-Ziatz!" mit den Worten und einem frohen Atemzuge ließ sich der Krämer schneller, als er hinaufgeklettert, von seinem Baume herab. Darauf ging er an sein Geschirr, putzte die Pferde und schirrte sie an zum Aufbruch. „Die hält ihre große Herbstwäsche ab; hätte ich das früher gewußt, es hätte was zu verdienen gegeben. Aber 's ist ja noch nicht zu Ende, und fällt wohl noch zuletzt was ab.'' Er brachte die Hand an die Stirn, und ehe er in den Weg einlenkte, lüftete er die Wagendecke, schnürte und schnallte und packte Unterschiedliches um. Einiges versteckte er, und andere Packen legte er obenauf, wie es ein guter Kaufmann tun muß, der seine Kunden kennt und weiß, was ihnen ins Auge sticht und was ihnen mißbehagt.

Die große Herbstwäsche war's der Frau von Bredow auf Hohen-Ziatz. ,,Der Winter ist ein weißer Mann'', sagte sie. ,,Wenn er ans Tor klopft, muß das Haus auch weiß und rein sein, daß der Wirt den Gast mit Ehren empfangen mag.''

Ihr Gast, der Dechant, hatte zwar gesagt: ,,Der Winter ist ein ungebetener Gast, den stellt man hinter die Tür''; aber die Edelfrau hatte erwidert: ,,Das mag vor alters gepaßt haben, ehrwürdiger Herr, als es noch keine geistlichen Herren gab. Itzund wissen drei ungebetene Gäste in jedwed Haus zu dringen; wie man's auch zuschließt, sie finden immer eine Ritze: der Winter, die Wanzen und die Pfaffen.''

Der Dechant hatte dazu gelacht; hatte doch die Edelfrau beim großen Kehraus in der Burg auch sein Bündel mit auf die Wagen werfen lassen, was ihn der Mühe überhob, daß er's nach Brandenburg mitnahm, wenn er mit dem einen ungebetenen Gaste, dem Winter, in seine warme Klause zurückkehrte.

Eine Herbstwäsche war im Schloß Hohen-Ziatz eine Verrichtung. Eine große Arbeit war es, wo die Knochen sich rühren mußten, aber ein Fest auch. Die Hausfrau meinte, alle tüchtige Arbeit sei immer ein Fest, und wir meinen's auch. Wie hatte sie das alte Haus aus- und umgekehrt; auf Hühnerleitern war sie selbst gestiegen, denn darin traute sie keinem andern Aug, in alle Kammern und Winkel, daß jedes Wollen- und Linnenstück, bis zum geringsten hinab, ein Sonntagsgesicht anlegen sollte. Drei Austwagen waren gepackt worden, und nachdem sie zugeschnürt mit Stricken und saubere Bastmatten darübergelegt, hatte sich die Edelfrau selbst auf den vordersten gesetzt. Das war ein Auszug aus der Burg. Die drei Austwagen voran, die Mägde und Töchter der gnädigen Frau auf den zwei andern. Der Junker Hans Jochem wollte eine Leiter ansetzen, daß Evchen und Agnes leichter hinaufkämen. Frau Brigitte hatte es aber nicht gelitten; wie ein Ritter aufs Pferd müsse zur Not sonder Steigbügel und Prallstein, so sei eine große Wäsche der Dirnen ihr Ehren- und Schlachttag; müßten sich selbst zu helfen wissen, sonst wäre es nichts mit ihnen. Und ehe Hans Jochem zuspringen konnte, waren Evchen und Agnes auf den großen Zeugwagen hinauf und lachten den Junker von oben aus.

Drei Austwagen vorauf, der vorderste von zwei Knechten mit Pickelhauben und Spießen geführt, dazu ein Hornbläser, um den eine Koppel Hunde klaffte. Dahinter noch andere Wagen mit Bottichen, Kesseln, Stroh, Bänken, Decken, Fässern, Körben und was zur Lebensnotdurft diente, vollauf. Die Frau sprach lächelnd zu denen, die sich drob wunderten: „Du sollst dem Ochsen, der da drischt, das Maul nicht verbinden." Und hintenan und zur Seiten Reiter und Fußgänger mit Jagdspießen, Armbrüsten; ja einer trug sogar einen schweren Muskedonner.

So zogen sie über die krachende Zugbrücke unter Musik und Gelächter, und der Türmer blies ihnen noch eine Weise nach, bis sie im Walde verschwunden waren. Daß sie Hunde und Spieße und gar ein Feuergewehr mitnahmen und bald ein Dutzend rüstiger Männer bei einem Geschäft waren, das anderwärts nur die Frauen angeht, darüber wird niemand sich wundern, der weiß, wie es zu Anfang des sechzehnten Jahrhunderts in der Mark Brandenburg aussah. Wer außer den Mauern einer Burg oder Stadt war, und er trug nicht den Bettlermantel um die nackten Schultern, tat recht, wenn er den Leib umgürtete, auch wenn der Stahl dann etwas zu lang hinter dem Manne klirrte. Denn zu jeder guten Verrichtung gehört, daß der sie verrichtet, in Sicherheit schaffe. Aber daß auch dieser und jener von der Sippschaft, des Hände zu fein waren, um die Seile zu spannen oder die Laken aufzuhängen, ja daß sogar ein geistlicher Herr mitzog, könnte verwundern, wenn wir nicht eben wüßten, was es mit einer großen Herbstwäsche dazumal im Edelhofe von Hohen-Ziatz für Bewandtnis hatte.

Die Räume zwischen den Lehmwänden und Steinmauern waren viel zu eng für eine solche Verrichtung. Wo sollte das fließende Wasser herkommen, wo die freie Luft zum Trocknen und wo der Rasen zum Bleichen? Unsere Vorväter liebten die festlichen Zusammenkünfte im Freien, und wie es vor alters gewesen, mußte es in Hohen-Ziatz noch heute sein. Da zog denn mit, wem's in den Mauern zu beklommen war, wer Scherz liebte und Spiel und Jagd und Neckerei; denn etwas davon fiel immer ab. Aber auch Gottesfurcht mußte dabei sein, meinte der Dechant und die Edelfrau auch, nur daß jeder etwas anderes dabei meinte.

Außerdem war es der Hausfrau auch vielleicht nicht unangenehm, einmal unumschränkte Herrin zu sein; denn war sie es zwar, wie der böse Leumund sagte, auch im Schlosse, so war sie es doch nur durch Klugheit und Kunst, hier nach alten Rechten; denn wer in aller Welt will einer Frau die unumschränkte Herrschaft bei der Wäsche abstreiten, wenn schon kein Gesetz sagt, daß es so sein soll. Und welche Herrin sie war! Sie trug keinen Federbusch und keine Schürze, aber jeder Fremde fand sie auf hundert Schritt heraus. Das war ein Blick, eine Falke sieht nicht schärfer. Wenn sie auf einer Anhöhe stand, den linken Arm nachlässig in die Seite gestemmt, die Rechte, die sonst mit dem Schlüsselbunde spielte, ruhig niederhängend, die Füße ein wenig auseinander und Schuhe darunter, die den Boden um einen halben Zoll eindrückten, und ihr Hals lugte aus dem Mieder, der wie ein Panzer saß, da sah die Frau von Bredow doch wie ein Feldherr aus, der sein Heer musterte, und die Mägde sprachen: „Unsere Gestrenge die versteht's."

Das sagten sie auch, nur in einem anderen Ton, wenn sie faul oder nachlässig gewesen oder etwas so getan, wie die Frau von Bredow meinte, daß es nicht geschehen müsse. Stand sie zwar, wie wir sahen, fest auf dem Boden, wenn sie sah, daß alles in Schick war, so war sie doch wie das Wetter herunter, wo etwas außer Schick kam. Lang reden und zurechtweisen liebte sie nicht, und wo sie meinte, daß einer schwer hörte, da hielt sie auch die paar Worte noch für zuviel. Noch wußte der verdrossene Knecht nicht eigentlich, wie es gekommen, aber jetzt hörte er vortrefflich und verstand alles, und rieb nur ein klein wenig über das Ohr oder die Schulter. Eine so rührige Frau war die Frau von Bredow. Loben tat sie nicht viel, sie hielt's vom Überfluß, denn das jeder täte, als er muß tun, hielt sie für Lohns genug; aber wem sie mal auf die Schulter klopfte, wenn sie durch die Reihen ging, dem war es wie ein Tropfen starken Weines, der nach langer Mattigkeit und Bangigkeit durch die Adern rinnt und die Glieder wieder stärkt.

So war es mit der Hauswäsche am Lieper Fließ bestellt. Eine gute Stunde abwärts von der Burg war das Lager, und ein dichter Wald und ein tiefer, weiter Morast lagen dazwischen; also mußte im Lager nicht allein gewaschen und gebleicht, auch gekocht und gebettet und gewacht werden, alle Verrichtungen, wie es in einer Stadt Art und Sitte ist. Das Gebet verrichtete morgens der Dechant für alle, wenn die Schelle über der Hütte der Edelfrau läutete; das Waschen und Kochen geschah einen Tag wie den anderen, das Singen und Spielen machte sich von selbst, und für das Wachen sorgte die Frau von Bredow. Kein Zigeunerbub hätte einen Strumpf von der Leine, kein Fuchs aus dem Korbe ein Huhn stehlen dürfen.

Eine Woche weniger denn einen Tag dauerte schon die Wäsche. Vor dem Klopfen und Klatschen waren die Fische aus dem Fließ auf eine Meile entflohen. Von den hohen Kiefernstämmen, wo sie nisten, hatten zu Anfang die Fischreiher mit ihren langen gelben Schnäbeln neugierig herabgeschaut. Da gab es Jagd und Kurzweil für die jungen Burschen.

Vor den Bolzen und Pfeilen, die durch ihre luftigen Burgen sausten, hielten die zähen Tiere aus; selbst wenn der Pfeil einem den Flügel durchbohrt, wenn sein Herzblut hinabträufte, er gab in banger Todesangst nicht nach, er krallte sich an dem Ast fest, bis die Bolzen wie der Hagel kamen und endlich Holz, Leib und Gefieder miteinander hinabstäubten und splitterten. Aber des Lärmens war ihnen doch zuviel geworden. Wie viele Hunderte auch am ersten Tag über den Wipfeln gekreist, mit ängstlichem Geschrei fortflatternd und wiederkommend, ob der Wirrwarr unten kein Ende nähme; das Klopfen und Hämmern, das Spritzen und Wringen, das Klatschen und Schwenken, das Singen und Lachen hielten sie nicht aus, und am dritten Tag hatten die Tiere den Menschen Platz gemacht, und die Luft war still. Auch die Frösche auf der Wiese schwiegen am Tage; nur wenn abends die Feuer ausgingen und der Gesang verstummte, wenn die hölzernen Klöpfel ruhten und das Wasser im Fließ still fortrann, sich erholend von der Arbeit des Tages, dann mischte sich ihr dumpfes Geächze mit dem Schnarchen der Mägde, mit dem Geheul der Rüden, die den aufgehenden Mond anbellten, und dem Winde, der gegen die Wäsche an den Seilen schlug und die Kiefernstämme, daran sie gebunden waren, knarren machte.

Nun am sechsten Tag, es war der Samstag, war die Arbeit zumeist getan, und ehe denn die Abendmette von den fernen Klostertürmen von Lehnin über die Wälder klänge, sollte aufgepackt werden. Die Morgensonne am Tag des Herrn sollte keinen Strumpf mehr an den Leinen anröten und die erste Mondsichel schon einen wüsten Lagerplatz bescheinen. Wie eifrig waren die Mägde, die Klammern abzustecken, die Körbe zu häufen und die Bleichstücke zu wenden; was hasteten sich die Knechte, die Stricke von den Bäumen zu lösen und zusammenzurollen, und schon rüttelten sie an den Pfosten der Hütten, um zu prüfen, wie fest sie noch säßen. Auch das Zeichen zum Aufbruch erscheint als ein Fest dem, der zu lange beim Feste saß; ist doch jede Veränderung dem Menschen willkommen, wann er des Genusses überdrüssig wird.

Die Edelfrau sah zufrieden auf das Werk hin und wie zu ihren Füßen die Haufen immer größer wurden, reine, saubere Tücher, auf welche die Nachmittagssonne mit milder Wärme schien.

,,Ich glaube, in der ganzen Zauche gerät in keinem Edelhofe die Wäsche wie bei meiner Frau von Bredow, wie pur weiß das ist!'' sagte der Dechant, der sich vom Feldtisch erhob, wo er mit einem Edelmann aus zinnernen Bechern gewürfelt hatte.

,,Die Hexen hier bleichen's'', sprach der Junker, der sich auch erhob, ein Mann in mittleren Jahren, der aber etwas älter aussah, als er sein mochte. Sein blonder Bart spielte ins Rötliche, seine krausen Haare ins Graue über; das Gesicht war nicht grob, aber auch nicht fein, die Züge schlaff, aber aus den hellblauen, matten Augen schielte zuweilen ein lauernder Blick. ,,Die Hexen hier bleichen's'', sagte er, ,,der Ort ist verwünscht. Das weiß jedes Kind. Muß einer den Mut haben wie meine Base, daß sie's mit den Unholden aufnimmt.''

,,Hat's Euch in den Nächten aufgelegen, Vetter Peter Melchior?''

,,Ich trug mein Amulett. Aber an solchem Platz waschen lassen! Es haben's Leute gesehen, wenn auch diesmal nicht, doch vor Jahren, nächtig, wenn sie aufwachten. Zwei graue hagere Weiber mit langen Spinnebeinen schritten übers Zeug mit Gießkannen, und draus kamen pure Strahlen Mondenschein. Davon kann das Zeug wohl weiß werden, aber —''

,,Aber Peter Melchior, Ihr wißt ja, daß der ehrwürdige Herr alle Morgen seinen Segen darüber spricht.''

,,Wird die Wäsche etwa davon weiß! Der Dechant spricht gewiß auch seinen Segen über die Würfel, wenn er doppelt, und der heckt, denn er trägt ihn jedesmal blank in der Tasche fort, aber die Würfel werden immer brauner.''

,,Der Segen des Herrn schafft das Beste in allen Dingen'', fiel der Dechant ein und wollte, wie er zu tun pflegte, die Hände vor dem wohlgerundeten Bauche falten, aber es traf ihn einer der feinen, schlauen Blicke der Edelfrau, welche bisweilen auf die, welche sie trafen, eine ähnliche Wirkung übte, als wenn ihre nicht so feinen Hände mit der Wange einer Magd in Berührung kamen. Sie lächelte und der Dechant lächelte auch, worüber er die fromme Bemerkung verschlucken mußte, zu der sein Mund sich schon gespitzt hatte.

,,Wer sähe meiner Frau von Bredow den Schelmen an, der unterweilen aus ihrem Auge blitzt.''

,,Ich meine, ein Schelm sieht den andern'', entgegnete sie, ,,und wenn man in manchem Haus aufräumen täte, fände man mancherlei darin, was nicht dahin gehört, z. B. in einem Priesterhaus die Weiberröcke.''

Der Dechant, welcher die Augen jetzt wirklich niederschlug, wollte von dem Gesetz anheben, welches zwar besage — aber die Edelfrau ließ ihn nicht zu Worte kommen. Wir wissen nicht, was gerade jetzt ihr die Laune zur Strafpredigt für den langjährigen Hausfreund eingab, der doch ihrer Wäsche so treulich beigestanden hatte.

,,Das Gesetz sagt'', unterbrach sie ihn, ,,tue recht und scheue niemand, und wenn du schmutzig bist, wasche dich. Wasser fließt überall, und jeder hat Hände zum Reiben, aber er muß nicht reiben, wie Pilatus tat. Wer ein gut Gewissen hat, braucht nichts zu verstecken, aber wem was im Schrank tut hängen, da es nicht sein soll, der muß die Türe schnell zuschlagen, wenn einer 'nein sieht. Blank gescheuert hat mancher; ja von außen, aber wie es drinnen aussieht, das kommt auch einmal an den Tag.''

,,Nur zu, Muhme'', rief lachend der Junker Peter Melchior, ,,wascht ihn einmal recht, er schenkt's uns auch nicht, wenn er auf der Kanzel steht.''

,,Dem Tage, welchen unsere verehrte Wirtin meint, wird der Gerechte, wenn auch mit Bangen, doch mit Vertrauen entgegenblicken.''

,,Na, hochwürdiger Herr!'' hub die Frau von Bredow an und sah ihn recht scharf aus ihren großen Augen an. ,,Wenn an jenem Tage alle die Unterröcke, so in den Priesterschränken in die Winkel sich verkriechen, oben am Himmel hängen werden bei der großen Wäsche in Gottes Sonnenlicht, da möchte ich sehen, wie die Herren vom Klerus den Kopf aufrichten wollen. Da könnt ihr schwenken lassen alle eure Weihrauchkessel, daß den lieben Engelein die Augen tränen, 's ist zuviel. Da muß Petrus die Hände übern Kopf zusammenschlagen und rufen: Herrgott Vater, wenn wir das gewußt, daß sie auch das Kinderzeug mitbringen, ich hätte ihnen ja das Himmelstor nicht aufgeschlossen.''

,,Und Sankt Petrus schloß es dennoch auf, und das Unreine und Sündhafte fällt ab, wie der Tau von den Pflanzen, wenn Gottes Sonne strahlt. Das ist das Mysterium, die unerforschliche Weisheit und Gnade des Herrn, daß er in seiner großen Haushaltung, der Welt, wo alles in Ordnung ist, auch seine Geweihten in ihren menschlichen Schwächen bisweilen sündigen läßt, aber nur zu seinen unerforschlichen Zwecken. Ich mag sagen, es geschieht zuweilen, ihnen unbewußt, aber er weiß es und weiß warum. Und wenn dann ihr Herz bange schlägt vor der Sündenlast, die sie darauf wähnen, da mit einem Zauberschlag macht er die Brust frei. Das befleckte Kleid, dessen wir uns schämen, fällt wie Plunder vor seinem Hauche, und dieweil wir noch zittern vor dem Glanz, der uns umgibt, reicht er uns die Hand und spricht: Tretet ein, denn ihr seid rein."

„Ohne Wäsche, Dechant?"

„Wer wäscht die Nebel fort am Herbstmorgen, wer das schmutzige Winterkleid der Erde, und der Frühling steht da vor dem Herrn in seinem reinen Blumenkleide, von würzigen Düften umsäuselt. Des Menschen Hand hat nichts dazu getan."

„Dechant, ich meine, in jedem guten Haus ist Reinlichkeit die erste Tugend, und wer sich auf Erden nicht gewaschen hat, der kommt auch nicht rein in den Himmel. Wie's in einem geistlichen Haus steht, das weiß ich nicht, dafür laß ich andere sorgen. Aber wenn ich zu sorgen hätte, wißt Ihr, was ich täte?"

„Nur zu, Base,", rief der Junker, die Hände reibend, „steckt ihn in den Waschkessel."

„Ach was, ihn allein! Das müßte ein Kessel sein wie der Müggelsee, und die ganze Klerisei hinein mit allen euren Salben und Öl, Äbte, Bischöfe, Klöster, Nonnen und Mönche. Und Lauge dazu, bitter salzige, und umrühren wollte ich —"

„Kochen, Base! Ein Feuer darunter, das der Gottseibeiuns heizen müßte, sonst werden sie nicht rein."

„Das Wasser würde schwarz werden schon von euren kleinen Verstecksünden, von der Eitelkeit, der Hoffart, dem Fraß, der Gleisnerei und Spiel und Trunk. Aber Wasser ist genug in der Mark. Abgeschäumt, ich würfe euch in einen neuen See. Da sötte ich aus eure Fleischessünden, doch das ist noch nicht das Größte, eure Habsucht und Herrschsucht und wie ihr verredet und verlästert, und nun wieder umgerührt."

„Base, das überlaßt dem Teufel", fiel Peter Melchior ein. „Ihr hieltet den Geruch nicht aus. Laßt dem Gottseibeiuns, was ihm gehört, ihm ist's ein Opferduft."

Der Dechant hatte mit freundlicher Ruhe der Edelfrau zugehört, ohne auf die roheren Ausfälle des Ritters zu achten. „Auf diese Weise würden wir also rein werden vor den Menschen. Wenn wir aber so ausgebleicht vor dem Herrn erschienen, ob uns dann Petrus noch das Himmelstor öffnen würde? Ob er nicht vielmehr spräche: Ihr seid zwar rein vor den Menschen, aber die Gnade, die ich euch mitgab, ist auch ausgebleicht. Ich erkenne euch nicht mehr als die, welche ich aussandte. Vor mir waret ihr rein, auch in euren Flecken. Weil ihr euch von den Menschen nach deren Wohlgefallen waschen und putzen ließet, so kehret zu ihnen zurück. Mir gehört ihr nicht mehr an."

„Da wäre vielleicht etwas dran", entgegnete die Frau nach einigem Besinnen. „Aber ihr wißt auch dem Petrus ein X für ein U zu machen, denn das ist eure Hauptsünde, das Worteverdrehen. Aus Süß macht ihr Sauer und aus Sauer Süß, je wie's euch frommt, und was euch frommt, das macht ihr zu Gottes Willen. Und was ihr uns zeigt, ist nicht, was ihr versteckt habt, und wenn ihr einen guten Zweck im Auge habt, nämlich was ihr so nennt, oh! da wißt ihr zu schwänzeln und mit den Augen zu zwinkern und mit der Zunge zu schlängeln, bis euch der Teufel auf den Buckel nimmt und hinträgt. Und das ist alles schön und gut, um der guten Absicht willen."

Der Dechant wurde der Mühe zu antworten durch einen kleinen Aufstand überhoben, welchen die Ankunft des Krämers mit seinem Wagen im Lager veranlaßte. Ein Krämer, der seine Waren auf dem Lande ausbietet, war in jenen Tagen ein willkommener Gast. Wer nicht kaufen wollte oder konnte, freute sich doch am Anschauen der Herrlichkeiten, die ausgekramt, aufgestellt und angepriesen wurden. Der wandernde Krämer war zugleich der Neuigkeitsträger, die Zeitung des Landes. Er wußte auch seine Erzählung zu Gelde zu machen. Aber es bedurfte der Erlaubnis der gnädigen Frau, und sie erteilte sie nur nach einigem Zögern, denn sie meinte, daß die Kaufleute wie die Pfaffen mit ihren Waren die Leute anführten. Indessen ist es auch für einen so unumschränkten Regenten, als Frau von Bredow in ihrem Lager war, mißlich, gegen den allgemeinen Wunsch ihrer Untergebenen anzustreben; Evchen bat so dringend, Hans Jochem brauchte einen neuen Gurt zu seinem Degen und sie selbst blanke Knöpfe zu einem Etwas, von dem noch viel in unserer Geschichte die Rede sein wird.

Zweites Kapitel

Die Beichte

,,Das funkelt ja wie Silber'', sprach der Dechant, indem er einen der Knöpfe gegen das Licht hielt. ,,Wie wird's unsern Ritter freuen, wenn sie ihm so an der Seite blitzen.''

,,Das wäre gar! Er darf nichts von wissen. Der Knecht soll sie stumpfreiben, daß sie wie die alten Bleiknöpfe aussehen. Die sind bei der Wäsche abgesprungen. Dann merkt er's nicht.''

,,Was merkt er nicht?''

,,Daß es in der Wäsche war.''

,,So weiß er davon nichts?''

,,Gott bewahre! Als er ins Bett getragen ward und sich noch sträubte, streiften sie ihm die Büchsen ab. Da kam ich gerade zur rechten Zeit und schnappte sie weg. Wenn er ein bißchen Besinnung noch gehabt, hätte er sie in die Kissen gelegt unterm Kopf, wie er immer tut seit der fatalen Geschichte an der Mühle. Wie ein Ungewitter kam er mir doch da nachgeritten, als ob's ein Unglück wäre, wenn die Elenshaut einen Tropfen Wasser kostete.''

,,War es so nötig?''

,,Nötig! Seit Kurfürst Johannes Cicero zur Freite ritt, da ließ meines Götz Frau Mutter selige sie zum letztenmal waschen.''

,,Freilich, wenn das Leder schmutzig war!''

,,Man konnte das Braun nicht vom Sattel unterscheiden.''

,,Nun, der Junker ist ein gottesfürchtiger Ritter, und wenn es einmal geschehen ist und er sie wieder rein und wohl imstande sieht, wird er sich auch recht freuen.''

,,Ehrwürdiger Herr, da kennt Ihr meinen Götz nicht. Manchmal ist er ein Brummbär, aber wenn's ihm recht in die Quer kommt, kann er auch wolfstoll werden. Wie damals an der Mühle. Er hielt sie in der Hand gepreßt wie 'nen Plumpsack; so ritt er zurück und schlug um sich. Meine Eva kriegte doch 'ne Weffe um den Nacken. Acht Tage konnte man's sehen.''

,,Das liebe Kind! Warum denn die Eva?''

,,Die hatte sie ihm ja weggestohlen, als er anfing zu druseln. Sie kitzelte ihn hinterm Bart, wie er's so gern hat; derweil reichte mir's der Schelm zum Fenster raus.''

,,Die kleine Eva!'' sagte der Dechant mit nachdenklichem Gesicht.

,,Nein, ehrwürdiger Herr! er darf's nimmermehr wissen; sonst gäb's wieder eine solche Geschichte. Er schläft.''

,,Noch! Seit sechs Tagen!''

,,Lieber Gott, nach solchem Gelage! So kam er auch noch von keinem Landtage zurück. Ich denke immer, wozu sind denn die Landtage! Und wer muß das Schmausen und Saufen bezahlen? Das Land doch am Ende.''

,,Aber vor drei Tagen hörte ich —''

,,Da hat er sich ein bißchen geregt. Nach drei Tagen tut er's immer. Dann gibt ihm der Kasper 'ne Suppe, und dann dreht er sich wieder um und schläft noch ein paar Tage. Morgen wird er wohl aufwachen. 's ist alles in der Ordnung. Vetter Peter Melchior, wie lange saßen sie's letztemal in Berlin?''

,,Grad acht Tage, Muhme.''

,,Nun ja, dann ist schon alles recht.''

,,Der Götz hat wie ein guter Edelmann allen Bescheid getan, bis auf einen. Dem Marschall tat's ordentlich leid, daß er den Holzendorf nicht auch noch austrank. Es war ein so schöner Landtag gewesen.''

,,Man hört viel Rühmens davon'', warf der Dechant hin. ,,Einmal muß doch aber der gute Herr von Bredow aufwachen!''

„Dann liegen sie vor seinem Bett, als wenn er sie ausgezogen hätte, und er soll nicht merken, daß sie gewaschen sind. Ich lasse sie leicht durch die Asche ziehen und auf die Knie ein bißchen Feuerherdsrot."

„Base, was hilft denn die Wäsche, wenn Ihr sie wieder schmutzig macht!" lachte der Junker auf, und auch der Ernst, in welchen der Geistliche sein Gesicht gezwungen hatte, löste sich etwas.

Die Edelfrau schien zum ersten Male um eine Antwort verlegen: „Ei was — sie s i n d aber doch gewaschen."

Es war ein eigenes Gesicht, mit welchem der Geistliche und die Edelfrau am Saume des Waldes auf und ab gingen. Wer sie jetzt beobachtete, hätte eine Veränderung in beider Mienen bemerkt. Der Dechant blickte ernst, mit geschlossenen Lippen, vor sich nieder, während die Edelfrau mit etwas verlegenen Blicken ihn zuweilen ansah.

„Und es trieb wirklich meine Frau von Bredow noch nicht zur Beichte!" sagte er, den Kopf schüttelnd, doch nicht in unfreundlichem Tone.

„Hier im Walde!"

„Auch der Wald ist Kirche, wenn das Herz drängt, eine Schuld zu bekennen."

„Hochwürdiger Herr, aber sie mußten doch gewaschen werden. Das Leder war versessen und braun durch und durch, daß es eine Schande war, und nicht wie ein christlicher Ritter gehen soll. Im Kriege, nun ja, da tut's nichts. Aber Ihr wißt ja, was er auf das alte Lederstück hält, er läßt's nicht los. Er wäre damit zu Hof geritten."

„Herr Gottfried reitet ja nicht mehr zu Hofe."

„Aber zu Kindelbier, zu den Landtagen. Ja, zum hochwürdigsten Bischof ritt er mir zur Schande Mariä Lichtmeß, auf den Dom nach Brandenburg in den Büchsen, und wie er beim Heimreiten dreimal vom Prallstein aufsteigen mußte und dreimal runterfiel —"

,,Ist dem von Kerkow auch begegnet. Auch Wilkin Stechow. Der Bischof hatte herrschaftlich auftischen lassen.''

,,Aber die Weiber haben nicht über sie gelacht; sie trugen reines Zeug am Leibe. Daß mein Gottfried vom Prallstein fiel, tut ihm auch keine Schande, und dem Bischof tut's Ehre; aber die Weibsen, die schnippischen von Brandenburg, haben sich zugezischelt: ob's denn in Hohen-Ziatz kein Wasser gäbe! Das ging auf mich, das ist meine Schande. Das konnt ich als ehrliche Frau nicht dulden. Mit Gutem gibt er sie ja nicht. Ihr wißt warum. Ist denn Waschen eine Sünde!''

,,An und für sich betrachtet, ist Reinlichkeit sogar eine Tugend, aber jede Tugend kann durch Übermaß zur Sünde werden. Zum Exempel, wenn man am Sonntag wäscht und die Messe darüber versäumt.''

,,Heut ist's ja zu Ende.''

,,Oder die irdische Reinigung für wichtiger hält als die der unsterblichen Seele. Wie meine Frau von Bredow treffend bemerkte, hat der Herr das Wasser geschaffen zum Waschen, und gleichwie der Mensch durchs Wasser muß, d. h. durch die Taufe zum ewigen Heil, so mag aller Kreatur das Waschen zu ihrem Zeitlichen dienen. Ja, es ist nichts Schlimmes dabei, so der Mensch die Geschöpfe, die ihm untergeben sind, dazu zwingt. Er mag die Pferde und die Schafe durch die Schwemme treiben, denn von selbst gehen sie nicht, auch seine Kinder bürsten und begießen, auch wenn die Kleinen sich sträuben und schreien. Auch ist nichts natürlicher, als daß eine gute Hausfrau das Kleidungsstück, auf welches ihr Eheherr so viel gibt, einmal gereinigt wünscht, selbst wenn er es nicht wünscht. Es ist sogar löblich; ja zugeben möchte ich, daß sie als Hausfrau ein Recht hätte, es in die Wäsche zu tun gegen den eigentlichen Willen des Mannes, ich meine, wenn er das Verbot nicht bestimmt ausgesprochen hätte. Aber in diesem Falle hatte er es getan. Nicht wahr, er jagte es Euch damals an der Färbermühle ab und war sehr zornig?''

,,Das wohl, ehrwürdiger Herr, aber —''

,,Ihr unternahmt es dennoch: einmal gegen seinen Willen, wohl wissend, wie sehr es ihn kränken mußte, welchen Wert er darauf legte, daß niemand ihm das Kleid berühre. Ihr nahmt es auch gegen seinen Willen, mit einer Hinterlist, die sogar an einen Diebstahl erinnert, während er schläft oder seiner Sinne nicht mächtig ist; ja mehr noch: die eigene Tochter habt Ihr verleitet, mitzuspielen, sie mußte, während sie dem Vater schmeichelte, ihm hinterrücks das Kleidungsstück entwenden. Ei, ei! welche Saat in das unschuldige Herz eines Kindes gestreut! Das alles zusammengenommen erwäge meine Tochter und antworte sich dann selbst, ob das nicht gegen das Gesetz ist, das den Mann über die Frau setzte, nicht gegen die christliche Moral, die keine Arglist will, Summa, ob es nicht eine Sünde ist?''

Der Dechant war stehengeblieben. Auch die Edelfrau war stehengeblieben.

,,Ja, ehrwürdiger Herr, sie mußten aber doch gewaschen werden.''

,,Warum?''

,,Warum! Ja, ich will nicht sagen darum, weil sie schmutzig waren. Denn meinethalben hätten sie's bleiben mögen bis an den Jüngsten Tag, wenn er ein so eigensinniger Narr ist. Aber konnt ich's mir denn selbst vergeben, wenn er mir länger zum Gespött so rumging! Seine Ehre ist ja auch meine, seiner Kinder Ehre. Ein Hauswesen ohne Ordnung ist kein Hauswesen. Ja, nur der Kinder wegen! Es war meine Pflicht als Mutter. Es ging nicht anders, Herr Dechant. Aus purer guter Absicht hab ich's getan.''

,,Darum also.''

Die Edelfrau wußte nicht, wie sie den Blick verstehen sollte.

,,Die großen Herren in Friesack, wenn sie einmal in die Zauche kommen, oder wir kommen mal alle Jubeljahr zu ihnen, ach, man muß sich ja in der Seele schämen! Wir sind doch ein Blut, aber wie sehen sie uns über die Achseln an! Nun ja, lieber Gott, wir haben kein Schloß Friesack, wo sie mit Hellebarden stehen an der Treppe und das Herz einem manchmal ordentlich puckert, wenn man auf die Teppiche tritt. Schnäbelschuhe, das schickt sich nicht für unsereins. Der alte Herr Bodo mit seinem weißen Haar, der ist schon freundlich. Aber die jungen Herren, wenn sie so dastehen, die Hände zur Seite in den Pluder gesteckt, und uns ansehen, es fehlte ihnen nur noch ein Rauchstück im Maule, wie der Menschenfresser aus der Neuen Welt, von dem sie erzählen tun. Siebzig Ellen Tuch hat der älteste darin stecken, der zweite sechzig, und so geht's runter, nicht aus Brandenburg, feines holländisches, geschlitzt ist's und mit bunter Seide gefüttert; wenn sie galoppieren, glitzert's in der Sonne wie Wolken von Morgenrot, und mein Götz dagegen in dem alten Leder!''

,,Wenn Ihr es ihm vernünftig vorhieltet, was sagte er dazu?''

,,Er sagt, um solche Hosen sollte man mal den Beinharnisch schnallen. Aber wie oft kommt es noch! Fehden soll's ja nicht mehr geben! Wir verbauerten ganz, sagen die von Friesack. Das soll man von leiblichen Vettern sich sagen lassen, und hat ein christlich Herz im Leibe. Weil wir nicht reich sind!''

,,Es ist gewiß ein löblich Streben, vor den Blutsfreunden in Ehren zu bestehen.''

,,Ach, Herr Dechant, wer auf sich hält vom Adel, der schafft sich Pluderhosen an. Und wenn wir nach Berlin reiten, die Bürgersleute schon, was prunkt das in Tuch und Seide, und wie sehen sie uns an! Wir haben nicht viel, aber ehrlich und adelig sein, das ist unsere Schuldigkeit. Und verlange ich denn, daß mein Herr Pluderhosen anlegen soll! Ich weiß ja, was das kostet. Unvernünftig bin ich nicht. Nur was zur Ordnung gehört. Weiß ich nicht so gut wie jeder, was sie von uns im Schloß zu Kölln denken. Mein Götz liegt nicht auf der Landstraße. Seit wir Mann und Weib sind, ein einzigmal hat er mit Adam Kracht einen von Magdeburg geworfen. Seitdem nimmermehr. Ich halte nichts davon, und wenn's auch nicht so streng verboten wäre. Was kostet das Halten von Rüstzeug, die Knechte und Pferde, und unsicher bleibt's immer, und wie lohnt es denn, wenn sie wochenlang in der Heide lungern und fangen solchen Schelm von Krämer. Die anderen schlagen ihre Waren dafür auf, man muß's doppelt bezahlen, wenn man's braucht. Ich kenne das, wer nicht hören will, mag fühlen. Die Itzenplitz sind wieder wie toll draußen und könnten so gut leben. Seine Kurfürstliche Gnaden haben neulich zu Spandow gesagt, sie könnten's jedem Edelmann anriechen, wer im Graben liegt. Darum sehen sie jeden mißtrauisch an, der in Leder geht, und nun gar in solchem Leder! Da kommen wir in schlechten Leumund ohne Schuld und können nichts dafür. Bei den heiligen elftausend Jungfrauen, Herr Dechant, man muß auf sich halten, und wenn's der Mann nicht tut, muß die Frau. Es ging nicht anders."

Der Dechant schlug die Hände zusammen, und in väterlichem Tone sprach er:

„Meine liebe Frau von Bredow, wer sollte denn daran zweifeln, daß es nicht anders ging. Ihr tatet es für Eure Kinder, Eure Sippschaft und Euren Gatten. Ihr waret es ihnen sogar schuldig. Ein Edelmann muß vor den Menschen, von denen die Ehre ausgeht, in Ehren bleiben. Wohlverstanden, vor den Menschen, denn der Herr im Himmel sieht durch jedes schmutzige Kleidungsstück auf den reinen Körper und durch den Körper auf die Seele. Aber die Menschen urteilen nach dem Schein. Wäret ihr auf einer wüsten Insel, und der Waschteufel hätte Euch geplagt, die Kleider Eures Mannes zu stehlen, um sie zu reiben und zu spülen; da wäret Ihr im Unrecht, Ihr hättet es getan, nur um Euren Waschkitzel zu frönen, wie es Weiberart ist. Hier aber ist es ganz etwas anderes. Hier hattet Ihr Rücksicht zu nehmen auf Nachbarn, Blutsfreunde und das Ansehen der Familie, ja mehr noch auf den jungen Kurfürsten und seine Räte, welche in dem vernachlässigten, rohen Anzuge der Edelleute ein Zeichen roher Gesinnung erblicken. Ihr setztet den, der Euer Herr sein soll, der Gefahr aus, mißliebig vom Hofe betrachtet zu werden, ja daß er beim nächsten Anlaß gefahndet, gerichtet, vielleicht verurteilt werde. Denn niemand weiß, wozu in diesen schlimmen Zeiten kleine Dinge führen. Sichtlich wollte der Herr, darf man sagen, durch Eure schwache Hand das Haupt Eurer Familie retten, Schmach, vielleicht Blutschuld von ihr abwenden. Sichtbar wird da eine Kette von Fügungen, die wir recht betrachten müssen: daß der gottesfürchtige Herr Gottfried sich in einen Zustand versetzen mußte, wo er nicht mehr Herr seines Willens war, daß er hinaufgetragen ward, als meine Frau von Bredow gegenwärtig war, daß sie über den Gang kommen mußte, grad als sie ihn entkleideten, daß der Allmächtige gerade auf das bewußte Kleidungsstück ihr Auge lenkte, dergestalt, daß sie es rasch aufgriff, bevor der mit dem Willen seines Herrn vertraute Diener es merkte und in Verwahr brachte. Und die große Herbstwäsche mußte zur selbigen Zeit sein. Das sind alles Winke von oben, wie eine Kette ineinandergefügt, die uns irrenden Menschenkindern Zuversicht und Trost in unseren Zweifeln gewähren müssen."

„Es war also keine Sünde!"

„Sagte ich das, meine Freundin? Aber sintemal jedes Ding zwei Seiten hat, und alles Irdische dem Wechsel unterworfen ist, also sind es auch unsere Handlungen und Pflichten, und wir von der Vorsehung angewiesen, auch die andere Seite ins Auge zu fassen, ehe wir urteilen."

,,Sie trocknen aber schon. Hans Jürgen steht bei der Leine Wacht'', sagte die Frau von Bredow, die wirklich nicht wußte, was sie sagen sollte. — ,,Was soll's nun aber, Herr Dechant!''

,,Nur uns erinnern, meine Freundin, daß wenn wir jemand etwas verstecken sehen, ehe wir ihn darum verdammen, uns zu bedenken, ob wir nicht selbst etwas anderes versteckt halten, erinnern, daß die Sünde uns Sterbliche von allen Seiten anschleicht, und daß, was auf dieser Betrug scheint, auf jener Fügung in Gottes Willen ist; daß diese Fügung uns aber als letztes Ziel vor Augen schweben muß bei allen unsern Wegen, und daß, wenn wir mit allen den Kräften, so der Herr uns gab, in guter Absicht auf das Ziel losgehen, eine christliche Frau noch nicht zu denken braucht, daß wir auf des Teufels Buckel dahinreiten.''

Das war nun wohl der Frau von Bredow verständlich, aber wo es hinaus sollte, doch noch nicht ganz. Ihre Frage verriet es:

,,Wenn's Sünde war, ich meine das von d e r Seite, soll ich's denn meinem Götz sagen?''

Der Dechant faßte vertraulich ihre Hand und klopfte mit seiner darauf: ,,Ich meine, wir bleiben vorläufig auf der anderen Seite stehen.''

,,Aber mit Küchenrot soll ich sie nicht wieder bestreichen.''

,,Wenn das die Täusch — ich wollte sagen, den stillen Glauben unseres wackeren Herrn Gottfried länger erhält, warum nicht.''

,,Doch die Eva—das Kind, mein ich—ob die den Vater—''

,,Sie wird doch nichts ausplaudern! Wenn meine Freundin es ihrem kindlichen Sinne nur recht vorstellt —''

,,Was!''

,,Ei, nun,'' — der Dechant hatte den Arm der Edelfrau in den seinigen gelegt, um sie nach dem Lager zurückzuführen, wo es laut wurde — „das wird meine Frau von Bredow am besten wissen, wie man den Sinn eines Kindes über kleine Bedenklichkeiten hinüberführt zu seiner höheren Pflicht gegen die Eltern, ich meine, zumal gegen die Mutter."

Drittes Kapitel

Die Waschbank

Auch die Sonne hat ihre Flecken, auch die beste Haushaltung ihre Mängel, und was wir glauben, daß es ganz in der Richte sei, mag unmerklich wo einen kleinen Stoß bekommen haben, und der Bau wird schief.

Frau Brigitte Bredow meinte, es sei alles in Ordnung, weil sie alles geordnet und jeden auf seinen Platz gestellt. Aber sie hatte sich darin verrechnet, daß auch der wachsamste Wächter einmal einschlafen kann und daß der beste Mensch ein Mensch bleibt. Und wer gibt denn einem Gebieter, ob er über ein Königreich das Regiment hat oder über eine große Herbstwäsche, das Recht, daß er nur gute und tüchtige Leute unter sich habe. Die Welt ist bunt; wir müssen sie nehmen, wie sie ist. Zwischen Riesen und Zwergen ist die Auswahl, und die Krummen und Lahmen, die Tauben und Blinden gehören auch dazu. Der Meister über eine große Arbeit zeigt sich darin, daß er jeden hinstellt, wo er hingehört, und jeden zu nutzen weiß nach seiner Kraft und nach seiner Schwäche.

Hans Jürgen ist zu nichts gut! Darum hatte man ihn hingestellt auf die äußersten Sandhügel am Fließ, wo der Wind am schärfsten wehte. Da sollte er achthaben. Worauf? – Wie hatten alle den armen Hans Jürgen ausgelacht, und die Edelfrau hatte mitgelacht und ihm den Rücken gedreht.

Der arme Hans Jürgen! Er hatte doch schon sechzehn Sommer hinter sich, ach nein, er zählte nach Wintern und war eines Edelmannes Sohn, eines Edelmannes, so gut als einer in den Marken zwischen Elbe und Oder, und doch

sagten die Leute auf Hohen-Ziatz, er sei zu nichts gut, und hier mußte er Wache stehen vor einem Stück alten Leders, das wie ein Galgenmann zwischen zwei Kiefern hing. Fünf Fuß war er hoch und noch einen Zoll darüber, stark genug, eine junge Buche mit den Wurzeln auszureißen; auf das Fohlen in der Koppel konnte er sich werfen, und wenn die Frau es gebot, ritt er drei Meilen ohne Sattel, um zur Sippschaft eine Botschaft zu tragen. Sein Auge war wie der Luchs, sein Bolzen traf den Vogel im Fliegen, und über Hecken und Gräben setzte er ohne Anlauf, und doch wollten sie ihn nicht ritterlich aufziehen, wie seines Standes war. Der alte Herr Gottfried sagte zwar, wenn er brummig war, mit den Rittern sei es aus; wozu sich Sporen verdienen, da es keine Sporen mehr gäbe. Aber warum ließ er Hans Jürgens Vetter, den Hans Jochem, der war nicht schlechter und nicht besser von Geburt, Reiten lehren und Tanzen in Brandenburg, und nahm ihn auch zum Ringelrennen mit, wo es eines gab; ja, zu einem Turnier nach Meißen hatte der alte Herr ihn einmal geschickt mit seinem Verwandten, dem edlen Herrn von Lindenberg, daß er sich dort umschauen solle, was gute Sitte sei.
Hans Jürgen war eine Waise; aber Hans Jochem war ja auch ohne Vater und Mutter. Herr Gottfried und sein Eheweib hatten beide Kinder, ihre Vettern, zu sich genommen in ihr Haus und versprachen, sie als ihre Söhne aufzuziehen. War es darum, daß Hans Jochem von der Mutter noch eine fette Erbschaft liegen hatte, die ward verwaltet beim Dom zu Havelberg, und Hans Jürgen war blutarm? Die Edelfrau hatte doch gesagt, als sie die Waisen ins Schloß nahm, sie sollten sein, da der Herrgott ihr und ihrem Gottfried keine Söhne geschenkt, als ihre eigenen Söhne, und viel Liebes und Gutes hatte sie noch gesprochen über die armen Kindlein, denen der Herr erst die Mütter genommen und dann die Väter.

Die Edelfrau war eine wackere Frau, und was sie sprach, das meinte sie, aber Worte sind Wind, wenn die Taten nicht darauf folgen, und der Sinn des Menschen ist wandelbar. Hans Jochem hatte ein glatt Gesicht und ein Paar muntere Augen, er wußte es allen recht zu machen, und sie lachten und waren ihm gut; aber Hans Jürgen — man weiß nicht, wie man mit ihm dran ist, sagten, die nichts Schlimmes sagen wollten. Böses wußte man nicht von ihm, aber warum tat er nichts Gutes? Andere hätten fragen mögen: aber warum tat er nicht, was gut war, daß es die Leute sahen? Er ist tückisch, sagten einige, denn er tut das Maul nicht auf. Aber wenn er es auftat, ließen ihn die anderen nicht zu Worte kommen. Er kann nichts Gescheites vorbringen. Er hatte ja nicht Zeit dazu; sein Mundwerk ging langsam, und wenn er anfangen wollte, setzte ein anderer fort, was er sagen wollte, aber nicht, wie er es wollte, und wenn er ein ernstes Gesicht machte, lachten sie aus vollem Halse. Ihm fehlen die Gedanken, sagte der Dechant. Sie ließen ihn ja nichts denken, dachte Hans Jürgen. Und wenn er sich im Bache sah, kamen ihm noch ganz andere Gedanken, dem armen Hans Jürgen. Glatt war sein Gesicht nicht und munter seine Augen auch nicht; es lag darin ein Ausdruck, ich weiß nicht wie, aber die Leute sagten: das ist ein verdrossener Bursch, oder er ist schläfrig.

Wenn Hans Jürgen das Bild lange im Fließ sah, wurde das Gesicht allmählich ein anderes, und es tropfte etwas ins Wasser. Aber nur auf einen Augenblick, denn gleich darauf ward es ganz rot, und ärgerlich wischte er mit dem Ellenbogen über die Augen: „'S ist gut, daß das keiner gesehen hat", murmelte er und warf sich in die Brust. Aufgerichtet ging er, den Hals weit aus den Schultern, am Fließe auf und ab und dachte wieder: „Wenn ich auf einem gerüsteten Pferde säße, wir wollten doch sehen, ob ich nicht auch ein Ritter würde." Aber wenn das laute Gelächter von drüben herschallte, war's, als fuhr er wieder zusammen. Die andern spielten Plumpsack mit den nassen Tüchern, sie neckten, haschten und warfen sich, wie lustige Kinder tun, denen jede Arbeit zum Spiele wird. Wer allein ist, hascht und neckt nur mit seinen Grillen und bösen Gedanken. Nicht daß er stundaus, stundein bei dem Leder Schildwacht hätte stehen müssen und keinen Fußbreit fort gedurft, aber er gehörte doch nicht zu den anderen. Wäre er zu ihnen getreten, sie hätten ihn nicht fortgewiesen, aber er wäre immer an der Reihe gewesen beim Suchen und Haschen, und wenn die Knechte die großen Decken spannten und losten, wer in die Luft fliegen sollte, so wußte er, das Los hätte ihn getroffen. Er wußte auch, daß die anderen dachten, er sei muckisch, er halte nicht zu ihnen, weil er was für sich sein wollte.

,,Und das will ich auch'', brach ein verstohlener Gedanke unwillkürlich aus seiner Brust, ,,laßt mich nur älter werden und größer'', und dabei stieß er den kurzen Jagdspieß so fest vor sich, daß er mit dem stumpfen Ende in dem Boden wurzelte. Es war ganz still geworden, die Abendluft wehte drüben durch die Elsenbrüche ihm recht erquicklich auf das heiße Gesicht. Von dem fernen Kloster Lehnin klang die Abendmette. Er schüttelte den Kopf: ,,Nein, ein Mönch will ich nicht werden. — Auch so einer nicht'', setzte er nach einer Weile hinzu, als er den Krämerwagen in das Lager einbiegen sah. Wie schon über den Gedanken unwillig, wandte er ihm rasch den Rücken. Der Wind, der zwischen den Hügeln sich fing, fuhr ihm entgegen, und er empfand einen heftigen Schlag ins Gesicht. Hans Jürgen hob zornrot den Arm — aber es war kein Lebendiger, der es sich erfrecht, auf ihn zu schlagen, kein Mensch, kein Arm, den er wiederschlagen konnte, es war das Stück Wäsche, davor er Schildwacht stand. Aufgeschwellt von der Luft, schwenkte es hin und her, und die willenlosen, nassen Beinriemen waren's, die ihm um die Ohren peitschten. Es zuckte ihm durch die Finger, er war wieder hochrot, aber jetzt war es Scham wie Zorn, und schon hob er die Hand auf nach dem verdrießlichen, widerwärtigen Leder: „Mag der alte Herr Götze", dachte oder kochte es in ihm, „auf dem bloßen Sattel reiten, ich will nicht länger Fahnenwache stehn vor seinen Büchsen!" Die schöne, feingegerbte Elenshaut, so sauber gewaschen, geklopft, gerieben und gebürstet, war in Gefahr, in den Sand geworfen zu werden, wenn nicht ein Schrei ihm ins Ohr geklungen hätte.

Ein durchdringender, feiner Schrei, kaum ausgestoßen und schon wieder verhallt. Hans Jürgen kannte die Stimme; im nächsten Augenblick war er auf dem Hügelrand, der dort die Aussicht auf das obere Fließ scharf abschnitt. Eine der kleinen Waschbänke hatte sich losgerissen, sie trieb in dem Wasser, und es war nicht ganz ohne Gefahr für das junge Mädchen, was ängstlich darauf stand, denn die Strömung war hier stark und trieb auf das Eck drüben los, wo sie leicht an den großen Steinen umschlagen konnte. Die Waschbank war selbst nur ein kleines, morsches Gefäß, welches unter seiner Last hin und her schwankte. Ohne den Gedanken an eine Gefahr wäre es ein hübsch anzuschauendes Bild gewesen. Das liebliche Mädchen im roten Mieder mit den aufgekrempelten Hemdsärmeln und den blonden Füßen, wie es, ein Stück feiner Wäsche in der Hand, mit Armen und Füßen das Gleichgewicht zu halten unbewußt bemüht war. Ihr ängstlicher Blick, der sich noch nicht von dem Boden, auf dem sie stand, forttraute, ihre halb geöffneten Lippen, die eine Reihe feiner Perlenzähne zeigten, ihr erstes Erbleichen, das jetzt schon einer Röte Platz gemacht, und dann wieder ein neuer Schreck, als sie auf den großen Granitblock schielte, auf den die Waschbank lostrieb. Sie war sichtlich im Zweifel, was zu tun. Sie steckte die goldene Dukatenkette, die allzu frei um ihren Hals spielte und beim

Anstreifen an Gebüsch und Schilf eine gefährliche Schlinge werden konnte, mit der einen Hand in das Mieder und schien mit dem einen Arm im voraus zu prüfen, ob sie die Weide erreichen könne, die ihre Zweige von dem Steine über das Wasser streckte, um vor dem gefährlichen Anstoß sich zu schützen.

Aber die Schifferin erreichte weder die hilfreiche Weide, noch den gefürchteten Granitblock. Es rauschte im Wasser, und bald hatte ein kräftiger Arm die Waschbank gefaßt. ,,Du wirfst mich um'' rief das Mädchen, denn vor der plötzlichen Berührung aus seiner ebenmäßigen Bewegung gekommen, schwankte das Gefäß.

,,Dafür laß mich sorgen'', rief der Retter und hielt ihr den rechten Arm in die Höh, während er mit dem linken die Bank regierte. ,,Nun faß mich an, und dann ist's gar nichts.''

Sie reichte ihm ihre zitternde Hand. Er watete etwa bis an die Brust im Wasser, und der Grund schien fest.

Aber die Bank mit ihrer schönen Last durch die Strömung nach dem anderen Ufer wieder zurückzuziehen, schien eine schwierige Aufgabe. Er strengte sich sichtlich an; er zitterte jetzt, während sie immer ruhiger wurde.

,,Fürchte dich nicht, Eva'', sprach er, als er keuchend einen Augenblick anhielt.

,,Was soll ich mich fürchten'', erwiderte sie, ,,du siehst ja. ich stehe fest. Ich brauche deine Hand nicht mehr.''

Er kämpfte und überwand. Er stieß die Bank ans Land. Das Schilf niedertretend, arbeitete er sich mit einem Fuß ans Ufer und wollte ihr den Arm reichen; aber mit einem leichten Satz war sie schon herübergesprungen. Die Bank schnellte weit zurück.

,,Da wären wir ja'', sprach er. Aber der arme Hans Jürgen mußte gar zu possierliche Bewegungen machen, als er das Wasser von sich schüttelte, denn das junge Mädchen schien die Angst und Fährlichkeit ihrer Lage ganz zu vergessen, und statt zu danken, lachte sie aus vollem Halse:

„Wie ein Pudel, Hans Jürgen!“ rief sie.

„Der Pudel springt auch ins Wasser“, murmelte er, und leiser setzte er hinzu: „Aber er holt nur, was man ihm befiehlt.“

„Nur nicht bös, Hans“, sprach das Mädchen. „Dank dir auch.“

Hans Jürgen schüttelte sich und murmelte etwas, was sie nicht verstand.

„Trockne dich, Hans, daß die anderen es nicht merken. Sonst lachen sie über dich und über mich auch.“

„Über mich, Eva? Was tut's! Sie lachen ohnedem. Ich hab 'nen tüchtigen Pelz.“

Eva Bredow sah sich um: „Ach, die Bank, die Bank! Hans, sie schwimmt fort. Dann merken sie's. Die Bank wieder, Vetter Hans. Die muß wieder an ihre Stelle.“

Die Bank war schon ein gutes Stück weitergetrieben und schwamm drüben am Ufer hin; aber Hans Jürgen machte keine Anstalt, ihr nachzustürzen.

„Um dich, Eva, hab ich's getan, und tät's noch mal, wenn du mir auch nicht *so* viel danken wolltest; ja du möchtest mich auch noch mal auslachen; aber um das alte Stück Holz spring ich nicht rein.“

„Ein Brummbär bist du, aber kein gefälliger Vetter, Hans.“

„Hans Jürgen heiß ich“, sprach der Bursch verdrießlich. „Du hast ja andere Vettern, die heißen auch Hans. Ruf den Hans Jochem. Wenn du ihn bittest, schwimmt er wohl dem Brette nach.“

Ein böser Zug streifte um die Lippen des hübschen Kindes, ja es schien, als zerdrücke es mit seinen Samtwimpern ein Etwas, das sie sich schämte sehen zu lassen.

„Ich konnt's von dir erwarten.“

„Hans Jürgen taugt zu nichts, hast's ja oft genug von deiner Mutter gehört."

„Wenn du nur anders wärst."

„Bin wie ich bin. Mach dich nur auf die Beine, Eva, daß dich keiner bei mir sieht. Um die Waschbank brauchst du nicht angst zu sein. Die Waschbank plaudert nicht. Da kann der Strick gerissen sein, als du ans Ufer sprangst, und der Wind trieb sie fort. Keiner sah's; da ist ja alles gut."

„Alles ist nicht gut. Du zitterst, Hans Jürgen, du frierst."

„Ich zittere nicht, ich friere auch nicht, das bilde dir nur ja nicht ein."

„Hans Jürgen", sprach das Mädchen mit sanftem Ton und streckte ihm ihre kleine Hand entgegen. „Du wirst zu niemand was davon sagen, das weiß ich —"

„Da hab ich wohl mehr zu tun. Und bis da hab ich's auch vergessen."

„Aber so gehe ich nicht von dir. Es ist nicht recht von dir —"

„Daß ich dir die Meise haschte und lebendig brachte, und den Käfig wollte ich dir von Rohr binden, du hättest den ganzen Winter durch Spaß gehabt, und vorher konntest du nicht genug sagen, wie du solche Meise liebtest, und als du sie hattest, ließest du sie fliegen, rein mir zum Possen. Und mit dem jungen Fuchs war's auch so. Alles was ich tun mag und aufstellen, du tust, als wenn's gar nichts wäre, und nur mir zum Schabernack. Und als du dich verspätet hattest drüben im Kloster, ach was Furcht hattest du vor dem Knecht Ruprecht, der mit langen Schritten hinter dir kam und die Fichten auseinanderbog, und aus jeder Wurzel schoß die Frau Harke auf. Und wenn's in den Büschen lispelte, da drücktest du dich an mich und hast's so gern geduldet, daß ich meinen Mantel um dich schlang, und du konntest die Augen zumachen. Da war ich dein lieber Hans Jürgen, und du streicheltest mich mit den Fingern auf die Backe, und was klopfte dein kleines Herz. Aber als der

Wald lichter ward, da ward's dir zu warm an meiner Seite, und als die Hunde bellten, da waren dir die Hunde lieber als Hans Jürgen, du hast sie geherzt, als wären es Bruder und Schwester. Über die Zugbrücke sprangst du mit ihnen um die Wette, als wäre Feuer hinter dir. Die Knechte hätten sie aufziehen mögen: ob ich draußen blieb, dich kümmerte es nicht."

Man sah, es war ein verhaltener Unmut, der aus ihm sprach: was in ihm lange gekocht, brach, von einem Funken entzündet, mit einem Male heraus. Eva hätte kein Weib sein müssen, wenn nicht auch ihr Gefühl verletzt worden wäre und der bittere Angriff eine ebenso bittere Verteidigung vorgelockt hätte. Die hübschen Lippen kniffen sich zusammen, aber man sah auch, daß sie einen Kampf mit sich kämpfte, aus dem sie wenigstens zum Teil als Siegerin hervorging.

„Hans Jürgen, was hast du denn getan, das dir ein Recht gibt, so zu sprechen", sagte sie nach einer Pause mit einer Stimme, aus der die Leidenschaftlichkeit, aber auch die Wärme fort war.

„Ich, ich habe gar nichts getan. Nichts tue ich, ich kann ja nichts tun."

„Was du tatest, hätte jeder andere auch getan. Ich danke es dir. Aber der Martin, der Wenzel, auch der verdrießliche Ruprecht, die wären alle auch ins Wasser gesprungen. Was war denn für große Gefahr dabei; das Fließ ist nicht tief."

„Und darum solchen unnützen Mund! Nicht wahr? Hätte ich nur mehr Wasser geschluckt, dann müßt' ich das Maul halten."

„Das ist böse Rede, Vetter."

„Wär' es Hans Jochem gewesen, der wäre gleich fortgelaufen, er hätte sich nicht geschüttelt, daß die Tropfen spritzten. Aber du hättest auch nicht lachen können wie über einen Pudel. Den Spaß habe ich dir doch gemacht."

„Hans Jürgen, nun höre auf. Hans Jochem ist auch ein guter Junge, aber er hätte sich wohl erst bedacht, ob er sein neu Wams naß machen dürfe."

„Meinst du das, Eva?"

Sie hielt ihm wieder die Hand hin: „Vetter, lauf ans Feuer und trockne dich, dann wirst du nicht so wirsch sprechen. Daß ich die Meise fliegen ließ, das war nicht recht von mir. Es überkam mich gerade so. Ich wollte es dir auch abbitten, aber ich hab's nicht getan. Und damals, wie ich von der Muhme kam, da schämte ich mich nur, daß mich so gegrault hatte, und dann sprangen die Hunde mich an. Ich hab's dir aber wohl im Herzen behalten, wie du mich durch den Wald führtest, der gar zu grauslich war, und so lieb zu mir sprachst, daß ich mich nicht fürchten sollte. Bis ich einschlief, hab ich zur Mutter Gottes gebetet — für dich auch, Hans Jürgen."

„Hast du das! —" der Bursch sah finster vor sich hin. „Das ist hübsch von dir. Und weißt du, Eva, ich hab's mir auch gedacht, daß du so tätest. Freilich, was die Mutter Gottes hört, das hört kein anderer Mensch."

Eva Bredow senkte auch die Augen. Sie verstanden sich. Beide schwiegen. Es tut nicht gut, alles auszusprechen. Hans Jürgen hob zuerst wieder an:

„Nun geh nur schnell fort, daß sie dich nicht vermissen und nichts merken. Du kannst auch über mich lachen vor den andern, soviel du willst, ich will dir darum nicht bös sein und es nicht vergessen, was du mir hier gesagt hast. Aber es wird auch mal eine Zeit kommen, wo sie mich nicht hänseln sollen, wo sie mich nicht in den April schicken sollen und nicht hinstellen, vor den alten Büchsen Wache stehen. Und dann, und dann —"

„Hans, wo willst du hin?"

„Geh nur, ich komme nach."

„Aber du hast mir noch nicht die Hand geschüttelt, daß du mir wieder gut bist."

„Ach was, es könnt's einer sehen."

„Daß du weinst, Hans Jürgen, das schickt sich nicht."

„Ich weine nicht", sagte er barsch und wollte fort.

„Wohin?"

„Die Bank holen. Sie schwimmt zu weit. Geh du nur zu deinen Krausen und Tüchlein. Ich habe sie dir wieder hingebracht, eh's einer merkt."

Aber sie rief ihn mit einem solchen Ton zurück, daß er folgen mußte.

„Die Waschbank ist ein altes Brett, die Fischer werden sie schon auffangen, daß sie nicht in die Havel läuft. Auch ist die Wäsche nun vorüber, und die Sonne geht zur Rüste. Hilf mir lieber meine Bleichstücke zählen und zur Mutter tragen. Die anderen Mädchen sind zu wirrig, und jede denkt nur an ihren Part."

„Ich, Eva!"

„Böses ist's doch nichts Hans Jürgen. Da greift ein jeder mit an."

„Ich will dir die Stücke zählen und zusammenlegen und bis an den Busch tragen, dann will ich mich schon fortschleichen, daß keiner es sehen soll."

„Was denn, Hans Jürgen?"

„Nun, ich meine nur, daß keiner dich drum auslacht, weil du's mit mir hältst."

„Komm!" rief Eva, und als er noch zauderte, ergriff sie ihn bei der Hand.

Sie rannten Hand in Hand den Hügel hinab, und grad dahin, wo ihre Schwester und die anderen Mädchen beschäftigt waren, die Stücke von der Bleiche aufzurollen und von den Seilen abzunehmen. Lachend rief sie: „Hier bring ich einen, der uns helfen soll. Der Faulpelz meinte, er täte genug, wenn er Maulaffen feil hätte vor einer Elenshaut. Aber ich habe ihm bedeutet, daß es damit nicht getan ist. Hans Jürgen ist heut mein Knappe, und ich lasse nichts auf ihn kommen. Ohne ihn, wo wären meine Tüchlein und Krausen!''

Sie erzählte mit Zungenfertigkeit eine glaubwürdige Geschichte, wie die Bank sich vom Ufer losgerissen. Diesmal war aber nicht sie darauf ins Weite geschwommen, sondern nur alle ihre schöne, feine Wäsche, die in Schilf, Moor und Wasser vielleicht zerstreut, vielleicht verloren wäre, wenn Hans Jürgen nicht zur Stelle und kein so guter Schwimmer gewesen wäre. Dafür belud sie ihm auch Schultern und Arme mit soviel er nur tragen konnte; ja der vorige Übermut schien wieder anzuklopfen, als sie ihm sogar eine Flügelhaube, für die sie keinen andern Ort fand, auf den Kopf setzte. Als er ein ernsthaftes Gesicht dazu machte, sah sie ihren lieben Vetter so freundlich an, daß ihm wohl ward. Aber kaum näherten sie sich dem Hauptlager, als sie ihm unversehens die Haube wieder abgerissen hatte und selbst das Pack, das er auf den Schultern trug, unter ihre Arme nahm.

Viertes Kapitel

Der Krämer und der Sturm

Hans Jürgen und Eva hätten nicht nötig gehabt, sich zu fürchten, weil sie der Edelfrau begegneten. Die Frau von Bredow sah nach anderen Dingen. Ein Wunder, daß sie nicht früher das Kichern, Schreien und Händeklatschen gehört, ein Lärm, den eine Hausfrau nimmer dulden durfte.

Sie standen, ihr den Rücken zugekehrt. Die schlugen in die Hände, die sprangen vor Lust. „Heidi mit ihm! So ist's ihm recht!" schrien sie und hörten darüber nicht, daß die Herrin zürnend fragte: wer denn schon Feierabend geboten?

Es war nicht der Feierabend, es war ein Reiter, der auf seinem atemlosen Gaule einen sehr unfreiwilligen Ritt machte. Mutwillige Buben hatten ihm das Geleit gegeben mit Ruten und Stricken; aber mehr als ihre Streiche scheuchte das arme Tier der trockene Dornenbusch, den sie ihm an den Schweif gebunden. Der alte schwerfällige Gaul schoß über Stock und Block, unbekümmert, ob der Mann, der auf seinem Rücken saß und sich mit vorgestrecktem Leibe in seinen Mähnen festhielt, einen Willen hatte oder keinen; unbekümmert, ob er noch hing oder schon herabfiel.

Der Mann, der jetzt nur noch ein schwarzer Punkt war, war vorhin hier der Mittelpunkt. Es war viel vorgegangen. Als er noch auf seinem Karren stand, wie hatten die Mägde Maul und Nase aufgesperrt. Litzen und Seidenbänder, Gespänge, Ketten und Ohrringe, und die feuerroten und schreiend gelben Tüchlein, wie hatten sie in der Sonne geflimmert. Solche Schätze, die ein ganzes Leben glücklich machen konnten, besaß e i n Mann. Dann hatten sie mit ihrem Schatz verhandelt, und der Schatz zog endlich sein ledern Beutelein hervor und zählte die Pfennige, ob es reichen würde, und dann war gehandelt und gefeilscht worden, und der Krämer hatte Stein und Bein geschworen, daß das Bändchen und der Ring ihn selber mehr koste, als er fordere, aber um die Hälfte hätte er's doch gelassen, nur der Kundschaft wegen.

Hans Jochem, der Junker, der doch immer obenauf war, wo es was Lustiges galt und Schelmenstreiche, was war er mit einem Male ernst geworden und schaute auf ein Etwas, das der große Handelsmann vor ihn hinhielt. Zuerst sah es aus wie eine große Wurst, etwa zwei Schuh lang und gut einen dick; dann als der Kaufmann die Schnüre löste und es auseinanderlegte, und immer weiter und weiter, da hätte einer denken mögen, es wäre ein Sack, um einen Eber darin zu fangen. Aber nun steckte er beide Arme hinein und gar den Kopf auch, und so weit er auch mit den Armen fuhr, er erreichte nicht das Ende, denn ein Fältchen faltete sich nach dem andern, und es war pures schönes Tuch, ausgeschlitzt und gesäumt und gefüttert mit Seiden. Dann gab er's dem Junker zu halten, daß er es gegen die Sonne hielte, und als Hans Jochem es hielt, zitterte fast der Junker vor Freude.

„Ihre Kurfürstlichen Gnaden haben selbst nicht bessere", sagte der Krämer.

„Dann ist's nichts für mich", sagte der Junker leise und wollte zögernd das Prachtstück dem Kaufmann zurückreichen.

„Was", rief der, „nichts für meinen Junker von Retzow. Für wen denn sonst? Braucht ein havelländischer Junker sich zu scheuen, um den Leib zu gürten, was der Markgraf umtut! Der Wichard von Rochow, gnädiger Junker, hatte schon bei Lebzeiten Kurfürst Johann Ciceros ein Paar Hosen um, wenn man sie auspuffte, war er in der Breite so lang als groß, und er maß doch an sechs Fuß. Das kümmerte ihn gar nicht, als der Kurfürst hochseliger ihn fragte, ob die Ernte von Golzow in einem und die von Rekahne im anderen Beine Platz hätte. Kurfürstliche Gnaden, erwiderte Herr Wichard, auch die von Potsdam, so mir das wiedergegeben würde, was meine Väter mit Recht besitzen taten. Da wandte ihm der Kurfürst den Rücken und sprach kein Wort, aber die anderen Edelleute lachten für sich und drückten Eurem Vetter die Hand, daß er's ihm so gut gegeben hatte."

„Kriegen Potsdam doch nicht wieder", sagte der Junker Melchior.

„Probiert sie nur an", fuhr der Handelsmann fort, der sich um das Prachtstück nicht viel mehr zu kümmern schien, indem er schon in neuen Schubladen nach neuen Schätzen suchte. „Nehmt Ihr sie nicht, nimmt sie ein anderer. So was verkauft sich von selbst. Bloß probieren, Junker, weiter nichts, damit die Frölein sehen, wie es sitzt. — Ei der Tausend, und wie angegossen, wie zugeschnitten für Euch. Nun häkeln wir's nur ein bißchen fest und dann die Knieschnallen."

Junker Hans Jochem hatte probiert. Über die knappen Drilchhosen waren die weitgebauschten Tuchhosen mit Leichtigkeit gefahren, und der Handelsmann hatte sie mit fertigen Händen zugenestelt.

„Nein, so schön und fürnehm sahen wir unseren Junker doch noch niemals", sagten die Mägde, und alles trat zurück, ihm Platz zu machen, und seine Wangen glühten einen Augenblick im Abendrot, wie der Saum der Purpurschlitze, die sich öffneten und schlossen.

Als er schüchtern gefragt, was sie wohl gelten täten, hatte der Krämer Pah! gerufen, sie würden auch nicht das Römische Reich kosten. Unversehens, meinte Hans Jochem, war er ans Fließ getreten und hatte sich unversehens im Wasser beschaut. So hatte ihm nie ein Kleid gestanden. Und er dachte: Ei, und wenn's auch eine Mark ist! ,,Frag ihn aber genau, Hans Jochem, der Hedderich ist ein Schelm'', hatte Mühmchen Agnes ihm besorglich zugeflüstert. Und das Wort war nun ausgesprochen, das alle Freude vergällte, und eiskalt und schwer bauschten sie ihm nun um die Hüften und schienen den armen Tor auszulachen. ,,Fünfzig Ellen Zeug verschnitten!'' fuhr der Krämer fort. ,,Und Flamländisches, vom Feinsten, wie es nur ins Land gekommen, und die Schlitze von mailändischer Seide und die Schnallen von Venedig. Ein paar Mark ist gar kein Geld dafür!'' —

,,Ach, armer Hans Jochem!'' hatte Agnes leise geklagt.

Der ist mir sicher, hatte Klaus Hedderich gedacht. ,,Wer wird von jungen Leuten bar bezahlt nehmen. Im Stock zu Havelberg, da liegt mein Schilling gut aufgehoben, und nur ein Wort vom gnädigen Vormund, so zahlt er auch drei Mark fürs Warten.''

Wie sollte Junker Gottfried zahlen wollen für ein paar Pluderhosen, er, der — welche niederschlagenden Wetterwolken zückten da um alle. Wär's doch für ganz Hohen-Ziatz eine Ehre, so dachte der Meier, so dachte der Knecht. Und der unterste leibeigene wendische Mann, der mit den Schweinen unter einem Dache verkehrte, der nie sich unterstehen dürfte, mit seinen Bastschuhen über die Schwelle zu treten, wo die Herrschaft saß, er dachte auch so. Er hätte sich auch freuen müssen, und hätte sich gefreut, wenn das hübsche Ziehkind von Hohen-Ziatz das Leibstück gewann. Was hatte er vom Junker? Der sah ihn nicht an, wenn er aufs Roß stieg. Einmal, als er nicht schnell genug beiseite sprang, hatte er ihm mit der Gerte einen Riß gegeben, der durch die Schwielenhaut drang, und viel fehlte nicht, hätte er ihn übergeritten, aber der Junker gehörte doch zum Haus. Des Hauses Ehre war auch des armen Leibeigenen Ehre. Eigene hatte er nicht.

Das dachten die andern, Hans Jochem aber nestelte an

dem Bund, und ihm zur Qual hatte der Krämer den Riemen so fest verhakt, daß er's gar nicht loskriegen konnte.

Bald darauf hatte es aber ganz anders ausgesehen. Da stand der Krämer nicht mehr auf seinem Wagen wie ein Herr der Herrlichkeit. Sie hatten ihn heruntergerissen und schrien ihn an, und er hob umsonst die Hände und beteuerte umsonst seine Unschuld. Die Mägde hatten am Fließ an einem der bunten Tücher, die er als echt verkauft, die Probe gemacht, und: „Es ist falsch!" schrien die wütenden Dirnen, und die Knechte wiederholten: „Er verkauft falsche Ware!" Das nasse Tuch schlug ihm ums Gesicht, daß es gelb und rot wurde. Vor Schrecken war der Anne Susanne der Silberring, den der Großknecht Christoph für sie gekauft, aus der Hand gefallen, und der ein Brautring werden sollte, zersprang am Stein, auf den er fiel, und das Silber war zusammengelötet Blei. Nun schien es um den Krämer Klaus Hedderich getan. Vergebens lag er auf seinen Knien und versprach Buße, vergebens rief er, er selbst sei von den Nürnberger Herren betrogen worden, vergebens versprach er schöne, bessere Ware dafür, ein Goldringlein, das des Kurfürsten Goldschmied selbst prüfen solle, für das Wollentuch eins von echter Seide. Vergebens rief er den Junker Melchior an, seiner sich anzunehmen, vergebens den Burgfrieden von Hohen-Ziatz und die Gerechtigkeit der edlen Herren von Bredow, vergebens den Junker Hans Jochem, er wolle ihm die Hosen lassen um den halben Preis. Er war ein ganz verlorener Mann. Zum Galgen mit ihm! schrie es. Da waren die Pferde ausgespannt, da war sein Karren umgestürzt, die Riemen gesprengt, und die Päcke und Kasten und Kisten rollten. Sie zerrten und stießen ihn, und die Peitschenschnüre der Knechte konnten gar noch nicht an ihn kommen vor den ergrimmten Mädchen, die mit ihren Fäusten und Nägeln gegen den gottvergessenen Betrüger eiferten.

Daß sie ihn gehängt hätten, will ich nicht meinen, aber schlimm wär's ihm ergangen, wenn nicht der Junker Peter Melchior sein Wort darein gesprochen. Er meinte, was es ihnen hülfe, so sie dem Mann die Haut gerbten oder ihn aufhingen mit den Händen an die Kiefer, oder in den Sumpf steckten bis ans Kinn; dann kämen doch andere und zögen ihn raus, und man wisse nicht, was danach käme, wobei der Junker nach dem Waldweg zwinkerte, den die Burgfrau gegangen. Sie sollten ihn laufen lassen oder zum Teufel jagen. Ja, je eher man solchen falschen Kerl los würde, desto besser; dann könne man sich an seine Sachen halten und zusehen, ob in dem Plunder was sei, um den Schaden gut zu machen.

Ehe er sich's versah, saß nun der arme Krämer auf dem Gaul, ehe er noch ein Valet sagen konnte seinem Kram, sah er ihn nicht mehr.

So war es geschehen, und der Junker Hans Jochem sah auf seine schönen Hosen nieder, in deren Karmesinpuffen die Abendsonne mit Wohlgefallen sich zu fangen schien, und er dachte, die hat der Mann nun vergessen, und zugleich dachte er, wie mag der Mann nun zu seinem Gelde kommen, und dann kam noch ein Gedanke, der machte sein Gesicht so rot wie die Puffen. Es klang ihm mit einem Male wie des Dechanten Stimme aus dem Dornbusch: „Da sieht man abermals Gottes Fingerzeig und sichtliche Fügung, er hat d i c h betrügen wollen, und nun ist er betrogen. Wollte den doppelten Preis, den sie kosten, und nun hat er nichts!" So lispelte es zu ihm, oder der Junker glaubte es, aus dem Dornstrauch, durch den ein gelbes Licht von der untergehenden Sonne streifte, und es ging ein seltsam Zittern und Knistern darin um, wie wohl zuweilen der Wind tut. Aber derselbe Wind schüttelte in den Wipfeln des Baumes, daran Hans Jochems Spieß stand, und der Spieß, der nicht fest stand, rüttelte. Da schien es ihm, als ob der Spieß flüsterte: ,,Schäme dich, Hans Jochem. Du bist ein Edelmann und kein Dieb. Ja, wenn du ihn geworfen hättest, den schlechten Kerl, in den Graben mit ihm und einen blutigen Kopf, wenn er räsonierte, dann hättest du's ehrlich nehmen mögen, mit guter Sitte, und kein guter Mann hätte zu dir sagen können, du seist ein Dieb. Aber so du sie behältst und hast nichts für gegeben, nicht Streiche, nicht Geld, das kann das Bettelmensch auch und der Zigeunerbub, die hängt man, und die Hand wird unehrlich, die sie anrührt!''

So sprach's im Busch und so im Baum zu Hans Jochem, und er stand wie eingewurzelt und hörte noch nichts von dem Donnerwetter. Mit der einen Hand nestelte er am Gurt und mit der anderen streichelte er die schönen Karmesinpuffen. Da flüsterte ihm wieder etwas ins Ohr: ,,Tu sie los, lieber Hans Jochem, tu sie los, es tut nicht gut. Ach heilige Agnes, da ist sie schon'', seufzte die kleine blasse Agnes.

Es frommt nicht, zu viele Ungewitter zu malen, nicht für den Maler, nicht für den Dichter. Wer immer Sturm und Nacht vorbringt, von dem meint man wohl, daß er das liebe Sonnenlicht nicht ertragen und vor der stillen Luft sich fürchte.

Und wir haben noch von so vielen Unwettern zu erzählen.

Also es hatte gedonnert und gewettert, und wer denkt sich nicht wie, der unsere Frau von Bredow kennt, und wie ein Kornfeld mit geknickten Ähren standen sie blaß umher und ließen die Köpfe sinken. Nun hatte sich Frau Brigitte umgesehen, wer dem Krämer nachreiten sollte, und ihr Auge fiel auf Hans Jochem. Der ist nicht der Schlimmste, dachte sie, er ist von gutem Blute.

Wie sollte Hans Jochem aufs Pferd! Der konnte nicht reiten, das sagte der erste Blick; aber rasch hatte die Edelfrau nach dem nächsten sich umgeschaut, der's konnte: ,,Hans Jürgen!'' Hans Jürgen ward auch blutrot, und er hatte doch keine Pluderhosen an. Eva sah erschreckt die Mutter an, die auch rot war, aber vor Zorn. „Aufs Pferd!" Wo stand auch gleich ein gesattelt Pferd bereit?

Ein Kärrnergaul trabt dem anderen am besten nach. Hans Jürgen mußte auf das Tier ohne Bügel und Sattel. Alt war es, hochbeinig und mehr Knochen als Fleisch, und ein Ritt war es, der durch Mark und Nieren ging. Zu anderer Zeit hätten sie aus Herzenslust gelacht; wer sich aber fragte, ob er lieber Hans Jochem war, der zurück blieb, oder Hans Jürgen, der fort mußte, beneidete heut den armen Hans Jürgen, den der Gaul in die Lüfte warf.

Eine dunkle Wetterwand war im Abend aufgezogen. Sie stieg höher und höher; ein verräterischer Wind streifte über die Heide und regte die Wipfel der Bäume. Zu anderer Zeit hätte meine Frau von Bredow, deren scharfem Auge nichts entging, das anziehende Unwetter längst gemerkt, und sie würde, wie der Schiffskapitän rasch und kurz ihre Befehle ausgeschrien haben, die Segel einzuziehen, die Päcke und Ballen zu schnüren, um das Schiff nach dem Hafen zu steuern. Aber die beste Frau bleibt eine Frau. Die Beichte im Walde, das Gericht am Lager, sie die Richterin und vor ihr der arme Sünder, das war zuviel innerer Sturm, um auf die Zeichen des Sturms draußen achtzuhaben.

Es trifft sich wohl, wo viele sündigten, daß Gericht und Strafe wie Gewitterwolken über die Häupter der Schuldigsten fortrollen, um einzuschlagen auf einen armen Sünder, der den geringsten Teil der Schuld trägt. War Hans Jochem so arg, wie die Frau ihn schalt, so war er darin wenigstens noch unverdorben, daß er sein Schuldbewußtsein nicht zu bemänteln wußte; es stand auf seiner Stirn geschrieben, und sein kreideweiß Gesicht sagte zu allem ja, als die Base ihm seine Eitelkeit und Hoffart in Worten zu kosten gab, die wie Hagel auf eine Fensterscheibe klirrten.

Er wußte sich nicht zu verteidigen, er verwirrte sich in seinen Worten, wie seine Hände in den Schlingen des Gurtes, den er durchaus nicht loskriegte. Er hatte das Prachtstück gewollt und auch nicht gewollt, aber Agnes Bredow trat plötzlich als seine Advokatin auf. Das stille Mädchen ward zur Rednerin. Ihr Vetter hatte es n i c h t gewollt, versicherte sie, durchaus nicht gewollt, aber der Krämer hatte es ihm angetan; er hatte sich gesträubt, aber er hatte sie anprobieren m ü s s e n, und da saßen sie ihm fest, man wußte nicht wie. Selbst hatte sie's gesehen, wie er die Schnallen und Binden geschlossen, der schlimme Mann, und durchs Herz war's ihr gefahren, wie es da aus seinen Augen geblitzt. Oh, es war ganz gewiß, daß ihr armer Vetter besprochen war, und der Beweis dafür war zu deutlich, daß er noch jetzt das Bund nicht loskriegte.

Eva sah verwundert ihre Schwester an, wie ihre Augen glänzten: ,,Und er ist verzaubert! Ich laß mir's nicht nehmen!'' schloß Agnes und sah sich nach Hilfe um, wobei ihr Blick fast bittend auf dem Dechanten haften blieb. Der zuckte die Achseln und meinte, daß allerdings einige in Berlin meinten, wie es mit dieser Mode, die aus den Niederlanden herübergekommen, nicht seine Richtigkeit habe, und von Dämonen wissen wollten, die in diesen zerhackten und zerschlitzten Ungetümen säßen, um des Menschen Sinne zu betören, wie er indes in solchen weltlichen Dingen zu wenig Erfahrung habe, um darüber zu entscheiden. Peter Melchior, der sich sehr in den Hintergrund gedrückt hatte, gab auch jetzt sein Wort darein, es sei ihm sehr wahrscheinlich, er habe dem Hedderich nie getraut. Der Knecht Ruprecht nickte bedeutungsvoll mit dem Kopfe, die Großmagd Anne Susanne schrie und weinte über den gottlosen Zauberer, und der Dechant, der sich in die allgemeine Stimme fügte, zuckte wieder die Achseln und erklärte sich wohl bereit, wenn der Bund nicht aufginge, durch einen gehörigen Exorzismus die bösen Mächte zum Weichen zu bringen; aber Frau Brigitte meinte: ,,Den Exorzismus überlaßt mir!''

Mit einem Ruck von ihren kräftigen Händen war es geschehen, der Gurt gerissen. Da aber die Knieriemen noch fest verschnallt waren, fiel die ganze Wucht der fünfzig zerschlitzten Ellen wie ein Faß, dessen Reifen gesprungen sind, nach allen Seiten und bedeckten in flammendem Karmesin des Junkers Füße. Jetzt sah Hans Jochem allerdings wie verzaubert aus.

,,Verhext war er auch, das hat seine Richtigkeit, Herr Dechant'', sagte die Edelfrau ruhig. ,,Will's Euch aber erklären, wie es zuging. Als er das bunte Satanszeug umhatte, will's gern glauben, daß er's nicht genommen, überkam ihn die Lust, daß er's nicht wieder abtäte. Da war's ihm schon angetan; das ist der eine Teufel. Und weiter ward's ihm angetan, als Ihr den Schelmen einen Schelmen nanntet und jagtet ihn über alle Berge, doch seine Sachen, da hattet Ihr kein Ärgernis dran, daß er sie hinterließ. Und Hans Jochem hatte auch kein Ärgernis, daß ihm der Plunder fest am Leibe saß, mit der einen Hand hat er genestelt, daß er ihn losbekäme, aber mit der andern sie wieder festgehalten. Da kam der zweite Teufel und hat ihm zugeflüstert: Wenn der Hedderich sie nicht kommt holen, wer zwingt dich, daß du sie ihm bringst? Nun betete er, zu wem, das will ich nicht sagen, daß er sie nicht holen möchte, und das war der dritte Teufel. Einer, drei, meinethalben sieben, damit ein Junker ein Paar Hosen umsonst kriegt, aber ich will sie alle sieben austreiben, so wahr ich Brigitte Bredow heiße, und dazu brauch ich kein Weihwasser und keinen Priester.''

Man weiß nicht, wie es Hans Jochem ergangen wäre, und ob die Base zu ihm gekommen wäre, wenn er nicht zu ihr kam, was aber gar nicht gehen wollte, da ihm die Knieschnallen noch fest saßen, und als er sich bewegte, der halbe Kramladen Tuch an seinen Beinen schleppte und eine Wolke Staubes auffegte, wenn nicht jetzt sein Vetter Hans Jürgen ihm zu Hilfe gekommen wäre.

Ohne Sattel und Bügel zu Roß, und doch lenkte er noch ein ander Roß, mit einem Manne drauf, und zog es hinter sich an einem Seil, wie der Knochenhauer das Kalb, das er zu Markt schleppt, und jetzt riß er es vor, ohne den Mann drauf drum zu fragen, daß es sich überstürzte und der Krämer Hedderich fast auf seinen Kram gefallen wäre.

„Mir gefällt etwas hier nicht", sprach der Junker Peter Melchior bei sich. Da doch alle von Herzensgrund lachten, die einen vor Schadenfreude über den Krämer, die andern vor Freude über Hans Jürgen, daß er es so gut gemacht. Der Dechant, der neben ihm stand, sagte, es sei die Luft, und schlug sein Gewand fester um.

„Was ist das!" schrie einer, „Sieh da!" und der Wind antwortete. Es war nicht mehr das Flüstern und das Lispeln in den Wipfeln, es wehte wie warmer Brodem aus dem Ofen und pfiff und schrillte dazwischen. Das Wasser war unruhig, und die Krähen flogen krächzend um die Kieferwipfel.

Die Wetterbank im Abend war aufgestiegen, unmerklich, aber schwarz wie ein Gebirg, und unten riß es wieder und teilte sich, ein großes Tor, und ein gelbes helles Licht strahlte draus vor.

„Jesu Maria, sei mir gnädig, das will was bedeuten!" So rief eine, und die andere dachte es. Die Edelfrau allein hatte, die Hand vorm Auge, ruhig hingeschaut.

„Ein Sturm, das will's bedeuten, wie Gallus ihn nachschickt!"

Es fuhr, kaum daß sie's gesprochen, wie ein Schlag oder Schuß. Die eine Wand des letzten Zeltes war losgerissen, es schlug über, der Sturm faßte die Leinwand, und mit einem Krachen fuhr es über die Köpfe sausend hin. Nicht das Zelt allein, Leinen, Zeug, wie ein Schneetreiben flog es. Mützen, Mäntel, Hüte hinterdrein, wer sie nicht festhielt. Wo die Fichten sich beugten wie Rohr, was sollte man nicht kreideweiße Gesichter sehen und von den blassen Lippen Stoßgebete gemurmelt und die Heiligen angerufen.

,,Es ist hier nicht richtig, ich hab's immer gesagt'', wiederholte der Junker Peter Melchior.

,,Da fliegt die Hexe leibhaftig!'' schrie es. Nicht die Wolken, die, mit gelbroten Streiflichtern vom Sturm getrieben, über die Köpfe sausten und ihre Bäuche an den Fichten schlitzten, ein Klumpen, ein Ungetüm von allerhand Farben breitete in der Luft seine Polypenarme aus.

,,Ave Maria, alle Heiligen!'' stöhnte der Dechant. ,,Es sitzt auf ihm.'' –

Er lag auf seinen Knien; es zog ihn nieder, eine dunkle, unwiderstehliche Macht. Er rang vergeblich, wie der unglückliche Heerführer der Griechen, als sein treuloses Weib ihm das faltenreiche Gewand über den Leib geworfen. Jeder hatte mit sich und dem Seinen zu tun, selbst die Edelfrau flog an ihm vorüber, unbekümmert um ihren Seelsorger. Aber das tüchtige Weib packte den Hans Jochem, dem's endlich gelungen war, die Knieschnallen zu lösen, und der mit aufgerissenem Munde dem Pluder nachsah, als ihn der Wind forttrug. Nun drohte sie ihm, hier sei nicht Maulaffen feilzuhalten. Seinem Vetter Hans Jürgen ging's nicht besser. Den riß sie von der Arbeit, die sie ihm kaum aufgetragen, denn in der Not ist jeder sich selbst der nächste. Der Krämer Hedderich war auch wohl der Mann, für sich allein zu sorgen, wenn man ihn nur sorgen ließ. Mit einem Satz war er auf den Dechanten losgestürzt. Der arme Dechant! Auf schrie er, denn nun glaubte er, der Gottseibeiuns selbst liege auf ihm, und stöhnte Gebete unter dem Alp. Aber der Alp löste sich, und unversehens hatte er ihm die Wolke vom Gesicht gerissen. Nur die Worte des Verderbers hörte noch der fromme Mann: ,,Daß dich! lüstet's dem Pfaff auch nach Pluder, das gibt Luder.'' –

,,Sanktissima!'' kreuzte sich der Dechant und floh in den dichtesten Wald den andern nach.

Wer das vorhin gesehen und es nun sah, hätte mit guten Ehren an einen Hexensabbat denken mögen. Noch ebensoviel Wirtschaft und Wirrwarr, und kaum das Viertel einer Stunde, so war es still und einsam am Lieper Eck. Menschen, Tiere und Wagen waren in den Wald verschwunden. Noch hörte man die Räder knarren, noch das Blasen des Hornes, wenn der Sturm einen Augenblick schwieg, aber von allen, die hier eine Woche so lustig hantiert, war nicht übriggeblieben ein Tüchlein am Strauch, nicht ein Strumpf in den Büschen. Das Aug der Edelfrau spähte wie der Uhu durch Sturm und Nacht, das Verlorene wiederzuholen.

Wenn noch etwas Weißes durch die Föhren jagte, war es der Schaum vom See, den der Sturm auftrieb. Wenn es sich noch regte in der Dämmerung, waren es die Stämme, die sich schüttelten. Wenn noch Stimmen ertönten durch das Nachtgrauen, waren's die Eulen, und fernher schlich der Fuchs, zu sehen, ob auch für ihn nichts im Lager zurückgeblieben.

Doch war noch ein menschlich Wesen zurückgeblieben in der Nachteinsamkeit. Es stöhnte tief auf, wie der Schmerz in einer Brust, die lange, lange ihn verhalten, und nun kann er sich Luft machen, da seine Peiniger nicht da sind. Kreischend, rauh, halb Verzweiflung, halb teuflischer Grimm, preßten sich die Worte heraus, als der Krämer Hedderich sich aufrichtete:

„Schinder und nicht Menschen! Raubmörderisch Gesindel, und das heißt Burgfrieden! Was wär's denn schlimmer, so ich den Köckeritz und Lüderitz in die Hände fiel! —"

Wie er zähneknirschend beide Hände gen Himmel ballte, da leuchtete der Mond durch die zerrissenen Wolken auf ein häßliches Gesicht, über das der böse Feind sich im stillen freut. Den braucht er nicht zu ködern, nicht Reiche zu verheißen; selbst suchte er ihn auf am Kreuzweg.

,,O ihr Edelleute, ihr Ritter, ihr Herren, ihr Gewaltigen, einen Wurm zertreten, ihn kitzeln mit den Spießen, daß die Eingeweide ihn brennen, ihn rollen mit den Sporen im Sande, schinden und anspeien! Das ist Zeitvertreib, juchheißa! Sankt Nikolas hilf mir, ich wollte mir auch das Herz aus dem Leib lachen; wie 'nen Maikäfer euch zappeln lassen am Faden, reißen und schmeißen. Sohlen hab ich wie ihr, langsam zertreten, wie ein Regenwurm solltet ihr euch krümmen, Stück für Stück; Stück für Stück habt ihr mich auch zerschlickt, meine Seiden, meine Tücher, meine Wollen! Allbarmherzige Mutter Gottes, gnadenreiche — Pestilenz, Höll und Teufel, ein verlorner Mann bin ich, wenn sie —''

Er schien nicht zu wagen, den Gedanken auszusprechen. Er zitterte, fuhr mit der Hand durch die wilden Haare, warf sich auf das Gepäck, umklammerte es, und doch suchte er schon durch verstohlene Drücke den Inhalt der Ballen zu prüfen, während er die dürren Finger zum Gebete zusammenpreßte.

Stück um Stück umwerfend, kam er an ein Pack. Der Angstschweiß perlte auf seiner Stirn. Jetzt konnte er es mit dem Finger erreichen. Er klopfte daran; ein feiner Silberklang antwortete. Des Mannes Züge erheiterten sich, oder vielmehr ein grinsendes, widerwärtiges Lächeln breitete sich um seinen Mund. Die tierische Lust flammte auf. Höhnisch lachte er auf, und die Hand, eben noch zum Gebet gefaltet, schnellte die Finger höhnisch:

,,Habt ihr das nicht gefunden, ihr Geier vom Rabenstein, ihr Habichte vom Garaus, ihr Falken vom Lug in die Not! Blinde Köter bellen zu früh. Aber wartet nur, die Wölfe haben zu lang die Hürde umschlichen. Die Gerechtigkeit wird losgebunden; euch wird Heulen und Zähneklappern kommen, wenn sie euch in die Waden fahren. Ich bin ein schlechter Mann, aber euch soll's schlechter gehn als meinem schlechtesten Hund. Der Kurfürst, sagt ihr, ist ein Knabe. Aus Knaben werden Männer, was aber aus euch werden wird, fragt nach des Henkers Freiknechten. Mir im Burgfrieden die Rosse ausspannen, mein Gefährte umschmeißen, wer zählt die Stücke! Und die Rieme zerrissen. Wer knüpft mir die Riemen zusammen? Der Deckel ist eingeschlagen. Ich will klagen. Schwören will ich, auf den Hals euch schwören, so wahr niemand hier mich hört, Gold und Perlen waren drin, drei Tausend — Ave Maria, was ist das?"

Es rauschte und klatschte. Der Sturm hatte doch ausgetobt, nur ein leiser Luftzug wehte noch.

Es rauschte und klatschte; ein Wesen erhob sich in den Lüften, langsam zwei Riesenarme unter den Kiefern.

Klaus Hedderich war wie eine Katze vom Wagen geglitten. Drunter lag er, platt auf der Erde, zähneklappernd.

„Sankt Nikolas, Sankta Ursula, gebenedeite, allerheiligste Mutter Gottes, schütze mich. Gott, Vater, Sohn und Heiliger Geist, ich habe immer ein Kreuz geschlagen am Kreuzwege, ich hab nie eine Messe versäumt, wenn ich konnte, ich habe keine Todsünde begangen, kein Blut vergossen, ich beichte und bete, wenn die Straßen frei sind und der Markt aus, der Ketzer Lehren sind mir ein Greuel, und die Juden speie ich an, Mariä Lichtmeß hab ich geopfert eine geweihte Kerze im Dom zu Havelberg, und den Rabbiner Eliezar stieß ich mit dem Ellenbogen an der Treppe. Sankta Klara, Sankta Martha, Sankta Ursula, Sankta Beata und das heilige Blut in Wilsnack, Gold und Perlen waren nicht drin, die lieben Heiligen sollen's zählen; zehn zum Aufgeld, was mich's kostet und Zehrgeld, den Hafer nur einen Groschen überm Marktpreis, will ich schwören. Alle guten Geister —"

Die Hexe hatte ihn noch nicht am Schopfe ergriffen; er murmelte noch, als er den Kopf leise aufhob und unter den wirren Haaren vorschielte; aber je schärfer er blickte, um so leiser wurden die Töne. Es rauschte und klatschte noch immer zwischen den Kiefern, als er plötzlich sich aufrichtete und ärgerlich, den Staub abklopfend, rief: ,,Dummes Zeug! das sind des alten Herrn Götz seine. Sollen mir wenigstens für die zerrissenen Riemen gut sein.''

Fünftes Kapitel

Die Burg Hohen-Ziatz

Der Wetterhahn auf dem Giebel des Wohnhauses drehte sich noch immer in seinen verrosteten Angeln, ob doch der Sturm längst aufgehört hatte. Der Mond sah durch die zerrissenen Wolken auf die alte Burg Hohen-Ziatz, und wenn er ein Gefühl für irdische Dinge hätte, müßte der Mann im Monde sich gewundert haben.

Ein altes verräuchertes Nest hätte es der Reisende bei Tage genannt. Auf einer Anhöhe, die aus den Sumpfwiesen vorragte, war es erbaut. Ringsum, wo die Gräben und Teiche aufhörten, zogen sich weite Föhrenwälder auf unebenem Boden, dessen Bestandteil, der helle weiße Sand, schon dicht neben dem schwarzen Moorboden zutage lag. Enge und krumme Wege schlängelten sich mühsam durch die Waldung, und die Roggen- und Haferfelder, die in der Lichtung der Forst lagen, schienen dem Auge im Verhältnis zu dem Walde so klein, daß es zweifeln konnte, ob die in der Burg lebten, wirklich davon leben konnten. Und doch stieß auf der einen Seite noch ein kleines Dorf daran, dessen elende Lehmhütten sich aus der Niederung in den Wald verloren.

Aber ein sicheres Nest mußte es in den alten Tagen gewesen sein, ein rechter Versteck für Verfolgte. Der Hügel, auf dem das Schloß gebaut war, war nicht Sand, sondern festgestampfte Erde, mit kurzem, dichtem Rasen bekleidet; bei genauerer Betrachtung sah man's ihm an, daß er, wenigstens in seinen oberen Teilen, nicht das Werk der Natur, sondern der Menschenhand war. Ein Bollwerk, ein alter

Burgwall der Wenden, das Kastell des älteren Dorfes, auf dem erst später die deutsche Kultur mit Steinen gemauert hatte. Aber ein Schloß, wie sie im Frankenlande, in Schwaben, auch drüben in Sachsen auf den Bergen und Hügeln mit den roten Ziegeldächern in der Sonne flimmerten, war es doch nicht geworden. Die dicken Mauern und Türme, die über und hinter den Erdwällen sich erhoben, waren nicht in dem Verhältnis ausgebaut, als sie angelegt schienen. Mochten den Herren die Mittel oder die Lust ausgegangen sein, mit so schwerem Gerät ein Haus aufzubauen. Sie waren zu dem Stoff und zum Teil zur Sitte ihrer Väter zurückgekehrt, und wo der Stein aufhörte, war mit Holz gezimmert, und wo die gebrannten Steine ausgingen, selbst der Lehm nicht verschmäht, um das Fachwerk auszufüllen. Selbst die Umfassungsmauer schien nicht auf allen Seiten fertig geworden, und wo sie Lücken bot, waren diese durch eingerammte Stämme mit Klammern, Galgenbalken und eisenbeschlagenen Spitzen ausgefüllt. Das Tor war noch ein großer steinerner Bogen, freilich nicht größer als in manchem Bauernhofe der sächsischen Lande, aber der achteckige Turm drüber war schon aus Holz ineinandergefugt, das mit rotem Ziegelstein ausgemauert war, und wo der Ziegelstein ausgefallen, hatte man in spätern Zeiten sich mit Mörtel und Lehm genügen lassen. Bunt genug, und nicht immer sehr rechtwinklig, sah es von draußen aus; aber wenn Markgraf Friedrich der Erste, seligen Andenkens, vor hundert Jahren mit seiner faulen Grete vor der Burg sich gelagert, wäre es schneller zu Ende gegangen mit den Mauern von Hohen-Ziatz, als mit denen von Plauen, Lentzen und den andern, die sieben Ellen dick waren.

Die Bredows von Hohen-Ziatz hatten sich gefügt. Was nicht zu ändern ist, muß man gehen lassen, hatte der Vorfahr des Herrn Götz gedacht, als der erste Spaß vorüber war von der lustigen Schlacht am Kremmer Damm. Sie dankten

Gott, daß die fränkischen Kriegsleute an ihrem Sumpf vorübergingen und keiner Lust zeigte, den geschlängelten Damm durch die Wiese hinaufzureiten. Hätte doch Herrn Gottfrieds Großvater für den Fall sich sogar entschlossen, die alte Fahne auszuliefern, die er damals dem Hohenloher im Getümmel abnahm. Nun war sie in Hohen-Ziatz geblieben; nicht im Saal unten bei dem andern Rüstzeug, vielmehr hing sie oben in der Giebelkammer, über Götzens Bett, wohin der Ritter sich zurückzog, wenn's ihm zu kraus und wirr unten ward. Der Stiel war schon von den Würmern zerfressen, die Seide auch, von der Zeit und dem Staub; ja ein Käuzchen hatte in einem Sommer darin genistet, und der gute Herr Gottfried hatte es erst gemerkt, als die Kleinen einmal in der Nacht zu piepen anfingen. Zuerst hatte er etwas anderes gedacht, was ein christlicher Ritter ohne Schande immer denken mag, denn vor bösen Geistern kann auch der Frömmste einmal erschrecken; dann aber hatte er gedacht: I was tut's; die Kleinen wollen auch leben, und hatte sich umgedreht und war eingeschlafen.

Es war ein rechtes Nest für Eulen, hätte einer denken mögen, wenn er abends einen Blick in den Hof warf.

Aber wieder war alles so klein, daß man auch hätte fragen können, wo denn die Eule und Nachtvögel Platz fänden neben den Menschen? Doch in den Häusern unserer Vorfahren war immer viel Raum für andere, weil sie für sich selbst wenig brauchten. Was brauchte der Mensch mehr als ein Lager und ein Dach darüber für die Nacht? Das Kind, das zur Welt kommt, muß die vier Wände anschreien, so ist's alte Sitte; das Heimliche soll nicht vor aller Welt geschehen. Aber wenn es aufwächst und groß wird, baut ihm der liebe Himmel sein großes Haus, wo immer Platz ist, für Tausende und Hunderttausende mehr als leben und leben werden. Die Sonne war die Kerze und das Feuer, und wenn es heiß war, der Baum und Wald unserer Väter Schatten, und die

Luft wehte ihnen bessere Kühlung zu als die dicksten Mauern. Nun, und wenn keine Sonne schien, und es regnete und stürmte, dann fand sich doch in jedem guten Haus eine Halle, ein Flur, eine Diele, wo die Genossenschaft am Feuer sitzen und durch Scherz und Gespräch die Ungunst des Wetters vertreiben konnte. Es tut nicht gut, daß der Mensch allein sei mit seinen Gedanken. Und die Halle fehlte auch nicht in Burg Hohen-Ziatz.

Die Pferde hatten ihren Stall im Hof, die Hunde ihre Hütten am Tor, die Schweine ihre Koben daneben, auch Kühe und Stiere wurden unterweilen bei schlimmer Zeit in den Zwinger getrieben; wie sie da mit den Rossen sich vertrugen, war ihre Sorge. Der Storch nistete auf dem Dachfirst vom Herrenhause, die Schwalben an den hölzernen Galerien, die um den Hof liefen, die Tauben beim Türmer, die Eulen in den alten Mauerblenden, die Schaben in den Ritzen, der Wurm im Holze, die Mäuse im Keller und Flur, und die Menschen jeder in seiner Kammer; und war dem Knecht keine zugewiesen, da stand doch eine Bank auf den Gängen, und lag schon ein anderer darauf, so jagte er die Hunde fort, die unterm Vordach im Hofe schliefen. Item es fand sich und ging ; wer schlafen wollte, der fand immer einen Platz, wer fror, ein Feuer, sich daran zu wärmen, wen hungerte, Brot und Brei, die Speisekammer war nie leer, dafür sorgte die gute Hausfrau, die nie den Schlüssel aus der Hand ließ, und wer bangte, fand auch ein freundliches Gesicht und gute Zusprach. Die Frau von Bredow duldete alles in ihrem Haus, nur nicht Faulenzer und Duckmäuser.

Der Mann im Monde hätte sich wundern müssen, sagte ich, wenn er auf die Berge niedersah. Es gab vieles, worüber er sich wundern konnte. Ist's doch überall ein eigen Ding mit dem sich wundern. Einige verwundern sich, wenn es in der Welt eine Weile still hergeht, daß die Dinge so lange halten in ihrer Ordnung, und andere wiederum, wenn ein

Sturm kommt und alles umwirft, warum die alte Ordnung nicht ewig dauere. Der Mann im Monde, wenn er sprechen könnte, würde es uns am besten sagen, worüber wir uns noch wundern dürfen. Durch so viele tausend Jahre schaut er auf die Erde und sieht alles, was uns bewegt, und ihn kümmert's nicht; er lacht nicht, und er weint nicht mit seinem kalten, gleichgültigen Gesicht; ob er aber bei sich denkt, was wir doch für Toren sind, das weiß kein Mensch.

Über den Sturm konnte er sich wundern, denn er war ein Orkan geworden, wie dessen die ältesten Leute sich nicht entsannen. Wie er den Wald gepeitscht, als wären die Baumwipfel Meereswellen, hatte er auch an der Burg gerüttelt, daß die Balken knackten. Das Storchnest war von dem First geworfen, im Schieferdache hatte er gewühlt und gewirtschaftet, und der Giebel, der schon überhing, sich noch um einen halben Schuh nach vorn geworfen. War das nicht zum Verwundern, daß der Giebel noch hielt, so war es doch, daß der Hausherr in der Erkerkammer auch davon nicht aufgewacht war! Und nach solchem Sturm eine solche Ruhe!

Winde im Spätherbst bringen Kälte und Frost oder Schlacken; aber als wäre nur das wilde Heer vorübergerast, so war es still geworden darauf, und die Nachtluft schwül. Und das war doch auch zum Verwundern, daß man nirgend mehr etwas sah von der großen Wäsche. Sie war eingebracht und alles an seinem Fleck; zwei Stunden schon, nachdem der letzte Wagen über die Zugbrücke rollte, und nichts war verlorengegangen auf dem langen Wege. „Das ist eine Frau, die nimmt's auch mit Wetter und Wind auf", sprachen die Dienstleute.

Nun dampften die Kessel über dem prasselnden Feuer, und die Schinken brodelten und schwitzten am Spieß. Auch in den Keller war sie gestiegen und hatte an den Fässern gezapft, und die Knechte trugen schwere, volle Kannen in den Flur. Denn nach der Arbeit ziemt den Leuten Ruhe und etwas mehr, dachte die Hausfrau, nur sich selbst gönnte sie's nicht, denn während die andern um den großen Tisch saßen, stieg sie noch treppauf, treppab, und ihr Schlüsselbund klirrte durch den Becherklang.

Hoch war die Halle gerade nicht und auch nicht gewölbt. Die Balken angerußt vom Rauch, wenn er aus dem Kamin zurückschlug, drückten wie braune Rippen über den Köpfen, und was von Schnitzwerk ehemals daran gewesen, davon war nicht mehr viel zu sehen; und wo die Schnörkel und Spitzen noch hielten, hatte man sie benutzt, wie man mit Wandnägeln tut. Da hing ein Schild, ein Harnisch, ein Helm, auch wohl ein Kessel oder gar ein Schinken daran. Der Boden war ein festgestampfter Lehm, und die Tisch und Bänke von solchem Kerneichenholze, daß es dem Zimmermann schade gedünkt, viel mit Hobel und Meißel daran zu schnitzen und glätten. E i n e Schwelle nur und e i n e Tür schied die Halle vom Hofe. Wenn die Tür aufging, drang Regen und Wind ein; darum tat man sie lieber nicht zu, wenn es nicht zu arg stürmte und stiebte. Und das kam dem Feuer im Kamine zugut; denn wenn der Rauch, der seine Launen in alten Häusern hat, nicht hinaus wollte, wo er hinaus soll, und lieber im Saal bleiben mochte, zwang ihn die Zugluft, daß er prasselnd durch den Schlot fuhr. Und für den Schornstein war es auch gut, daß die Flammen nicht zu lange darin spielten und weilten, denn er war von Holz; zwar waren's junge Eichenstämme, mit Weidenruten durchflochten und mit Lehm gefüttert; aber wenn das Feuer nicht durch wollte, fingen die Wände doch auch an zu sengen, und wenn die Frau es merkte, mußte ein Knecht aufs Dach und einen Eimer Wasser hinuntergießen. Schadete gar nichts; der Rauchfang stand schon über hundert Jahre, und hundert Jahre und noch mehr konnte er stehen, wenn nur immer einer da war mit einem Eimer Wasser. Zwar das Feuer ging dann aus, aber Holz war immer da.

Holz und Luft war der Reichtum unserer Väter, und an beiden war auch im Saal der Bredows auf Hohen-Ziatz ein Überfluß. Die Luft kam wie gesagt durch die Tür und durch den Schlot, aber außerdem auch durch die Treppenmündung aus dem oberen Geschoß. Denn nicht weniger als zwei Treppen führten zu beiden Seiten des Herdes, den wir eigentlich mit Unrecht Kamin nannten, hinauf, schwer, eckig und fest und mit rohem Schnitzwerk verziert. Und so wenig es an der Treppe, war das Holz an den Wänden gespart, die mit glatten, bunt gestrichenen Bohlen von oben bis unten ausgelegt waren. Wäre der Rauch und das Alter nicht gewesen, hätte man noch die sieben Todsünden daran erkennen und manchen frommen Spruch lesen mögen. Aber das Alter drückte überall auf das Haus und seine Balken, und was ehedem in der Richte war und sich schickte, das war heute nicht mehr in der Richte und schickte sich auch vielleicht nicht mehr.

Ehedem, wenn hier der Herr saß und tafelte mit seiner Familie und seinen Knechten, die Herrn und die Nächsten ihm oben am Feuer, die Knechte unten an der Tür, ward wohl noch an dem Herde selbst gebraten und gekocht; jetzt war schon seit zwei Menschenaltern die Küche in ein Seitenhaus gebracht. Nur ein warmes Morgenbier oder eine Ingwersuppe kochte bisweilen die Burgfrau ihrem Eheherrn hier, wenn er über Land ritt und es garstig blies. Getafelt ward noch, aber es waren nicht mehr die alten lustigen Zeiten. Herr Gottfried war grämlich, und wenn er lustig ward, dann schickte Frau Brigitte die Knechte hinaus. Die Knechte waren eigentlich froh, wenn sie ihre Schüssel Brei im Stall oder auf dem Hofe verzehren konnten, und die Hausfrau war auch froh, wenn sie früher den Tisch aufbrechen konnte. Sie meinte, was das lange Plaudern täte. Gescheites käme nicht raus. Herr Gottfried Bredow aber meinte, sie hätte unrecht, denn der Wein sei da, daß er des Menschen Herz erfreue; mit andern zusammen trinken sei eine gute Gewohnheit aus alter Zeit, aber da die gute alte vorüber sei, müsse er sich in die Zeit schicken, wie sie ist, und allenfalls auch allein trinken.

Schien es doch, als habe der Wein die Geister diesmal nicht aufgeregt, sie saßen alle da, nicht schläfrig, aber auch nicht lustig um den schon etwas dunklen Tisch. Denn das Feuer auf dem Herd verglimmte, und die Kienfackeln an den Pfeilern hingen mit langen Aschenzöpfen zur Erde gesenkt. Der Zeiger der Turmuhr hatte neun geschlagen.

„Müßte man sich doch grauen zu Bett zu gehen", sprach einer.

Der Dechant, der eine Weile vor sich sinnend gesessen, räusperte sich: „Mitnichten, werte Herren! Bei den furchtbaren Meteoren sah wohl keiner recht genau, was ihm und andern passierte. In solchen Augenblicken des Schreckens und der Verwirrung glaubt der schwache, sündige Mensch allerlei außer ihm zu erblicken, was doch nur in ihm ist."

Ihr Gespräch hatte sich um die kurz erlebten Begebenheiten gedreht: ob der Junker Hans Jochem wirklich verhext gewesen, ob man Hexen im Sturm daherfahren gesehen, und ob der Krämer, wie einige behaupteten, den bösen Blick habe? Ein halbdunkles Zimmer, in einer einsamen Burg, bei einbrechender Nacht ist nicht geeignet, die Gespensterfurcht zu vertreiben. Und doch wollten die, welche vorhin sichtlich dieser Angst erlegen waren, es jetzt am wenigsten Wort haben. Hans Jochem war wieder obenauf und meinte, die Finger wären ihm verklammt gewesen, sonst hätte er das Zeug gleich vom Leib gerissen. Nur Peter Melchior schwor Stein und Bein, daß es nicht mit rechten Dingen zugegangen, wobei er doch auch der Lust nicht widerstand, den Dechanten zu hecheln. Der gab es redlich wieder, was Peter Melchior ihm versetzte, nur daß er nicht wie dieser die Gelegenheit vom Zaun brach, sondern sie im Augenblick faßte, wo sie ihm handrecht entgegenkam.

Das Schrauben ist eine uralte Lust bei den Menschen, wenn mehrere beieinander sind, und einer dünkt sich klüger als der andere. Nun kömmt's aber, daß einer in dem einen Ding und der andere im andern sich klüger dünkt; und wenn sie dann sich einer den andern schrauben, gibt das viel Lustigkeit, zuweilen aber auch ein traurig End. Die beiden jungen Vettern hörten vergnügt zu, wie der geistliche Herr und der Junker sich aufzogen, und Hans Jochem gab auch wohl mit sein Wort zu, wo es sich schickte, und wo sich's nicht schickte; nur Hans Jürgen hörte, ohne ein Wort zu sagen, im Winkel zu.

Nun war es allen bekannt, daß der Junker Peter Melchior ein Verschwender war, der das Seine vertan hatte und auch wohl noch vertat, wenn er wieder was fand. Und wenn er nichts hatte, zechte er bei seinen Vettern und Freunden umher. So ward es dem geistlichen Herrn leicht, ihm auf die Finger zu klopfen, mit denen er eben seinen Gegner gekitzelt hatte. Und wie der Junker gern unverdrossen im Angreifen war, so war er dafür gar leicht verdrossen und geschlagen, wenn einer ihn bei seiner Schwäche stachelte.

Da stritten sie, was der Teufel lieber fasse, einen Pfaffen oder einen Junker. Peter Melchior versicherte, Satan wäre nichts lieber, als viel Pfaffen unten in der Hölle. Der Dechant sagte, das glaube er wohl, dann hätten die Junker oben frei Spiel und kämen ihm von selber zugelaufen. Peter Melchior versicherte, dem Gottseibeiuns mache nichts mehr Vergnügen, als wenn er einen dicken Chorherrn bei den Haaren durch die Luft schüttele. „Was hätte er auch zu schütteln bei manchem Junker", entgegnete der Dechant, „wenn er sie kriegt, ist gemeinhin ihr Bestes schon fort."

Darauf stritten sie, wer den Teufel am besten zu betrügen

verstände, und der Dechant schien gar nicht abgeneigt, dem Junker zuzugeben, daß die geistlichen Herren darin noch geschickter wären als die Weiber, denn den Teufel betrügen sei eigentlich keine Sünde. Vielmehr sei es die Aufgabe eines guten Christen, den Teufel um seinen Anteil zu täuschen, so gut er könne.

Peter Melchior erzählte die Geschichte von dem Abt, der mit dem Teufel um seine Seele gewürfelt. Der Teufel verlor. „Als er nun abzog, lachte er, Und wißt Ihr warum? In der Tasche hatte er die Seele nicht, aber er hatte sie doch gewonnen. Der Abt hatte mit falschen Würfeln gespielt. Man soll auch nicht den Teufel betrügen."

„Wie war doch die Geschichte mit dem Nippel Bredow?" sagte der Dechant nach einigem Schweigen, als wisse er auf den Trumpf des Junkers keinen Gegentrumpf.

Hans Jochems muntere Augen glänzten schalkhaft, er verstand den Blick, den der Dechant ihm zuwarf.

„Die weiß ich haarklein und kann sie Euch erzählen. Ihr meint doch den Nippel, der in Saus und Braus lebte und immer alles ausgegeben hatte, eh er's eingenommen. So was kann auch nur in der Heidenzeit geschehen sein, was man davon erzählt."

Aber alles, was der Schalk erzählte, von den sechs Trompetern, die zu Tische blasen müssen, wie er die Brosamen den Hunden vorwerfen ließ, statt sie den Armen zu geben, wie er denn ein Gut ums andere versetzt, bis er durch die Hintertür auch aus dem letzten bei Nacht und Nebel ausgeritten, war vielleicht die Geschichte Nippel Bredows, aber gewiß auch die Peter Melchiors, nur etwas ins Boshafte übersetzt, weshalb man den Junker wohl spottweis den andern Nippel nannte.

Der Junker verstand es vollkommen, weshalb er Hans Jochem einen bösen Blick zuwarf. Sie konnten sich beide nie gut leiden.

„Und darauf verschrieb sich der arme Nippel dem Teufel", sagte der Dechant. „Das pflegt wohl so zu gehen in der Welt, wenn man nicht mehr aus und ein weiß."

„Und niemand mehr borgen will", sagte Hans Jochem; „dann borgt der Teufel."

„Erzählt doch weiter, lieber Herr von Bredow; ich will Euch nachher auch eine Geschichte erzählen", sagte Peter Melchior mit anscheinender Ruhe.

„Da lebte denn der Nippel wieder groß wie vorher", fuhr Hans Jochem fort, „bis die Zeit heranrückte, wo der Vertrag zu Ende ging. Er hatte ihm nichts verschrieben für alle die Herrlichkeiten als seine Seele, weil Nippel gar nichts weiter zu geben hatte. Da ward's ihm aber ganz kurios zumute, und sein großes Maul wurde mit einemmal klein. Wenn's Abend wurde, graute ihn. Es durfte niemand von Gespenstern reden, und wenn der Wind Spreu und Lumpen trieb, sah er nichts als Hexen reiten. Nun hatte er einen Schäfer, der war klüger als sein Herr. Der merkte, was ihm war, und Nippel, der keinem Priester beichten durfte, beichtete dem Schäfer. Der Schäfer sann eine Weile nach, und endlich knipste er mit seinen Fingern und sagte: ‚Ich hab es! Muß Euch nicht, gnädiger Herr, der Teufel bis auf die letzte Stunde tun, was Ihr verlangt? — Freilich, so ist der Pakt. — Nun, dann ist alles gut, sagte der Schäfer. Da gruben sie des Nachts, der Schäfer und sein Herr, beim Dorfe Landin das Loch in den Berg, das noch da ist, und der Berg heißt heute noch der Teufelsberg, aber noch viel tiefer, so tief, daß gar kein Ende da war. Und darüber stellten sie einen Scheffel, aber so, daß, wenn er voll war, schlug er über, und alles, was drin war, rollte ins Loch. Nächste Nacht nun rief Nippel den Teufel und sagte ihm: Füll mir den Scheffel mit Gold. Der Teufel sah ihn verwundert an: Denkst du alles noch zu brauchen? dachte der Teufel. O noch viel mehr, dachte Nippel. Und der Teufel ging an die Arbeit. Einen

Sack um den andern schmiß er in den Scheffel, um bald fertig zu werden, aber sobald er sich umdrehte, kippte der Scheffel um, und wenn er mit einem neuen Sack wiederkam, war der Scheffel leer, und kaum ein paar Goldstücke lagen am Boden. Zuerst merkte er's nicht. Nippel hatte ihn vielleicht aus dem Schlaf geweckt, oder der arme Teufel hatte auch einen Schluck über den Durst genommen. Als er's aber inne ward, da ward er erst gar hitzig und heulte und warf und schmiß, denn er meinte, jedes Loch müsse doch ein Ende haben. Endlich rief er zornig aus:

Nippel, Nappel, Neepel,
Wat hest vöörn grooten Scheepel!

und er fragte den Herrn, ob er denn wirklich schütten solle, bis er voll sei? — Eher darfst du nicht ausruhen, antwortete Nippel. Da der arme Teufel nun voraussah, daß er dann bis ans Ende der Welt tragen und schütten müßte, und schon ganz außer Atem war, rief er ärgerlich: Hol der Teufel nun solchen Vertrag! und raus zog er das Pergament aus der Brust, zerriß es, schmiß es Nippeln vor die Füße und, den Schweif zwischen den Beinen, flog er wie eine Fledermaus davon."

Der Dechant schielte auf den Junker: „Daß nun dem armen Nippel all sein Witz nichts geholfen hat! Weil er mit falschem Spiel den Teufel betrog, mußte seine Seele auch ohne Teufel zur Hölle fahren. So meintet Ihr ja wohl?"

„Ich meine", sagte Peter Melchior, „daß ich dem Junker da auch eine Geschichte erzählen will. — Wißt Ihr, woher die vielen Bredows ins Havelland kommen? Vor alten Zeiten mal stand es schlecht auf der Welt. Zu unserem Herrgott im Himmel kamen so viele Klagen über die Edelleute von damals: sie scharrten zusammen und gäben nichts wieder aus. Wenn einer zu seinen Freunden käme, dem's mal schlimm ginge, da zuckten sie die Achseln, klammten die

Hände zusammen und verredeten ihn gar noch. Da sprach unser Herrgott ärgerlich zum Teufel: Dazu hab ich die Edelleute gemacht, daß sie ausgeben sollen, was sie einnehmen; er solle mal Musterung halten, und wenn's so wäre, die Knauser und Filze gleich mitnehmen. Also mein Teufel nimmt einen großen Sack und fliegt durch die Länder und mustert. Da hatte er bald eine große Ernte gemacht, und der Sack war schon übervoll, als er zur Hölle fuhr. Aber weil der Sack schwer war, mußte er niedrig auf der Erde fliegen, und so ging's über die Mark Brandenburg weg. Aber gerade über der Stadt Friesack wird ihm der Arm so schwer, daß er den Sack etwas sinken läßt, und da streift er mit dem unteren Ende an den Kirchturm. Der Teufel war auch müde wie der, den Euer Nippel balbierte, denn er merkte es nicht, daß der Sack riß und wohl ein Viertel von seinen Edelleuten rausfiel. Vielleicht hat er's auch gemerkt, aber er dachte, was tut's, die Hölle ist doch voll genug. Wie er mit dem Sack schlenkerte, da fiel der erste in Friesack nieder, was davon seinen Namen hat, daß hier der Sack frei wurde. Das sind die Bredows auf Friesack. Der sagte nun zum zweiten, der nach ihm fiel, daß er weiter hin gehen sollte, er wolle Friesack für sich allein behalten. Besser hin! (Beß hin) rief er ihm zu, bis er weit genug war und sitzen blieb. Davon heißen die Bredows noch die auf Peßin. Den dritten, der gern mochte bei ihnen sitzen bleiben am großen Luch, wiesen sie auch fort, landeinwärts: Land in! riefen sie ihm zu, davon heißt sein Dorf Landin. Der vierte ging denselben Weg lang, und wo er sich niederließ, heißt noch Selbelang. Der fünfte ging rechts zu (rechts to), und jedes Kind weiß, daß die Bredows in Retzow sitzen. So sind also die Bredows des Teufels Bescherung im Havelland. — Der sechste, als er aus dem Sack fiel, stieß mit der Stirn grad an ein Brett. Da rief er: O! Davon heißt er Bredow. Junker Hans Jochem, wenn ich recht gehört, war das Euer Urgroßvater. Nehmt Euch in acht, daß Ihr mit Eurem Witz nicht an ein Brett stoßt, denn das Brett stößt wieder. Dem Brett tut's nicht weh, sondern Euch, und wenn Ihr sie lachen hört, lachen sie nicht das Brett aus, sondern Euch."

Peter Melchior war aufgestanden, und den Hut aufgestülpt, legte er die Hand dem Junker auf die Schulter, wie einer, der mit sich zufrieden ist. „Für heute gute Nacht!" sprach er. Aber als er hinaus wollte, war Hans Jürgen von der Bank aufgestanden und vertrat ihm den Weg.

„Ich heiß auch Bredow, Herr von Krauchwitz, Hans Jürgen Bredow aus Selbelang bin ich, vom Havelland."

„Wahrhaftig! Du bist deines Vaters Sohn."

Hans Jürgen ward über und über rot: „So einer auf meine Sippschaft losziehn tut, und die andern, die reden sollten, das Maul zutun —"

„Sperrst du's auf! Nimm dich in acht; es fliegen keine gebratenen Tauben 'nein."

Hans Jürgen ballte die Hand: „Ich frag nicht viel, wer vor mir steht."

„Du bist Hans Jürgen."

Damit ging er an ihm vorüber, und seine Sporen klirrten, als um Hansen zu bedeuten, daß er noch keine habe.

Alle lachten, auch Hans Jochem, der noch eben verdrießlich schaute.

„Hans Jürgen, du bist nicht zum Ritter gemacht", sprach die Edelfrau, die durchging nach der Tür draußen, da es im Hofe laut ward und der Türmer blies. Die andern folgten ihr.

„Warum denn nicht!" brummte Hans Jürgen. „Er hat meinen Vater seliger schlecht geredet."

Sechstes Kapitel

Der späte Gast

Die Hunde klafften, und der Türmer stieß ins Horn. Ein einzelner Reiter hielt vor der Zugbrücke. Kaum daß er den Namen genannt, als man sich fast übereilte, das Gatter aufzuziehen und die Zugbrücke niederzulassen, derweil andere ins Herrenhaus liefen, den unerwarteten, seltenen und, wie es schien, vornehmen Gast anzumelden.

Die brennenden Kienspäne beleuchteten eine nicht unedle, hohe ritterliche Gestalt. Auf einem schönen Rappen ritt er jetzt, etwas gebückt, durchs Tor. Dem Reiter und seinem Tiere sah man es an, daß Wald und Nacht für gewöhnlich nicht ihr Nachtquartier waren, daß der Reiter auch gewohnt sein mochte, in stolzen Schlössern einzureiten und sein Roß in besseren Ställen zu nächtigen. Sichtlich hatten beide mit Wind und Wetter zu kämpfen gehabt, und es brauchte beim Willkomm kaum ausgesprochen zu werden, daß er verirrt war und Sturm und Nacht ihn in diese abgelegene Burg verschlagen hatten.

Als ihn die Burgfrau sah, kannte man kaum Frau Brigitten von vorhin wieder. So verwundert war sie, so tief neigte sie sich vor dem Herrn, und in einem ganz andern Tone sprach sie:

„Gottes Wunder, Herr von Lindenberg, wie kommen wir zu der Ehre?"

„Alle Heiligen mit Euch, liebe Base, das weiß ich selbst nicht."

„Und ganz allein?"

„Mutterseelenallein. Wenn der Teufel die andern nicht holt, so tut's der Sturm und das Wetter."

„Und Seine —" der Ritter erriet das Wort, das auf den Lippen der Edelfrau erstarb.

„Der Himmel und der heilige Johannes wird Seine Kurfürstlichen Gnaden, hoffe ich, besser nach Berlin bringen, als mein Gaul mich durch die Heiden und Sümpfe der Zauche hierher jagte. Ihr seht, ich bin verirrt. Auf der Jagd war ich in der Belziger Forst mit dem Kurfürsten. Zur Jagd kann ich nicht zurück, denn die Jagd ist aus. Zum Kurfürsten kann ich auch nicht, denn da dies Haus, wie ich mit Vergnügen sehe, Hohen-Ziatz ist, bin ich ganz aus der Richte gekommen, und mein Herr ist, aller Vermutung nach, schon über den Teltow nach Berlin geritten. Ich muß den nächsten Weg wählen über Potsdam. Da aber weder ich dazu Lust, noch mein Pferd die Kräfte hat, sogleich aufzubrechen — auch meine liebe Base ein so freundlich Gesicht macht, muß ich es schon vorziehn, ihre Gastfreundschaft auf ein paar Stunden anzusprechen."

„Konrad, Ruprecht! Ihr seid recht müde! Ach und Euer Roß, was ist's in Schweiß!"

Konrad und Ruprecht griffen ihr zu ungeschickt zu. Die Edelfrau stieß Hans Jürgen heran, daß er dem edlen Gast die Steigbügel halte, was in der Tat nötig schien, denn als er vorhin den Versuch machte, am Prallstein abzusteigen, war das Tier störrig, oder dem Reiter versagten nach dem langen Ritte die Kräfte. Auf Hans Jürgens Schulter sich stützend, schwang er sich aber jetzt mit ritterlichem Anstand auf die Erde.

Der Fackelschein fiel gerade auf Hans Jürgens gar nicht vergnügtes Gesicht, weil er zu einem Dienst gezwungen war, der ihm für eines Ritters Sohn, und noch dazu gegen einen Hofmann, nicht sehr ehrbar schien. Der Ritter sah ihn flüchtig, aber scharf an.

„Ei, welchen vornehmen Dienstmann meine Base die Güte hat, mir zu bestellen. Der Junker von Selbelang, wenn ich recht sehe. Wie geht es, Herr von Bredow?"

,,'s ist nur Hans Jürgen'', flüsterten die Leute, der vornehme Herr reichte ihm aber doch verbindlich die Hand und neigte sich freundlich zu ihm, ehe er die der Base ergriff und schöne Worte ihr sagte von alter Freundschaft und den guten Zeiten, die gewesen und nicht wiederkämen. Als sie ihn neckisch schalt, daß er so lange schon in Hohen-Ziatz sich nicht blicken lassen, antwortete er, wenn einer dabei verloren, sei er es. ,,Ach diese guten alten Zeiten, als ich noch ein freier Mann war!'' Er seufzte, und nun sah er den Junker Peter Melchior. ,,Welche Freude, einen so alten Freund zu sehen!'' Er ließ es nicht bei einem Händedrucke genügen. ,,Und welche Überraschung, auch den würdigen Dechanten von Alt-Brandenburg! Ist's doch fast, als hätten die Hexen mich in ein Zauberschloß geführt, wo ich lauter alte, liebe Bekannte finde.''

,,Sprecht nicht von Hexen, Herr von Lindenberg'', sagte Peter Melchior. ,,Mit denen ist nicht zu spaßen.''

,,Ihr habt recht'', lachte der Gast. ,,Es wär übel, wenn ich plötzlich erwachte, alles wär verschwunden, und ich läge allein im Moor. Aber wo ist unser biederer Wirt? Ei, wo versteckt sich Herr Gottfried!''

Die Edelfrau schlug die Augen nieder: ,,Ach Herr von Lindenberg, seit er aus Berlin kam —''

Er ließ sie nicht aussprechen: ,,Richtig, ich entsinne mich, er kommt vom Landtage.''

,,Und da ist er noch etwas angegriffen.''

,,Er tat dem Landmarschall Bescheid, Base, Bescheid wie ein Edelmann, das kann ich versichern. Ein wackerer Ritter, recht aus der alten Zeit. Will keinen über sich kommen lassen. Man lobte ihn allgemein in Berlin, als er in den Wagen gehoben ward. Der Kurfürst, darf ich Euch vertrauen, war sehr zufrieden, wie er sich beim Landtage benommen. Das ist ein braver Mann, sagten Seine Gnaden, der gehört nicht zu den Stänkerern, die alles besser wissen wollen als ich.''

Nach einem langen Ritt durch Nacht und Wald war auch ein Hofmann jener Tage hungrig und durstig; darum nahm er gern den Arm der Hausfrau, als diese ihn aufforderte, unter ihrem schlechten Dach vorlieb zu nehmen mit dem was der Tisch und Keller noch biete. Aber an der Schwelle wandte er sich rasch um: ,,Mein Pferd!''

,,Für das ist gesorgt.''

,,Nicht wie es sollte!''

Leicht gegen die Edelfrau sich verneigend, sprang er rasch zurück auf den Hof, wo Hans Jürgen, der nur einem Wink seiner Verwandtin, diesmal minder verdrossen, gefolgt war, eben im Begriff stand, den Rappen des Herrn von Lindenberg in den Stall zu führen.

,,Ihr irrt, Junker Bredow, es ist m e i n Pferd.''

,,Weiß wohl; ich tät's in den Stall führen.''

,,Das ist Knechtes Arbeit, nicht eines Adligen. Ein Edelmann darf nur für sein eigen Roß sorgen.''

Ehe er's ausgesprochen, hatte er Hans Jürgen den Zügel entnommen, ihn mit einem Wurf und einem herrischen Blick dem nächststehenden Knecht über den Arm geworfen, dem Rappen einen liebkosenden Schlag auf den Hals gegeben und dann wieder vertraulich die Hand auf Hans Jürgens Schulter gelegt:

,,Nun, Junker von Selbelang, wollen wir miteinander einen Humpen leeren aufs Andenken Eures Vaters. Das war ein lieber Mann, mein Freund, ein wahrer Edelmann, der wußte zu leben. Schad um ihn, daß er so früh das Zeitliche gesegnen mußte.''

Die Halle war schnell erhellt von Fackeln und Lichtern. Was hatte die Hausfrau zu sorgen, zu klingeln, rufen, schelten, flüstern, daß ihr Haus Ehre habe vor dem späten Gast. Fast war es zuviel Sorge und Arbeit, noch in die Nacht hinein nach einem Sturm und einer großen Wäsche.

Doch der Gast verdiente es. Er war ein Mann etwa in den

Vierzigern, hoch und stattlich gewachsen; im Gesicht den Hofmann und den Ritter nicht verleugnend. Sein Tritt, seine Bewegungen waren sicher und fest, aber dabei fein und geschmeidig; seine Tracht der Sitte der Zeit, wenigstens in Brandenburg, um etwas vorangeeilt. Das schon besprochene Kleidungsstück, welches damals anfing, so viel Gerede zu machen, würde auch seinem Körper wohl gestanden haben, aber er kam nicht vom Hofgelage, sondern von der Jagd. Über den hohen braunen Stiefeln mit Silbersporen, die bis über die Knie reichten, schmiegten sich engere Hosen an den markigen Wuchs, die nur am Leibe, nach der burgundischen Mode, in leichte Puffen ausgingen. Nach derselben Mode war auch sein gesticktes Tuchwams, welches sich in einer Spitze tief zum Nabel senkte und von einem ausgelegten Gurt festgehalten wurde. Daran hing der kürzere Jagddegen, auch ein feines Stück Arbeit. Um den Hals schmiegte sich eine Krause, die den Hofmann, der das Ausland gesehen, deutlicher noch verriet und selbst den Stürmen des nächtlichen Rittes widerstanden hatte. Seine Stirn war nicht zu hoch, sein Bart nicht zu lang, aber sorgfältig gekräuselt, und die ins Rötliche spielenden Haupthaare waren fast glatt geschnitten. Locken, die in wildes Haar ausarteten, und struppige Bärte galten in jener Zeit noch als ein Zeichen männlicher Kraft und adligen Mutes in diesem Lande.

Wenn er sich durch diese Kennzeichen merklich von allen hier Anwesenden unterschied, so war er's noch weit mehr durch sein einnehmendes Wesen und die feine Art, wie er mit jedem sprach. Wie verbindlich reichte er dem Hans Jochem die Hand, sich entschuldigend, daß er ihn vorhin nicht gleich erkannt. Zur Wirtin redete er so traulich und scherzhaft, wie einer, der eine Frau, die ihm nicht gleichgültig war, nach langen Jahren wiedersieht, und es tauchen allerhand liebe Erinnerungen auf, so süß und schön, daß beide darüber die Jahre und Runzeln vergessen. Was sie erzählte und erwähnte, wie bald entsann er sich der geringfügigsten Kleinigkeit; wie hörte er mit anscheinender Aufmerksamkeit zu, und wußte immer dem, was trübe klang, eine freundliche Wendung zu geben. Wie schlug er auf ihre Hand und tröstete, wo es des Trostes bedurfte, nicht wie ein Liebhaber, wie ein alter Freund, der es bleiben wird trotz der Jahre und Widerwärtigkeiten.

Aber wieder ein anderer ward er, als die Töchter eintraten und mit verschämter Anmut den vornehmen Gast und Verwandten bewillkommten. Eva Bredow wurde fast rot, daß sie ihm so bäurisch grob die Hand geboten. Er hatte nicht eingeschlagen, sondern, die Finger zart fassend, sie an seine Lippen gebracht, und auf ihr: „Gott grüß Euch, Vetter von Lindenberg!" hatte er eine Weile wie verwundert sie angeschaut.

„Ei, das schöne Fräulein soll meine Muhme sein!"

„Gewiß, Herr, es ist die Eva", sprach die Mutter erfreut, „so Ihr damals bei der Huldigung auf den Knien schaukeltet. Ihr sagtet noch, sie würde der Mutter gleichen."

Der Gast schien sich noch von seinem Staunen zu erholen: „Wahrhaftig, ich glaube doch am Ende, ich bin hier in einem verzauberten Schloß. Fürchte, wenn ich ihre zarte Hand nicht festhalte, sie wird mir wie eine Nix verschwinden."

„Macht sie doch nicht verschämt. Das dumme Ding ist schon puterrot und wagt nicht, die Augen aufzuschlagen."

Eva hätte wohl die Augen aufgeschlagen; sie schämte sich ihrer Hände; die waren noch rot vom Waschen. Und als er weiter sprach von einer Rose, die er in der Heide gefunden, die aber eines Fürsten Garten zieren würde, ward sie ganz ängstlich und hätte fortlaufen mögen, wäre die Mutter nicht gewesen, die ihm auch ihre zweite Tochter vorstellte.

„Welch ein Reichtum von Blumen im Walde! Rosen und Lilien, wie kommen die unter Kiefern."

,,Wir denken so, die Agnes zu Unseren lieben Frauen nach Spandau zu bringen.''

,,Ein frommes Gemüt sehnt sich nach dem Himmel. Doch nicht zu früh, Frau Muhme. Mit der Frömmigkeit muß man nicht gar zu sehr eilen, das Leben ist lang.''

,,Wie's der Herr schickt! Sind schlimme Zeiten, Herr von Lindenberg. Aussteuer können wir doch nur einer geben. Und weil sie so still ist und so vor sich hinschafft, da meinte mein Gottfried, und der Herr Dechant hat's auch gemeint, sie schickt sich nicht für die böse Welt und wie das wirsche Volk hier ist. Unser Herrgott nimmt die Stillen am liebsten. Der sieht nicht darauf wie das Mannsvolk, ob die Backen rot oder blaß sind.''

,,Aber'', flüsterte schelmisch der Herr von Lindenberg, ,,er sieht auf die Grübchen neben den Lippen, ob sich ein Schelm da versteckt hat. Der Schelm ist ein böser Schelm und neckt alle Evas. Keine ist davor sicher, und mögen sie so still und sittsam aussehen als Eure Tochter.''

,,Ja, die Evas, lieber Herr Lindenberg'', lachte die Mutter, ,,aber die heißt Agnes. Dummes Ding, was erschrickst du dich!''

,,Sie wird nicht erschrecken, liebe Base'', lachte der Gast, ,,wenn der arglistige Schelm kommt, dem kein Menschenkind widersteht.''

Der Schelm kam nicht, aber Knechte und Mägde, um den Tisch noch einmal zu füllen mit allem, was das Haus und der Keller auftreiben konnten. Da sah man den Herrn von Lindenberg abermals einen ganz anderen werden. Hunger ist der beste Koch, heißt es, aber Hunger und Durst sind auch Fechtmeister, die den gesatteltsten Ritter und Hofmann aus dem Steigbügel werfen. Der Herr von Lindenberg aß, daß es eine Freude für die Hausfrau war, so oft sie einschenkte, schenkte der freundliche Gast ihr einen freundlichen Blick.

,,Daß solchem Herrn, der an Besseres gewohnt ist, unser schlechter Wein mundet!''

,,In solcher Gesellschaft!'' sagte der Gast und reichte auf der einen Seite der Edelfrau, auf der anderen dem Junker Peter Melchior die Hand. Dabei wiegte er sich auf dem Schemel mit einem gar vergnügten Gesicht. ,,Ihr glaubt vielleicht, daß ich scherze. Denkt euch einen, der die ganze Woche über im Block lag, und am Sonntag wird er frei! Das Hofleben ist —'' Er hielt plötzlich inne. ,,Wir vergaßen auf die Gesundheit unseres durchlauchtigsten Kurfürsten und Herrn zu trinken, wie es guten brandenburgischen Edelleuten bei jeder Mahlzeit geziemt.''

Die Pokale klangen, und der Hofmann hielt es für angemessen, viele Worte zum Lobe seines jungen Fürsten zu sprechen. Da war keine Tugend, die er ihm nicht beimaß. Er sprach so lange, bis er den Pokal sich von neuem füllen ließ. Diesmal galt sein Spruch dem Wohl der tugendsamen, sittigen Hausfrau, seiner lieben guten Base und Wirtin, dann den zarten Fräulein.

,,Und daß der Bärnhäuter, der Gottfried, mein alter Freund, nicht zu uns kommt. Ich wollt ihm einen Trunk bringen, daß er mir Bescheid tun müßte, als säß er noch an der Landtafel.''

Des edlen Gastes Heiterkeit teilte sich den andern mit. Man machte den Vorschlag, zum Langschläfer, wenn er nicht herunterkomme, hinaufzusteigen.

,,Wir wollen ihn wecken!'' jauchzte Peter Melchior, der auch des süßen Weines schon viel getrunken hatte.

,,Das überlassen wir seiner Frau'', entgegnete der Ritter, welcher das bedenkliche Gesicht der Edelfrau bemerkt. ,,Frauen wissen immer am besten, wann es Zeit ist, daß die Männer aufwachen sollen.'' Die Frau ging, die Töchter nahmen die Gelegenheit wahr, mit ihr zu entschlüpfen.

,,Eingeschenkt!'' rief der Gast, der selbst einen Becher

nach dem andern herunterstürzte. ,,Herr Gott im Himmel und Sankt Petrus am Höllentor, wie ist mir eigentlich wohl unter euch.''

Der Dechant hob lächelnd den Finger: ,,Sankt Petrus, Herr Ritter, steht am Himmelstor.''

,,Wer da Wache hält, ist mir gleich. Ich bin raus aus dem Himmelreich oder der Hölle, wie Ihr's nehmen wollt. Sankt Christoffel, der doch gewiß eine große Ehre hatte, als die ganze Welt ihm auf den Schultern saß, war gewiß auch froh, als der Heiland absaß. So ist mir heut in den Gliedern.''

,,Wie manche, Herr Ritter, möchten Eure Last mit Freuden auf ihre Schultern laden.''

,,Freunde, ich sage euch, 's ist ein — doch davon nachher. Mir träumte heut eigentlich nicht, daß mir's so wohl werden würde.'' Auf der Stirn des Gastes lagerte sich ein Anflug von Ernst; er strich mit der Hand darüber, wie um die Gedanken fortzustreichen, sie schwebten aber schon als Worte auf seiner Zunge. Es gibt Gedanken, die man aussprechen muß, um sie loszuwerden.

,,In Todesangst wachte ich heute morgen auf. Die ganze Nacht hatte es vor mir getaumelt wie etwas am Strick. Schwipp, schwapp. Ich stieß es fort, und immer kam's wieder. Als ich nun endlich aufwachte, da die Hörner schon nach dem Gesinde riefen, packte ich's. Es war die Schellenschnur über meinem Bett, sie war vom Draht losgegangen.''

Die Zuhörer lachten.

,,Lacht nicht zu früh! Die Hexerei kommt nach. Joachim war noch nie so gnädig, als den Tag mir. Ich spreche sonst gern und viel mit ihm. Einen Hecht an der Angel muß man nicht loslassen, auch Fürsten, soviel es geht, nie selbst denken lassen. Wer's los hat, muß ihnen die Gedanken, die sie denken sollen, in die Hand geben. Ich kann mich rühmen, daß ich's verstehe, sie so handrecht ihm zu drechseln, daß er damit spielt, als wären es seine eigenen lieben Einfälle. Nur heute ging's nicht. Er sprach gelehrt, wie seine Lust ist. Weiß der Geier, was meine Zunge lähmte; ich hörte schon wieder auf, wenn ich anfing. Mein Auge war wie mit einem Nebelflor umstrickt. Bisweilen kam es mir vor, als ritte neben mir der Scharfrichter.''

,,Der Kurfürst!''

,,Er hat manches Mal ein so strenges Gesicht, daß man daran gemahnt wird.''

,,So erklärt mein Herr von Lindenberg selbst, was seine bösen Geister bedeuten'', sagte der Dechant. ,,Es war ein neblichter Morgen, und die Stimmungen, welche er von einer schlechten Nacht mitbrachte, wurden in seiner Einbildungskraft zu Gespenstern.''

,,Es bedeutet nichts etwas, es ist alles dummes Zeug'', fiel der Gast rasch ein. ,,Wir werden gestört durch die Dünste aus unserem dicken Blut. Aber als ich von der Jagd abkam und in die Richte zu jagen glaubte, stutzte am Waldeck mein Tier und steifte die Ohren. Mir surrte und schwirrte es auch ums Ohr, wie in der Nacht. Ich hätte nicht vorwärts mögen, aber meine Sporen klirrten, wie mich an meine Pflicht zu mahnen. Mein Rappe bäumte sich unter dem Druck, und als ich um den Eck war, stand ich auf einer wüsten, verbrannten Heide, in der Mitte ein Galgen und dran hing einer.''

Er schwieg einen Augenblick.

,,Ihr werdet wieder sagen, ich hätte Gespenster gesehen. Ich glaubte es auch, da ich meinem Tier den Willen ließ und die Zügel schießen. Und noch mehr, das Gespenst verfolgte mich. Ich sah es vor mir mit geschlossenen und offenen Augen; ich war doch schon eine Viertelmeile fort, und hinter jeder Kiefer baumelte es; Sporen an den Stiefeln, einen Federhut auf dem Kopf; ich sah jede Bewegung, die blassen, gekniffenen Finger, die blauen Lippen, das rote, aufgeschwollene Gesicht.''

Der Junker Peter Melchior kreuzte sich. Alle waren still.

,,Ich hielt an, ich schlug mich auf die Brust, ich rieb mir die Stirn. Nun betete ich ein Ave Maria und den Rosenkranz ab. Dann kehrte ich um, und ich kann euch morgen den Weg wiederzeigen, den ich zurücktat, indem ich der Spur meines Pferdes folgte. Jede Fichte, jede Birke, selbst die Holundersträucher merkte ich mir. Da kam das Waldeck, da die verbrannte Heide, der branstige Geruch, Raben und Krähen am Himmel, der Galgen, der Mann daran, Sporen an den Stiefeln, eine Federkappe auf dem Kopf — und i c h war es, mein Gesicht.''

Lauter blasse Gesichter schauten sprachlos auf den Redner.

,,Da verging's mir'', fuhr er nach einigem Schweigen fort. ,,Es ward mir blau und rot um die Augen, alles drehte sich um, und ich lenkte nicht mehr mein Pferd. Ich weiß nur, daß es durch dick und dünn flog. Die dürren Äste knickten. Es rauschte in den Wolken, Ketten klirrten, Sporen klirrten, die Eulen krächzten. Dazwischen Waldhörner, Hussaruf, ich weiß nicht was. Ich weiß auch nicht, ob ich durch die Jägerhaufen flog, ob ich noch einmal an dem Galgen vorüberkam, mir war's so. Zur Besinnung kam ich erst, als es schon dunkelte, und mein Rappe keuchend, atemlos in einem blauen dunstigen Moor nach einer Wegspur suchte. Wie viele Stunden ich da noch in der Irre ritt, weiß ich nicht. Mir war kalt, mir war heiß zumut, wenn ich an das zurückdachte, bis ich endlich Licht sah. Wär's ein Irrwisch gewesen, eine Teufelsküche, mich hätt 's nicht verwundert; nun war's meines Freundes Götze Hohen-Ziatz. Ich bin hier, und was denkt ihr davon?''

,,Ihr hattet vielleicht vergessen, den Abendsegen zu beten?'' bemerkte der Dechant.

,,Pah! Da müßte ich oft Galgenmännlein sehen.''

Peter Melchior hatte während der letzten Erzählung, die

Hände unterm Tisch faltend, eine ganze Reihe von Gebeten zwischen den Zähnen gemurmelt.

,,'s ist was nicht richtig in der Luft'', sagte er leise, ,,ich hab's von Anfang an gesagt. Die hagern Frauen an der Bleiche, der Krämer und sein verhextes Zeug, der Sturm, es geht was vor. Niemand weiß, wo's hinausläuft. Zwischen Gallus und Allerheiligen tut's nimmer gut, was vornehmen, aber Frau Brigitte hat keine Gottesfurcht, keinen rechten Glauben. Was mußte sie jetzt grade die große Wäsche halten. Die hat's aufgerührt.''

Der Ritter hatte wieder sein vornehm stolzes Gesicht. Er saß im Stuhl zurückgelehnt, ein verächtliches Lächeln schwebte über seine Lippen:

,,Auf eine Wäsche läuft's hinaus! Es tut mir leid, so ich eine Wäsche gestört hätte.''

Peter Melchior erzählte. Der Ritter hörte bei einigen Punkten aufmerksam zu, bis der Junker plötzlich mit den Fingern schnellte: ,,Nun hab ich's. Das Galgenmännlein! Klaus Hedderich erzählte ja davon. Nicht der Ritter war's, der Schneider Wiedeband. Richtig, der hängt noch am Galgen bei Beelitz in der Heide.''

Der Herr von Lindenberg lehnte sich über den Tisch. Es war, als ob ihm mit dem frohen Gesicht des Junkers ein bleierner Bann auf der Brust sprang. Aber der Zweifel meldete sich wieder.

,,Ein Schneider in Sporen!''

,,Oh, das ist eine lustige Geschichte. Hättet Ihr nichts davon gehört? Die von Beelitz zankten schon seit einem Jahre mit dem Schneider. Er war ein Gewandschneider, ein kleiner Mann nur, aber er hatte es dick sitzen im Kopf. Sagte es laut bei allen Zechen: ,Kleider machen Leute, also da der Schneider die Kleider macht, macht der Schneider auch die Stände.' Schneiderte sich selbst Kappen und Mäntel und Hosen, wie Ratleute und Junker; sooft ihn auch der Rat darum strafte, er stolzierte darin um, und sie brauchten ihn, denn keiner verstand besser mit der Schere umzugehen. Sonst hätten sie ihn längst ins Elend geschickt, aber er sagte, seine Amme hätt's ihm an der Wiege prophezeit, daß er als Ritter sterben würde. Nun hatte er den Ratsherren ihre Mäntel zugeschnitten; aber ehe ein halb Jahr um war, wurde das Tuch mürbe und riß. Die von Beelitz machten ein furchtbar Geschrei, aber er schrie wider. Die sagten, er hätte das Zeug mit dem Bügel verbrannt, er sagte, sie hätten ihm verbranntes Tuch geliefert. Getagefahrtet ward von einem Schöppenstuhl zum andern, bis die Köpfe lichterloh brannten. Die Zeugen schlugen sich schon, die von Treuenbrietzen, von Jüterbog, selbst die von Wittenberg mischten sich drein. Endlich waren alle einig, die Justiz könne das nicht abtun, und Wiedeband sagte den Beelitzern ab. Das kam vielen damals kurios vor, daß ein Schneiderlein einer Stadt dürfe einen Fehdebrief schicken. In Leipzig und Wittenberg haben sie darüber vor der Fakultät gestritten, ob es ging. Aber es ging. Das Schneiderlein hatte seinen Anhang, und mit seinen Gesellen von der Schere tat er ihnen manchen Schnitt, wo sie sich's gar nicht versahen. In Jüterbog hatte er ein festes Haus und saß wie ein Ritter, und, was wirklich eine Schande ist, die sächsischen Herren drüben, weil sie den Beelitzschen übelwollten, aus purer Scheelsucht, hielten ihn, als wäre er zu ihnen. Er durft in Sporen und Federhut aus- und einreiten auf ihren Schlössern, und liehen ihm manches Stück Roß und Zeug, zum Schaden der von Beelitz. Hätte er sich nur begnügt, ihnen aufzulauern und ihre Leute zu werfen, so hätte er's manches Jahr treiben können, aber der Kamm schwoll ihm, und eines Morgens rückte er mit einem hellen Haufen vor ihr Tor. Da rief er 'nein, der Schneiderritter: als sie ihm hätten gebrannt Tuch geliefert, und dadurch gebranntes Herzeleid gemacht, so wollte er ihnen auch 'nen Brand zu riechen geben, daran

Kind und Kindeskind denken sollten. Und gesagt, getan, vor ihren Augen steckt er ihnen ihre Heide an, und ehe sie nur aus dem Schlaf in Hemde und Haube kriechen konnten, brannten zehn Morgen weg. Es wäre noch mehr Unglück geschehen, wäre kein Regen gekommen. Nun aber wurden die von Beelitz fuchswild und lauerten ihm auf, wo sie konnten. Sie bestachen eine fahrende Frau, zu der er hielt, in Jüterbog in der Vorstadt, die ließ nachts die Knechte der Beelitzer ins Haus, und am Morgen, als er aufsprang, griffen ihn die Knechte, steckten ihn in ein Beuteltuch und warfen ihn auf 'nen Heuwagen. Ehe seine Freunde es merkten, waren sie mit gestreckten Zügeln über die Grenze, und Ihr mögt Euch denken, was das für Lust gab, als sie ihn im Sack durchs Tor fuhren. Ein Loch hatten sie 'neingeschnitten, da steckte er den Kopf raus, und hatte noch die Frechheit, die Zunge rauszustrecken. Solchen Spaß haben sie in Beelitz ihr Lebelang nicht gehabt. Sie wollten ihn schnell judizieren; aber da gab es neuen Spektakel. Hatte die Frechheit, er wollte sich nicht hängen lassen als ein Dieb oder Mordbrenner, da er in offener Fehde mit ihnen gewesen, und von den sächsischen Herren kamen ihm einige zu Hilfe. Die zeigten eine Urkunde vor, daß sie ihm ein verfallen Burgrecht geschenkt oder verkauft; also wäre er ein freier Mann von drüben, und hätte recht gehabt, ihnen Fehde zu machen. Die Beelitzer, wie man sich denken kann, bestritten's, er sei ein Stadtkind gewesen und geblieben, also in ihrem Bann. Das gab ein neues Geschrei und Geschreibe. Endlich kam man überein, er sollte judiziert werden als ein Stadtkind, aber gehenkt als ein Ritter, und da gab er sich drein. So hat das Schneiderlein bis auf die Letzt seinen Willen gehabt, und hat's durchgesetzt, der Kerl, wer sollt's glauben, daß sie ihn henken mußten mit Sporen und Federhut. Ja, wär's nach ihm gegangen, er hätte noch den Degen an der Seite behalten. Das war denn doch zuviel, auch die sächsischen Herren wollten's nicht. Nun baumelt er so in der Heide, die er angesteckt. Hat's aber wohl nimmer gedacht, daß ihm noch im Tode die Ehre würde, daß unser Herr von Lindenberg den Schneider Wiedeband für sich ansähe."

Alle lachten von Herzen über die lustige Geschichte; der edle Gast, der sich ihrer wohl entsann, war sichtlich aufgeheitert.

„Das ist nur dumm Zeug", sprach er, indem er noch einen vollen Zug aus dem Becher tat, „was sie von dem Wafeln oder dem doppelten Gesicht reden. Wer ins volle Glas sieht, sieht sich auch doppelt, und er schlürft nicht den Tod daraus, sondern helle Lustigkeit. Weil's mir heute abend so wohl gehen sollte, darum schauerte's mich so grauslich am Morgen. Das ist die Deutung: Glück, Glück! Wie wär's, ihr Herren, die Becher klingen so hell, wenn wir sie noch anders klingen ließen. Hätte Lust, ein Stündlein zu doppeln!"

Peter Melchior schielte den Dechanten an. Der zuckte die Achseln und hob drohend den kleinen Finger:

„Ei, mein Herr Ritter von Lindenberg, Ihr so vom Glück ohnedies begünstigt, was wollt Ihr's noch suchen gehen?"

„Immerzu!"

„Die Kirche verbietet, auf Spuk und Deutungen etwas zu geben. So ich aber als Laie dächte, wäre es, daß mein Herr Ritter gut rechnete. Auf böse Träume folgen Hochzeiten und Kindtaufen. Rabensteine und Leichen bedeuten Glück im Spiele. Wollt Ihr uns durchaus die Taschen leer machen?"

Der Ritter von Lindenberg warf einen vollen Beutel auf den Tisch:

„Bis der leer ist, nicht von der Stelle."

Peter Melchior faßte leise an den vollen Beutel, er gab einen Klang.

Die Tische wurden abgetragen und drei Schemel herangerückt. Der Dechant nahm den Becher in die Hand und schüttelte ihn mit einem stillen Seufzer und niedergeschlagenen Augen: ,,Nun denn, um kein Spielverderber zu sein!''

,,Nehmt Euch vor ihm in acht!'' flüsterte der Junker Peter Melchior.

Siebentes Kapitel

Ein böser Rat

,,Ein Stündlein noch, Gestrenge, dann wacht er auf'', sprach der Knecht Kasper, der an seines Herrn Tür Wache hielt und wenig Umstände machte vor der Edelfrau, welche, so schien es, ohne den Wächter wohl Lust gehabt hätte, ein wenig aufzuklinken und hineinzuschauen. Er aber saß auf einer Bank, die er vor die Tür geschoben, den Rücken gegen diese gelehnt, eine Stellung, in der er auch dann und wann die Augen zugedrückt haben mochte. Ein treuer Knecht dient seinem Herrn auch, wenn er für ihn schläft. Jetzt aber schnitt er Scheiben umschichtig von einer großen Rübe, einem Käse und einem Haferbrot zum Abendimbiß.

,,Kasper, ich höre ihn schnarchen.''

,,Tut nichts. Vorhin grunzte er, dreimal stöhnte er, und dann hat er geflucht. Das geht immer voraus.''

,,Aber er hat sich gewiß auf die andere Seite gelegt. Dann schläft er nur immer fester ein.''

,,Wenn er erst bis zum lauten Fluchen kam, dann flucht's in ihm fort, und dann wacht er auf.''

,,Das ist einmal —''

,,Allemal, Gestrenge, wie die alte Wanduhr. Erst knickt sie, brummt, schnarrt, dann nach einer Weile schlägt sie.''

,,Es ist ein vornehmer Herr, Kasper!''

,,Weck meinen darum nicht auf.''

,,Des Markgrafen Freund.''

,,Und wenn alle Markgrafen in eigner Person kämen.''

,,Kasper, du bist ein guter und treuer Knecht, aber du weißt nicht, was es gilt. Ich muß dabei sein, wenn er aufwacht.''

,,Kann mir wohl denken warum. Ich habe nichts mit der Wäsche zu tun.''

,,Kasper, ich bin deine Frau, wollte sagen deines Herren Frau. Du wirst doch nicht —''

,,Plaudern werd ich nicht, was mich nichts angeht, und wenn er's merkt, nun da mag jeder sorgen, den's trifft, aber —''

,,Meinst du, ob er poltern wird, oder —''

,,I nu, Gestrenge, das kommt darauf an. Trank er zuletzt süßen, dann geht's; aber Landwein, dann ist's schlimmer, besonders von dem dicken aus Stettin. Wenn das Gewürz im Blut zurückschlägt! Recken und Strecken muß er sich allemal ein bißchen, und da muß ihm keiner in den Wurf kommen, der es nicht versteht. Ich fühl's immer gleich am ersten Schlag, ob er nur verdrießlich ist oder ein Gewitter losgeht. Das ist nun meine Sache allein, gestrenge Frau, und dabei tun Weiber niemals gut.''

Unten schien es zu gewittern, ein Schlag oder Klang war's, der die Aufmerksamkeit der Hausfrau in Anspruch nahm. Während Kasper wieder unbekümmert an seinen Käse und Rettich ging, hatte sie sich über das Treppengeländer gelehnt.

Der Dechant kam herauf, etwas gerötet im Gesichte, schneller als seine Art war. Das Zusammentreffen mit der Edelfrau schien ihm nicht ganz angenehm; die eine Hand fuhr schnell unter sein Habit.

,,Ihr habt wieder gespielt.''

Der Geistliche zuckte die Achseln.

,,Und gewonnen?''

,,Kann ich dafür!''

,,Die toben nun.''

,,Laßt die Heiden toben, ich tat's ja nur aus Gefälligkeit.''

,,Das ist 'ne Aufführung, das ist 'ne Wirtschaft! Und ein Geistlicher dazu! Was soll das Gesinde dazu sagen! Im Freien, nun ja, zum Zeitvertreib, im Lager, da hab ich ein Auge zugedrückt. Aber Ihr wißt, daß ich im Schlosse ein für allemal —"

„In Ihrem Schlosse sollen doch meiner gütigen Wirtin edle Gäste nicht über Langeweile klagen. Die Frau war fort, der Herr kam nicht, verwundert sich da meine Frau von Bredow, daß der Gast sich selbst nach einer Unterhaltung umsah. Billigen, was er tat, ei behüte, daß mir das in den Sinn käme, aber er ist den Leidenschaften unterworfen, gleich uns allen. Ich für meine Person hätte auf einen Dank gerechnet, nicht auf einen zornigen Blick, noch weniger —"

„Ich darauf, daß mein Beichtvater meine Gäste ausziehen sollte."

„Ausziehen! Ei, was ein harter Ausdruck aus so freundlichem Munde! Ist der ein Räuber, der wider Willen annimmt, was man ihm aufdringt? Ich sehe auch darin —"

„Nur nicht wieder einen Fingerzeig. Den lieben Gott laßt mir beim Spiele aus dem Spiel. Das sage ich Euch. Gebt dem Teufel, was des Teufels; Ihr werdet Euch schon mit ihm vertragen. Aber macht 'nen Knoten in Eure glatte Zunge, wenn Ihr krumm gerade reden wollt. Denen ist's schon recht, i ja, auch dem Herrn von Lindenberg, Satan steckt auch in ihm, wenn er sein glatt Kleid verrück; wär's nur nicht bei uns geschehen. Aber —"

Dem Dechanten war es gelungen, seine Hand frei zu machen; vermutlich war der Beutel, der dem Herrn von Lindenberg vorhin gehört, in seine Tasche sacht geglitten. Er hob einen Arm.

„Frau von Bredow spricht nur meine Gedanken aus. Es nimmt's, ich sage nicht der Herr, aber das launische Glück denen oft, was sie nicht zu nutzen verstehen, um es denen zu geben, die einen besseren Gebrauch davon zu machen wissen. Als ich so wider meinen Willen an das böse Brett gerissen ward, dacht ich im stillen, wie das Altartuch in unserem Chor wohl eine neue Verbrämung verdient. Wenn nun von dem sündigen Golde durch den Zufall, sei es mir erlaubt, so zu sprechen, in deine Hände fiele, ei du könntest schöne Goldfransen dafür in Magdeburg einlösen, das dachte ich. Ich sage nicht, daß dies eine Eingebung war, behüte mich vor jeder Lästerung; aber es ist doch sonderbar, daß immer, wenn ich an die Fransen dachte, der Wurf mir gelang."

„Glückliche Reise, ehrwürdiger Herr. Seht Euch nur in Magdeburg vor, daß die Fransen echt sind. Kaufleute und Goldsticker betrügen gern."

„Ich habe seitdem anders gedacht. Das Jungfrauenkloster Unserer lieben Frauen bei Spandow ist schlecht ausgestattet. Wenn wir unser liebes Fräulein Agnes dahin brächten und zu Ehren der heiligen Agnes einen Altar stifteten, würde das ein gefälliger Dienst sein, sowohl für die Heilige, da wir eine gnädige Fürsprecherin im Himmel gewönnen, als auch für die Familie. Die Arnims, die Bardeleben, die Jagows, auch die Kerkows haben da großen Einfluß, die Bredows zur Zeit nur geringen. Und Eure Vettern in Friesack rühren sich für uns, wie Ihr am besten wißt, nicht viel. Ein kleiner, mäßiger Altar nur; ich habe es so überschlagen, Silberstickerei, ein Kruzifix von Messing, die heilige Agnes kann ein Maler konterfeien, der bei uns im Schuldturm sitzt; der arme Schlucker ist mit wenigem zufrieden. Es sind ja überall schlimme Zeiten. Aber meine gnädige Frau gibt mir zu, wenn wir unsere Agnes mal als Äbtissin sehen wollen, müssen wir etwas tun."

Die Hausfrau hob die Hände und zeigte ihre zehn Finger dem Dechanten:

„Nun ist's genug. Ich soll teilen das sündige Spielgeld, damit ich schweige! Mein Kind soll ich ausstatten damit! Die heilige Agnes mag nehmen, was sie verantworten kann, denn sie ist eine Heilige und weiß es besser als ich; aber meine Agnes soll Äbtissin werden durch deinen Würfelraub! Und wenn sie dienende Magd ihr Lebtag bliebe, sie soll lieber Pförtnerin, Küchenschwester, Scheuermagd bleiben, als durch das Teufelsgeld Äbtissin. Herr Dechant, wenn Ihr nicht mein Beichtvater wäret und wir alte Freunde! So spricht die Schlange. Mir das! Seht Euch ja nicht um, mäuschenstill; er steht hinter Euch, der Verführer, riesengroß. Der Menschenfeind spricht aus Euren Lippen, und Ihr wißt es vielleicht selber nicht. 's ist doch ein Jammer, daß der Verderber selbst Macht hat über die Geweihten des Herrn. Wo soll denn ein sündiges Menschenkind sich Trostes holen."

„Bleibt still stehen", rief sie ihm nach, als er ihr folgen wollte. „Für die Nacht graust mich vor Euch. Morgen früh — nun morgen früh ist ein anderer Tag; wir haben's vielleicht beide vergessen und halten's für einen Traum. Das wäre das beste."

Zur ebenen Erde sah es derweil wüst aus. Der Becher, den der Gast dem Dechanten nach dem letzten Wurfe an den Kopf geworfen, rollte noch auf der Diele. Die Würfel lagen zerstreut, und keiner schien Lust zu haben, sie aufzulangen. Der Herr von Lindenberg aber ging, wie sehr erhitzt, im Zimmer auf und ab, bis er sich auf den Lehnstuhl des alten Götze warf. Den gespornten Fuß legte er auf die Bank und stützte den Kopf auf den Ellenbogen. Peter Melchior saß am Tisch in ähnlicher Stellung; die beiden Junker, Hans Jürgen und Hans Jochem, standen an der Wand.

„Ich hab's gesagt, hütet Euch vor dem Pfaffen", sprach Peter Melchior. „Was in des Pfaffen Sack kommt, ist verloren. Jeden anderen kann man kitzeln, aber die tote Hand gibt nichts wieder raus."

„Eine verfluchte Geschichte!" brummte der Gast. „Wiederhaben muß ich's. Seine Kurfürstlichen Gnaden gab mir auf der Jagd ihren Beutel, um bei der Rückkehr die Almosen auszuwerfen."

,,Die Glatzen sind auch arme Leute!'' sagte höhnisch der andere.

,,Daß der alte Götz grad heut schlafen muß.''

Peter Melchior lachte: ,,Sein Korn ist noch nicht verkauft.''

,,Mein's schon auf dem Halm, und das Geld zum Schornstein hinaus'', fiel der Gast ein. ,,Ist hier keiner in der Nähe? Der Stechow hat nichts, der Holzendorf auch nicht; der Arnim gibt nichts raus. Ist kein Jude herum? Nur bis morgen, bis übermorgen soll's, der Kurfürst ist darin ängstlich wie eine alte Jungfer um ihren Ruf.''

Es fand sich kein Jude, kein reicher Mann.

,,Blitz!'' rief der Junker Peter Melchior. ,,Der Krämer Hedderich! Hätten wir den nicht gehen lassen. Der könnte die Ehre haben, für einen Edelmann ein paar Tropfen zu lassen. Und der Mann ist's wert. Als ich so ein bißchen in die Kisten und Kasten hineinfühlte, klimperte eine sehr verdächtig.''

Der Herr von Lindenberg spitzte die Ohren und fragte weiter, etwa wie ein Mautbeamter, welcher einem Schleichhändler auf der Spur ist, der ihm zum Schabernack die Grenze passiert hat. Auch die beiden Junker wurden ins Gespräch gezogen und wie Zeugen vernommen.

,,Hedderich!'' Der Gast strich sich über die Stirn. ,,Den Henker auch, wer kann alle Namen behalten. Wo zog er des Weges.''

,,Sprach, daß er wollte nach Kölln an der Spree.''

,,Was wollte er in Kölln?''

,,Deucht mich'', sagte Hans Jochem, ,,wenn ich recht gehört, eine Restzahlung im Schlosse einkassieren.''

,,Waren Grauschimmel vor seinem Karren?''

Die anderen bejahten es.

,,'s ist richtig!'' sprach der Herr von Lindenberg, sich auf die Lenden schlagend. ,,Dacht ich mir's doch gleich. So pfiffig sind die Spitzbuben. Wißt, der Kerl, der zerloddert aussieht wie ein Lazarus aus dem Pracherland, unter seinen Lumpen und Bändern für Bauerndirnen und Stallmägde führt Wollenzeuge, wie man sie zu Lande nicht sieht. Aus Böhmen und Wien her kriegt er sie von den Türken, gewebte, bunte Tücher aus Indien und Schmarkand. Die führt er an den Höfen umher; Fürsten nur können so was kaufen. In Saarmund am Zoll trafen wir auf ihn. Hatte da auspacken müssen, Seine Gnaden sah es und kaufte ein gut Stück von den Decken und Tüchern für seine Verlobung, und, wie er ist, zahlt er sogleich den halben Kaufschilling; oh, es waren an die zwanzig Mark, die der Kerl einsteckte. Den Rest sollte er sich im Schloß zu Kölln holen. Ewald Köckeritz und die drei Lüderitze fragten ihn, wann er nach Berlin käme, sich das Geld holen? Solches Volk riecht aber gleich Lunte, und er band ihnen ein Märlein auf, daß er über Ziesar nach Magdeburg wolle unterm Geleit des Erzbischofs. Dann, glaube ich, über Havelberg nach Stettin und auf dem Rückwege erst nach Kölln. Trau du dem Pack! Das ist uns nun verloren."

„Die Lüderitz und der Ewald treiben's auch zu dreist", fiel Peter Melchior ein. „Ihr wißt ja, wie die Krämer beten:

> Behüt uns, lieber Herre Gott,
> Vor Köckeritze, Lüderitze,
> Vor Krachte und vor Itzenblitze!"

Der Gast warf ihm einen strengen Blick zu: „Zügle deine Zunge, auch die Wände haben Ohren."

Aber Peter Melchior sah die Jungen an: „Duldet ihr das! Ihr seid adlig Blut."

„Wer zweifelt daran!" sprach der Fremde und reichte Hans Jürgen die Hand, „aber man kann nicht vorsichtig genug sein."

„Er ist ja nicht sein Vater, Hans Cicero, der die Weisheit

mit Löffeln fraß und uns den Schmachtriemen um den Bauch schnallte.''

,,Wißt ihr's, was er wird!'' sprach ernst der Gast und winkte ihnen, sich ihm näher zu setzen. Das Gespräch ward leiser fortgeführt.

,,Ihr seid junge Leute'', sprach er zu Hans Jürgen und Hans Jochem, ,,aber vor euch steht ein schlimmes, trübes Leben, wenn — wenn es nicht besser wird.''

,,Ein klein Vergnügen fällt doch wohl ab, dann und wann'', lächelte Peter Melchior.

,,Nicht, wenn ihr's so anfangt wie jetzt, nicht, wenn ihr nicht klüger werdet. Ich sag's euch, die Mark wird werden ein Hundestall, nicht für den Adel, die Edelleute sind die Hunde drin. Die Fürsten, die Pfaffen, die Gelehrten, Himmel und Hölle, ich glaube gar, das Bürgerpack wird das Regiment führen und die Peitsche.''

,,'s klingt sonderbar, wenn der Herr von Lindenberg so spricht, unseres Kurfürsten Liebling und Rat.''

,,Ich bin ein Edelmann, ein Ritter, meine Freiheit ist mir lieber als alles'' — er schlug sich an die Brust — ,,weiß Gott, dafür wach ich, denk ich, träum ich, aber mit Holzblöcken verkehren müssen! Diese Köckeritze, Itzenblitze, Krachte, statt zu helfen, verderben sie's. So richtet man's nicht aus, so arbeitet man nicht für die Zukunft. Es ist so viel verdorben, seit der Segen aus Nürnberg ins Land geschneit kam, hundert Jahre haben sie an unseren Rechten gefeilt und gebohrt, unsere Festen sind gefallen, der Block und die Verließe haben unsere Wackersten hingerafft, und nun meinen die Dummköpfe, weil er ein Knabe ist, könnten sie ihm auf der Nase herumspielen. Mit solchen einfältigen Neckereien, solchen Strauchdiebereien ist's nicht getan. Mit 'nem Laternenpfahl gebt ihr ihm einen Wink, und glaubt mir nur, er ist nicht auf den Kopf gefallen; er versteht ihn.''

Aber der Junker Peter Melchior schien den Redner nicht

zu verstehen. „Sie werden ihn schon allgemach lehren, daß die Straßen von alters unser sind."

„Auf die Art gewiß nicht. Ihrer Zeit taten die Putlitz, die Quitzow, die Bredow, meinethalben alle, taten was sie konnten, und es mag nicht ihre Schuld sein, daß wir keinen zweiten Kremmer Damm hatten. Wir aber zerfielen in uns, wir hielten nicht zueinander. Seht in Schwaben, in Franken, am Rhein, dort waren sie klüger, sie taten sich zusammen in Bündnisse, in Orden. Es ist eine Masse von Männern, Rittern, Burgen, an denen die Fürsten ihre Zähne probieren können, und mancher brach schon dabei."

„Wir haben keine Berge und Felsen, unsere Burgen stehen in Sand und Sumpf."

„Darum hätten wir — Doch das Getane läßt sich nicht ändern. Jener erste stolze Friedrich, jener andere mit den eisernen Zähnen, auch Albrecht, der nur als Landvogt zu uns kam, uns seine Achillesfersen fühlen zu lassen, haben es nicht getan. Die betrachteten uns noch als ein fremdes Land, das sie zügelten und preßten. Wenn ihnen nicht mehr heimisch drin war, zogen sie in ihre fränkischen Berge; dann atmeten unsere Väter wieder auf, sie blieben frei. Aber der bleiche Johannes, den die Gelehrten Cicero schalten, hat uns die Daumenschrauben angelegt. Er blieb kein Franke, er ward ein Märker, er lernte unsere Schwächen kennen, und das machte ihn fest."

„Die fünfzehn Schlösser, die er schon als Kurprinz brach! Es war eine schlimme Zeit, Herr von Lindenberg."

„Und sie wird noch schlimmer werden unter seinem Sohne. Ihr denkt, er ist ein Knabe, aber ich sage euch, in einem Jahre kann er ein Mann sein. Ihr denkt, er spielt mit Büchern, aber seine Gedanken fliegen weit bis ins Blaue. Wenn wir nicht zusammenstehen, wenn wir nicht die Klugheit aus den Grüften beschwören, wenn wir nicht schlau sind wie die Schlangen, so ist's um uns geschehen. Seine Vorfahren ließen Ritter und Familien kommen aus Franken und dem Reiche. Unsere Väter zwickten sie wieder fort, oder sie wurden durch Heiraten eines Blutes mit uns. Er aber zitiert nicht Menschen von Fleisch und Blut, er zitiert Geister, Gespenster. Wer jagt die aus dem Lande. Einbürgern möchte er die ganze lateinische Weisheit von tausend Jahren, Gelehrte, Pfaffen, die Kirche, eine Universität gar! Es ist nichts, was gewesen ist und anderswo ist, was er nicht aufstellen möchte und probieren. Gesetzbücher sollen gemacht werden, deutsch und lateinisch, Kollegien eingerichtet, zum Regieren, zum Besteuern, zur Oberaufsicht, unsere Sitten sollen verfeinert werden. Ein Spinngewebe von feinen Drahtfäden möchte er übers Land ziehen, daß kein Huhn weiter aufflattern kann, als er will."

„Herr von Lindenberg", sagte Peter Melchior, „ich glaube, Ihr selbst seht Gespenster. Wie alt ist er denn?"

„Ihr mögt recht haben. Aber der Kopf wird mir bisweilen warm, wenn ich ihn so schwatzen höre und der Dunst aus dem Griechischen und Lateinischen mir wie ein Alp auf die Brust fällt. Da sehe ich denn nur trüb vor mir. Denn dies Nürnberger Burggrafenblut, das alles besser wissen will, alles besser einrichten, klüger sein, frommer, es sprudelt und spukt in einem wie in dem andern."

„Auf den Landtagen muß er's doch manchmal hören!"

„Hört er darauf! Das ist eitel Geschwätz. Wenn wir uns helfen wollen, müssen wir's anders anfangen."

„Daß das Land uns gehört, beweis es ihm einer."

„Wer zuviel auf einmal will, erreicht nichts. Ich tadle nicht die Köckeritze, die Lüderitze, keinen von ihnen allen, aber sie schlagen zu plump und grob darauf. Warum auf der Straße liegen und den ersten besten werfen? Das gibt immer Geschrei und böses Blut. Preßt doch ein wenig euer Hirn, schlagt eure alten Pergamente nach, Verträge, Urkunden,

Schenkungen, Gewohnheiten. Darauf trotzt! Mit Art und Manier zugegriffen, daß sie euch nicht Strauchdiebe und Wegelagerer schelten dürfen. Himmel und Hölle, hast du nicht ein Recht, oder wenn du nicht, hatten's deine Väter nicht, haben sie's nicht einmal geübt, daß der Krämer dort seine Waren auslud, daß er in jenem Kruge trinken mußte, daß der Schiffer dort anlegte, daß die Wallfahrer da singen mußten. Strengtet ihr alle, strengten wir alle unseren Grips an, da kämen Rechte zusammen wie Sand am Meere, und zweifelt ihr dran, daß sie übertreten werden? Da zugeschlagen, da euch in Besitz gesetzt, und wenn die Kerle schreien, wir wieder! Wenn der ganze Adel zugleich den Mund auftäte, was müßte das für ein Geschrei geben. Wenn ihr klug wärt, nähmt ihr Pfaffen, Gelehrte dazu — es gibt überall solche Gesellen von der Feder, die euch für eine Bratwurst aus dem verräucherten Pergament beweisen, was ihr bewiesen haben wollt. Da denn gepocht, ihm das Gewissen heiß gemacht. Solche verräucherten Scharteken mit alten Satzungen und Gerechtigkeiten sind ihm ein Spielzeug; er dünkt sich was darauf, sie zu schützen und zu bewahren. Das Eisen geschmiedet, solange es warm ist. Hier hilft uns seine Jugend. Er muß nicht zur Ruhe kommen vor lauter Klagen und Beschwerden. Er muß so eingeheizt werden, daß er nicht aus und ein weiß, daß er links und rechts ausschlägt. In der Wut schlägt man falsch; das gibt uns immer neue Waffen. Am Ende verwirrt, gescholten, mißverstanden, läßt er alles gehen, wie es ist, und mehr brauchen wir nicht. Dann ist das Regiment wieder in unseren Händen, wie es sein müßte von Gott und Rechts wegen in der Mark Brandenburg."

Der Herr von Lindenberg war aufgestanden und tat einen vollen Zug aus der Kanne. Peter Melchior kraute sich im Kopf und schielte schlau nach dem Redner und den beiden andern.

,,Donnerwetter!'' schmunzelte seine Zunge, als schwelgte seine Einbildungskraft in Zuständen, die nur in der Märchenwelt Wahrheit sind.

,,Ach, ihr seid alle zu träg'', fuhr der Redner fort. ,,Ihr schickt euch nicht in die Zeit, ihr lernt nichts von der Zeit. Wozu hat euch Gott ein Maul gegeben, daß ihr andere klagen laßt! Wo soll er Respekt bekommen vor dem Adel? Ich allein kann's nicht alles einfädeln, die Zunge wird mir trocken, der Rücken krumm und steif zugleich. Statt daß ich angreifen dürfte, wenn ich euch hinter mir habe, muß ich in einem fort euch entschuldigen. Da geht dem besten Mann der Mut aus: und ein Höllendienst ist's, der Hofdienst, bei solchem! Wünschte, ich wäre auch, wie der Wilkin Lüderitz, verfemt; da könnte ich mich einmal erholen.''

Es trat eine Pause ein.

,,Schade'', sagte Peter Melchior.

,,Was?''

,,Ich meine den Hedderich! Es muß eine Lust sein, solch ein fettes Schwein in den Graben zu werfen.''

,,Um diese Jungen tut's mir leid'', fuhr der Gast, auf und ab gehend, fort. ,,An uns Alten ist nichts mehr gelegen, wir nehmen unsere Schande mit ins Grab. Aber der Aufwuchs, was soll daraus werden! Wo sollen sie ihre Sporen verdienen? Turniere kommen ab, Fehden gibt's nicht mehr, wenn man nicht für einen Fürsten oder gegen die Türken seinen Leib zerhacken läßt. Absagen soll keiner mehr dem andern. Die goldene Zeit bricht an für die Feigheit; die Federfüchse werden Helden werden. Und das nennen sie Recht und Gerechtigkeit! Wo sollen die Jungen fühlen lernen, daß sie frei sind, daß adlig Blut in ihren Adern fließt! Nicht mal 'nen Zeitvertreib gönnt man ihnen. — Wo zog der Hedderich hin?''

,,Nach Brandenburg'', sprach rasch Hans Jochem. ,,Er hatte zween alte Gäule, die ziehen im Sande nicht schnell.''

,,Hört das junge Füllen. Möchte durch den Stall brechen auf die Nachtweide'', lachte Peter Melchior.

,,Was seht Ihr mich an?'' fragte der Gast.

,,Ich meinte nur, Herr von Lindenberg —''

,,Pst, keinen Namen.''

,,Probieren wir's? 'nen Spaß. Nur daß die Jungen nicht aus der Art schlagen.''

Der Ritter blickte die Vettern an: ,,Sind die schon mal ausgeritten?''

Beide senkten die Köpfe.

Der Gast war ans Fenster getreten und hatte hinausgeschaut: ,,'s ist wie Maienluft.''

Peter Melchior hauchte in die Hand: ,,Gen Brandenburg? Ich weiß den Weg.''

Lindenberg hatte sich wieder in den Lehnsessel geworfen: ,,'s ist nicht meine Art, das hab ich schon gesagt; aber weiß der Geier, es prickelt mir in den Fingern und saust in den Ohren.''

,,Man muß sich solche Gelegenheiten nicht entgehen lassen, und Ihr bedürft einer Erholung, Herr von Lindenberg'', fiel der andere ein. ,,Ist ja der Lumpenkerl noch nicht mal bestraft von wegen all dem Tand. Ich erzählte Euch doch! Und Hans Jochem hat er um ein paar Hosen geschnellt, und wer weiß, was noch dabei war. Unser Hans Jürgen, eine Schande war's, der mußte ihm die Pferde zäumen und die Ballen aufladen helfen. Pfui eines Bredows Sohn! Weiß auch gar nicht, was der Frau Brigitte einfiel.''

Wilkin von Lindenberg war rasch aufgestanden und schüttelte sich wie einer in seiner Stahlrüstung:

,,Na! 's ist ein Fastelabendspaß.''

,,Ohne Lichter! Der Mond geht nach Mitternacht unter. Könnten ohne Kappen reiten; keine Katze erkennt uns in dem Duster. Aber wenn man 'nen guten Einfall beäugelt, springt er fort wie der Floh, den man zu lange zwischen den Fingern hielt.''

,,Begleiten uns die jungen Herren?'' fragte der Ritter.

,,Das versteht sich! Frau Brigitte würde sie schön ansehen, so sie Anstand nähmen. Stehn ihre Rosse schon gesattelt, daß sie Euch das Geleit geben:

,Weil's im Walde duster ist'.''

Der Herr von Lindenberg schien indes die Antwort des Junkers von Krauchwitz nicht für voll zu rechnen, noch ihn als Vormund für die jungen Leute gelten lassen. Er näherte sich ihnen mit halb hingehaltener Hand. Mit einem Sprunge schlug Hans Jochem ein. Seine Augen funkelten. ,,Und Ihr?''

Hans Jürgen hatte auch schon die Hand gehoben, aber unwillkürlich blieb sie zurück, seine Augen schlugen nieder, als sie den forschenden Blicken des vornehmen Gastes begegneten, und unwillkürlich entfuhr ihm der Name seiner Base Brigitte. Das laute Auflachen des Junkers Peter Melchior hätte ihn weniger erschreckt als der spöttische Zug um des Ritters Lippen.

,,Base Brigitte darf's freilich nicht wissen'', lachte Peter Melchior fort.

,,Noch jemand sonst, weder jetzt noch künftig'', sprach der Ritter mit strengem Tone. ,,Aber das sind fromme und gute Bedenken des jungen Mannes. Unsere Wirtin sieht den Spaß wohl anders an als wir. Wer nicht Vater und Mutter hat, handelt klug und gut, wenn er den Willen seiner Pflegeeltern bei allen Schritten seines Lebens zu Rate zieht. Das geht nun hier nicht an, also, mein Herr von Bredow, entbehren wir für diesmal das Vergnügen —''

,,Blitz und Hagel'', fiel Peter Melchior ein, ,,will er ein Duckmäuser bleiben! Solche Gelegenheit sich entwischen zu lassen!''

,,Meine Muhme bestimmte ihn vielleicht fürs Kloster, oder zum Schreiberdienst in den Kanzleien. Darum bitt ich mir's aus, scheltet den jungen Mann nicht. Eines schickt sich nicht für alle!"

Wie sich da die beiden Vettern ansahen! Hans Jochem prustete auf, Hans Jürgen traten die Tränen ins Aug; und wie er sie fühlte, ward er glührot. Es zitterte ihm in der Brust, daß er zuerst kein Wort vorbringen konnte. Dann brach's heraus:

„Ein Mönch werd ich nicht und ein Schreiber auch nicht. Herr von Lindenberg, und wenn's kosten soll, ich weiß nicht was, wenn Ihr's für recht haltet, und wenn Ihr mich wert haltet, ich bin meines Vaters Sohn. Nehmt mich doch mit, ich bitt Euch, daß ich's zeigen kann."

„So hatt ich's erwartet." Der vornehme Ritter nahm den Arm des jungen Menschen und klopfte ihm an die Hand auf seiner Brust. Er sprach etwas leiser mit Peter Melchior, der sich darauf mit Hans Jochem entfernte. Beide waren nun allein.

„Lieber von Bredow, es freut mich, daß ich meines alten Freundes Sohn als einen so wackeren jungen Mann wiederfinde. Meint Ihr, daß ich im Ernst glaubte, Ihr wolltet Mönch werden oder Schreiber? Nehmt mir's nicht übel, daß ich Euch prüfte, so wenig ich es Euch verarge, daß Ihr vorerst Bedenken trugt. Das zeigt, daß Ihr über eine Sache nachdenkt, und das ist gut. Ihr seid noch jung, und in diesem Sumpfnest konntet Ihr nicht lernen, was in der Welt not tut. Eure Base Brigitte ist ein wacker Weib, eine gute Hausfrau, Gott erhalte sie lange meinem Vetter Götz; aber junge Edelleute zu erziehen, taugt sie nicht. Laßt mich dafür sorgen, wenn ich Euer erstes gutes Stück gesehen."

Hans Jürgens Brust atmete auf.

„Nachdenken, ehe man's unternimmt, ist gut, wie ich sagte. Doch wenn Eltern für Euch denken, mögt Ihr Euch die Mühe sparen. Hans Jürgen hielt es vielleicht vorhin für nicht ganz recht. Mein lieber junger Freund, wenn alles recht in der Welt herginge, dann sähe es anders aus. Man hätte nicht gewagt, Euch zu befehlen, mein Pferd in den Stall zu führen, Ihr säßet zu Selbelang auf Eurem eigenen. So ist's nun nicht in der Welt; es hat sich alles verrückt, und der einzelne tut genug, wenn er, was an ihm ist, die Sachen wieder in die Richte schiebt. Was sind jene Krämer, die jetzt so viel Geschrei machen über Gewalttätigkeiten und Unrecht? Betrüger! Auf unseren Straßen ziehen sie, über unsere Brücken fahren sie, ihre Pferde grasen in unseren Wäldern, und wir sollen sie nicht zur Rede darüber stellen, ihnen keinen Zoll, kein Geleitsgeld abfordern, was unsere Väter taten. Geben sie uns Geschenke dafür, danken sie uns nur? Nein, sie ziehen dem Bauern, dem Edelmann das Fell vom Leibe, und man muß sie mit Samthandschuhen anfassen, sonst machen sie Lärm. Das kann so nicht dauern. Alle Kreatur krümmt sich und wehret sich; nur der Edelmann soll stillschweigen und alles dulden. Der Bürger schließt sich in seine Mauern und läßt nur d i e Marktleute ein, die ihm gefallen und Abgaben zahlen. Der Fürst läßt sich steuern, Zins und Schoß, immer mehr, immer mehr. Der Pfaff nimmt den Decem, Opfer, Beichtschilling, und ist's ihm genug! Uns nur soll alles genügen. Das geht nicht an. Im übrigen, das ist heute nur ein Spaß. Wenn wir den Lumpenkerl nicht ein bißchen schütteln, tut's ein anderer, und ärger. Dem Galgen entgeht er doch nicht; er hat bei dem Schacher selbst Seine Kurfürstlichen Gnaden übers Ohr gehauen, und nach Berlin wagt er sich gar nicht mehr. Das war eitel Gerede von ihm, wie man's auch deutlich sieht, daß er sich von der großen Heerstraße mit seinem Raube durch die Wälder schlängelt. Wer ein gut Gewissen hat —"

Draußen ward es lebendig. Die Rosse wurden aus dem Stall gezogen.

„Unterwegs plaudern wir weiter, Herr von Bredow. Seht, da geht der Pfaff über die Galerie in seine Schlafkammer.

Der braucht heute nicht gewiegt zu werden. Lacht sich ins Fäustchen, wie er uns balbiert hat. Ihr denkt doch nicht, daß er sich daraus ein Gewissen macht? Vor seinem Heiligen, wenn er kniet, hat er hundert Gründe, warum er's tat. Mein Lieber, so tun's die Menschen alle. Jeder wird balbiert und balbiert die andern wieder. Der nur ist ein Tor, der nur hat unrecht, der es geschehen läßt und sich nicht hilft. – Übermorgen, Lieber, müßt Ihr mir den Gefallen tun und mich in Berlin besuchen. Mit Eurer Base laßt mich's abmachen. Ich will Euch dem Kurfürsten vorstellen. Er denkt eine Ritterakademie zu gründen, wo wackere junge Adlige in adliger Zucht und Sitte erzogen werden sollen."

„Ich!" rief Hans Jürgen.

„Aber erst ein kleines Probestück." Der Ritter klopfte ihm auf die Schultern.

Achtes Kapitel

Eine schlimme Entdeckung

Es ist was los! murmelte einer dem andern zu und machte dabei eine pfiffige Miene. Die stille Geschäftigkeit, das Gewirr und Durcheinanderlaufen und Flüstern sprach laut in die Stille hinaus: es ist etwas los. Treppauf, treppab ging es ohne Gepolter, Rosse wurden gezäumt und gesattelt, und die Knechte fluchten nicht und rissen nicht Witze; aus der Rüstkammer trugen mit verhaltenem Atem die Junker Pickelhauben, kurze Spieße, Büffelwämser und was zu einem Ausreiten gehört. Der von Lindenberg warf sich das Panzerhemd des alten Bredow um, und Hans Jürgen gürtete ihn. Hans Jochem reichte ihm die Stahlhandschuh, die dem edlen Herren ein wenig zu groß waren, aber er sagte: ,,Es schadet nichts!'' Den Helm mit dem Sturz wollte er nicht. ,,Die Nacht ist das beste Visier!'' und er stülpte eine Sturmhaube auf von Büffelleder, mit breiten Klappen und Blechbeschlägen.

Langsam hörte man die Zugbrücke knarren und das Fallgitter aufziehen. Alle sagten: ,,Es ist was los!'' aber Kasper sagte: ,,Nun geht's los'', als die Fräulein an ihm vorüberhuschten, nicht wie ihre Art, vorsichtig, und dem Graubart zuwinkend. ,,Lauft nur'', rief er nach, ,,das Donnerwetter kommt euch doch nach, wenn die Mutter es nicht bald findet. Das kommt davon, wenn die Leute wollen klüger sein und alles besser machen. Mein Herr Götz weiß auch, wo Bartel Most holt, wenn er den Wein ausgeschlafen hat, und wer dem Bären den Pelz waschen will, der seh sich vor, daß er nicht selbst gewaschen wird.''

Gegenüber der Erkerstube, wo der Ritter lag, war ein kleines Kämmerlein, das Schilfdach lief schräg darüberhin. Der Sturm hatte vorhin daraufgeschlagen, daß die Sparren knackten, jetzt schlug es darinnen auch, aber der Sturm war in einer jungen Brust. Hans Jürgens Herz pochte, daß der alte Kasper draußen es hätte hören können. Wohl hätte er sich beschauen mögen, als er nun fertig war, wie er aussah, aber in der Kammer war kein Spiegel und kein Licht. Nur die Sterne aus dem schiefen Fenster blitzten auf den verrosteten Harnisch. Er lehnte den Kopf hinaus und schlürfte die laue Nachtluft ein. Da kamen unversehens seine Finger unterm Brett zusammen, als wenn er sie falten wollte. Er erschrak fast: „Nein, beten, das schickt sich nicht, jetzt nicht. Nachher!" —

Da er sich umwandte, stieß er mit dem Kopf an das Schilfdach: „Das soll auch nicht mehr lange sein! Nachher!" — Er schwieg und tappte durch die dunkle Kammer nach der Tür. Draußen war es licht an der Lampe, die der alte Kasper immer ansteckte, wenn sein Herr erwachen sollte.

Der schaute den Gerüsteten verwundert an, und seine Mienen gingen in ein Lächeln über. Eine Sturmhaube trug Hans Jürgen auf dem Kopf mit einem breiten Rand, und die beiden Flügel eines Habichts waren in den Kamm gesteckt. Der Harnisch war über einen verblichenen Wappenrock von blauer Farbe geschnallt, in dessen gestepptem Faltenwurf die Motten lange genistet zu haben schienen, und dazu klirrte ein schwerer Degen an seiner Seite. „Na nu!" rief er ihn an. „Gegen wen ziehst du aus?"

Hans Jürgen machte ein wichtiges Gesicht: „Geb dem Gast das Geleit."

„Glaubte wenigstens, du zögst gegen den Großtürken. Nun will ich dir was sagen, Hans Jürgen. Wenn du gegen den Türken ziehst, dann magst du den Degen klappern lassen, aber wenn du bei Nacht ausreitest, trag ihn fein unterm

Arm. ,,Noch etwas'', rief er ihm nach, ,,wenn's verkehrt geht, wundre dich nicht, du hast die Sturmhaube verkehrt aufgesetzt. Und wenn dein Vater seliger ausritt, ich meine, wie du jetzt, dann zog er nicht seinen Wappenrock an, wie du jetzt, sondern hing den schlechtesten Kittel um. Sieh dich nur da im Schild an der Wand.''

Ein erster Blick, den Hans Jürgen auf das Schild tat, zeigte ihm, daß der alte Knappe recht hatte. Er stülpte die Sturmhaube um und nahm den Degen unter den Arm.

Aber des Vaters Rock, den konnte er doch nicht mehr ausziehen.

,,Ei, die Nacht ist duster, Hans Jürgen'', lächelte der Alte, ,,und die Farbe ist ausgeblichen. Auch ist's lang her, daß der Rock geleuchtet auf der Straße, da kennt ihn wohl keiner mehr. Nun noch 'nen guten Rat auf den Weg: Laß dich nicht bangen; sie tun keinen hangen, den sie nicht fangen. Sprich nicht, wo du schlagen kannst, aber wo ein anderer zuschlägt, brauchst du nicht nachzuschlagen. Trau mehr auf dein Gesicht, als wenn ein anderer spricht. Beim Teilen, da mußt du eilen. In der Not ist ein schnell Pferd besser als ein guter Freund; und gute Freunde in der Heide bringen draußen manchem viel Leide. Viele Hunde sind des Hasen Tod, aber wenn du des Nachts ausreitest, hüte dich vorm Morgenrot.''

Hans Jürgen war längst die Treppe hinunter, als der Alte noch in seinem guten Rat fortfuhr. Aber er sah ihm freundlich nach: ,,Wird schon was aus ihm werden. Ein gutes Pferd muß scharf zugeritten werden. Aber ohne solchen kleinen Spaß versauerte er ja.''

Es war etwas los, das alle wußten, und keiner sprach es aus; nur eine wußte es nicht. Bisweilen geht es in den Häusern zu wie in den Schlössern der Könige. Was alle wissen und sich zuflüstern, und drüber lachen und sich freuen, weiß der Herr nicht, den es doch zunächst angeht, aber niemand wagt es, ihm zu sagen, weil sie ein böses Gesicht fürchten. Die Burgfrau, die sonst alles sah und hörte, ja ihr entging nicht der stille Gedanke, der sich im Gesicht verriet, heute sah sie nicht die emsige Geschäftigkeit, sie hörte nicht das Geflüster, und wenn sie sah und hörte, übersah sie's und überhörte es, denn ihre Gedanken waren anderswo.

Durch die Böden und Kammern war sie mit dem Schlüsselbund treppauf, treppab, rechts und links, und hatte das eine noch nicht gefunden, was sie suchte. Und dreimal schon war sie wieder an dem Knecht Kasper vorbeigestreift, und dreimal hatte er ihr zugerufen: „Gestrenge Frau, nun ist's bald Zeit." — War's die schwüle Luft, hatten die Unholde es ihr angetan? Sie fragte niemanden, sie hätte sich ja selbst angeklagt, daß sie etwas vergessen, und gesehen hatte sie's doch, Stück für Stück war es durch ihre Hände gegangen, als sie abluden.

Da schlug sie plötzlich die Hände zusammen. Wie ein Blitz leuchtete es vor ihren Augen. Sie war auf der Galerie nach dem Hofe. Die Pferde standen gesattelt, der fremde Herr ließ sich noch einen letzten Trunk reichen. Eine Fackel warf ihr ungewisses Licht auf die Gruppen. „Da steht er ja." Hans Jürgen schlug seine Hand in die Hand seiner Muhme, die sie ihm hinhielt. „Ich bringe dir was mit, Evchen."

Eva lachte, als ob sie's bezweifelte. „So wahr —" Sie hielt ihm schalkhaft den Mund: „Versprich nichts, Hans, eh du's halten kannst. Du bist ja noch nicht fort." — „Wer soll's mir nun wehren!" rief er, und seine Augen funkelten. „Der Herr ist mir gut und wird was Besseres aus mir machen, daß keiner sich mein mehr zu schämen braucht."

„Hans Jürgen!" rief eine Stimme durchs Dunkel, wie eine Trompete, die zum Gericht schmetterte. Die, welche die Stimme kannten, fuhren zusammen; es war der Ton in dieser Stimme, der ein aufziehendes Gewitter ansagte. Eva zog ihre Hand zurück und senkte ihre Wimpern. Der, dessen Name gerufen ward, riß die Augen auf, aber er ließ sie im selben Augenblicke wieder sinken.

Es war gewiß ein Spuk der Nacht, oder eine arge Frau mußte die Edelfrau mit Blindheit geschlagen haben, als die Stücke vom Wagen geladen wurden. Der Sturm, der Wirrwarr allein konnte ihre scharfen Sinne nicht so geblendet haben, daß sie etwas sah, was nicht da war. Aber wie stand ihr jetzt alles klar vor Sinnen. Da hingen sie ja noch zwischen den Fichten, vom Wind geschaukelt, Hans Jürgen hatte die Wacht. Sie selbst war nicht mehr hingekommen, sie hatte nicht befohlen, sie abzunehmen. Wer sollte sich's unterstanden haben, es eigenmächtig zu tun?

,,Hans Jürgen, wo sind sie?''

,,Was, liebe Base?'' sprach der Ritter Lindenberg und erschreckte doch fast, als er die Frau sah, die ihn nicht sah. So aufgebracht, so keuchend und blaß war sie hinuntergestürzt und stand vor ihrem Kleinvetter, wie der Richter vor einem armen Sünder.

,,Wo sind sie blieben, Hans Jürgen?''

Es war, als sollte Hans Jürgen der festgeschnallte Harnisch vom Leibe fallen, seine Arme hingen schlaff herunter, die Pickelhaube sank nach vorn über.

,,Oh weh!'' seufzte Eva Bredow.

,,Meines Mannes Elensbüchsen, Hans Jürgen! Bist du taub?''

,,Unseres Herrn Elensbüchsen!'' wiederholte es stammelnd aus dem Dunkel des Hofes. Wenn die gestrenge Frau so erschien, fühlte niemand sich gemüßigt vorzutreten. Der arme Hans Jürgen stand ganz allein, und das Wort erstarb ihm auf der Lippe. Er stotterte etwas vom Krämer Hedderich, vom Sturm, vom Kurfürsten. Er hätte auch von den Sternen und seinem seligen Vater reden können, er wußte nicht, was er sprach.

,,Wie siehst du aus! Ist hier Mummenschanz?'' rief sie, die Fackel ihm fast ins Gesicht haltend. ,,Zum Aufpassen stellt ich dich hin, nicht zur Narreteiding.''

Mit einem raschen Griff hatte sie die Habichtsflügel und die Stahlhaube ihm vom Kopf gerissen; sie flogen auf den Boden. Mit einem zweiten löste sie unsanft den Bauchgurt, der den Degen hielt, daß er klirrend zu Boden niederfiel, und zum dritten hatte sie ihn am Arme aus dem Kreis gerissen.

,,Den Harnisch soll da drinnen der Ruprecht lösen und den Rock ausziehen. Will ihn dir verschließen; deines Vaters Erbstück ist zu gut zur Fastnachtsjacke.''

,,Verzeiht nur, gnädiger Herr'', wandte sie sich zu dem Ritter, ,,daß der ungeschickte Bub Euch Ungelegenheiten macht. Nichts als Mucken und Nucken im Kopf, wenn man ihm nicht allzeit auf die Finger sieht.''

,,Frau Base'', sagte der Ritter, ,,er sollte mir das Geleit geben, wie Ihr bestimmt.''

,,Doch nicht als Mummelack! Erst Birkenreiser und dann Ritterdegen. Der Hahn soll nicht über den Zaun fliegen. Die Leute lachten ja meinem Vetter von Lindenberg, einem kurfürstlichen Rat, nach, wenn er mit 'ner Vogelscheuche durch die Dörfer trottierte.''

Der arme Hans Jürgen! hörte er das stille Gelächter, in das auch der hohe Ritter, sein Beschützer, unwillkürlich einfiel. Die Bitte und Verwendung desselben half nichts, vielleicht weil sie nicht zu ernsthaft gemeint war. Dringen auf die Begleitung durfte er nicht, Peter Melchior flüsterte ihm zu: ,,Nehmt Euch in acht, daß sie nicht den Spaß merket!'' Auch mochte er vielleicht nicht dringen. Die Gunst großer Herren ist ein Sonnenblick bei Aprilwetter. Er bedurfte zu nichts des Jungen.

,,Hans Jochem soll Euch's Geleit geben, auch Peter Melchior, so er Lust hat. —''

,,Nur bis zum Heidekrug'', fiel dieser rasch ein, ,,Muhme. Bin müd und will nächten bei meinem Gevatter in Golzow. Wenn morgen einer nach mir fragt, bin ich bei dem zu Nacht gewesen.''

,,Und Hans Jürgen?'' fragte lächelnd der Ritter, aber sein Lächeln galt dem vorsichtigen Peter Melchior.

,,Der nächtigen!'' rief die Edelfrau, ,,der soll gar nicht nächtigen und nicht schlafen, weil er schlief, als er wachen sollte. Denkt Euch, hat meines Herrn Leibkleid auf der Bleiche gelassen, und ich hab's ihm auf die Seele gebunden. Wozu ist er denn, wenn er zu nichts taugt! Zum Maulaffen feilhalten, zum Brummen und Grunzen wird er nicht gefüttert, auch nicht zum Mummenschanz. Hinaus soll er, auf der Stelle hinaus, und nicht wiederkehren, bis er's findet und bringt. Ich sollte strenger sein; aber dank's dem Herrn. Ist das Zucht? Hast du die gelernt in meinem Hause, daß ich ein Auge zudrücke. Ach, Herr von Lindenberg, man hat mit dem Jungen seine Not. Trotz und Übermut, und mein Mann ist ein guter Mann, aber zur Erziehung taugt er nicht. Ihr wißt doch, wie er eigensinnig ist auf das alte Erbstück, ich habe meine Not damit, und gerade die ließ der Junge draußen im Stich und weiß, wie's mir an die Seele geht. Aber Ihr habt Eil —''

,,Sagt ja'', kreischte Peter Melchior dem Ritter ins Ohr. ,,Sie sagt Euch sonst die ganze Litanei von den Hosen —''

Es polterte und rasselte über die Zugbrücke, sie knarrte wieder, und das Fallgitter fiel in seine Fugen, die Fackeln erloschen, die Knechte und Mägde schlichen zurück. Warum mußten sie im Vorbeigehen alle auf ihn sehen, warum draußen durch das Fenster nach ihm schielen, warum wiesen sie mit den Fingern nach ihm? Er dachte es sich wenigstens. Der Harnisch lag auf der Erde, der Wappenrock hing über der Schemellehne; den Degen seines Vaters hatte die Muhme vor seinen Augen in den großen Schrank verschlossen.

Da perlte ihm die erste Träne aus dem Auge, als sie vor allen zu ihm gesprochen: ,,Lerne was, dann kannst du was, aber was Hänschen nicht lernt, wird Hans nimmer lernen, und der du nicht gelernt, vor einer Leine Wache zu stehen, wie soll der vorm Feind seine Schuldigkeit tun.''

Sein Stolz war geknickt, sein Mut gebrochen. Wie höhnisch hatte ihm Hans Jochem vom Rosse zugenickt. Der war nun glücklich, der durfte sein Probestück ablegen, der brachte seinen Muhmen Geschenke zurück. Von ihm würden alle sprechen; wie würde er stolz des Sonntags zur Messe schreiten, wie sollten ihn die Leute ansehen, und ihn würde der vornehme Herr von Lindenberg mitnehmen nach Berlin, ihn ins Schloß nach Kölln bringen. Da ward er dem Kurfürsten vorgestellt, kam in die Ritterschule, erhielt besondere Aufträge und stieg in Ehren und Ansehen. Eine goldene Kette hing um seinen Hals, die schönen Fräulein sahen ihn mit Wohlgefallen an, sie scherzten mit ihm und ließen sich gern von ihm unterhalten, und wenn er einmal zurückkam in das Schloß seines Verwandten, selbst nun ein hoher, vornehmer Herr, da würde man ihm entgegenstürzen, wie heut dem Herrn von Lindenberg, vielleicht rief die Base wieder den Hans Jürgen, daß er dem Reiter den Steigbügel halte, daß er sein Pferd in den Stall führe, und er —

Es war zu viel, zu rasch, zu bitter war die Täuschung gekommen; die Tränen stürzten ihm aus den Augen, und, das Gesicht in die Arme drückend, lehnte er sich unter heißen Tränen an den Ofen.

Nun war es ganz still geworden. Die Hunde im Hofe schwiegen; das Stroh raschelte noch, auf dem die Knechte sich wälzten; das Feuer im Herd war niedergebrannt, einzelne Kienäpfel knisterten noch und sprangen. Die Geisterstunde war's und er allein. Im Augenblick fürchtete er sich nicht. Und wären die Unholde alle aus dem Schlot niedergefahren, was konnten sie ihm tun, er war ja schon vernichtet! Wenn sie ihn umringelt, umstrickt hätten, wenn sich die Erde gespalten und er niedergesunken wäre ins ewige Grab, was war das Schlimmes für ihn! Dann brauchte er nicht mit verschämtem Antlitz das Morgenlicht anzusehen, nicht den Gesichtern zu begegnen, die ihn alle fragten: Bist du noch hier, Hans Jürgen?

Solche Stimmungen dauern nur kurz. Das war ein erlogener Mut. Als die Eulen draußen anfingen zu heulen, als der Wind wieder in einzelnen Stößen durch die Kiefern sauste, als er den langen, schauerlichen Weg dachte, den er allein bei Nacht und Nebel durch die verrufene Gegend machen sollte, fröstelte ihn. Und es war Zeit. Er hörte es die Treppen herunterrascheln. Die Burgfrau war es, aber wie ein Gespenst, das Schlüsselbund klapperte an ihrer Hand, aber das Eisen war verrostet, das gibt einen eigenen Klang. Er wollte um alles in der Welt nicht noch einmal ihren zornigen, verächtlichen, vorwurfsvollen Blick aushalten. Er mußte fort, und die Sohlen waren ihm doch wie fest am Boden angewurzelt.

Es säuselte und rauschte durch die Luft, leise Tritte schwebten näher, und der kalte Angstschweiß stand ihm auf der Stirn, als ein sanfter Druck seinen Arm berührte und eine weiche Stimme seinen Namen sprach. Es war kein Geist, auch die Edelfrau nicht, und dennoch durchzuckte ihn ein tiefer Schmerz, als Evas Augen durch die Dämmerung ihn anblickten.

„Kommst du auch, um mein zu spotten?"

„Hans Jürgen, ich komme nicht, dein zu spotten. Du mußt fort. Wir haben die Mutter gebeten; allein sie ist gar aufgebracht. Du weißt, wie Vater ist, wenn er aufwacht."

„Schimpf mich nur, ich hab's um dich, ich hab's um euch verdient. Wenn er tobt und flucht, kriegt ihr es auf den Hals. Laßt mich doch hier und stellt mich hin. Ich verdiene es. Was lief ich fort, nun ist's an mir, daß ich dafür büße."

,,Ach, Hans Jürgen, du mußt ja schon büßen.''

,,Weine nicht, Eva, du bist ein gutes Mädchen.''

,,Ach, wenn nicht die Waschbank gewesen und ich dich nicht geneckt —''

,,Dann hätte ich Wache gestanden, bis ich aschgrau wurde'', fiel er ein. ,,Ich stände noch jetzt. Nein, deine Mutter war's, die rief mich ab, daß ich dem Schurken von Krämer nachsetzen mußte, und dann mußte ich ihm seinen Packen aufladen. Darüber ward's vergessen. Du bist nicht schuld, Eva. Der Hedderich ist's, ach, ich weiß nicht, was ich rede; aber 's ist gut, wenn sie einen haben, dem sie alles aufladen können, dazu bin ich gut, zum Sündenbock. Nun laß mich gehn, Evchen, nun ist alles aus; nun werd ich mein Lebtag nichts. Sie werden mit den Fingern nach mir weisen und pfeifen, und sie haben recht. Hans Jochem, der wird lachen, der wird wiederkehren. Dem werden sie um den Hals fallen, Mutter und Vater, und du auch, Eva —''

,,Ich nicht.''

,,Oh, verred es nicht. Wer nur Glück hat, dem kommt alles entgegen. Aber wer Unglück hat, der kann anfangen, was er will, dem gelingt nichts. So hat's meine Mutter seliger gesagt, und so probiert sich's an mir. Hinaus soll ich und das Zeug holen und nicht wiederkehren, bis ich's fand. Und wenn ich's nun nicht finden tu, dann geh ich suchen, suchen, bis — bis ihr mich vielleicht auch suchen geht und nicht findet. Die Welt ist weit, und wenn mich kein Irrwisch verlockt und ich nicht im Sumpfe steckenbleibe oder über einen Strauch falle und ein Bein breche und ein Rudel Wölfe erbarmt sich mein, so ist's am End zum besten, ich mach mich gleich auf die Beine und kehr nimmer wieder. Die Rosse zeichnen und den Tauben pfeifen und Wacht halten bei der Wäsche, oh, dazu werden sie auch anderswo mich brauchen können. Dazu ist's nicht nötig, ein Anverwandter sein vom Hause. Dann fragt wohl einer, aber wo ist denn Hans

Jürgen blieben? Und wenn ich nimmer wiederkommen tue, dann sagt ihr wohl am Ende: 's ist doch schad um ihn, und daß er darum —''

Sie hatte seine Hand gefaßt, und er fühlte, daß sie etwas hineindrückte:

,,Du wirst heimkehren und glücklich. Bewahr das und tu's um den Hals.''

,,Was ist's?''

,,Das Amulett, was ich von der Großmutter seliger habe. Wer das auf der Herzgrub trägt, dem können die bösen Mächte nichts anhaben, wenn er auf guten Wegen geht.''

,,Eva, das ist dein. Nimmermehr, das nehm ich dir nicht. Das mußt du behalten.''

,,Ich geh ja nicht in die Nacht hinaus, wo die Unholden Macht haben. Zumal auf den Kreuzwegen, da drücke es recht fest ans Herz. Und an der Schnur tust du's um den Hals.''

,,Eva, du —''

,,Gott bewahre, hier in der Burg. Da sind ja keine Unholden. Vorhin, als ich lauschte dem Gespräch, und der Ritter euch zusprach, da ward mir recht bang, und ich drückte das Herzlein an mein Herz. Und da schon dachte ich, ich wollte es dir geben, wenn du mit ihm ausrittest, aber dann schämt ich mich wieder. Hans nimm's, steck's ein, sag's keinem. Bring's mir wieder, wann's dir gut gegangen. Fort, nur fort. Rede nicht weiter, lieber Hans Jürgen, das tut nichts. Die lieben Englein sind bei einem auch ohne Amulett, sagt die Mutter, und die kann's eigentlich nicht leiden; nur weil's von der Großmutter seliger kommt, die hielt so viel drauf. Nun sei ein guter Junge und geh, und behalt mich lieb, und keinem sag davon was.''

Er stöhnte tief auf: ,,Ach Eva, Gott lohn's dir, und ich will ein schlechter Kerl sein, wenn ich dir nicht alles verzeihe, was du mir zum Possen getan hast mit den andern. Weine nicht, Evchen, beim lieben Gott im Himmel und allen Heiligen, ich weiß nicht, was ich spreche. Es geht mir so im Kopf um. Aber wenn ich dachte, nun das wird doch gelingen, da wirst du mal Lobes hören, da sollen sie mal sehen, wie ich kein dummer Junge bin, wie ich mich gut halte, weißt du, an wen ich dachte? Nicht an mich, nur an dich. Dir wollt ich das Beste bringen, was ich fände. Dann würdest du mich freundlich ansehen. Nicht darum etwa. Ach Gott bewahre. Denn ich wußt es doch, daß du mir gut bist, aber du schämtest dich mein, weil ich so gar nichts bin. Und nun hättest du dich einmal freuen können und nicht zu schämen brauchen. Und nun ist mit einem Mal alles anders, ich bin schlechter als ich war, und der Hans Jochem —''

Er hielt inne, denn er glaubte einen tiefen Seufzer zu hören; aber Eva seufzte nicht.

,,Nun, ich will's ihm gönnen'', fuhr er fort, ,,denn ich habe dein Amulett. Ich bring's dir wieder, Eva, ganz gewiß. Und wenn er auch ein Herr wird und zurückkommt mit Beute und Ehren und alle ihn loben, und ich komme verachtet wieder und ausgelacht und meinethalben auch als ein Krüppel, so weiß ich doch —''

Sie schlang ihre weichen Arme um seinen Nacken und drückte einen Kuß ihm auf die Lippen: ,,Bleib mir gut, ich bleibe dir auch gut.''

Rasch zog sie ihn fort: ,,Nun darfst du nicht länger weilen.''

An der Tür blieb er noch einmal stehn: ,,Aber dein Vater, Eva —''

,,Sei ohne Sorgen. Nun hat es noch Zeit. Die Mutter hat's mit dem Kasper abgemacht, daß der ihm noch einen Morgentrunk reichte. Er steht nun nicht auf, bis der Hahn kräht. Ach, wenn du dann zurück wärest!''

,,Komm gesund zurück, Hans Jürgen!'' rief eine andere weibliche Stimme, und eine weiße Hand streckte sich ihm entgegen. Nun bemerkte er erst unter dem Dunkel des Schwibbogens, daß Eva nicht allein war.

,,Weinst du auch, Agnes?''

Eva flüsterte ihm zu: ,,Still! Es schnitt ihr was ins Herz, als er ausritt.''

,,Oh, wenn er wiederkommt.''

Trauernde hören scharf.

,,Dann wird er mich auch nicht ansehen'', schluchzte Agnes. ,,Aber —''

,,Was denn, Agnes!''

,,Ach, ich möchte, die Mutter hätte ihn ausgeschickt, wie sie dich ausschickt.''

Das verstand Hans Jürgen nicht.

,,Dann wäre er nicht mit dem Ritter aus.''

,,Was weinst denn, Agnes?'' fragte Hans Jürgen besorgt, denn das Mädchen wiegte sich in stillen Tränen.

,,Preise du die Gebenedeite, Hans Jürgen'', sprach Agnes, ,,daß du aus den Stricken und Versuchungen kommst. Ein böser Tag war's, aber die Nacht wird noch schlimmer. Geh mit Gott, lieber Junge, und wenn du Hans Jochem siehst, sag ihm — ach, sag ihm nichts, er lachte dich und mich aus. Wie Gott will. Mir liegt's auf der Brust wie Blei.''

So gut war es Hans Jürgen nie geworden, und es dünkte ihm wohl ein besonderer Tag, daß die beiden lieben Muhmen ihm das Geleit gaben und um sein Wohlergehen sich kümmerten, als wäre er ihr lieber Bruder.

Sie standen am Hinterpförtlein, das nur für die Burgleute geöffnet wird und wo sich nachts ein Bote oder Kundschafter in schlimmen Zeiten hinausschleicht, der nicht gesehen sein will. Den Weg durch den Sumpf kennt nur ein vertrauter Mann. Der Torriegel rasselte zurück, die Tür drehte sich in ihren Angeln.

,,Leb wohl, Hans Jürgen!'' und Eva hauchte ihm noch einen Kuß auf die Wangen, und ehe er sich des versah, fiel ihm auch Agnes um den Hals: „Denk nicht schlimm von mir, Hans Jürgen."

Da stand er draußen und wußte nicht, wie ihm geschehen. Es war ihm wie ein Traum. War er's, den sie noch eben ausgestoßen und ausgeschickt wie einen Hund, dem man einen Fußtritt gibt, und nun —! Es war ihm, als ob die ganze Nachtgegend hell würde, als ob ein Rosenlicht über den Sumpfdünsten schwebte, und die feuchte Luft dünkte ihm wie ein süßer Atem, der der Brust wohltut. Nun graute ihm nicht mehr vor dem einsamen, langen Wege.

Die Eulen mochten schreien, der Wind heulen, die Kiefern knarren. Er hatte Mut, Mut wie der Pilger, der zu einem Heiligenbilde wallfahrtet, denn der Heilige ist ihm im Traum erschienen und hat ihm verheißen, daß er das Ersehnte durch Nacht, Sturm und Ungetüme erreichen werde.

Behende ließ er sich den steilen Erdabhang hinunter, wo ein anderer auch bei Tage vorsichtig die Füße setzt; behende sprang er am Pfahlwerk über den Graben, ohne das aufgezogene Brett herabzulassen, und suchte alsdann leichten, aber sichern Fußes den Weg durch die Sumpfwiese. Ein anderer, und auch er zu anderer Zeit, hätte den kleinen Umweg über das Dorf nicht gescheut. Doch wozu sollte er die Hunde wecken, sprach er bei sich, aber dachte anders. Auf dem kürzesten Wege kam er ja am schnellsten zum Ziel und am frühesten zurück. Er wußte ja nichts von Gefahr, und in gerader Richtung kreuzte er den verräterischen Boden. Er dachte nicht an die Irrwische, die vor dem Mutigen sich nicht zu zeigen wagten; die weißen Mummeln, die durch die Nacht blitzten, lockten ihn nicht. Eine falsche Richtung; wenn er einmal falsch trat, und er versank bis an den Leib in das tückische Moor, er hätte sich die Lunge ausschreien können um Hilfe bis Morgengrauen, wer hätte ihn gehört! Und wenn der wendische Bauer im Dorfe es hörte, wenn er die Frau ängstlich weckte, die hätte gewimmert: so schreit der Kobold! und beide wären mit dem Kopfe unter die dicke Bettdecke gerutscht, bis auch er bis an den Hals versank und die Moordecke über seinem Kopf zusammenschlug.

Noch war eine Strecke des Weges vor ihm und die Feuchtigkeit netzte durch die Sohlen seine Füße, ohne daß der Boden fester wurde, als es im Dorfe Mitternacht schlug. Er glaubte ein Geräusch zu hören, vielleicht ein Wasservogel. Er sah sich um. Durch den grauen Moordunst schimmerte eine schwarze, lange Gestalt. Wer konnte ihm folgen? Doch hastete er seine Schritte. Aber bei einer Wendung sah er es abermals. Mit langen Schritten bewegte sich die hagere Gestalt in derselben Richtung. Es mochte doch ein Augentrug gewesen sein. Nur aus der Burg konnte jemand dieses Weges kommen, und die Pforte schloß ja hinter ihm. Aber die Gestalt hastete wie er. Hans Jürgens Herz schlug fühlbar. Er murmelte ein Gebet von den guten Geistern, die ihren Herrn und Meister loben. Da war sie verschwunden.

Nun hatte er den Elsenbruch erreicht und atmete leichter. Er streifte die verwachsenen Zweige, aber hinter ihm rauschte es auch in den Zweigen. Die Aves und Paternoster, die er zwischen den Zähnen murmelte, blieben ohne Wirkung; es rauschte immer deutlicher, und immer lauter schlug sein Herz. Wenn schon auf dem ersten Viertel Weges die Unholden ihn angingen, wie sollten sie es auf dem langen, langen Wege treiben! — Die Elsen lagen hinter ihm, die Palten im Moor wurden fester, in Sätzen sprang er auf dem letzten Moorwege den hohen Kiefern und dem leuchtenden Sande zu, auf dem sie ihre riesigen Leiber erhoben und mit ihren Kronen nickten. Es war ihm, als müsse die Macht der Unheimlichen in einem Walde geringer sein als in Bruch und Moor. Ein Wald, der seine Häupter gen Himmel streckt, sieht ja wie ein Tempel aus, den die Natur Gott erbaute. Schon hatte er trocknen Boden unter sich, der Sand wich unter seinen Füßen, ohne ihn aufzuhalten; schon hatte er die ersten Kiefernstämme hinter sich, als er, Atem schöpfend, sich umblickte. Da war auch die Erscheinung. Der hagere, schwarze Schatten trat aus den Elsen, und mit langen, mächtigen Schritten näherte er sich dem Sandhügel. Hans Jürgen schlug ein Kreuz; doch der Schatten ward länger, und plötzlich hörte er seinen Namen rufen.

Neuntes Kapitel

Es ritten drei Reiter

Die drei Reiter hatten, als es Mitternacht schlug, längst die Sumpfwiesen umritten und trabten inmitten des Waldes, wo der Boden, von tausend Kiefernwurzeln durchflochten, so fest war, daß der Hufschlag durch die Stille der Nacht widertönte. Als der letzte Glockenschlag verhallte, hielt der Herr von Lindenberg plötzlich still und zog tief Atem. Er schien, als sie ihn fragten, noch von etwas Unerwartetem betroffen und strich mit der Hand über die Stirn.

,,Saht ihr gar nichts?'' sprach er mit gedämpfter Stimme.

Hans Jochem wollte nur einen Lichtstreifen gesehen haben, der vielleicht von einer Birke herrührte, die ihre Äste geschüttelt.

,,Das war es nicht.''

Peter Melchior aber sagte mit leiser Stimme: ,,Es ist nicht gut, daß wir davon sprechen. Nachher, wenn's tagt.''

Der Ritter schüttelte den Kopf: ,,So wär es also wieder nichts als Augentäuschung. Und doch so deutlich wie zuvor noch nicht. Die Sporen schlugen mir an die Stirn. Saht ihr nicht, wie ich mich zurückbog?''

Die beiden sahen nur eine absterbende Buche, deren trockener Ast, auch vom Winde geschüttelt, das Haupt des Ritters schwerlich erreichen konnte. Es war eben in dem Augenblick ganz still in der Luft.

,,Anderswo reit ich'', sprach der von Lindenberg, ,,um Mitternacht wie um Mittag durch Heide und Wald.''

,,Der Strich ist hier nicht geheuer, das ist schon richtig'', entgegnete Peter Melchior, ,,drum reite ich nimmer bei

Nachtzeit als die Arme auf der Brust gekreuzt. Seht so. Auch sind wir zu dreien, da scheut sich das Gesindel vor der heiligen Zahl. Es sind, daß ich's sage, die vermaledeiten Weiber, das Hexengezücht. Die schießen, wehen, reiten, purzeln in den Weg. Da ist gar keine Gestalt, die sie nicht annehmen; bald schießen sie auf als dürrer Baum, bald als Schlange, Wurzel, als eine Fledermaus. Jetzt baumelt so eine am Ast wie ein Galgenmann, und wenn ihr scharf drauf schaut, ist's ne Raupe an einem Faden. Und greift ihr zu, habt ihr 'nen Dorn in der Hand, und laßt ihr ihn fallen, schlüpft's als Eidechs fort. Ihr seid nirgend sicher an solchem Ort und solcher Stunde, daß es euch nicht rechts und links einen Schlag versetzt."

Im nämlichen Augenblick klatschte es zur Rechten des Junkers auf die Weichen seines Pferdes, daß es sich bäumte und im gestreckten Galopp mit seinem Reiter auf und davon flog. Hätte auch Hans Jochem seine Lust gezügelt und nicht aufgeprustet, wie er tat, würde es der Ritter doch gemerkt haben, daß er es war, der dem Pferde mit der Gerte einen Schlag versetzt.

„Ihr tatet Unrecht, Junker", sprach er ernst, doch nicht zornig. „Man muß des Teufels nie spotten."

„Ei, gnädiger Herr, ich spottete nur Peter Melchiors. Er redet gar zu klug, wenn er auf die Hexen kommt. Wenn man ihn nicht manches mal kitzeln könnte, wär's wirklich nicht auszuhalten mit ihm."

„Habt Ihr selbst nimmer Furcht?"

„Wofür?"

„Der beherzteste Bursch hat auch eine schwache Stunde — ich meine im Walde, wie wir hier."

„Ich weiß, wo er zu End ist."

„Bei Nacht?"

„Morgen scheint die Sonne."

„Wirklich! Manchem herzhaften Manne ist's doch bisweilen in der Nacht zumut, als zweifle er, ob er den Morgen noch sehen werde."

Hans Jochem lachte: „Wie sollte das zugehen!"

Der Ritter schaute ihn noch ernsthafter an: „Nun, er macht oft nur Übel ärger. Bekenn es Euch offen, mich drückt das Etwas, das ich mir nicht erkläre, wie ein Alp."

Der Junge sah verwundert auf den Älteren: „Herr von Lindenberg, vorhin —"

„War ich weinmutig, 's war ein aufsteigender Kitzel. Die feuchte Nachtluft bringt andere Gedanken. Wer es weit bringen will, muß den Kitzel bekämpfen. Das lernt sich am Hofe."

„Wir sind ja nicht am Hofe."

„Aber Weisungen, klug zu sein, gibt uns die Natur, wo wir hinschauen. Der Fuchs baut sein Schloß mit vielen Ausgängen, das Roß wittert Blut und Mord, der Hund riecht den Wolf und schlägt an, wo des Menschen Sinn noch nichts gemerkt hat. Dafür ist etwas in der Luft, was dem Menschen die Dinge anzeigt, die da kommen mögen. Habt Ihr nimmer Ahnungen gehabt?"

„Die wollt ich nach Haus weisen!" lachte Hans Jochem.

„Aber der Teufel hat Macht auf Erden, zumal wenn wir, was sie sündige Wege heißen, gehen."

„Der Teufel ist ein dummer Teufel, Herr von Lindenberg. Nippel Bredow war mein Urältervater. Das Messer saß ihm auch schon an der Kehle. Von seinem Blut ist was in mir. Drum scher ich mich den Teufel um den Teufel. Und wenn der Gottseibeiuns mir ein Bein bricht, reit ich mit dem andern auf Eurer Fährte."

„Es wird vorübergehen", sprach der Ritter, „wenn wir nur erst aus dem Wald 'naus sind. Dort kommt ja Peter Melchior."

„Wißt Ihr was, gnädiger Herr", flüsterte Hans Jochem, „wenn's erlaubt ist zu sagen. Einer taugt nicht zum Spaß.

Wenn's losgeht, zehn gegen eins, kriegt er Bauchreißen; und das Maul kann er auch nicht halten.''

,,Die Klette sitzt einmal am Mantel.''

,,Überlaßt das mir; will's versuchen, sie loszuhaspeln. Wenn wir zwei beide, Herr, allein ritten, das gäbe mehr Mut. Mit Gespenstern, da mögen drei gut sein, aber wo zwei sind und einer sich auf den andern verlassen kann, das ist besser.''

Peter Melchior kam zurückgeritten, als der Waldweg sich schon lichtete. Die Nacht bedeckte mildtätig sein blasses Gesicht: ,,Seid ihr's?'' rief er noch dreißig Schritt entfernt. Lindenberg bemerkte die Lust seines mutwilligen Gefährten, den Junker wieder zu erschrecken. Er bat ihn, davon abzulassen, der Weg sei noch lang, Peter Melchior sei ihnen vielleicht doch noch von Nutzen. Aber Hans Jochem konnte doch nicht ganz dem Triebe widerstehen.

,,Seid Ihr's, Junker Peter Melchior von Krauchwitz?'' antwortete er in ängstlichem Tone. ,,Und allein?''

,,Wie sollt ich nicht allein sein! Ihr ließt mich ja im Stich.''

,,Schüttelt Euch oder dreht Euch um, ehe Ihr uns nahe kommt.''

,,Saht Ihr's? Mich riß mein Pferd fort, daß mir die Sinne vergingen. Konnte mich kaum auf dem Sattel halten.''

,,Nicht gesehen hätten wir's, Herr von Lindenberg!'' rief wie erstaunt der kecke Bursch. ,,Es klammerte sich ja um Euren Nacken wie der Luchs um das Hirschkalb. Ihre Kleider bauschten auf, und dick ward sie von hinten wie ein Mondkalb mit 'nem Jungen, daß uns schon bang ward, die Hex hätt Euch mitsamt Sporen, Wams und Stiefeln verschluckt. Denn von Euch sahen wir doch auch gar nichts. Wir haben sieben Paternoster für Eure Seele gebetet. — Wenn Ihr's nun wirklich seid und kein Gesichte!''

,,Beruhigt Euch, Herr von Krauchwitz'', sprach der Ritter. ,,Unser junger Freund sieht zuweilen die Dinge mit eigenen Augen an.''

,,Wenn er einen Spaß treiben will, dann ist's nicht der rechte Ort'', sagte Peter Melchior verdrießlich. ,,Nicht jeder sieht den Stein, über den er fallen wird. Wir sind hier am Lieper Eck, wo ich immer sagte, daß es nicht geheuer ist. Sie alle wollten's besser wissen. Der Tag hat's bewiesen, und nun ist's Nacht. Dort kommt die Brücke, seht Euch vor, wenn Ihr hinüberreitet.''

Sie hatten sich dem freien Platz genähert, der vor wenigen Stunden noch der Tummelplatz so vieler Munterkeit gewesen. Jetzt herrschte eine Totenstille; der Wind hatte sich gelegt, es rauschte nur noch in den Kieferwipfeln und flüsterte in den Büschen. Nur vereinzelte Krähen, aufgescheucht durch den Stahlklang der Reiter, flatterten von ihren Ästen und schauten neugierig herab, wer sie in ihrem Schlaf gestört. Nur die Unken sangen unbekümmert und ununterbrochen ihr melancholisches Lied.

Der Anführer des kleinen Trupps schien seine vorigen Sorgen und Bedenklichkeiten abgeschüttelt zu haben. Er hielt vor der Brücke, die aus rauhen Birkenstämmen grob gezimmert war, still und schaute sich mit der Besonnenheit eines erfahrenen Mannes um, der vor einer wichtigen Unternehmung Erde, Luft und Wind prüfen will.

,,Dies wäre also der Ort, wo ihr den Krämer zuletzt saht. Nun gilt's, die Fährte zu verfolgen. Hier sind Kreuzwege. Wenn er gesagt, daß er nach Brandenburg wollte, brauchen wir es nicht blind hinzunehmen. Auch möglich, daß er die Brücke verschmäht hat und durch eine Furt übers Wasser ging. Es ist also nötig, den Boden zuvor zu prüfen. Wer von uns steigt vom Pferde?''

Es verstand sich, daß der Ritter Lindenberg durch die Frage sich selbst ausschloß. Auch war Hans Jochem schnell vom Roß, derweil der Junker auf dem seinen in mäßigem Trab einen Kreislauf versuchte.

,,Was ist das?'' rief der Ritter, als Peter Melchior grad auf etwas zusprengte, das jenem im ungewissen Sternenschimmer verdächtig vorgekommen war, ohne daß er zu erkennen vermochte, was es sei.

,,Ein Strick!'' rief Peter Melchior. ,,Ein Strick zum Hängen und zum Knebeln, je nachdem.''

,,Ihr seid sehr aufgeräumt, Herr von Krauchwitz.''

,,Nur der Strick, Herr von Lindenberg, tut's. Auf solchem Ritt muß man alles mitnehmen. Die Nacht schenkt uns, was uns not tut und wir doch vergaßen.''

,,So hinter Euch aufs Pferd damit und lacht nicht so abscheulich.''

Die Fährte war gefunden; sie ging über die Brücke, verlor sich aber drüben bald wieder im Heidekraut, so daß die Ritter zunächst ihre ganze Aufmerksamkeit der Spur widmen mußten. Die Geisterstunde war darüber verstrichen. Mit der Erwartung schien auch die Lebenskraft der Genossen wiedererwacht. Bei einem Köhler hatten sie die letzte Nachricht eingezogen, die es ihnen unzweifelhaft machte, in welcher Richtung der Krämer weitergefahren. Sie mußten ihn nach Verlauf einer Stunde auf dem Wege treffen, welcher sich längs einem der weit einbuchtenden Havelseen nach der Fähre hinzog, mittels der man auf der Straße von Brandenburg nach Potsdam übersetzt.

,,Der Ort ist gut'', sagte Lindenberg. ,,Der Schwieloch hat steile Waldufer und viele Krümmungen. Was hilft dem Schurken seine Pfiffigkeit, daß er den einsamsten Bergweg suchte!''

,,Hinterm Berge wohnen auch Leute'', fiel Peter Melchior ein.

,,Die da wohnen, werden ihn nicht hören, Lieber. Der alte Ferge, der Baumgarten, ist immer taub in der Nacht, wenn man ihn ruft. Doch denk ich, wir treffen ihn schon früher. Der Sand steht. Noch Bedenken?''

,,Die Stunde ist schon gut.''

„Und was denn nicht?"

„Der Ort auch, ja und nein. Die flache Heide aber wäre mir lieber. In einem schmalen Weg zwischen See und Berg kann er uns nicht entwischen —"

„Und wir auch nicht", fiel lachend Hans Jochem ein, „wenn Leute kämen. Wohin sollte Peter Melchior Reißaus nehmen! Mit den Rossen kann man nicht die Berge 'nauf. Wir müßten grad in den See. Schwimmt Euers? Und der Kerl ist ein Hexenmeister, das ist auch gewiß."

Der Spott hatte seine Wirkung verfehlt. Peter Melchior schwenkte den Strick:

„Wißt Ihr, warum der leer ist? Der Schuft hat Raffen gespielt. Meines Herrn Götze Lederbüchsen mitgenommen. Hans Jürgen ist in April geschickt. Nun sag mir noch einer, daß wir nicht mit Rechten ausgeritten. Wär der Dechant hier, säh er doch gleich den Fingerzeig Gottes, warum wir dem Kerl den Kopf waschen müssen. Blitz Mordio! Sieben Tage weniger einen auf der Wäsche, damit der Lump gestohlene Hosen rein anzieht. Ein Dieb! hängt ihn!"

„Zum Teufel, laßt den Strick", rief ärgerlich der Lindenberger, „und erzählt lieber, wie es mit den Elenshosen ist, von denen ich so viel gehört und doch nicht weiß, was es eigentlich soll."

„Das weiß eigentlich keiner so recht", sagte Peter Melchior, da sie wieder still nebeneinander ritten. „Als ich ein Bub war, sah ich schon den Großvater von Götzen, der ritt darin zur Freite. Nun, sie haben wohl schon ehedem was darauf gehalten. Der Vater hat sie immer dem Sohn vermacht. Kurzum, die Hosen wurden immer älter, und da sie nicht rissen, betrachtete sie einer nach dem andern immer mehr als etwas Absonderliches. Das nur ist gewiß, der Lippold Bredow, der Landeshauptmann war unter den Luxemburgern, ward drum von den Magdeburgern gefangen."

„Der Erzbischof fing ihn wohl um andere Dinge und hielt ihn in gar nicht ritterlicher Haft."

„So steht's in den Chroniken. Laßt Euch's aber erzählen von Bredows, die wissen's anders. Der Lippold war ein Mann, der sich nicht vor dem Teufel fürchtete, so wenig als sein Ahn, der Nippel. Als es nun zu der Fehde kam mit dem Magdeburger, dran Havelland und Zauche noch denken, sagt ihm seine Frau, eine Bodenstein: Lippold, zieh die Lederhosen an. Es kam noch kein Bredow zu Schaden, wenn er das Leder anhatte. Lippold aber sagte: Weib, daß ich eine Memme wär, so ich mein Heil von so geringfügigem Ding erwartete. Von unsrer guten Sache und meinem Mut erwart ich Sieg, und von meinem guten Harnisch, den der beste Meister in Straßburg gefertigt, daß mein Leib heil bleibt, so anders Gott es will. Das andere ist eitel Gerede. Sein Weib hatte gut reden: Lippold tu's doch, wenn's auch nicht hilft, kann's doch nicht schaden. Er war aber, was sie einen Freigeist nennen, und sagte: Man soll auch dem Teufel nicht Fußangeln legen. Mein Vetter Dietrich mag's probieren, so er Lust hat. Anfangs dachte keiner daran, weil sich die Fehde gut anließ. Lippold aber ward im Moor gefangen von wegen der schweren Rüstung, wie alle Welt weiß, der Dietrich aber kam davon und hatte noch einen langen Erxleben gefangen, der ihm ein schweres Lösegeld zahlen mußte. Da raunte man sich's zu, wie es zugegangen war. Dietrich war auch sonst glücklich im Leben, er war unter den Vordersten am Kremmer Damm und eroberte die Fahne des Hohenlohe; nachher schloß er zu guter Zeit mit dem Markgrafen Frieden. Aber die Hosen behielt er weg. Es war wohl die Rede, als Lippold aus seiner langen Haft endlich loskam, daß Dietrich ihm das Leder wiedergeben wollte, weil er's nur leihweise besessen, wie er sagte, aber Lippold wollt es nicht haben: ‚Da sei Gott für, daß ich mein Heil sollte abhängig machen von einem Stück Tierhaut, das der Gerber gegerbt und der Schneider geschneidert hat. Ich trau auf mich selbst, und wie's der Herr über mich fügt.' — Ob die wirklich wieder einmal nach Friesack kamen, weiß ich nicht. Nachmalen ward viel darüber verhandelt unter den Vettern, doch sie sprechen nicht gern davon. Die Friesacker tun, als wären's gar nicht die echten, was die Hohen-Ziatzer haben. Der Sohn vom großen Lippold, der hätte sie noch getragen in der Mecklenburger Fehde, und als er fiel, sei er mit ihnen eingesargt. In Hohen-Ziatz, wie Ihr Euch denken mögt, darf man davon nichts merken lassen. Die sagen, Lippolds Sohn hätte sie wohl angehabt, bei Gransee, aber Walter, der Hohen-Ziatzer, hätte sie ihm nur geliehen, und noch auf dem Schlachtfelde zog er sie wieder aus, weil er vermeint, alles sei vorbei; da gerade traf ihn der Pfeil aus dem Busch. Walter aber trug sie wieder beim Leichenschmaus. Und warum trügen denn die Friesacker jetzt die Tuchhosen, als aus Ärger. Das gibt, wie gesagt, vielerlei Gereibe und Gestichle unter der Sippschaft; sie lassen's nur nicht gern merken vor Dritten."

„Und man merkt auch wirklich nicht, daß die von Hohen-Ziatz bei dem Erbstück sonderlich gedeihen", sagte der Ritter.

„Hört nur den alten Götz darüber. Wo einem ein Ritt gut gelang, eine Fehde gut ausschlug, eine Heirat zustande kam, eine Ernte gesegnet war, immer stak's in den Hosen. Nur die Frauen hätten's ihnen angetan, weil sie nicht den rechten Glauben hätten, nämlich mit der Wäsche. Was ist Reinlichkeit? sagt mein Vetter Götz. Das ist, daß die Weiber was der Herr gemacht und werden ließ, anders machen wollen. Das Alte beliebt Gott, das Neue beliebt den Frauenzimmern."

„Ich glaube, Götz Bredow hat nicht so ganz unrecht", brummte der Ritter Lindenberg. „Es tut das viele Waschen nirgend — still! Schlug da nicht ein Hund an."

Die Reiter hielten. Sie waren in einem Laubwald, welcher seine letzten gelben Blätter im Winde schüttelte, der kalt und feucht über die Havelseen ihnen entgegenblies. Der Morgenfrost fing an, ihre Glieder zu schütteln, nachdem die Wärme, welche der Wein hervorgebracht, durch den langen Nachtritt verraucht war. Dazu begann es zu dämmern, oder vielleicht war es nur die mehre Helle, welche durch die Lichtung des Waldes aus den fernen Wasserspiegeln zurückstrahlte. Die unheimliche Stunde war's, wo der verspätete Reisende sich in den Mantel hüllt und die Augen schließt, wenn er in der unerquicklichen Dämmerung aufwacht.

Auch die drei Reiter überlief es kalt, aber solchen Empfindungen Raum zu geben, war nicht an ihnen. Der Ritter von Lindenberg war, ohne ein Wort zu sprechen, vom Sattel und lag platt auf der Erde, das Ohr daran gedrückt. Er winkte Hans Jochem:

„Reitet auf die Höh, Hans, rechts um den Tümpel. Von dort habt ihr freien Blick auf See und Straße. 's ist jetzt still, doch hörte ich vorhin deutlich Räderknarren. Möglich, daß er anhält. Auf demselben Weg dann zurück. Hundert Schritte macht nichts aus."

Hans Jochem war fort wie der Wind und der Ritter aufgesprungen. Leis rief er nach Peter Melchior, der nicht antwortete, sondern an einem Baum stehend nur etwas lautere Töne zwischen den Zähnen vorließ, um dem Ritter zu verstehen zu geben, daß er bete. „Himmel, tausend Sakerment!" schrie Lindenberg ingrimmig. „Ist dazu Zeit!"

„Bin gleich fertig; ist nur 'ne alte Gewohnheit", murmelte Peter Melchior.

„Wenn man sich auf sie verlassen soll!" knirschte der Ritter. „Hans Jochem hatte recht. Was taugt der zu uns!"

Den Zügel seines Pferdes um einen Baumast werfend, verfolgte er langsam den Weg, den Boden ab und zu mit der

Hand prüfend. Jetzt hatte er das Geleise der breiten Karrenräder deutlich im Lehmboden gefunden: „Er kann nicht eine Viertelstunde von uns sein.“ Der Ritter kehrte um, er schob sich das Panzerhemd zurecht und drückte die Haube tiefer in die Stirn. Bei sich dachte er: „Im Grund genommen wäre einer am besten. Wer die Arbeit teilt, teilt nur den Lohn. Die Gefahr bleibt auf jedem, wie der Sack auf dem Esel.“

Beim Anblick Peter Melchiors aber schlug er ein höhnisches Gelächter auf. Die zunehmende Helle erlaubte ihm zu sehen, was dieser eben vornahm.

„Pestilenz! Muhme Krauchwitz, was tust du?“

Der Junker brachte seine schwarzen Hände von seinem noch schwärzeren Gesicht: „Vorsicht ist immer gut.“

„Hast du die Kohle von Ziatz mitgebracht?“

„Langte sie mir beim Köhler auf. Gott läßt nichts umsonst wachsen.“

„Und du nichts umsonst am Wege liegen. Zum Teufel mit der Kohle und dem Rosenkranz! Aufs Pferd; ich höre ihn. Und, Herr von Krauchwitz, das sage ich Euch, wenn's losgeht und ich nur ein Paternoster hinter mir höre, so soll das Kreuzdonnerwetter dreinschlagen, dreitausendmal! Wenn Edelleute am Wege liegen, das ist gleich schlecht, so ihnen die Zähne klappern oder die Finger.“

Hans Jochem hatte sich auf Umwegen bis auf die bezeichnete Höhe geschlichen. Sein Gesicht glänzte vor Freude bei dem Anblick. Unten am rauchenden See hielt ein vollgepackter Karren. Die scharfen Linien schnitten gegen die Spiegelfläche des Wassers ab. Da er vom Pferd aus nichts sehen konnte, weil der Karren unterhalb des Berges von dessen ziemlich scharfer Kante verdeckt wurde, glitt er vom Sattel und aus dem Steigbügel; er streichelte sein Roß, daß es stillstehe, dann auf den Bauch sich legend, kroch er bis an den äußersten Rand. Die Brust über die Wurzeln eines vertrockneten Baumes schaute er hinab. Im Bleigrau des Morgens, ohne Sonne und Morgenrot, lagen der weite tiefe See, die hohen Ufer, die Kiefernwälder, die bewaldeten Tonberge drüben. Noch regte sich nichts in der Totenstille des unerquicklichen Herbstmorgens. Nur ein einzelner Habicht, der auf einem Baum genistet, erhob sich, geweckt durch seine Ankunft, und kreiste über ihm. Aber unter sich sah er — den Karren, den er so wohl kannte, die Gäule und den Krämer. So weit sein Auge spähte, so sehr sein Ohr sich anstrengte, keine Menschengestalt, kein Fußtritt, für das Opfer kein Beistand. Nur der Hund auf dem Wagen schüttelte sich, als Hedderich abgesprungen war. Den Krämer fror, er rieb die Hände und krümmte sich, mit etwas beschäftigt, was der Junker im Dämmerlicht nicht sehen konnte.

Hans Jochem pulste es auf der kalten Erde wie ein Feuerstrom durch die Adern. Er allein, wenn er jetzt hinabkletterte, sprang, schoß, er konnte den Schuft, ehe er sich's versah, werfen, binden, er allein machte die Sache fertig, wozu drei sich verschworen. Mochten sie dann nachher kommen und brummen, was tat es! Sie konnten ihren Anteil fordern, den gönnte er ihnen. Ihm blieb die Ehre. Es brannte und prickelte ihn. „Meinethalben mögen sie selbst wählen.“ Er lachte bei der Vorstellung, wie Peter Melchior den Kopf stecken werde in die Packen und mit zitternden Fingern das Beste beiseitewerfen, wie er mit neidischen Blicken verfolgen werde, was auf die Part der andern fiel; wie dem Ritter Lindenberg die Zornader auf der Stirn schwoll. Ja, mochten sie alles behalten! Wie könnte er sie dann anschauen, wie sich wieder aufs Pferd schwingen, wie nachlässig im Sattel sitzend, zu ihnen sich umschauend, und, die Hand vorm Mund, sprechen: „Seid ihr bald fertig, ich bin müd.“ Oder: „Teilt nur, wie es euch gefällt, ich will nach Haus.“

Und zu Haus dann, er wollte auch nichts für sich behalten, alles verschenken und das Beste seiner Muhme Eva. Da würde sie doch mal ein freundliches Gesicht machen, und wie i h n ansehen! Und wenn nicht? — Er strich über die Lippen, wo künftig der Bart wachsen sollte. „Dann gibt's auch noch schönere Mädchen als Eva Bredow! Der Waschteufel ist auch in ihr, wie in ihrer Mutter!" dachte er. „Pfui, die roten Hände lieb ich nicht." Der Ritter wollte ihn mit nach Berlin nehmen. „Das sind ganz andere Fräulein da auf den Banketten, weiß, und die gelben langen Locken, die meisten tragen Handschuhe." Er erschrak fast, wenn er sich Eva dachte mit den roten Händen, wie sie von der Wäsche kam. Und die Schuhe trugen sie auch nicht mit so dicken Sohlen. Wie flog die Berta Wedel im Tanze und die Mathilde Burgsdorf, und wie gafften alle die Adelheid Marwitz an, als der junge Kurfürst, der so selten tanzte, sie aufforderte. Wenn er mit Eva da wäre, die würde der Kurfürst nicht aufgefordert haben. — Wenn er mit seiner Braut da wäre, das dachte Hans Jochem, die müßten alle ansehen und ihn darum neiden. Das ist ja der Spaß am Hofe. Über den angenehmen Gedanken hätte er im Augenblick fast alle anderen Gedanken vergessen.

Aber der Ritter von Lindenberg, wie würde er's aufnehmen, wenn er ihm den Spaß verdürbe! Der mächtige, vornehme Herr würde es ihm nicht vergessen. Ei, was schadet es! — Junker Hans Jochem, wie schwoll dein Mut! Den Ritter von Lindenberg zum geheimen Feinde, und mit ihm wolltest du es aufnehmen! Er führt dich nicht bei Hofe ein. Dachtest du, wie du dich selbst einführen wolltest?

Der Hund unten witterte Menschennähe. Er streckte den Hals, er bellte, langsam, spürend. „Still, Luder!" rief der Krämer. Der Hund gehorchte nur ungern. Sein verhaltenes Geheul dauerte fort, und der Krämer hastete sich. So waren ja die Augenblicke kostbar, der nächste schon konnte ihn verraten, wenn sein Pferd wieherte. Es war ein Fingerzeig, daß er handeln solle. — Und doch: warum zögerte er?

Schlug ihm das Gewissen? — Ein Verrat an der guten Kameradschaft? Aber wenn er es nicht tat, wenn er zauderte, war das ganze Spiel vielleicht für ihn und die andern verloren.

Hans Jochem wollte aufspringen, als er einen empfindlichen Schmerz fühlte. Er fuhr mit der Hand nach dem Fuß; aber am Halse, am Ohr stach es wieder. Sein ganzer Leib war zerstochen. Er hatte sich in einen Ameisenhaufen gelegt, und die kleinen Tiere vergebens abschüttelnd, machte er die Bemerkung, daß Schmerzen, welche ein so verdächtliches Gewürm hervorbringt, groß genug sein können, den Entschluß eines Mannes wankend zu machen. Die Ameisen, die, soviel er rieb, tötete und schüttelte, nicht weichen wollten, retteten seinen Kameraden ihren Anteil an der Ehre der Tat, und ihn trieben sie auf sein Pferd.

Er gab ihm die Sporen. Da fühlte er einen Biß an der Pulsader, der Zügel entglitt ihm; die Ameisen mochten vom Reiter auf das Pferd gekrochen sein. Es sauste mit vorgestrecktem Halse durch das Dickicht. Vergebens suchte der Reiter den Zügel wieder zu gewinnen; es kostete alle Anstrengung, sich nur auf dem Sattel zu erhalten, da das wildgewordene Tier eigensinnig an alle Bäume streifte.

So kam er herabgeflogen, mehr durch Zufall als infolge seiner eigenen Lenkung, nach dem Orte, wo er die Kameraden verlassen. Ein Reiter mit geschwärztem Gesicht hob den Arm. Beim Anblick desselben ward Hans Jochems Pferd scheu. Es bäumte sich, noch hielt er sich an der Mähne, aber das Roß war nicht mehr in seiner Gewalt. Der Ritter Lindenberg kam zu spät, den Zügel zu fassen: Mann und Roß sausten vorüber in den tiefsten Wald. Die beiden sahen sich an.

„Warten wir auf ihn?" fragte Peter Melchior.

„Wenn Ihr Lust habt. Gute Reise!" antwortete der Ritter und zog die Stahlhandschuhe fester. „Die Wipfel lichten sich, die Hähne krähen, in zwei Stunden kommen die Marktleute vom Werder."

„Vetter Lindenberg, wie Ihr auch seid! Ich reite ja mit."

„Ich dachte, Ihr wolltet dem Jungen nachreiten."

„Ich meinte nur, wenn ihm nur kein Unglück geschieht." —

„So holt einen Gelbschnabel der Teufel früher oder später." —

„Ist auch im Grunde besser, er ist noch zu jung. Wer weiß, ob er das Maul hält."

„Von Euch wird er's nicht lernen."

„Vetter Lindenberg, wenn was passierte, wenn was raus käme, ich meine nur — reinen Mund, keiner weiß vom andern!"

Der Ritter drehte sich im Sattel um: „Zum letzten, Herr von Krauchwitz, wenn Ihr Fieberschütteln habt, legt Euch ins Bett. — Ja oder nein?"

„Ja! o ja!"

„Von der Spitze an, mäuschenstill, die Trense fest, den Fuß im Steigbügel wie angenagelt, die Sporen weitab, den Atem angehalten."

„Vetter!" flüsterte er von der verhängnisvollen Spitze. „Möchte nur noch einmal absteigen."

„Zur Hölle mit Euch, wenn Ihr nicht sitzen könnt."

„Ich sitze ja schon. Aber Vetter —"

„Das Donnerwetter über Euer Gevetter!"

„Ich meine nur, zwei zugleich tut nicht gut. Er könnte Lunte riechen und schreien. Wenn einer zuerst ranritte und ihm unter die Nase hielte, was er für ein Lump ist."

„Dann braucht es keines Zweiten", brummte der Ritter und hob sich im Sattel.

„Was wollt Ihr von mir?" fragte der Junker, als der Ritter den Arm nach ihm ausstreckte.

„Von Euch nichts als Euern Strick."

Er warf ihn über den Sattel, und ohne seinen Kameraden noch eines Blickes zu würdigen, gab er dem Pferde die Sporen und flog um die Ecke.

Zehntes Kapitel

Knecht Ruprecht im Walde

Wir verließen Hans Jürgen, wie er ein Kreuz schlug und der Schattengestalt, die ihm gefolgt war, ein „Gelobt sei Jesus Christus!" entgegenrief. Aber der lange, hagere Spuk war davon nicht entwichen, und nun sehen wir ihn sogar an der Seite des jungen Menschen durch den dunklen Wald schreiten.

„Wo kommst du her, Ruprecht?" hatte Hans Jürgen gefragt, als das Blut ihm wieder durch die Adern schoß.

„Aus'm Schloß, Junker", lautete die Antwort, die Hans Jürgen sich freilich selbst hätte geben können.

„Und wohin sollst du?"

„In den Wald."

Das konnte Hans Jürgen sich auch sagen, aber er fragte nicht weiter, denn Ruprechts Anwesenheit war ihm nicht ganz unlieb, wenn er es sich auch nicht gestand. Wahrscheinlich ging der Knecht nach dem Dohnenstrich, und ihr Weg führte sie da auf eine ziemliche Strecke zusammen. Hans Jürgen sprach nicht und Ruprecht auch nicht.

Nun aber trennte sich der Weg. Hans Jürgen mußte links, rechts zogen sich die Dohnen hin. Eine „Gute Nacht, Ruprecht!" rief er und bog links um. — „Ei, sie könnte schlimmer sein", antwortete der Knecht und folgte ihm.

So konnte er nur nach den Holzschlägen gehen zum Mühlenbau. Dann mußte er aber jetzt links durch die Brüche sich wenden. Hans Jürgen winkte ihm einen Guten Morgen! zu und ging raschen Schritts gradeaus. „Ist weit vom Morgen", murmelte der Knecht, und als Hans Jürgen sich umwandte, war er wieder hinter ihm.

Es war ihm lieb, und es war ihm wieder nicht lieb. Knecht Ruprecht galt für einen finsteren, mürrischen Kumpan, der seine Schuldigkeit tat, aber nicht mehr. Den Scherz liebte er nicht, auch bei andern, und manchem verdarb er ihn. Aber bös war er darum nicht; wußte er doch die schönsten Märchen zu erzählen. Und wenn man ihn nur darauf brachte, da ging es wie ein Uhrwerk los, abends in der Volkstube, wenn das Gesinde beim brennenden Kienspan am Spinnrad saß. Da war kein grauer Stein, kein alter Baum, kein dunkler Winkel, von dem er nicht Geschichten wußte, daß den Zuhörern das Blut kalt wurde. Im Kreise von vielen, beim warmen Feuer hört sich das hübsch an, aber wer allein mit ihm über die Heide ging, bei grauen Wettern, der war nicht sehr begierig, daß Ruprecht den Mund auftat.

Aber der Wald war auch unheimlich, und Ruprecht ein Mensch. Doch was sucht er hier? Auch auf dem Fußpfad, der nach Brandenburg führte, ging er nicht ab. Kräuter suchen war nicht die Zeit. War er etwa Hans Jürgens wegen hier? Wollte er ihm nachschleichen? Doch in welcher Absicht konnte das sein? Hans Jürgen wandte sich seitwärts ins Dickicht, rief dem Knecht ein Glück auf den Weg zu und meinte, als er auf einem Umweg wieder auf derselben Stelle herauskam, Ruprecht werde weit vorauf sein. Aber er stand noch da, auf seinen Stab gelehnt, und gaffte ins Blaue oder in die Krähennester.

„Warum stehst du noch hier?"

„Ich wußte doch, Ihr würdet hier wieder rauskommen."

„Woher wußtest du's?"

„Weil Ihr da ins Moor gerietet."

„Und wohin gehst du denn?"

„Ich meine da, wo Ihr."

„Hat's die Frau dir geheißen, des Herrn Kleid suchen? Bat dich nicht drum, mir auf Schritt und Tritt zu folgen."

„Weiß es wohl."

,,Wer hieß dich's, Ruprecht?''
,,Ach, Ihr wollt's wissen, Junker?''
,,Will's!''

Hans Jürgen meinte, es sei vielleicht die Vorsorge seiner Muhmen gewesen. Er hoffte, es sei so, aber Ruprecht sagte trocken:

,,Die Frau.''

,,Die Frau hat dir gesagt —''

,,Lauf ihm nach, daß er sich nicht verirrt, und wenn ihm was begegnet, sieh zum Rechten, daß er nicht zu Schaden kommt; er ist ungeschickt und weiß sich nicht zurechtzufinden.''

Nun kam er sich erst recht gedemütigt vor. Man traute ihm nicht einmal in den Wald zu gehen, gab ihm einen Aufseher mit! Er schluckte an seinem Schmerz, aber dann und wann brach es aus den Augen, und er wischte mit der Hand das Feuchte fort.

,,Ich brauche dich nicht'', sprach er plötzlich. ,,Will allein meines Wegs gehen.''

Ruprecht blieb auch zurück, aber nur scheinbar. Hans Jürgen sah ihn immer wieder hinter den Büschen folgen, bis er selbst stehenblieb und ihn erwartete.

,,Bleib nur bei mir. 's ist mir am Ende lieber, daß ich dich sehe, als dich heimlich um mich weiß.''

Ruprecht nickte mit dem Kopf: ,,Ihr habt auch recht, Junker. Wer da noch so heimlich geht, es schleicht ihm einer nach, der alles aufmerkt. Aufseher und Aufpasser haben wir allzumal, bei allem, was uns in den Kopf steigt. Die Priester sagen, das ist der liebe Gott und seine Engel. Die Priester wissen mancherlei, was wir nicht wissen; aber ich meine so, der liebe Gott und seine Engel hätten mehr zu tun, und das Aufpassen überlassen sie anderen. Und so jedermann immer an die dächte, die heimlich um ihn sind, und als wie Ihr mich ruft und's nicht mögt, daß ich Euch so heimlich nachschleiche, wie's eigentlich die Frau wollte, ich meine, wenn er sie sich so dächte, offenbar wie sie um ihn heimlich sind, dann, mein ich, wäre manches besser als es ist."

„Wer sind die?" fragte Hans Jürgen.

Der Knecht warf ihm einen eigenen Blick zu: „Meint Ihr, Junker, Ihr wäret allein, wenn's um Euch schwebt und schwirrt? Das trockene Blatt, das Euch der Wind nachfegt, das Reisig, das knistert, wenn Ihr's zertretet, der Leuchtwurm, der Käfer, der im Holz bohrt, die Luft, die in den Büschen spielt bei stiller Nacht. Ach, du mein Gott, wo hätt's Worte, daß ich Euch all das nennte, was um Euch ist und Euch auf Schritt und Tritt begleitet."

Sie waren an die Stelle gekommen, wo vorhin die große Wäsche war, wo noch eben die Reiter still gehalten und wo jetzt sowenig als damals die Elenshaut hing. Vergebens blickte Hans Jürgen in die Kieferbäume, schüttelte an den Stämmen und suchte auf dem Boden, während Ruprecht ruhig dabeistand und seine eigenen Betrachtungen anzustellen schien.

„Gebt Euch nicht Mühe hier, Junker. Ich wußt es schon dort an der Koppelwiese. Wie's da durch die Stämme huschte, Ihr waret nur zu verloren in Eure Gedanken und saht es nicht, die alte Frau mit der weißen Hucke. Wo die sich zeigt, ist's richtig. Da ist was gestohlen."

„Ich muß es finden, Ruprecht, und sollt ich —"

Ruprecht war so schweigsam geworden. Er sah, die Arme auf seinem langen Stock, ruhig den hastigen Bewegungen zu, die Hans Jürgen machte; er lief fast wie ein Hund im Kreis, der nach einer Fährte schnuppert.

„Nun, ich denke, mich braucht Ihr nicht. Bis hier nur hieß mich die Frau gehen."

„Sag allen Ade im Schloß, wenn ich nicht wiederkehre."

„Da geht's nicht rüber", rief der Knecht, als Hans Jürgen

eine Stange ergriff und einen Ansatz nehmen wollte, um über das Fließ zu springen. ,,Die Spur führt falsch.''

,,Weißt du, wo sie zu recht führt, so sprich.''

,,Bin nicht der kluge Schäfer aus Spandow, aber wer mit Siebenmeilenstiefeln geht, kommt nicht von Jeserich nach Brandenburg.''

,,Ach, Ruprecht, die Nacht ist so finster. Wo soll ich suchen?''

,,Geht über die Brücke. Gott befohlen, Junker.''

Über der Brücke lag Nacht und Wald. Hans Jürgen blieb auf der Mitte stehen und sah sich nach Ruprecht um, der auch noch stand. Es ward ihm schwer, es kam nur leise heraus die Bitte: ,,Willst du nicht ein Stück Wegs noch mit mir gehen?''

,,So macht es Euer Ahn, der Wusso, auch'', hub nach einer Weile, daß sie schweigend nebeneinander gingen, der Knecht Ruprecht an, ,,der meinte auch, er brauche niemand und könne es allein finden, bis er den heiligen Johannes doch anrief, der hier zu Land der beste Führer ist.''

,,Sieh mal da, Ruprecht, zwischen der Lichtung, da liegt was.''

Ruprecht schüttelte den Kopf: ,,Das wird Euch noch oft so sein; Ihr glaubt was zu sehen, und wenn Ihr hingreift, ist's eitel Trug. Das ist die Frau Harke. Wo die Frau Hucke voraufging und wittert, wo was genommen wird, da kommt die Frau Harke nach, das ist das tückischste Weib, die streut hin,daß die Leute, die nachsetzen, geblendet und getäuscht werden. Mancher sah schon den Beutel mit Gold liegen, den er verlor, und wenn er zugriff, war's Pferdekot. Die sind noch glücklich, die ihr Zeug zu finden meinen, und 's sind Kiefernnadeln oder ein Ameisenhaufen; aber wie viele verlockt sie in Bruch und Sumpf, und je weiter sie gehen, um so tiefer versinken sie. Hier täte es not, daß man immer mit der Lampe und dem Kruzifix die Höhen suchte, weil allerwegs Sumpf ist und offener See. Seht, da blitzt schon der Golitz durch. Trau einer dem Wasser, so silberklar es aussieht. Jedes Jahr muß er ein Opfer haben, und ist's lange her, daß keiner ertrank, so ruft und lockt ordentlich eine Stimme aus dem Wasser, und es währt nicht lange, so geht doch einer hin, und sie sagen dann, er hat sich baden wollen, aber ist ertrunken. Wen sie runterzogen, der plaudert nicht aus, was er sah."

Hans Jürgen hörte in der Ferne Glocken. Er glaubte, sie wären vom Kloster Lehnin. Der Knecht lächelte.

„Habt Ihr sie auch gehört? Ich hörte sie schon lange. Die Glocken von Lehnin dringen hier nicht herüber. Das sind die Glocken aus dem Gohlitz; doch das hat nichts Böses zu bedeuten. Die unten denken nur an ihre eigene Not."

Hans Jürgen hatte wohl von dem versunkenen Dorf im Gohlitzsee gehört.

„Die mußten mal ihre Hoffart büßen", fuhr der Knecht fort, „die stolzen Bauern. So viel Brot hatten sie und Weizenbrot, daß sie die Schweine mit fütterten, und damit nicht genug, nein, sie haben den kleinen Kindern mit der Krume den Schmutz abgerieben. So gingen sie mit der lieben Gottesgabe um. Da ist denn eines Tags der kleine Spring an der Höhe losgezogen mit Gepolter und goß so viel Wasser in einer Stunde als in Jahren nicht, daß der Boden weichte. Und das Volk sah noch nicht Gottes Finger, es lachte und meinte, es müsse endlich aufhören, und gingen nicht von ihren Häusern und Schätzen, bis es zu spät ward. Da sank bei Sonnenuntergang das ganze Dorf ein, mit Mann und Maus, mit Vieh und Gärten, und kein einziger ist entkommen. Das soll ein Schreien und Blöken gewesen sein, und die Glocken klungen dazu, daß man es bis über die Havel gehört."

„Das waren doch alles Heidenmenschen."

„Seht, Junker, das ist's, was mir nicht recht ein will. Den Pfarrer darf man nicht fragen. Wo kriegen denn die Heidenmenschen die Glocken her? Denn das ist das Christentum, daß wir Glocken haben. Wenn wir keine Glocken hätten, dann ständ es schlimm mit uns. Die Glocken tun's, nicht die Kruzifixe und Marienbilder; denn wenn da Moos drauf wächst und das Wetter die Farbe abwäscht, wie sollen sie ihre Kraft behalten! Die Glocken verscheuchen die bösen Geister. Das fühlt auch jedes Kind, wenn's durch den Wald geht; das ist so was Eigenes, wenn die Luft zittert. Dann zittert die Seele mit, und man weiß doch, was man ist."

„Das sehnt sich nun alles nach der Erlösung", fuhr der Knecht Ruprecht nach einer Weile fort. „Daher läuten sie um Mitternacht; es hilft ihnen aber nichts; sie haben sich zu schwer versündigt. Manchmal zogen auch die Fischer, die im Gohlitz fischen, so schwer mit den Netzen, daß es gar kein Zweifel war, sie hatten die Glocken darin, die 'raus wollten; doch sobald das Erz ans Licht kam, sank es unter. Da ist schon mehr als ein Netz verlorengegangen. An einem heiligen Weihnachtsabend, das ist aber schon sehr lange her, hat ein Fischer, der sie im Netz hatte, sie sprechen gehört. Die eine sagte zur andern:

‚Anne Susanne,
Willte met to Lanne',

als ob sie mit ihr zu Land wollte; aber die andere sagte:

‚Anne Margrete,
Wi willn to Grunne schete!'

und da schossen sie gleich wieder zu Grunde."

Sie stiegen jetzt aus einem tiefen und weiten Sandkessel, in dessen Mitte nur ein schwarzes Moor mit einigen dürftigen Lehmhütten lag, wieder in den höheren Kiefernwald. Im Sande hatte Ruprecht die Spuren gefunden, denen er folgte; auf der Höhe verloren sie sich wieder in der Waldfinsternis. Er richtete seine Blicke nur nach oben, wo der schmale Luftstrich zwischen den Wipfeln den einzigen Weg durch das Dickicht anzeigte.

,,Hier seht Euch vor'', flüsterte der Knecht zum Junker, ,,und betet drei Paternoster, das ist die schlimmste Stelle. Da haben die Unholden recht ihr Wesen, und wer nicht muß, geht nicht zu Nachtzeiten.''

Und doch entsann sich Hans Jürgen, daß es ja der Weg nach dem Kloster sei.

,,Ihr habt schon recht. Eine halbe Stunde nur ist's bis hin, und doch hört Ihr nicht mal die Glocken. In der Niederung verklingen sie, daß die Töne nicht bis her dringen. Der Weg, auf dem wir gehen, ist nur ein schmaler Bergkamm, und bald werdet Ihr's zu beiden Seiten flimmern sehen. So, da blickt links schon der Gohlitz vor, aber rechts kommt gleich der Mittelsee, und drüben liegt das Nest Schwina, Gott sei bei uns! Wenn Ihr ein altes Weib seht, mit 'ner weißen Hucke auf dem Rücken, drückt die Augen zu und antwortet ihr nicht. Das ist die Frau Hucke, und ist der Korb braun, dann ist's die Frau Harke. Die treiben hier ihren Spuk; aber wer tut, als merkt er sie nicht, dem tun sie nichts. Das ist noch kein Menschenalter her, daß ein Britzke und ein Hagen hier geritten kamen. Sie hatten einen reichen Kaufmannssohn aus Magdeburg bis aufs Hemd ausgezogen beim Würfelspiel, dort im Kruge von Jeserich, und hatten noch nachmals beim Abt in Lehnin eingesprochen und stark getrunken. Der Abt hatte ihnen gesagt, sie möchten doch bei ihm nächten, weil's im Wald duster ist, und mit ihm, dem Abt, auch eins würfeln; wenn's Sünde wär, käme das auf eins raus, und am Morgen könnten sie zur Beichte gehen, dann wär's rein gewaschen, eins und das andere. Sie aber lachten, sie wollten sich's im Wald überschlagen, ob das bißchen Sünde den Beichtschilling lohne. Eigentlich fürchteten sie sich mehr vorm Abt als vorm Walde, denn es hieß, er hätt 'ne glückliche Hand. Kaum waren sie ein paar hundert Schritte vom Kloster im Elsenbruch, so wußten sie schon nicht mehr, wo sie waren. Sie drehten sich links und rechts und dachten, nun wollen wir doch umkehren. 's ist besser, Geld lassen und beichten beim Pfaffen, als das Leben lassen im Sumpf. Da sahen sie ein Licht und meinten, es wär aus dem Kloster, aber das Licht ging immer weiter, und endlich sahen sie, es war eine Laterne, die ein alt Weib vor sich trug, und auf dem Rücken hatte sie eine Kiepe, die war voll weiß Zeug gepackt. Sie gaben ihren Pferden die Sporen, doch je schneller sie ritten, um desto schneller trippelte die Alte fort, und sie hörten sie keuchen und husten, bis sie mal stille stand und rief: ‚Herr Jemine, ich glaube, da ist jemand hinter mir her.' — ‚Freilich, du Wetterhex', rief der Britzke, ‚wir haben den Weg verloren.' — ‚Wo wollt ihr denn hin, gnädige Herren?' rief sie wie ganz erschrocken. — ‚Nach Kloster Lehnin zum Abt.' — ‚Ach du meine Güte', sprach das Weib, ‚da muß ich ja auch hin; da können wir eines Weges gehen.' — ‚So führe uns', sagte der Hagen, ‚und du sollst den Lohn haben, den du verdienst.' — Da trippelte sie vor ihnen her, bergauf, bergab, und um sie her ward alles dunkel, daß sie nicht einen Schritt sehen konnten; nur allein das Licht von der Alten. Nun riefen sie ihr zu, sie sollte doch nicht so schnell gehen, denn sie fürchteten, sie zu verlieren. Da lachte sie und schwor bei einem Heiligen, den beide Herren nicht kannten, das sei doch kurios: die Herren wären ja zu Roß, und sie zu Fuß und siebenundachtzig Jahr alt! Der Britzke rief ihr zu, sie möchte wenigstens nicht so springen, das Licht in der Laterne könnte ausgehen, dann säßen sie ganz im Dunkel. ‚Ach', sagte sie, ‚dann leucht ich mit meinen Augen, ich habe Katzenaugen.' Den beiden Herren war's doch nun ein bißchen unwirsch, zumal da sie immer tiefer in die Elsen und in die Brüche mußten und gar kein Weg mehr unter ihren Füßen war. ‚Wer bist du denn, wo kommst du denn her?' rief endlich der Britzke, da die Alte sich auf eine der trockenen Palten im Moor niedergesetzt, und schnaufte wie nach Luft. ‚Kennt ihr mich denn nicht?‘ rief das Weib. ‚Ich bin ja die alte Pracherfrau, die humpelt durchs Land und sammelt, was die Leute zuviel haben. Wovon soll unsereins leben? Gestern war ich in Kemnitz, da hatte die gnädige Frau Wäsche. Da hat mir der liebe Gott manch Hemde und manchen Strumpf beschert. Sie hatten ja viel zu viel.‘ — ‚Warst du nicht in Hohennauen auch?‘ fuhr der Hagen drein, denn er war von Hohennauen, wie der Britzke von Schloß Kemnitz, und dem Britzke war schon die Ader geschwollen bei der Frau ihren Worten, denn mit der Wäsche bei ihm zu Haus war's richtig, seine Frau durfte sich aber nicht unterstehen, auch nur ein Tüchlein fortzuschenken. Also hatte es die Alte aufgerafft. — ‚Freilich war ich auch in Hohennauen‘, kicherte sie böslich. ‚Ach, da hab ich erst hübsche Sachen eingepackt. Das war ein gesegneter Tag.‘ — Nun mußte der Hagen den Britzke ordentlich festhalten, daß er nicht lospolterte: ‚Warte nur bis Lehnin, lieber Bruder. Hier hat sie uns, das Diebsmensch; da haben wir sie. Ich lasse sie peitschen.‘ — ‚Mit den Hunden hetzen‘, kreischte der Britzke. — ‚Das steht dann bei uns‘, meinte der Hagen. ‚Jetzt aber laß nichts merken, bis wir raus sind.‘ Aber die Alte hatte alles gemerkt. Wie sie nun wieder vor ihnen lief und die andern dicht hinter ihr her, warf sie ein Stück aus dem Korbe und dann noch eins, und so streute sie links und rechts in das Moor die feinsten Hemden, Tücher, Strümpfe und Laken. Dem Britzke kribbelte es in den Fingern, daß er's auflange. Das schönste, feinste Weißzeug ging so verloren. Aber der Hagen kniff ihn in den Arm: ‚Beileibe nicht, das ist ja ihre Tücke. Wenn wir uns dabei aufhalten, entwischt sie uns. Nur darauflos!‘ Und so ritten sie drauflos, bis sie nicht weiter konnten, bis das Moor um ihre Augen spritzte und das helle Wasser den Tieren bis an die Halfter ging. Ja, ihr Schreien hörte keiner als die Hexe. Die hielt ihre Laterne hoch: ‚Nur ein bißchen weiter noch, ihr lieben Herren, da findet ihr's wieder fest unter euch.' Der Britzke riß auch sein Pferd noch einmal los, bis Mann und Roß in ein tiefes Loch stürzten: ‚Hilf mir, Bruder Hagen!' schrie er, bis am Hals im Wasser. ‚Hilf dir selber!' rief es wider aus allen Waldecken, und es lachte wie zehntausend Teufel. Da seht, Junker, das ist der Mittelsee. Dahin hatte sie die beiden Herren verlockt, und nun ging der Mond auf, und mitten auf dem See fuhr ein Kahn, ohne Ruder und Segel, ganz von selbst, und drinnen ein weißer Bock, der meckerte. Und den Kahn und den Bock drin sieht man noch oft, mittags, bei hellstem Sonnenschein über den See fahren; kein Wind bläst, und kein Mensch rudert."

„Und die beiden Herren, Ruprecht?"

„Sind ertrunken und erstickt. Keine Seele hat sie wiedergesehen, und sie liegen noch im Moor. Da wagt sich auch kein Mähter hin, auf die falsche, grüne Decke. Der Storch selber, wenn er sich niederläßt, wippt sich erst mit den Flügeln, traut dem Frieden nicht."

„Mann und Roß, das ist schrecklich."

„Der Hagen hatte noch Zeit, drei Vaterunser zu beten, und rief zum heiligen Rochus, seinem Patron, und davon mag's gekommen sein, daß sein Pferd sich durcharbeitete, nämlich in den See, es schwamm rüber, und dann fuhr es durch den Wald wie der Satan und stand nicht eher still als vor der Klosterpforte. Da wieherte es und schnaufte und schlug mit den Hufen dran, daß der Abt und die Mönche in Todesangst waren. Und davon erfuhren sie's, was vorgegangen war, und der Abt ließ Seelenmessen —"

„Konnte denn das Pferd sprechen?"

Der Knecht Ruprecht sah ihn groß an: „Solch ein Pferd, Junker! — ein Pferd, mein ich — nun, Junker, das mein ich, ist gottlos, so zu fragen."

„Herr Gott, was ist das!" rief Hans Jürgen.

Es schnaufte heran, durch die Büsche knisterte es, und

ein wildes Pferd mit schnaubenden Nüstern, funkelnden Augen und zottigen Mähnen fuhr wie im Nu an ihnen vorüber. Laub und Erde stoben unter seinen Hufschlägen.

Ruprecht stand, die Arme auf der Brust gekreuzt, die Augen niedergeschlagen. Jürgen aber, so schnell es ihm auch aus den Augen war, hatte sich doch nicht enthalten können, dem Ungetüm nachzublicken.

,,Ruprecht, sahst du's?''

Ruprecht nickte nur mit dem Kopf.

,,Das war Hans Jochems Pferd. Ritt er nicht auf dem Falben vom Hof? Ja, ja, und das war auch sein Sattel.''

,,Gelobt sei Jesus Christ, in Ewigkeit!'' schloß der Knecht und schüttelte mit zufriedenem Lächeln den Kopf. ,,Das ist alles Satans Blendwerk, um uns zu irren. Und hättet ihr Eure Schecke gesehen, sie wär's doch nicht. Das soll uns nur täuschen, Ihr glaubt, der Sattel war ledig. Ich sah aber einen reiten, quer saß er drauf und schaukelte die Beinchen. Einer von den kleinen Leuten war's. Er grinste und steckte die Zunge raus; kreuzt Euch nur noch einmal. Sind auf dem rechten Wege und lassen uns nicht irren.''

Das Pferd wollte Hans Jürgen nicht aus dem Sinn, und er hörte nur halb auf die andere Geschichte, die Ruprecht erzählte: von der Hebamme aus Kloster Lehnin, die sich eines Abends bei der alten Ziegelei verirrt, und ein kleines Männlein war auf sie zugetreten und hatte sie gebeten, ihm zu einer Wöchnerin zu folgen, und auf seinen Rutenschlag hatte sich das Wasser des Gohlitz wie eine Falltür geöffnet, und sie war mit ihm hinuntergestiegen in das Reich der Kleinen, wo sie eine Frau glücklich entbunden, wofür der kleine Mann ihr erlaubte, vom Kehricht so viel zu nehmen, als ihre Schürze faßte, und als sie nach Haus gekommen, war das Müll eitel Gold geworden. Und daß die Nachkommen der Frau noch heute lebten und reiche Leute wären. Auch vom Klostersee drüben und dem grünen Hut, der drauf schwimmt, aber den Fischer, der ihn greifen will, zieht er in den Abgrund. Und von den Unterirdischen im Mitelsee, was ein gar wunderbar Geschlecht sei von schönen Seejungfern, die in Kristallpalästen wohnten, und wo Not wäre, den kreißenden Frauen zu Hilfe kämen.

Hans Jürgen grauselte; sein Zittern und die kurzen Schritte, die er tat, verrieten, daß er der Furcht war, hinter jedem Baumstamm könne ein neues Ungetüm vorschießen. Da wandte sich Ruprecht, der itzt ihm voraufging, mit langen Schritten zu ihm, und er blieb bei ihm:

„Junker Hans Jürgen!" sprach er, „nur noch eine kleine Weile das Herz zusammengehalten. Dort am Waldrand, wenn wir in die Niederung kommen, da hören wir schon die Klosterglocken wieder, da müssen die Spukbilder weichen. Wer nicht auf bösen Wegen geht, hat sich nicht zu ängsten. Glaubt Ihr denn, der Britzke und Hagen wären in den Sumpf gegangen wie die blinden Heiden, wenn sie nicht schon dem Teufel den Finger hingehalten hätten. Der Spaß in Jeserich und der Soff im Kloster, und daß sie nicht zur Beichte gehen wollten, da hatte der Böse schon Quartier in ihrer Seele. Ihr seid doch noch jung und ohne Sünde. Dankt Gott, daß Ihr nicht reitet, wo der Hans Jochem reitet."

„Ruprecht, du glaubst doch nicht —"

„Bin nur ein schlechter Knecht und darf mich so was nicht unterstehen zu denken. Aber der Teufel versteht keinen Spaß, der fragt auch nicht —"

„Ruprecht, der Herr von Lindenberg —"

„Ist ein gar feiner und vornehmer Herr, der weiß gewiß alles besser als ich, und solchem schlechten Krämer auf den Kopf schlagen, das geschieht ihm im Grunde schon recht, aber Junker, ich weiß doch nicht, mir ist lieber, daß Ihr nicht dabei seid, und ich auch nicht dabie bin. Paßt mal acht, wenn Ihr zurückkehrt und die Herren auch. Ihr habt's gefunden, was Ihr suchen gingt, und 's war Euch aufgetragen; und die haben gefunden, was sie suchen gingen, und kein Mensch trug's ihnen auf,paßt mal acht, wenn Ihr beide vor dem Muttergottesbilde am Dorf vorbeikommt. Ihr werdet dreist auf der Straße gehen, Eure Mütze ziehen und Eure Knie beugen. Die Herren, wett ich, wenn sie das Bild sehen, meinen, der Weg sei zu sandig, und der eine schwenkt durch den Wald, wo der Sand noch viel tiefer ist, und der andere quetscht sich hinter dem Bilde durch das Moor. Sie wagen nicht, der Mutter Gottes in das Antlitz zu sehen. Und nun denkt Euch, wenn Ihr zurückkehrt nach Ziatz!''

Das Bild, das der Knecht andeutete, trat Hansen mit einem Male vor das innere Auge, so hell, als der Wald dunkel war. Da kam er stolz über den Damm und stieß in eine schrillende Pfeife vor dem Burgtor im Morgenrot. Die Zugbrücke war gefallen, die Edelfrau öffnete selbst das Tor und sah ihn fragend an. Ihr strenger Blick verzog sich in ein freundliches Lächeln. Sie hielt die Hand ihm entgegen: ,,Das ist brav von dir, Hans Jürgen!'' und hinter ihren Schultern blickte Evas noch freudeglänzenderes Gesicht. — Wäre er aber zu Roß mit den andern zurückgekommen, wie langsam, deuchte ihm, hätte er den Damm entlangreiten müssen, den Schatten der hohen Ulmen hätte er gesucht, sich und was er trug, unter dem Mantel verborgen. Was hätte der Wetterhahn auf dem Turm verzweifelt gekräht, wie würde der Torflügel geknackt, welche fragenden, scharfen, durchbohrenden Blicke würde die Burgfrau ihm entgegengeworfen haben. Ihm war so leicht, eine Zentnerlast fiel ihm von der Brust, er schritt mutig zu und sah keine Gespenster mehr.

Elftes Kapitel

Kloster Lehnin

„Hier, gebt mir Eure Hand, Junker, oder faßt lieber meine Stange an, ein Schritt links oder rechts ab, und Ihr seid verloren", sprach der Knecht Ruprecht.

Sie waren aus dem Dickicht des Waldes in die sumpfige Niederung hinabgestiegen, welche sich noch heut in weitem Halbkreis um Ort und Kloster fortzieht. Hier war kein Steg, kein Pfad zu sehen, ob doch die Dämmerung schon in den weiten Lug schien; nur Elsenbüsche, verräterisches Schilf und offene Lachen. An dieser Stelle ging der Führer selbst unschlüssig und prüfte vorher das trügerische, zitternde Erdreich, hier wand er sich in weitem Umkreis um mannshohe Rohrbüschel und gelangte nur durch einen Sprung mit der Stange hinüber, die er dann seinem Gefährten zu gleichem Dienste zurückreichte.

Jetzt standen sie ungefähr in der Mitte des Moors. Weithin zur Linken blinkten einige Lichter aus den Klostergebäuden, während ringsum nur die dunklen Föhrenwälder im Nachtkleide ihre ungastlichen Schatten warfen. Ruprecht blieb stehen und schaute nicht unruhig, aber bedächtig nach Luft und Erde und den vier Winden.

„Wir hätten doch besser getan, den großen Weg über den Damm und durch den Ort einzuschlagen."

Ruprecht schüttelte den Kopf: „Daß wir die Hunde geweckt und dem Dieb die Spur gezeigt."

„Ruprecht, bleiben wir länger stehen? Unter mir bricht es schon."

Der Knecht winkte ihm, die Stellung zu wechseln, wie er selbst tat: ,,Hört Ihr die Glocken?''

Es läutete vom Kloster zur Frühmette. Ruprecht faltete still die Hände; Hans Jürgen folgte unwillkürlich seinem Beispiel. Nach einer Weile hörte man über das Wasser den Chorgesang der Mönche. Als sie ausgesungen, wandte sich der Knecht zum Junker:

,,Will's Euch nur gestehen, wußte 'nen Augenblick auch nicht aus und ein. So, nun seh ich wieder klar; ich finde schon. Denke mir nun so, wie muß denen dazumal gewesen sein in der alten Zeit, die hier verirrten, und in der Wildnis war kein Licht, keine Glocken und kein Gesang!''

,,Sie sagen, das sei das erste Kloster, was sie in den Marken gebaut.''

Ruprecht nickte: ,,Muß doch grauslich gewesen sein in solchem Land, wo der Teufel sein Wesen trieb, ungestört und überall umher nichts als Wald und Sumpf voll Bären und Heidenmenschen. Wo kein Heiliger war und keiner einen Schutzpatron hatte, wie man da nur durchkam durch die Finsternis und das Kobolds- und Nixenzeug, das itzt noch so festsitzt, und die Geistlichen können's nicht ausrotten.''

Hans Jürgen hatte gehört, das komme davon, weil die Mönche jetzt nicht wären wie sonst.

,,Sie sind Schlemmer und Tunichtgute, das ist schon recht, aber die Glocken haben sie noch. Ohne die hätten die Geister schon längst wieder Oberwasser. Das war wohl ein gut Werk, daß sie grad hier das Stift gründeten, was es auch kosten tat an saurer Arbeit und auch Menschenblut. Da drüben bei Ramitz erschlugen die Wendischen den Abt Seebald. Man sieht noch den Stock vom Baum, wo sie ihn runterschütteln wollten, aber da er sich festhielt, sägten sie den Baum ab und schlugen ihn dann tot, was auch die Mönche den Heiden Lösegeld boten. Friede seiner Seele! Ob sie den

Frieden hat, das weiß ich nun nicht. Denn die Leute hierum sprechen anders als in den Kirchenbüchern zu lesen steht. Mehr als einer sah ihn im Dämmerlicht auf dem Stumpf sitzen, und wenn man ihn anrief, huschte es in den Wald.''

Hans Jürgen hatte immer nur gehört von dem frommen Abt Seebald, der ein Märtyrer geworden, weil er zu den Bauern umherging, in die schlechteste Hütte, um sie zu bekehren.

Ruprecht machte ein eigen Gesicht: ,,Davon sollte man eigentlich hier nicht sprechen, aber die Bauern meinen, zum Bekehren ist er wohl ausgegangen, aber ihm war's mehr um die Frauen zu tun als die Männer. Einst kam er in Namitz in eines Fischers Haus, und die junge Frau, die grade buk, kriegte einen Schreck und wußte sich nicht anders zu verstecken, als sie kroch unter den Backtrog. Da, als der Abt sie nicht sah, setzte er sich auf den Trog und wollte warten, bis sie käme. Doch ihre kleine Tochter lief erschrocken aufs Feld und schrie: ,Vater! Vater! Der Abbat sitzt auf der Mutter.' Da liefen sie alle vom Felde und schworen ihm den Tod. Als der Abt sie nun herankommen hörte mit Mistgabeln und Sensen, lief er, was er laufen konnte, aus dem Hof in den Wald. Sie hinter ihm drein, und da er nicht weiter konnte, denn er war dick, kletterte er auf eine alte Rüster, und darauf kam denn die Geschichte. Alle die Mönche waren erschrocken über den wilden Grimm der Heiden, daß sie das Kloster wieder verlassen wollten und auswandern, und es wäre geschehen, wäre ihnen nicht da am Ausgang der heilige Johannes erschienen, grad wie er dem Wußo erschienen.''

Derweil hatten sie das Ende der Niederung erreicht, zwar oft bis unter die Knöchel im Wasser schreitend, doch ohne weitere Fährlichkeiten, und die Hallen des alten Lehniner Waldes, schlanke, himmelhohe Kiefern mit uralten Eichen untersprenkelt, nahmen die Wanderer unter ihrem Schattendach auf.

Wohl hatte Hans Jürgen von seinem Ahnherrn Wußo gehört, aber das war dunkles Gerede gewesen, auf das er wenig geachtet, hier in den feierlichen Waldhallen, durchschauert vom Morgenhauch, klang es anders.

Wußo war ein wilder Heide gewesen, der nur gedürstet nach dem Blut der Fremden, welche eine fremde Sitte und einen fremden Gott in das Land seiner Väter einführen wollten. Oft hatte er sich unterworfen der wilden Gewalt, weil er ihr nicht länger widerstehen konnte, aber ebenso oft, wenn die Gelegenheit sich bot, hatte er in das Horn des Urs gestoßen, die alten Freunde und Genossen gerufen, die Kruzifixe niedergerissen, die Kapellen zerstört und verbrannt und das Joch abgeworfen, das ihm eine Schmach dünkte. Und auch jetzt, als die Herrschaft der Sachsen in der Nordmark gefestet schien, diente er nur mit innerem Grollen den Söhnen des Bären Albrecht. Da war er einst zur Jagd ausgeritten mit dem Markgrafen Otto, und sie waren in eine Wildnis gekommen, die der Markgraf noch nicht kannte. Und darauf rechnete Wußo. Der Böse gab es ihm ein, daß er den Markgraf verlocken sollte, fernab von den Seinen, und da ihn töten, wo keiner es sah und keiner die Spur finde. Dann werde alles bleiben und werden, wie es gewesen; denn was tue das Neue, das die Christen gebracht, dem Lande und Volke gut, als daß es die Leute unzufrieden mache mit dem, was sie hätten und ihre Väter. Die an Eicheln und Buchnüssen sich genügen lassen, wollten nun Brot essen, und die auf fauler Streu lagen, wollten in Betten schlafen und aus Höhlen und Hütten in Häuser und Türme überziehen. So überredete sich Wußo und machte seine schwarzen Gedanken weiß, weil doch auch diesem Heiden, denn das war er trotz des Taufwassers, das Gewissen anging, daß Markgraf Otto ihm so viel Liebes erzeigt und sein Vertrauen auf ihn gesetzt.

Dazumal war die Gegend ganz anders, als sie jetzt ist. Wo

jetzt die Fichten lustig und schlank ins Blaue schießen, war ein Dickicht von Eichen und Rüstern und Buchen, die ineinanderwuchsen und Krieg führten um das bißchen Boden und Luft. Da lagen umgeworfene Stämme faulend einer über dem andern, und Gewürm, Kröten und Schlangen wimmelten am Boden, auf den nie ein Lichtstrahl fiel. Und wo der Wald aufhörte, war die Heide mit stachlichten Ginster- und Wacholdersträuchern besetzt, und wo die Heide aufhörte, war das Bruchland; verwachsene Elsen und wilde Schlingpflanzen, daß kein Lüftchen durchdrang, und in dem warmen, feuchten Dunst nisteten Schwärme giftiger Stechfliegen. Wer sich verirrte und nicht untersank, blieb stecken in den Dornen und kam jämmerlich um vor Hunger und Qual unter den Stichen des Geschmeißes. Und auch das Wasser, wo es zutage lag, spiegelte nicht die Sonne und die Sterne und den blauen Himmel. Da trieben umgefallene Bäume umher, mit dickem Moos und Pflanzen überzogen, Inseln schwammen und ein buntes, schillerndes Netz von faulenden Stoffen schien darüber ausgebreitet. Die wilden Katzen kletterten in den verwachsenen Baumkronen, Krieg führend mit den Habichten, den Raben und Krähen. Der Bär schlich noch brummend in dem Schatten um, ein Schrecken der andern Tiere, und die Waldameise baute ihre hohen Kegelhäuser, das einzige geordnete Gemeinwesen. Nur den Auerochsen hatte schon der Mensch vertrieben, und auf die stolzen und wilden Elentiere richtete er eine verderbliche Jagd, daß sie weiter gen Osten flohen und die wenigen, die noch waren, scheu im tiefsten Dickicht sich verbargen.

„Wird Euch in der Wüstenei nicht bang, Herr Markgraf?" fragte Wußo, da sie nun auf der Spur eines großen Elenhirsches ganz ab waren von ihrem Gefolge, und die Stöße ins Hüfthorn riefen keinen, und die Luft war schwül, und Gewitterwolken zogen am Himmel auf. Und Wußo war doch selbst bang geworden, denn vorhin, als der Fürst über einen Baumstamm setzte und sein Tier zu kurz sprang, daß er herabglitt, hatte der grimmige Mann schon die Axt geschwungen, die ihm am Sattel hing, um dem Herrn den Garaus zu machen. Aber sein Arm blieb in der Luft hangen, ein ferner Donner rollte über die Wälder.

„Was soll mir bange werden!" antwortete Otto. „Da Sankt Johannes bei mir ist in den Wüsteneien, der mein Schutzpatron ist und auch deiner, Wußo."

Nun dachte Wußo heimlich: Ob dir der Sankt Johannes jetzt den Weg zeigen wird! und blieb tückisch zurück, da der Fürst, den Speer über sich schwingend, der Fährte des Elens folgte, ohne viel vor sich auf den Boden zu sehen. Ihre Rosse, die nicht weiter konnten durch das Moor, hatten sie nämlich verlassen und anbinden müssen, und Otto ging mit kühnen Schritten den Tapfen des Hirsches nach. Nur Wußo kannte den einzigen, schmalen Weg durch das Bruchland, und bei jedem Schritt meinte er, der Fürst werde sinken. Dann überhob ihn der Morast der Mordarbeit, und wie viele Deutsche waren in den Kriegen, von den tückischen Wenden in die Moräste gelockt, da versunken.

Aber der Fürst fand den Weg, ohne daß er ihn kannte, sein Fuß traf immer das Feste und sank nie ein. Da er fast drüben war, rief er dem Wenden zu: „Was scheust du, Wußo! Kommst du mir nicht nach?" — Wußo machte sich nun auf den Weg, den er so oft zurückgelegt, aber seine Augen waren wie geblendet, oder war es die Unruhe in ihm. Er sank mit dem Fuß ein-, zweimal, und plötzlich, als der ganze Boden unter ihm zu zittern anfing, ward er inne, daß er falsch gegangen, und es war zu spät, die Richtung zu ändern. Da in seinen höchsten Nöten rief er: Ach Sankt Johannes, wie du den da rüber gebracht, hilf auch mir, wenn du den Weg kennst. Und ihm war's, als liege um ihn eine Wolke, und ein Mann, halb nackend, mit zottigem Haar und einem Fell um die Schulter, aber einen lichten Schein um die Stirn, reichte dem Versinkenden die Hand und hob ihn und führte ihn sicher hinüber. Da verschwand er, und der Fürst lächelte: ,,Ei Wußo, kennst du so wenig dein Land, daß du selbst eines Führers bedarfst?''

Der Tag war heiß, und die beiden wurden müde von der Jagd, denn der Hirsch, wie oft sie ihn auch sahen, immer verschwand er wieder. Da rief Markgraf Otto: ,,Den Hirsch muß ich zum Stehen bringen; ist mir doch, als hinge mein Heil und Leben von seinem Leben ab. Ich hab's gelobt dem heiligen Hubertus: aber itzt kann ich nicht mehr.'' Und er sank um, den Speer in der Hand, todmüde unter einer alten Eiche.

Aber Wußo hatte auch gelobt bei seinem Götzen, das ist der Teufel, sein Heil und Leben solle davon abhängen, daß er das Leben des Markgrafen nehme, was es ihn auch koste. Schwer ward es ihm, denn er war kein schlechter Mann, und glaubte es nur zu tun um seines Landes Wohl. Und da es Nacht wurde von den Wolken, die aufzogen, drückte er die Augen zu und faßte den Wurfspieß mit beiden Fäusten, und wild rannte er auf den schlafenden Fürsten zu. Da fuhr ein Blitz aus der Eiche nieder, und ein Donner krachte, als wäre der Baum von seinen Wurzeln gebrochen. Vor dem Mörder stand wieder derselbe Mann, der ihn über den Bruch geführt, drohend den Arm aufhebend, und Wußos Wurfspeer blieb wie angelötet in der Hand: ,,Ist das dein Dank, daß ich dich hergeführt'', sprach Sankt Johannes! Und in demselben Augenblicke fuhr auch der schlafende Fürst in die Höh, mit einem Schrei, der Wußo wie die Trompete des Gerichts durch die Seele ging: ,,Ha, es ist überstanden!'' Und Wußo lag auf den Knien und wollte Worte stammeln, aber seine Zunge klebte am Gaumen, und in ihm brannte es wie ein stilles Feuer.

Margraf Otto rieb den Schlaf vom Auge: ,,Wo ist nun das Ungetüm? Es stürzte mir ja zu Füßen?''

,,Hier, Herr'', sprach Wußo, ,,zertritt es.''

Der Fürst schüttelte das Haupt und stierte in die Wolken, wie noch im Traum: ,,Den großen Hirsch meine ich, mit seinem gezackten Geweih, und sein Rachen sprühte Flammen. Heiß setzte er mir zu, und ich hatte schweren Kampf. Nun ist er überwunden, der mir will streitig machen das Reich, so mein Kaiser mir zuwies, daß ich lichten soll in der Finsternis, ausroden die alte, schlimme Weise und bauen und bahnen die Wege zur Erkenntnis des wahren Gottes. Sein Licht war über mir; es schmetterte ihn nieder, aber wo ist der Feind? Eine Mark Goldes, wer ihn mir schafft!''

Da waren die vom Gefolge des Fürsten herangekommen, und als er ihnen erzählte, was er geträumt, und er glaubte, es sei Wahrheit, erkannten alle Gottes Finger. Der grimmige Elenhirsch, der ihn im Schlafe umbringen wollte, könne nur der Satan gewesen sein, der Wut schnaube und zittere in seinem Ingrimm, weil der Markgraf in dem Lande schon so Großes vollbracht und noch mehr vollbringen wolle, daß seine, die Herrschaft der Finsternis, aufhöre. Der Markgraf erkannte, daß sie recht hatten, und gelobte zur Stunde, daß er zum Gedächtnis des schrecklichen Traumes und auf derselben Stelle, wo er gelegen, ein Kloster bauen wolle. Von da an solle das Licht des Glaubens und die gute Sitte und ehrbarer Fleiß ausgehen über das ganze Heidenland, und er wolle es reich begaben mit Gütern und es festmachen zum eignen Schutz gegen jeden Angriff und darin eine Gruft bauen, in der man ihm, wenn er zur Ruhe gegangen, die letzte irdische Stätte bereiten solle, und nach ihm seinen Kindern und seinem ganzen Geschlechte. So stiftete der Markgraf Otto, nachdem er die Wälder gelichtet, Sümpfe getrocknet, Wege in das Holz gehauen, die Abtei und das Kloster Lehnin, das erste in diesen Marken, und ließ Zisterziensermönche dahin kommen aus Seevenbeeke drüben im Mansfeldischen, welche die hohe Kirche bauten und Türme und die Klostergebäude und die Wälle und Mauern zum Schutz gegen die heidnischen Wenden, denen diese Stätte des Herrn noch lange ein Stein des Anstoßes und des Ärgernisses war. Lehnin aber nannte er es, weil auf wendisch der Elenhirsch den Namen führt, und noch heutzutage ist am Chor in der Kirche der Eichenstamm zu sehen, unter dessen Wipfel der Markgraf Otto geschlafen und den schweren Traum gehabt.

So ungefähr hatte Ruprecht auf dem langen Wege dem Junker die Legende von der Stiftung des Klosters Lehnin erzählt. Aber was hatte der Ahnherr seiner Familie damit zu tun? War er vom Markgrafen bestraft worden?

Er strafte sich selbst. Er stürzte fort, und lange Zeit wußte niemand, wo er geblieben. Aber er irrte im Wahnsinn durch Wald und Heide, und war er hingestürzt wo, müd und erschöpft, so fuhr er wieder auf, wenn er Hundeklaffen und ein Jagdhorn hörte, denn so hatte der Wahnsinn sein Hirn umdüstert, er glaubte der Hirsch zu sein, den der Markgraf niedergestoßen, und hinter ihm jage die wilde Jagd, geführt von Sankt Johannes, daß sie den letzten Elenhirsch fange, auf den der Fürst den großen Preis gesetzt.

Da nährte er sich von Wurzeln und Gras, trank das Wasser aus dem Fließ und scharrte sein Lager in den Gebüschen. Im Traume zuckte er auf, von den Speeren und Pfeilen durchbohrt; er stöhnte vor Schmerz und wünschte doch, daß seine Stunde komme.

So hatte der Wahnbetörte sich hineingedacht in die Seele eines Tiers, das dem Untergang geweiht war, als eines Nachts der Mann mit dem zottigen Haar und dem Fell über dem Nacken ihm auf die Schulter klopfte: Nun hast du gebüßt deine bösen Gedanken durch böse Gedanken, aber das ist nicht genug. Du warst ein Tier und folgtest deinem Triebe. Nun wache auf als Mensch und büße durch freie Tat dein böses Tun. Töte und zerfleische dich selbst. Dann erst wirst du rein sein von der Schuld.

Als Wußo aufsprang, war der heilige Johannes verschwunden, aber unfern von einem Spring sah er den großen Elenhirsch seinen Morgentrunk schlürfen. Da war er auch erwacht aus seinem Traume und seinem Wahnsinn. Den Hirsch mußte er töten. Das war seine Aufgabe; sein Herr, dem er das Leben verwirkt, hatte es geboten. Der Hirsch floh. Wer kannte, wie Wußo, die Schluchten des Waldes, die jähen Seeufer, die Erdstürze, die Fährten des Wildes durch das Dickicht. Da endlich hatte er es in die Enge getrieben, wo es nicht mehr fliehen konnte. Es machte kehrt und stand. Aber nicht mit der Wut des gehetzten Wildes, das sein Leben im letzten Verzweiflungskampfe teuer verkaufen will. Das kluge Tier schien sein Los zu kennen, nicht wie ein grimmiger Feind, wie ein Opfer, das den Todesstreich erwartet, stand es vor ihm.

Den Jäger, der den Elch endlich stehen sieht nach langer, heißer Jagd, ergreift ein sonderbar Gefühl. Der Elch mit dem langen, weitausgreifenden Geweih, wie ein König des Waldes, mit den klugen, schönen Augen, wie ein Mensch, mit dem struppigen grauen Bart, wie ein Geist aus einer andern Welt. Dem rauhesten Jäger schlägt das Herz, der Finger zittert ihm am Rohr. Er glaubt, der Elch spreche mit ihm, und sein Auge strafe ihn. Was mußt du mich vernichten? Bin ich ja doch dem Untergang geweiht.

So sprachen des Hirsches Augen zu Wußo. — Mußt du mich töten, so tötest du dich selbst. Leben kann ich nicht mehr, wo ich der einzige bin meiner Art, der nur umschleicht wie das Gespenst auf den Grabhügeln derer, die mit ihm lebendig waren; und ihnen gehörte der Wald, die Wiese, das blaue Wasser. Nun gehören sie andern, die uns nicht dulden wollen; die den Wald, die Wiese, das Wasser anders machen wollen, als der Herr es machte, der uns hineinsetzte. Bist du nicht ich? Ist dir's heimlich noch im Land, wo die Fremden deine Wälder roden, in denen du Schatten hattest und Lust; deine Götterbilder verbrennen, vor denen du betetest, und sie schützten dich; die Grabhügel deiner Väter durchwühlen; wo sie Türme bauen in den Himmel, der frei war; wo sie Kruzifixe aufrichten, daß du denken sollst mit Zittern und Grauen nur an Qual und Graus, und unter deinen alten Göttern ging der Pokal um in Freude und Lust? Ist's noch dein Land und dein Geschlecht, wo die fremde Zunge die Sprache verdrängt, so deine Väter sprachen, und du lalltest sie schon als Kind; magst du leben in Freudigkeit, wo sie auf dich und deine Brüder hinabschauen als Wesen schlechterer Art, nur aus Gnaden aufgenommen, und du warst frei wie der Vogel in der Luft, wie der Fisch im Wasser, wie wir im Walde? Ich bin der letzte meines Geschlechts, willst du's nicht sein, willst du dich fügen als ein Knecht in die fremde Knechtschaft, so hilf ihnen ausrotten und roden, hilf ihnen verleumden und schmähen die alten Freien, hilf ihnen den Boden der Väter umackern, ihre Gräber zerstören, ihre Heiligtümer verbrennen, und schleudre dein tödlich Geschoß mir in die Brust, aber laß mich noch einmal atmen die Luft, die frei war, noch einmal blicken in den grünen Wald und den blauen Himmel, dann — dann töte dich selbst.

Wieder mit zugedrücktem Auge warf Wußo seinen Speer. Er hoffte, daß wieder der heilige Mann mit dem zottigen Haar den Speer fassen werde. Aber die Luft sauste, es krachte, und niederstürzte der stolze Zehnender. Die Bäume rauschten wie vor Schrecken. Wußo mochte nicht ertragen den letzten Blick des Elchs, er sah sich selbst in den sterbenden Zügen. Zusammenstürzte auch er, nicht in seinem Blute, im hitzigen Fieber. Als er genas, wollte er nicht mehr in den Wald, auch nicht zu Hof und nicht ausreiten mit dem Fürsten. Sein Sinn war dieser Welt erstorben, und er pries den Herrn, daß es so war. Ein hären Gewand zog er um den nackten Leib und ging in das Kloster Lehnin zu den Zisterziensern. Da hörte man ihn oft seltsame Gebete murmeln, daß es die andern Mönche graute; die dachten, es sei etwas Heidnisches darin. Zu keinem Heiligen waren sie gerichtet, auch nicht zum Gott Sohn und nicht zur Gottesmutter, er wagte zu beten zu dem Gottvater selbst, der Himmel und Erde geschaffen, er, der noch vor wenigen Jahren ein Götzendiener gewesen, und es graute die frömmsten Mönche vor der Vermessenheit. Da rief er den Gott an, der über alle ist, ob er recht getan oder gesündigt, daß er sein Volk und den alten Glauben verlassen, um den neuen Glauben, den er nicht fasse und der doch so allmächtig sei wie der Sturm, der die Vögel und Wellen treibt, und so mild und warm wie die Sonne, die die Keime lockt aus den Bäumen und die Saat aus der winterlichen Erde? Er oben, unter den Unerschaffenen thronend, werde wissen, ob die Welt erschaffen sei, daß die Wälder bleiben oder die Städte werden. Wenn sie das hörten, erkannten die Mönche, daß er wieder verfallen sei in seinen alten Irrsinn, und scheuten vor ihm. Drauf starb er schon nach wenigen Jahren, an den Stufen des Chors mit den Armen den Stamm der Eiche umklammernd, wo dazumal der Markgraf geschlafen.

Das war's, was Ruprecht dem Junker in seiner Art erzählt, und aus der Legende war eine Sage geworden, die in der Familie fortging von Mund zu Munde.

Markgraf Otto schenkte den letzten Elenhirsch zum ewigen Andenken Wußos Nachkommen. Auf dem Tore ihrer Burg prangte noch lange der Kopf des Elens mit seinem Geweih und nachmalen auch auf dem Wappen des Hauses. Die Formschneider und Maler aus Franken, die es nicht verstanden, weil sie nie ein Elentier gesehen, machten daraus einen Widderkopf. Mit dem Fell des Hirsches hat mancher sich des Nachts zugedeckt, bis die weichlichere Sitte kam — weiß der Himmel woher —, daß sie den Gänsen die Federn ausrupften, in einen Sack stopften und damit ihren Leib zudeckten. So ward das schöne Fell in die Rumpelkammer geworfen und nur den Freunden der Sippschaft als eine Reliquie gezeigt, aus der Zeit, wo es noch Elenhirsche in der Mark gab. Da einmal eine Kranke, die man darauflegte, genesen war, kam die Haut wieder in Ehren, doch nicht so, daß ein Besitzer, der etwas geizig war und was ihm im Hause unnütz schien, zu Gelde machte, sie um ein geringes einem Handelsmann verkaufen wollte. Seine Ehefrau berief sich auf jene Eigenschaft des Felles, und endlich kamen sie überein, daß man es gerben und zu einem Kleidungsstück zuschneiden wolle. Dann war es kein unnütz Stück mehr, und wenn eine Heilkraft darin steckte, meinte der Mann, es sei ihr unbenommen, daß sie auch in der neuen Gestalt sich zeigen täte. So ward das Fell, da es zu einem Koller nicht paßte, der Besitzer auch fast immer auf dem Pferde lebte, das, was es ist, und erbte vom Vater auf den Sohn.

Bis dahin war der Knecht Ruprecht in der Erzählung gekommen, welcher Hans Jürgen so aufmerksam zugehört, daß er gar nicht bemerkt, wie der Dämmerschein immer heller geworden, als er plötzlich stillhielt und dem andern winkte. Hans Jürgen hörte ein leises Wimmern. Er sah in die entlaubten Zweige, durch welche das graue Morgenlicht schien, und sein Blick fragte den geisterkundigen Gefährten, ob die Unheimlichen etwa auch in dieser Stunde Macht hätten. Aber Ruprecht, der ganz anderen Spuren folgte, schüttelte den Kopf und gab ihm nur ein Zeichen, stille zu sein. Nachdem er auf eine Höhe geklettert, winkte er ihm wieder mit vergnügtem Gesicht, und als er heruntersprang, rief er laut: „Die kluge Elster am Wege hat mich nicht getäuscht, wenn der Krämer der Dieb ist, haben wir ihn; und das Jucken im Daumen sagt mir, daß wir bei ihm finden, was wir suchen.“

Auf dem Wege am rauschenden See stand ein Karren mit verkoppelten Pferden; aber die Kisten und Packen, die zerbrochen auf der Straße lagen, sprachen nur zu deutlich, daß schon andere dagewesen, die den Inhalt untersucht hatten. Von diesen war zwar keine Spur als die ihrer Rosse im Wege. Aber auch der Fuhrmann war verschwunden: „Wenn sie den Hedderich mitgeschleppt hätten!" rief Hans Jürgen. Ruprecht schüttelte den Kopf und sah nach dem See: „Junker, lieber Junker! preist Euren Herrn, daß Ihr nicht mitgeritten. Wenn es ehrlich herging, hätten sie ihn an einen Baum gebunden. Ich fürchte, die Sonne, die aufgeht, färbt sich in Blut."

Er schwieg und horchte wieder. Es schien über den See her in der Luft ein Wimmern zu kommen. „Nein, von da, Ruprecht." Das Laub raschelte, ein tiefes, gurgelndes Stöhnen kam von ziemlich nahe. Mit einem Satz waren beide durch die niedrigsten Büsche nach dem Seeufer hinab, und zugleich entdeckten sie einen Mann, gebunden und geknebelt am schrägen Ufer liegen: „Vorsichtig!" rief Ruprecht, „sonst kugelt er hinunter. Die haben ihn wie der Teufel gebettet, wenn er sich rührt, plautzt er ins Wasser. Beim Kopf, Junker, fest, dann bind ich ihm die Beine los."

Der unglückliche Krämer mochte zuerst glauben, daß er aufs neue in die Hände der unersättlichen Ritter aus dem Stegreif geraten sei, die zurückgekehrt, um noch etwas zu erpressen. Denn kaum, daß sein Knebel gelöst und die Stricke zerschnitten waren und sie den Unmächtigen mit ihren kräftigen Armen hinaufgerissen auf die Straße, als er ihnen zu Füßen fiel und bei allen Heiligen schwor, er habe nichts versteckt und alles offen und ehrlich angezeigt, was er mit sich geführt; sie möchten seines Lebens schonen um seines Weibes und seiner Kinder willen. — Hans Jürgens Gelächter brachte ihn zur Besinnung, wenigstens zeigte es ihm andere Gesichter, als er erwartet hatte. Nun ergoß sich aber seine Zunge in Verwünschungen gegen die schändlichen Räuber, die ihn, den friedlichsten und rechtlichsten

Handelsmann von der Welt, hier überfallen, durch ihre Übermacht bewältigt, dann grausam gemißhandelt, beraubt und in dem Zustand zurückgelassen, wie sie ihn fanden. ,,Ich will verkrummen wie das Eisen in der Schmiede, wie die Buche, wenn der Stellmacher sie biegt, wenn sie mich nicht niedergeschmissen, aufs Gesicht, dann knieten sie auf mir, daß mir das Rückgrat brach, mit Stricken banden sie, mit dem Halfter knebelten sie mich wie ein Pferd. Dann wußte ich nichts mehr von mir.''

Knecht Ruprecht zeigte mit grinsendem Lächeln auf ein Etwas, das Hans Jürgen jetzt erst erkannte und seiner Freude nun kaum Herr ward.

,,Kuriose Räuber'', rief der Knecht, ,,die einen, den sie ausziehen, auch anziehen. Du hast dich versehen, Klaus, das waren keine Räuber, Schneidergesellen waren's, die dir ein paar Hosen anmaßen.''

Der arme Mann fühlte jetzt, was es galt. Blaß, die Hände ringend, stotterte er Entschuldigungen über Entschuldigungen vor den neuen Peinigern, die er nun erkannte und die ihm mit wenigen raschen und nicht sanften Griffen die Lederhosen abstreiften. Er lag wieder auf den Knien, während Hans Jürgen die Elenshaut wie eine Wurst zusammenstreifte.

,,Das war mein Unglück ja, gestrenge Herren! Mich fror in der Morgenluft, da zog ich sie mir über. Da kamen sie auf mich los, ehe ich wieder zurechtsaß. Wer weiß, ob sie mich gekriegt hätten!''

,,Aber wo kriegtest du die Hosen her, Dieb!''

Wo er hinsah, Verderben. Vor ihm Hans Jürgen mit dem Plumpsack, hinter ihm der Knecht. Was konnten sie ihm Schlimmeres tun, da er auf seine Waren sah. Heulend warf er sich mit dem Gesicht darauf: ,,Schlagt, tötet, hängt mich, was ihr wollt, reißt mir das Herz aus dem Leib, ihr könnt nichts mehr ausreißen. Das ist Gerechtigkeit um den alten

Plunder! Wollt, ich soll euch was vorlügen. Ich will nicht lügen, will verdammt sein, wie sie alle. Ja, ja, ich riß es von der Leine. Berlin ist weit — der Kurfürst ein Kind. 's wird noch mehr von den Leinen gerissen werden, Meßgewänder und Fürstenmäntel. Wem's gehört, kriegt's nicht wieder. Aber die Gerechtigkeit kommt doch auf Erden. Der Bauer ist geschunden, der gemeine Mann gegerbt. Immerzu, das Schinden und Gerben geht reihum."

Der Wutausbruch eines, der keine Hoffnung mehr hat, hat für einen, der auf dieser Erde noch hofft, etwas Überwältigendes. Ruprecht zog sanft seinen Pflegebefohlenen am Arm: „Laßt den, Junker. Er hat seine Strafe. Wer zu stark schlägt, schlägt seine eigene Hand."

Zwölftes Kapitel

Das Erwachen

Zwischen Mitternacht und dem ersten Hahnenschrei hatte es vor Hohen-Ziatz gewiehert, als verlange es Einlaß, und da der Turmwart hinauslugte, sah er das Totenroß, das unschuldig im Sande scharrte. Schnell hatte er die Lade zugeworfen und nichts mehr gesehen, aber das Wiehern hörte er noch lange fort. Auf der Sumpfwiese hatten Lichtflämmchen hin und her gehüpft, und am Morgen, als die Sonne blutigrot durch das zerrissene Gewölk aufstieg und Windstöße durch die Luft fuhren, hatte man ganze Scharen von Raben um die Burg kreisen gesehen, und sie ließen sich nicht scheuchen, sondern setzten sich immer wieder auf die Giebel und Dachfirsten.

,,Und dann hat auch ein wendisch Weib, die Liese aus Gütergotz, die von Golzow kam, auf dem ganzen Wege das Leichenhuhn gackern gehört, als wollt es ihr den Weg zeigen. Vor der Burg zum letztenmal. Dann ist's verschwunden. Darum'' — so schloß der Knecht Kasper seinen Vortrag von den Wundern der Nacht — ,,darum, Gestrenge, mein ich, 's ist nicht so übel, daß die Hosen grad heut nicht da sind.''

,,Und warum nicht?''

,,Und wie gesagt, wenn's nicht auf einem sitzen bleibt, so kommt's auf viele. Bin nicht wie der Ruprecht, aber wo so viele Zeichen sind, da hat's was auf sich, und der wäre kein Christ nicht, der nicht auf Warnungen hören tut.''

Was Kasper sprach, schien nur der Widerhall der stillen Gedanken auf den Gesichtern der andern Burgbewohner. Als wäre ein wüstes Gelag vorhergegangen; machte doch auch die Frau von Bredow keine Ausnahme. ,,Kasper, du meinst es gut, aber der Herr —''

,,Nun ja, es wird ein Ungewitter setzen.''

,,Ich mag's nicht vor den Mädels haben, er ist doch ihr Vater'', sagte sie halb vertraulich zum alten Knappen und Waffenträger ihres Herrn. Es war sehr selten, daß Frau von Bredow zu einem Dienstmann vertraulich sprach. ,,Auch die beiden Ziehkinder, es ist nicht gut, daß sie so etwas sehen.''

,,Sie sind ja noch nicht zurück.''

,,Ich selbst wollte schon mit ihm sprechen.''

,,Nein, beileibe nicht, Gestrenge! Ihr könntet ja rüberfahren, 's ist Sonntag, zur Kirche nach Ferch, dann wäre das Nest leer, und ich will's schon auf mich nehmen. Er schlägt auch jetzt nicht mehr, wie ehedem. Mit den Jahren ist er viel frommer geworden. Fahrt zur Kirche, gestrenge Frau, mit den Frölens; ich halt es aus.''

Aber die Frau wußte doch nicht, was das eigentlich helfen sollte.

,,Unglück kommt nie allein, das ist wahr'', sagte Kasper. ,,Aber wenn er erst in den Kleidern sitzt, muß er ausreiten, und Gott weiß, was ihm da zustößt. Ich sage, man muß das Unglück nicht aufsuchen gehn, es kommt von selber gelaufen, und wer ausweichen kann und 's nicht tut, der hat sich's zuzuschreiben.''

,,Ist der Ruprecht denn auch noch nicht zurück?'' Eva schüttelte den Kopf: ,,Ich sagt es ja, Mutter, sie haben sich vergangen.''

,,Dummes Mädchen, fang mir auch an zu flennen. Und wie siehst du aus! Fix, mach dich fertig. Ihr taugt hier nichts. Euch will ich zur Kirche schicken. Was schluchzt denn da?''

Agnes kam aus dem Tore; einige Leute aus dem Dorfe folgten, die ein in Schweiß gebadetes, von Staub und Schaum bedecktes Reitpferd führten, dessen in Unordnung geratenem Geschirre man es ansah, daß es schon lange ohne Herrn und Pflege umhergelaufen sein mußte. Es war Hans Jochems Pferd.

Das Mädchen setzte sich, still weinend, ihr blasses Gesicht mit den Händen bedeckend, auf den Stein an der Mauer: „Ich wußt es!"

Die Burgleute schlugen die Augen nieder. Die Sache sprach von selbst von einem abgeworfenen Reiter.

„Das war kein Leichenpferd nicht; das war sein Pferd gewesen", schluchzte das Mädchen. „Hätten sie nur gleich aufgetan und nachgeschickt, dann hätten sie ihn noch gerettet."

„Wo ist Hans Jochem? Wo ist Peter Melchior?"

Es erfolgte keine Antwort.

„Was wird's weiter sein!" fuhr die Frau beruhigter fort. „Sie werden dem Herrn bis zur Fähre das Geleit gegeben haben. Da können sie noch nicht zurück sein."

„Sie werden nie zurückkehren."

„Macht mir den Kopf nicht warm, Mädchen! Wenn ihm ein Unglück begegnet, sind ja die anderen Herrn dabei. Werden ihn nicht dabei liegen lassen. Mir ist um den Hans Jürgen und Hans Jochem nicht bange. Unkraut vergeht nicht."

Und doch hörte man's dem Ton ihrer Stimme an, daß es nicht ihre gewöhnliche Ruhe war. Wer hält sich auf einem Schiffe fest, wenn alles um ihn schwankt?

Da schlug ein Fenster auf im Giebel, und eine Stimme, die man bis ins Dorf hörte, schrie: „Das Wetter noch mal! Kasper! Brigitte! wo sind meine Hosen?"

„Gleich, gleich, Götze!" rief die Edelfrau, und Edelfrau und Knecht stürzten in den Flur, die Treppen hinauf. Dem Knecht warf sie einen freundlichen, bittenden Blick zu. Der antwortete aber nur mit einem grämlichen Kopfnicken und einer Bewegung mit der Hand auf den Rücken. „Hab mir was untergestopft, da kann man's schon 'ne Weile aushalten", brummte er für sich, ohne zu eilen, wie die Frau tat, die ihm längst vorauf war. Vielmehr gab er seinen Gedanken in rechter Gemächlichkeit Gehör: „Der Dechant freilich, als ich's neulich im Beichtstuhl ihm sagte, meinte, das wäre auch Sünde, ich glaube, er sagte, gegen den Heiligen Geist. Jedermann sollte wahrhaftig sein, auch wenn's ihm an Haut und Haare ginge, daß er niemals, in welcher Lage des Lebens es sei, im Zustande der Unwahrhaftigkeit sich sollte betreffen lassen. Und das wäre also Unwahrhaftigkeit, weil ich der Liese ihren Friesrock untergestopft hatte, und der Herr dachte, es wäre meine Haut. Und gelobt hab ich's, das ist wahr, daß ich's nicht mehr täte. Aber Leder ist Leder, und Haut ist Haut. Und nun soll's mich doch wundern, ob der Dechant das auch Sünde nennen wird, daß ich die alte Rehhaut unterm Koller trage. Denke so überhaupt, was das den Heiligen Geist angeht, ob einer Prügel kriegt oder nicht? Der Herr oder der Vater gibt sie, und der Knecht oder der Sohn kriegt sie; da hat doch kein Dritter was mit zu schaffen. Aber wenn ich's dem Dechanten sage, dann ist das schon wieder eine Sünde, daß ich's gedacht habe. Überhaupt, wenn nur nicht die Pfaffen wären, nämlich daß man ihnen alles beichten müßte. Die Prügel, nun die wären Prügel, der Regen macht naß, und man trocknet wieder, keiner stirbt davon; aber wenn man Prügel kriegt, daß man immer denken muß, warum man sie kriegt und wie man sie kriegt, und wie man's im Beichtstuhl vortragen soll, man weiß oft selbst nicht warum, und nun werden sie einem vom Pfaffen erst recht eingeschmiert und eingebläut, und was vorher gar nichts war, das ist nun was, das eben ist die verfluchte Geschichte."

Als die Frau von Bredow die Kammertür zu ihrem Ehegemahl ein klein wenig auftat, war der Anblick, den sie durch die Spalte hatte, nicht eben angenehm. Herr Gottfried war aufgesprungen, wie er im Bette gelegen, und reckte die Arme, so weit er konnte, während seine Lippen auch, so weit sie konnten, aufstanden, um den Morgenschlaf hinauszulassen. Vor ihm lag eine dicke Wolke, nämlich das Deckbett, was vorher auf ihm gelegen, und es schienen in dem Sack von blauem Zwilch die Federn von drei Herden Gänsen gestopft, die von der Erschütterung des Wurfs nicht wenig durch die Kammer stäubten. Dieser Anblick war aber der Frau nicht ganz unangenehm; denn das Bett bildete eine natürliche Schanze zwischen ihr und dem Ehemann, falls es ihm eingefallen wäre, ihren Morgengruß durch die Tat zu erwidern; denn daß eine so nahe erste Berührung nicht in ihrer Absicht lag, verriet ihre Stellung an der Tür. Sie wollte nur sehen, wie es stand, auf einen eiligen Rückzug, wenn er not tat, vorbereitet.

„Grüß dich Gott, Götz, bist du aufgewacht?"

„Ja!"

„Das ist schön, Männchen. Deine Morgensuppe brodelt auch schon auf dem Herd."

Aber der Ritter schloß nur den Mund, um ihn wieder zu öffnen: „Wo sind sie?"

„Sind sie noch nicht hier? Warte nur, lieber Mann, werden gleich kommen."

Seine Stirn runzelte sich, und ein verdrießliches Rot lagerte über den nüchternen Augen, die ihre Strahlen erst zu einem stechenden Blick sammelten: „Brigitte, wo sind sie wieder?"

„Jemine, weißt du nicht, wie du sie auszogst, hast du sie auf den Schemel gelegt; da auf die Lehne! Der Wind gestern hat das Fenster aufgemacht. Als ich's sah, war ich recht erschreckt, du möchtest dich verkühlen, aber der Kasper wollte mich nicht reinlassen. Da ist die Katze gekommen und sprang übern Schemel aufs Fenster und riß sie mit. Ich sah's von unten, da hingen sie am Brett; aber eh wir's uns versahen, kam wieder ein Windstoß, der warf sie aufs Dach. Da wollten wir sie eben holen, als der Sturm wieder losging. Ach, Götze, du wirst dich wundern, was der Sturm alles angerichtet hat. Die drei großen Kiefern an der Lehmgrube, an der Wurzel rein abgebrochen sind sie. Das Dach vom Hinterhaus wirst du neu decken müssen, eine Sparre ist eingeknickt. Das Storchennest ist auch runter, wie mit 'nem Messer abgeschnitten."

„Ich friere ja. Wo sind sie geblieben?"

„Ach, das weißt du auch nicht! Die Kinder glaubten, 's wär ein Drache; so flogen sie übers Haus, über die Mauer, bis auf die Wiese. In den Ententeich sind sie gefallen. Die Entengrütze, Götzchen, mußte man doch ein bißchen abspülen. Sind gewiß schon trocken. Hab den Hans Jürgen nachgeschickt. Er kommt dir gleich. Frieren sollst du nicht, mein Herz. Hab dir Ingwer und Pfeffer in die Biersuppe getan und Honig. Willst du auch Eierschaum draufschwimmen haben? Der Kasper macht auch 's Wasser warm, daß er dir den Bart schert. Solltest dich wieder ein bißchen ins Bett legen; ich bring's dir rauf. Steige jetzt nur auf den Turm und will nach dem Hans Jürgen rufen."

Der Ritter rief, er wolle nicht wieder ins Bett; aber die Burgfrau hörte nicht mehr aus, was er sprach, sie hatte die Tür schon zugeschlagen, und schon war sie über das Brücklein oben, das aus dem Erker nach dem Turme führte, als sie den Schemel krachen hörte, den Herr Gottfried gegen den Boden schleuderte, daß drei Beine ausfielen und die Lehne knackte: „Das Weibervolk, sag ich's doch immer, das ist Weibervolk!"

Nur wenig Stufen waren's bis zur Turmzinne, aber Frau Brigitten lag's in den Knien, als wäre vor ihr die Treppe zum Münster in Straßburg. Sie war doch eine wahrhaftige Frau, wie nur eine zehn Meilen in der Runde, aber war's die Lüge, die wie Blei ihr in den Gliedern drückte? — Eine Notlüge, und solche kleine Notlüge! Der Dechant sollte ihr die Frau zeigen, die niemals ihren Mann belogen, und es war ja in so guter Absicht! Mit der Lüge hätte sie sich auch schon abgefunden, aber mit dem Dechanten und der Beichte! Die arme Frau von Bredow! — Nein, es war noch etwas anderes, das ihr in den Gliedern lag. Es war heut ein Unglückstag. — Auf der Mitte der Treppe war in der Blende ein kleines, unscheinbares Marienbild. Sie ließ sich auf die Knie und faltete die Hände. Was sie gebetet hatte, wußte sie eigentlich nachher selbst nicht, aber ihr war's, als hätte sie die Himmelskönigin gebeten, sie möge ihre Not bedenken und machen, daß sie nicht gelogen hätte. Hatte sie doch auch einst die Bitte der frommen Landgräfin von Thüringen erhört, und das Brot und Geld ward in Körben zu Blumen.

Nun war sie oben auf der Zinne. — Die freie Luft wehte sie an. Wie der Wind über die Kiefernwälder strich, wie er, in den Ulmen spielend, einen goldenen Blätterregen auf die Wiese streute, wie die Krähen und Tauben in Scharen sich in der niederen Luft wiegten, wie die Habichte unter den Wolken kreisten, wie der Rauch sich aufringelte aus den Mooshütten des Dorfes — ein anderer hätte es vielleicht mit Lust gesehen, ihr Auge war auf andere Dinge gerichtet, ihr Ohr lauschte auf andere Töne als das Summen der Käfer, das Gekrächze der Raben, das Hämmern des Dorfschmieds, das Knarren der Mistwagen, welche von den Ochsen mühsam durch den Sand gezogen wurden.

„Der Kasper ist ein guter Mensch", dachte sie. „Ich hör ihn auch gar nicht widerreden. Er nimmt's so ruhig hin. — Wenn doch alle Knechte so fromm wären! — Ich will ihn auch nachher in den Keller lassen — — — Es klatscht ja gar nicht mehr! — Was ist das! — Ach, heilige Elisabeth, er hat ihn gewiß an die Gurgel gefaßt. — Da butzt es auch schon gegen die Wand — Götze, Götze, nur nicht zu stark. Wenn da nur kein Unglück kommt!"

Sie hatte sich über die Zinne gelehnt, den Kopf übergebeugt; als solle sie keinen Ton sich entgehen lassen, drückte sie die Augen zu:

,,Götze! Götze! lieber Mann! — Warte nur ein klein bißchen. Nun kommt's schon. Ich sehe den Hans Jürgen schon. Er bringt sie. Du sollst nicht mehr frieren.''

Unten schwieg es wirklich, auch sie schwieg, es war etwas Angstschweiß, der sie überlief. Sie hatte ja wieder gelogen; Wie sollte sie ins Licht des Tages sehen! Aber sie sah doch hinein. Ihre Knie hoben sich, ihre Augen wurden größer, ein Zug von Friede und Freude breitete sich um ihren Mund. Traute sie ihrem scharfen Gesicht heute nicht, daß sie die Hand noch einmal über das Auge legte? Nein, es war keine Täuschung: ,,Götze, Götze! Der Hans Jürgen ist da, er hat sie!'' — Hans Jürgen mußte die Edelfrau auf dem Turme erkennen. Mitten auf dem Damm schwenkte er es. — ,,Der liebe Jung, er ist geschickter, als ich dachte. Aber was ist ihm. Er könnte hurtiger laufen.'' — Ehe sie hinunterstieg, schaute sie noch einmal hinaus. Aus dem Walde kamen noch andere, langsameren Schrittes. ,,Ist das der Ruprecht?'' Sie blieb stehen; es schien ihr, als trügen sie etwas. Der Schatten des Waldes erlaubte ihr es nicht zu erkennen. Was ging es auch sie an!

Da stand schon Hans Jürgen im Hofe, als sie hinunterkam, aber was sah der Junge so blaß und verblüfft aus. Was war überhaupt vorgegangen? Das Tor war sperrweit offen. Der Dechant war auch herbeigekommen und wollte ihre Hand fassen: ,,Gnädige Frau, Gottes Fügungen sind wunderbar! In seinen unerforschlichen Ratschlüssen zu lesen, ist uns zwar nicht vergönnt, indessen —''

,,'s ist heut ein Unglückstag'', sagte der alte Meier, und betrachtete das Blut in seiner Hand, mit der er den Sattel und den Kopf des Pferdes befühlt hatte.

,,Was ist los, Kinder?'' Sie hielt doch schon das verlorene

Kleidungsstück, das Hans Jürgen überbrachte, in der Hand, und aus ihrer Hand war es schnell in den Erker hinaufgewandert.

,,Du bist nicht daran schuld'', sagte Eva zu Hans Jürgen.

,,Ach, wer das sah, und wer das hörte! Wenn er am Leben bleibt, der Kopf und der Arm sind hin.''

Wäre nicht der Dechant gewesen, es wäre niemand gewesen, der der Edelfrau Rede stehen konnte, so kraus und bunt ging's durcheinander. Die halbe Einwohnerschaft war hinausgestürzt, um zu helfen oder zu sehen.

,,Er ist vom Pferd gestürzt, meine gnädige Frau. Der Herr gibt und der Herr nimmt.''

,,Hans Jochem!'' Die Blässe des Schrecks gewann endlich Platz auf der Burgfrau Gesicht.

,,Er ist noch nicht ganz tot'', sagte der Dechant. ,,Es ist sogar noch Hoffnung, daß wir ihm die Sterbesakramente reichen können.''

Frau von Bredow legte mit mütterlicher Teilnahme die Hände auf die Stirn ihrer Tochter. Sie blickte sie wehmütig an und küßte ihre Stirn: ,,Der Mensch denkt, Gott lenkt.''

Auf einer Bahre von Tannenreisern lag der Verwundete, ein kläglicher Anblick selbst für die, welche ihn schon seit einer Stunde so gesehen. Sein Gesicht war mit Blut aufgelaufen und unkenntlich, sein linkes Bein gebrochen, sein ganzer Körper schien zerschmettert. Der Knecht Ruprecht winkte dem Bauer, mit dessen Hilfe er und Hans Jürgen den Verwundeten bisher getragen, daß er nun gehen könne. Er wartete auf frische Hilfe aus der Burg. ,,Meint Ihr, daß er davonkommt?''fragte der Bauer. ,,Wenn er leben bleibt, bleibt doch nicht viel von ihm leben'', antwortete Ruprecht. ,,In den Krieg kann er nicht mehr, auf die Jagd auch nicht.'' ,,Und was ist ein Junker, der nicht aufs Pferd kann'', sagte der Bauer achselzuckend und ging.

Was Hans Jürgen nicht erzählt, erzählt der Bauer denen,

die ihm entgegenkamen: wie es gewimmert und gestöhnt, als der Knecht und der Junker im Walde zurückkehrten, wie sie, der Hufspur folgend, den Verunglückten gefunden. Das scheue, zügellose Pferd, durch dick und dünn jagend, war gegen einen Baum mit seinem Reiter angerannt, hatte ihn abgeworfen und gegen einen scharfkantigen großen Stein geschleudert. Sie fanden ihn schon sprachlos in Todesängsten. Das mochte man sich selbst so auslegen, auch wenn er kein Wort gesprochen hätte; aber bei jedem Schritt wußte man mehr, und die Mägde in der Küche, die gar nicht hinausgekommen waren, wußten es ganz genau, wie es hergegangen. Da hatte Hans Jochem sich verschworen gegen die andern, er allein wollte den Krämer werfen und bis aufs Hemd ausziehen, auch wenn der Kurfürst mit allen seinen Trabanten um ihn stände. Auch so der Teufel neben ihm ritt? fragten die andern. Auch dem will ich ein Schnippchen schlagen, hatte Hans Jochem gesagt. Da, als er dem Pferde die Sporen gab, war ein schwarzer Reiter wie aus der Erde aufgeschossen und hatte sich ihm in den Weg gestellt. Mach Platz! rief Hans Jochem. Wer bist du? Der Reiter schlug das Visier auf, und die helle Lohe schlug ihm aus des Reiters grünen Augen und Rachen entgegen. Da ward sein Roß scheu, kehrte und trug ihn über Stock und Block. Und hinter ihm rief ein altes Weib: Ach, Junker, nehmt mich doch mit; ich kann meine Kiepe nicht tragen! Und vor ihm lief ein anderes Weib, die rief: Folgt mir nur, ich zeig Euch den Weg. Und das Weib hinter ihm saß bald auf dem Sattel in seinem Rücken und umklammerte ihn mit ihren Armen, daß ihm der Atem verging, und das Weib vor ihm führte ihn durch Sumpf und Brüche, und er sah ihre Laterne und konnte sie doch nicht erreichen, bis sie dort an den Teufelssteinen stillstand und die Arme ausbreitete und rief: Springt nur, Junker, ich helfe Euch runter. Und da er sich im Sattel schwang, riß ihn die andere hinab, und er fiel. Die Frauen waren verschwunden, er lag auf den scharfen Steinen, und während er vor Schmerz wimmerte, lachte es und kreischte und flatterte auf wie hundert wilde Gänse, und die Eulen heulten im Walde. So wußten es die in der Küche ganz bestimmt, und keinem hätten sie raten mögen, daß er daran zweifelte.

,,Er hat geseufzt! Er lebt!'' stürzte Agnes aus der Torstube, wo der Verwundete lag, und ihr Auge strahlte vor Freude der Mutter entgegen, welche, die Arme bepackt mit feinen, weichen Linnen, aus dem Wohnhaus kam. Die Linnen kamen zu spät, die Stirn war schon verbunden, kalte Wasserumschläge waren gemacht, der Schmied aus dem Dorf war auch schon da, aber er schüttelte den Kopf; was hier zu tun war, ging über seine Kunst.

,,Ach, lieber Himmel, daß mir das nicht gleich einfiel'', rief die Edelfrau. ,,Schnell zu Pferd einer nach Altenbrandenburg, er soll die Sporen nicht scheuen, zum Meister Hildebrand!''

Sie sah sich um nach einem guten Reiter. Auch das war schon besorgt. Der Bote ritt seit einer Viertelstunde.

,,Dechant, das ist brav von Euch, daß Ihr daran gedacht.''

Der Dechant blickte abwehrend auf Agnes: ,,Das liebe Kind denkt und waltet, als wär sie schon eine barmherzige Schwester. Da wird des Himmels Segen nicht ausbleiben.''

,,Agnes, du! Ach, heilige Mutter, mir fällt ein, der Hildebrand wird nicht in der Stadt sein. Reit einer nach, er ist —''

,,Beim Vetter in Golzow'', fiel Agnes ein. ,,Er reitet auch über Golzow. Erst wenn er ihn nicht findet, soll er nach Brandenburg.''

,,Wen habt Ihr hingeschickt?'' fragte die Frau.

,,Hans Jürgen'', sagte leis Eva zur Mutter.

Die wiegte etwas den Kopf: ,,Der Junge wird auch müde sein. 's schadet aber nichts. Ein Nußbaum, der tragen soll, muß früh geschlagen werden. Die Vettern waren sich nimmer sehr gut. Schon als Kinder lagen sie sich in den Haaren. Nun, wenn der eine — der bessere'', entfuhr es ihr, aber sie unterdrückte die Stimme — ,,wenn der dran glauben muß, dann hat der andere den Trost, daß er ihm zuletzt noch einen Liebesdienst getan. Mehr kann am End keiner sagen, daß er für die anderen tat. Wir sind alle Kinder des Staubes, wir müssen alle unter die Erde.''

Sie wischte mit dem kleinen Finger eine Träne aus dem Auge, Eva weinte laut, und Agnes weinte still. Da war das Zeichen gegeben. Wenn die Herrschaft weinte, durfte die Dienerschaft auch, es war sogar ihre Schuldigkeit, weinen. Sie weinten nicht still, sie schluchzten laut, sie drängten, ihre Schürzen am Aug, nach der Torstube, den lieben jungen Herrn zu sehen, sie schrien auf, wenn sie ihn sahen, und heulend stürzten sie fort, bis es durch das ganze Haus und die Burg ein Geheul war um den Junker, der ein so lieber, schöner Herr gewesen, und nun war er ein Krüppel, eine halbe Leiche, schlimmer als eine Leiche. Und wieviel gute Eigenschaften und Vorzüge kamen da an dem grauen Tage von einem zutage, von dem sie bis da garnicht gesprochen, und wenn es geschah, schalten sie ihn einen eitlen Tunichtgut.

Herr Gottfried hatte derweil seine Biersuppe mit Ingwer und Pfeffer und dem schwimmenden Eierschaum drauf getrunken. Er strich sich, als er allmählich warm ward, behaglich die Seiten und sah auch mit Befriedigung, wie der Knecht Kasper die große Schüssel mit Buchweizenbrei auftrug, deren glatt gewordene Oberhaut schön geädert war mit kleinen Seen und Flüssen und Kanälen von brauner Butter und Zimmet. Dabei lächelte der Burgherr wohlgefällig, denn die Zimmetbüchse holte seine Ehefrau nur bei absonderlichen Festtagen aus dem Schranke: ,,'s ist doch ein gut Weib!'' brummte er und sah auch mit Vergnügen auf die Schüsseln mit Honig und Käse und den Ochsenschinken, der jetzt hereingetragen ward. Zuviel für einen Mann hätte es einem andern gedünkt, der auch hungrig war, aber nur seit gestern. Herr Gottfried hatte seit einer Woche keinen Bissen über die Lippen gebracht, und dieser Gedanke schien jetzt zum vollen Bewußtsein des Hungers zu werden. Er maß die Schüsseln, und auf seinem Gesichte strahlte immer mehr Friede; aber mit dem Frieden stimmten die Klagetöne draußen wenig.

„Ist also gefallen?" fragte Herr von Bredow.

„Und gestürzt", sagte der Knecht.

„Ja, ja, das kommt davon", sagte Herr von Bredow und schnitt tief in den Schinken ein.

„Und hat sich Schaden getan", sagte der Knecht.

„Durch Schaden wird man klug. Fiel auch mal vom Pferd. Ist's der Hans Jochem oder der Hans Jürgen?"

„'s ist ein Unglückstag heut", sagte der Meier.

„Ein Unglückstag!" wiederholte Herr von Bredow und schien darüber nachzudenken, indem er einen zweiten Teller mit Buchweizenbrei füllte und wie verwundert zusah, daß es noch immer dampfte. „Was haben wir denn heut, Kasper?"

„Sonntag nach Gallus, Gestrenger. Die Gänse sind schon geschlachtet."

„Die Martinigänse! — Ist's die Möglichkeit!" rief Herr von Bredow und setzte den Messergriff auf den Tisch. „Der arme Hans Jochem! Jemine, schon die Martinigänse. — Das geht jetzt alles — Einer will's dem andern zuvortun. Da kommt's denn! — Ein Bein gebrochen hat er!"

„Aber der Herr Dechant wird ihm die Sakramente reichen."

„Sakramente!" — Ein neuer Gedanke schien in der chaotischen Wüste seines Kopfes sich durchzuarbeiten. — „Sakramente! Dann geht's wohl auf die Letzt."

„'s ist aber nach dem Wundarzt geschickt. Der muß bald da sein. Sonst kommt er zu spät."

,,Zu spät!'' Ein zweiter Gedanke brach durch. Der Ritter legte Messer und Löffel fort: ,,Kasper, meinst du, daß es gut ist, daß ich zum Hans Jochem gehe? Er kann doch nicht zu mir kommen!''

,,Freilich, das kann er nicht, getrenger Herr, aber —''

,,'s ist heut ein Unglückstag'', wiederholte der Meier. ,,'s täte wohl besser, gestrenger Herr'', sagte der Knecht, ,,wenn Ihr erst frühstücktet. Das Unglück kommt immer zu früh noch, und Ihr könnt dem Junker nicht helfen. Aber der Junker kann Euch schaden. Herzeleid auf leeren Magen tut nimmer gut. Wer morgens ordentlich frühstückt, der sammelt seine Gedanken und kann was vertragen. Mancher Mann, der nüchtern ausritt und wollte alles tun, tat nichts und fiel gar in Unmacht.''

Da nickte Herr von Bredow mit voller Beistimmung dem verständigen Knecht zu und tat, wie er ihm riet. Und der Rat erwies sich als gut, denn je mehr sich der Magen füllte, um so mehr schien in dem großen Körper die zerstörte Ordnung sich wiederherzustellen, und auch die Gedanken sammelten und lichteten sich im Kopfe.

Da wischte er mit dem Tuche den Mund, richtete sich im Stuhle auf und sprach: ,,Der arme Hans Jochem! — daß es grade der Hans Jochem sein muß.''

,,Das hab ich auch gesagt, gestrenger Herr! Grade der Hans Jochem. Und er war so lustig allezeit.''

,,Wenn's Hans Jürgen wäre —''

,,Dann wär's nicht Hans Jochem, das hab ich auch gedacht, gestrenger Herr.''

,,Aber das kommt davon.''

,,Ja gewiß, Gestrenger!''

,,Wer nicht hören will, muß fühlen. Wollen alles besser wissen, die jungen Leute. Reiten, das will gelernt sein. Was ist das für 'ne neue Mode! Die Diener sollen jetzt hinter dem Herrn reiten. Die jungen Fante in Brandenburg und Berlin!

Wozu ist ein Diener, als daß er seinen Herrn meldet! Darum reitet er vorauf. Tut mir doch leid um den Hans Jochem. Hatte den Jungen lieb.'' –

Herr Gottfried drückte mit dem Finger ans Auge, als fühlte er da etwas, was nicht dahin gehörte. Frau Brigitte trat ein, auch mit roten Augen; sie setzte eine Kanne auf den Tisch. Selbst setzte sie sich neben ihren Herrn:

,,Da bring ich dir Zerbster, Gottfried. Das letzte aus dem Faß. Wer weiß, wenn's auch mit uns auf die Letzt geht.''

,,Ja, ja, ja!'' sagte Herr von Bredow, ,,'s ist schlimme Zeit. Sie zapfen, wo sie können.''

,,Trink, Götze, 's ist von dem bittern Zerbster, das spült den Magen wieder klar.''

Er setzte an und trank und setzte die leere Kanne nieder. Er nickte ihr freundlich zu: ,,Hast recht, 's ist von dem Bittern.''

,,'s ist mancherlei bitter!'' seufzte sie.

,,Der arme Hans Jochem, wer hätte das gedacht, Gitte! Na, nu will ich auch zu ihm.''

,,Bleib nur, Götze, sie tun ihn verbinden jetzt. Er schreit jämmerlich. Ans Leben geht's ihm nicht, sagte der alte Hildebrand. Aber wie's nachher mit ihm gehen wird, ich meine, wenn er durchkommt! Reiten kann er nicht mehr und tanzen auch nicht. Weißt du noch, wie er bei dem Bankett in Plessow herumstrich, er und die Eva? Sie waren noch Kinder, aber die Leute sprachen gar Absonderliches. Na, und dann Götze, unseres und seines zusammengeschlagen, da hätten die Hohen-Ziatzer auch können den Vettern in Friesack zeigen – das ist nun nichts. Ein Ritter wird er nicht mehr, sein Lebtag nicht, und was ist er dann? Und der Hans Jochem ins Kloster! Mann, Mann, das will mir gar nicht in Sinn. An den Hans Jürgen hatte ich immer gedacht, der taugt doch nichts. Aber –''

,,Ich wollt's nicht'', fiel Herr Gottfried ein. ,,Sein Vater seliger konnte die Pfaffen nicht leiden. Er hat grade Beine, laß ihn gehen, wo er hinläuft.''

,,Und weißt du, was mir nicht gefällt, Götz?'' — Sie sah sich um, der Meier und der Knecht Kasper hatten die Halle verlassen; sie waren allein. — ,,'s ist was zwischen der Eva und dem Hans Jürgen. Sie haben sich immer geneckt, aber seit ein paar Tagen, da ist was los.''

,,Kinderpossen!''

,,Du hast schon recht, sie sind Kinder. Aber die Agnes, denk dir, das stille Kind, die ist wie außer sich um den Hans Jochem. Hat gesorgt für ihn, als wär's ihr Bruder, ist hinausgelaufen, von allen zuerst, als wir's hörten, und brachte ihm Wasser zu trinken. Eh einer sich nur besinnen konnte, hatte sie ihm nasse Umschläge gelegt, und dann, ach Gott, ich weiß nicht alles. Und daraus kann doch nur Unglück kommen. Und darum, was meinst du, wir schicken sie nach Spandow; je eher, so besser.''

Das Zerbster Bitterbier mußte wunderbar auf den Ritter gewirkt haben. Er seufzte so tief und schwer auf, als schöpfte er plötzlich Erinnerungen aus dem Ziehbrunnen seiner Seele. Die breiten Hände auf seine Knie schlagend, hub er an:

,,Ich sage dir, Brigitte, es kommt nirgend was raus als Unglück! Und das kommt alles bloß daher, weil die Menschen es immer besser machen wollen, als es ist. Der liebe Gott muß doch gewußt haben, warum er's so machte, aber nein, sie müssen kehren und putzen und scheuern.''

Frau Brigitte sah ihn bedenklich an, ob ein Vogel von der Wäsche gesungen. Es war anderes, was ihrem Eheherrn hinterm Ohre hüpfte.

,,In Berlin werden sie lateinisch sprechen, die Jungen sollen durch die Gucker in die Sterne sehen und die Weiber die Nativitäten stellen. Aus dem Reich ist ein lateinischer Gelehrter verschrieben, der soll dem Hofe Unterricht geben, und Komödien wollen sie spielen von einem Heidenmenschen, der vor zweitausend Jahren schon gestorben ist, der heißt Terwenzel. Mögen sie scharwenzeln, mögen sie's aushalten, wenn ich nicht zuhören muß. Ich will auch gar nicht mehr auf den Landtag reiten."

Den Entschluß billigte seine Frau: „Was hast du auch da zu tun, Götz! Hast darüber die Reiherjagd versäumt und die Martinigänse."

„Was da gestänkert jetzt und geredet wird, Brigitte, du glaubst es gar nicht. Nu frag ich eine Seele, haben wir nicht genug Gerichte und Gerechtigkeit im Land? Sprachen sie jetzt davon, es sollte ein großes oberstes Gericht für die Marken errichtet werden in Berlin. Ist denn das Reichskammergericht nicht schon Plage genug für 'nen rechtschaffenen Edelmann, der's Unglück hat, daß er da was suchen muß? Nein, wir sollen die Plage auch apart haben. Da sollen zwei Banken hingestellt werden, auf einer sollen die Edelleute sitzen, auf der andern Gelehrte, und da soll alles geschlichtet und entschieden werden, was sich in den Haaren liegt."

„Das wird 'nen Kohl geben", sagte Frau von Bredow.

„Rechtes Futter für die Advokaten, Prozesse, die einen Edelmann von Haus und Hof fressen. Aber das ist den gelbschnäblichten Herren schon recht, je mehr nur geschrieben wird, desto konfuser und besser."

„Was recht ist, weiß doch jeder selbst zum besten, nicht wahr, Götze. Gott sei Dank, wir haben nichts mit den Gerichten zu tun."

„Meinst du! Der Kunz Reder hat vor Jahren 'nen See abgelassen und ackert drauf. Nun sagen die Bauern vom alten Kietz, sie hätten ein Recht auf die Fische gehabt. Auf dem Acker könnten sie keine angeln. Und das kam beim Landtage vor. Der Reder sagte: sie könnten ja Frösche angeln, wollt's ihnen nicht wehren. Aber glaubst du, Tile Holzendorf und noch ein paar standen auf, die Bauern wären im Recht. Da schlag denn doch das Donnerwetter drein. Wenn der Adel nicht mal zusammenhält."

„Was ist auch das Angeln, Götze! Der Förster sagte gestern, der Dachs hat sich gestellt. Mann, wir brauchen Dachsfett in der Wirtschaft. Reite raus nach dem Bau und laß die bösen Gedanken. Die frische Luft tut dir gut. Will die Jäger rufen lassen und die Körbe und Flaschen füllen."

„Brigitte!" sprach Herr Gottfried aufstehend und reckte sich. „Ich wünschte, ich wäre selbst ein Dachs und könnte in mein Loch kriechen und schlafen den ganzen Winter und sähe nichts und hörte nichts. Denn Gescheites geschieht doch nicht mehr auf der Welt."

Die Edelfrau horchte auf etwas. Der Türmer blies: „Was ist das? — Nachher, Götze, muß ich dir noch was sagen. Der Herr von Lindenberg war heute nacht hier. Es scheint mir was nicht richtig, aber da wir's nicht ändern können, ist's wohl gescheiter, wir tun, als wüßten wir nichts."

Der Burgherr war damit vollkommen einverstanden, um so mehr, da er wirklich nicht wußte, was er nicht wissen sollte, und was einer nicht weiß, ihn nicht heiß macht; und endlich, weil er gar nicht neugierig und der Meinung war, daß viel Wissen für einen Mann von Übel sei. Aber eins hätte er doch wissen mögen, als Brigitte hinaus war, nämlich warum sein Eisenhemde nicht am Platze hing. Auch die Büffelhaube fehlte und die Handschuhe. Er war ein Mann, der die Ordnung liebte, nämlich seine eigene, und wie er auch danach suchte, so fand er sie ebensowenig als Gründe, warum er sie nicht fand. So etwas konnte ihn sehr verdrießen, und wenn er verdrießlich war, konnte er auch zornig werden. Und er fing schon an, nur daß keiner da war, an dem er seinen Zorn auslassen konnte, was aber noch mehr zornig machen kann.

Der Türmer hatte wirklich geblasen, nicht einmal, wie wenn ein vereinzelter Reiter gesehen wird, sondern in langen, wiederholten und anhaltenden Stößen, die einen ganzen Heereszug bedeuten. Ein Trupp Reiter in Harnisch und Helm schwenkte in den langen Baumgang, der zum Schloß führte, das Eisen klirrte, und grad als die Edelfrau auf dem Hof war, forderte der Anführer im Namen Seiner Kurfürstlichen Gnaden Öffnung und Einlaß.

Alle sahen sich verwundert an, es war doch nicht Fehde, Herr Gottfried nicht in Acht, noch im Prozeß mit der Kammer des Kurfürsten, daß er Einlagerung zu fürchten hatte.

„Öffnet sonder Zaudern!" rief der Anführer, den Eisenklopfer dreimal fallen lassend. „Wir wissen, daß der Burgherr drinnen ist."

„Da ist ja Herr Achim von Arnim, der Vogt von Potsdam!" rief die Frau. „Tut auf, Leute, das ist etwas, oder's ist eine Irrung."

Die Reiter sprengten nur zum Teil in den Hof, der größere Teil blieb draußen. Der Anführer grüßte mit adliger Sitte die Burgfrau, doch nicht sehr freundlich: „Es tut mir leid, gnädige Frau, daß wir so uns wiedersehen müssen. Doch geht die Pflicht vor Freundschaft. Wo ist Herr Gottfried?"

„Mein Mann? Ach lieber Herr von Arnim, der ist eben erst aus dem Bett aufgestanden. Er schlief noch vom Landtag her."

„Das tut mir leid", sprach der Vogt mit einem Lächeln um den Mund und sprang aus dem Sattel.

„So muß ich ihn schon mitnehmen, wie er ist."

„Mitnehmen! Heilige Mutter Gottes, was ist's?"

„Ist mir doch lieb, daß er schon im Wams und Hosen steckt", sagte der Ritter, da Herr Gottfried aus der Halle zum Vorschein kam. „'nen Pelz könnt Ihr ihm noch umwerfen."

Als Herr Götz ihn grüßte, neigte sich der Vogt auch nicht um ein weniges, sondern hielt den weißen Stab in die Höh: „Herr Gottfried von Bredow, im Namen Seiner Kurfürstlichen Gnaden, Ihr seid mein Gefangener. Folgt mir in Güte.''

,,Gefangener!'' rief es. Das war doch auch für Frau Brigitten des Schreckens zuviel. Hans Jürgen sah Eva fragend an, Agnes stürzte auf Herrn Gottfried und umfaßte ihn: ,,Sie sollen uns den Vater nicht nehmen.''

,,Das könnte nicht sein, lieber Herr von Arnim. Das ist ein falscher Befehl. Warum?''

Der Anführer hob den Arm: ,,Auf Seiner Durchlaucht eigenen Befehl, den ich aus seinem Mund vernahm, bei Potsdam in der Forst. Überdem, wer wagt zu zweifeln, der ein guter Vasall ist zu Brandenburg!''

Ein weniges ließ er das Pergament aufrollen, das er aus der Brust zog. Dann, als täte es nicht not, schnellte er es wieder zusammen und schaute nur nach seinen Reitern. Was er vor sich sah, tat nicht gut, daß ein kurfürstlicher Diener es zu genau sah.

Kasper riß den Mund auf und drückte die Faust an die Zähne; Eva schrie und flog zu Hans Jürgen. Sie fiel ihm nicht um den Hals, sie legte nur die Hände auf seine Schulter. ,,Daß dich doch mal!'' hatte Herr Götz gerufen; weiter nichts, dann waren die Arme ihm straff niedergesunken, und er schaute, blaß, mit seinen großen Augen ins Leere; aber Eva rief zu Hans Jürgen: ,,Dulden wir's?'' — ,,Wir dulden's nicht!'' hatte er geantwortet, ich weiß nicht, ob mit dem Mund oder den Augen, aber er sprang zur Treppe nach der Rüstkammer. Da war es gut, daß der kluge Knecht Ruprecht ihn auffing. Was er ihm zugeflüstert, da er ihn unterfaßte, ich kann's euch nicht wiedersagen.

Die Harnische der Reiter klirrten, da sie einen Halbkreis um die Burginsassen schlossen; der Wachtmeister strich den Knebelbart, der Vogt von Arnim sprach kein Wort, aber auf seinen geschlossenen Lippen war geschrieben: Es ist Ernst, gegen den nichts hilft.

Der Leiterwagen mit den Strohbündeln stand schon geschirrt im Hofe. Der Wachtmeister und noch ein Reiter setzten sich nach vorn und hinten, eine Kette mit Handschellen verbargen sie noch unterm Strohsitz in der Mitte.

„Vater! Vater!" „Götze, mein Gottfried!"

Und konnte der Dechant nichts mitgeben als seinen Segen? Die Burgfrau stieß ihn fort, sie schlang ihren kräftigen Arm um den Hals ihres Herrn.

„Warum mußtest du mir das tun, Mann! Nun weiß ich's, du hast zu frei gesprochen auf dem Landtag."

Darum! — Das Darum und Warum verhallte unter dem Gerassel der Räder und Hufe auf der Zugbrücke. „Herr Dechant! Herr Dechant!" riefen Mutter und Töchter dem geistlichen Herrn nach, der auch hinausritt, still, gesenkten Hauptes, aber er ritt nicht mit dem Wagen; er schwenkte draußen um nach links.

Da saß die unglückliche Frau und Mutter mit ihren Töchtern auf dem Walle. „Er hätte ihn doch trösten können auf dem langen Weg bis Spandow", schluchzte Frau Brigitte. „Was braucht der Peter Melchior des Zuspruchs, der ist nur ein bißchen krank, und mein Herr —" Ein Aufschrei unterbrach sie. Der Wagen mit den Reisigen, als sie in den Wald lenkten, hielt, und deutlich sah man's, sie legten dem Gefangenen Fesseln an. „Daß Gott erbarm, das ist zu arg!" schrien die Mägde; die Töchter bargen weinend ihr Gesicht im Schoß der Mutter, die ihres in beide Hände stützte: „Nun ist's vorbei, nun ist's richtig, wir sehen ihn nimmer wieder." Sie sah ihn auch nicht wieder, als sie plötzlich sich aufraffte und mit dem Tuche nachwehte. Roß und Reisige waren im Walde verschwunden, im tiefen Sande verhallte der Ton von Hufen und Rädern.

Zweiter Teil

Erstes Kapitel

Der Fürst und der Geheimrat

Im kurfürstlichen Vorzimmer saß der Hauptmann der Leibwache. Obgleich er den Lehnstuhl an den hellprasselnden Kamin gerückt, hatte er doch sein Stahlkleid noch mit einem Wolfspelz umhüllt; es war ein kalter, stürmischer Spätabend, der Wind heulte in den Böden des Schlosses und fuhr durch die Schlote herab. Die Spree dampfte; der Wohlgeruch, welcher von den Äpfelkähnen dann und wann herauf und durch die schlecht verschlossenen Fenster drang, schien ihn nicht zu erquicken. Er spielte ein gedankenloses Spiel mit seinem Dolche; wenn er dann und wann sichtlich gelangweilt aufsprang und ans Fenster trat, zählte er die Lichter drüben in den kleinen Häusern der winkligen Stadt, wie eines um das andere verlosch. Endlich waren alle verschwunden; nur auf der Langen Brücke schwelte noch kümmerlich fort die kleine rötliche Öllampe unter dem Muttergottesbilde.

Durch die geöffnete Tür sah man auf dem langen Korridor zwei Hellebardiere in gemessenen Schritten auf und ab gehen. Zuweilen zeigte sich auch ein Mann an der Schwelle im kurfürstlichen Wappenrock, mit dem roten Adler auf der Brust und in hohen Reiterstiefeln, als warte er auf etwas. Wenn der Ritter ihn sah, winkte er ihm mit der Hand: „Er schreibt noch."

Durch die Nachtluft dröhnte jetzt ein Glockenschlag, dem drei andere folgten. Von Sankt Nikolas tönten darauf zehn volle Glockenschläge. Als der letzte verklungen, fing die Marienkirche an, vom Rathaus antwortete es, und plötzlich summte und schwirrte es, ein lautes Glockenmeer in der Luft, von den Kirchen in Kölln, dem Dom, Sankt Peter und den Schwarzen Brüdern, die sich nicht Zeit zu lassen schienen, eine die andere abzuwarten. Die entfernteren und kleineren Glocken von den Grauen Brüdern, dem Hospital und Sankt Georg hallten auch nachklingend in der Ferne, als die Nachtwächter diesseits und jenseits der Spree schon ins Horn stießen und ihr:

Hört ihr Herrn und laßt euch sagen:
Die Glock hat zehn geschlagen,
Bewahrt das Feuer und das Licht,
Damit der Stadt kein Schaden geschicht.
Lobet Gott, den Herrn!

die Stille der Nacht für eine Weile unterbrach.

Auf dem Gange schallten Tritte. Die Hellebardiere schulterten, der Hoffourier, der sich wieder an der Schwelle gezeigt, trat ehrerbietig zurück, und ein vornehmer Herr in karmesinem mit Gold gesticktem Wams und feiner Halskrause trat unangemeldet mit eiligem, aber einem so sicheren Schritte ein, daß man sah, er war dieses Bodens gewohnt.

,,Ha, du hast die Wache!'' rief er dem Offizier zu. ,,Das ist gut.''

,,Endlich, Wilkin!'' antwortete der Hauptmann und hielt ihm die Hand entgegen. ,,Welcher Teufel hat dich denn beim Kopf gehabt?''

,,Erwartet mich Seine Gnaden?''

,,Fünf-, sechsmal schickte er nach dir. Wie's Kind nach der Muttermilch schnappt er nach deinem Anblick. 's ist grausam, daß du dich ihm so lange entzogst.''

Der Angekommene befühlte seine Halskrause, ob sie in Ordnung sei, strich die Federn auf seinem Hut und wollte mit einem stummen Gruß an dem wachthabenden Offizier vorbei nach der Tür zu den innern Gemächern, aber der Hauptmann hielt ihn zurück:

„Halt! Jetzt schreibt er. Vorhin zu spät und jetzt zu früh."

Der Kavalier warf sich auf den Lehnstuhl und schöpfte tief Atem. Dann wischte er den Schweiß von der Stirn: „Es ist mir ganz recht. Ich muß mich etwas erholen; ich lief zu sehr."

„Nun sprich, wo stecktest du? Du warst ja wie weggeblasen mit deinem Rappen."

„Du weißt, er hat zuweilen den Koller."

„Du aber einen vortrefflichen Riecher, wo es eine Spur zu finden gilt. Als das Unwetter gestern losging und alle Hörner umsonst schmetterten, und keine Antwort kam, war Jochem allen Ernstes besorgt, ein Nix, eine Elfe hätte dich verlockt, und wir würden dich wiederfinden als kalten Mann in 'nem Sumpf oder an einem Seeufer."

„Seit wann schickten seine Gnaden nach mir? Ich meine, wann ist er nach Kölln zurückgekehrt?"

„Gestern kehrten wir gar nicht zurück. Er suchte nach dir wie nach einem Schoßhund, da mußten wir, weil wir uns bei Beelitz verspätet, in Potsdam übernachten. Heut morgen ward dort gejagt, erst zu Mittag kehrten wir heim. Du kannst dem Hoffourier neue Sohlen schenken; so oft hat er für dich durch Kot und Kehricht nach der Klosterstraße gemußt. Blitz, was waren deine Wege?"

„Otterstädt!" sagte der andere nach einer Pause, indem er den Kopf in den Arm stützte. „Es schleicht mir was durch die Glieder seit einiger Zeit. Ist's ein Fieber, oder was ist's? Ich sehe die Dinge doppelt, oder was andere sehen, sehe ich nicht. Schauerte mich doch eben, als ich ins Schloß trat, und die Ampeln wehten in den dunkeln Gängen."

„Du sahst doch nicht die weiße Frau?"

Der andere schüttelte den Kopf.

„Oder trat dir die eiserne Jungfrau entgegen und breitete die Arme nach dir aus?"

Der Kavalier machte eine abwehrende Bewegung: ,,Schweig, schweig! Dummes Zeug, ein Schwindel, mir wird schon besser.''

,,Glaube mir'', lachte der Hauptmann, ,,es ist das Katzenwedeln. Unsere Natur ist nicht für das Scharwenzeln. Wo die Weisheit mit Löffeln gefressen wird, schrumpft der Magen ein. Sauf dich mit uns mal wieder voll, dann vergehen die Blähungen und Gesichte. Aber Menschenskind, bist uns noch Rechenschaft schuldig. Zauste dich das Fieber auch, als du durch die Heide rittest?''

,,Ich sagte es dir ja schon, mein Pferd riß mich fort. Weiß nicht, was ihm zu Gesicht kam. Als ich's bewältigt, hatt' ich die Richtung verloren, ich kam nach Brandenburg, Gott weiß wie, und hielt es für das geratenste, durch den Barnim zu reiten. Da übernachtete ich drüben in Kerzin.''

,,Da kann man freilich spät nach Berlin kommen! Ich will dir's glauben, wenn du's willst.''

,,Du tust sehr gescheit, Otterstädt. Worauf wartet der Fourier?''

,,Auf ein Schreiben Seiner Durchlaucht.'' ,,An wen?''

,,Was weiß ich's, an welchen Schwarzrock oder welche Glatze. Wenn er schreibt, ist's ja nur an Pfaffen und Gelehrte. Nach Straßburg oder Basel soll's. Richtig, 's ist der superkluge feine Abt; mit 'nem Tritt fängt's an und mit haus oder heim läuft's aus, der schon mal hier war und Weisheit schüttelte, wenn er sich im Bart kraute.''

,,Der A b t T r i t t h e i m , sein Lehrer!''

,,Ging's nach mir, Wilkin, so stäch ich's dem Fuhrmann, der ihn bringen soll, daß er ihn in 'ne Pfütze würfe. Da möcht er sich mit seinen lateinischen Phrasen rausziehen. Ging das gelehrte Tier nicht hier wie ein Pfau mit gläsernen Füßen, dem seine feine weiße Hand zu gut dünkt, daß er unsere groben Stühle und Tische anrührte. Und als tät er eine Gnade, wenn er mit unsereinem ein deutsch Wort wechselte.''

,,Diese Leute sind schädlich'', sagte der andere. ,,Ein Spielzeug für ihn. Wenn er sich mit ihnen in gelehrte Gespräche über den Mond und den Papst vertieft, ist's nur zu unserem Vorteil. Aber was soll der Abt jetzt?''

,,Was! Wozu anders als zu der Hauptgeschichte, derohalben wir Kurfürst werden. Soll dabei sein, Pate stehen bei der neuen Universität, wie sie's nennen. Darüber wird ja jetzt geschmiert und korrespondiert mit Papst, mit Fürsten und Herren draußen im Reich, als könnte ein Markgraf von Brandenburg, wenn er neugebacken ist, nicht Eiligeres und Nötigeres tun, als 'ne Schule gründen, wo die Buben das lateinische Abc lernen. Laß die Pommern die Oder aussaufen, was geht's uns an, wenn wir nur in Frankfurt eine Universität kriegen, damit man von uns draußen schwatzt, was für fromme und gelehrte Leute wir sind.''

,,Das Testament befiehlt es ihm.''

,,Er tut alles, was uns nicht not tut, und nichts, um was es uns zu tun ist. Tut euch in der Priegnitz eine Universität not? Wir in der Uckermark brauchen keine. Hat's Mangel an Schreibern, Juristen, Pfaffen in der Altmark, in der Neumark, in der Kurmark? Pfaffen, daß man sich schütteln möchte wie der Bettler im Pelz, aber wenn er nur im Mond einen Platz fände, stiftete er auch da ein Bistum.''

,,Sonst nichts Neues, Herr von Otterstädt?''

,,Will seinen kleinen Bruder, Prinz Albrecht, wenn Frankfurt geweiht wird, zum Kanonikus weihen lassen. Daß dich — werden alle noch Pfaffen und Schwarzröcke werden.''

,,Zu Haus ist doch alles in Ordnung?''

,,Prost Mahlzeit! Vom Götze Bredow erfuhrst du doch unterwegs?''

,,Der von Ziatz? Was ist mit ihm?''

,,Schöne Geschichte. Ist nach Spandow gebracht, in den Turm gesperrt. Es gibt ein Gericht.''

„Der alte Bredow!" Verwundert war der Hofmann aufgesprungen. „Ich — das muß ein Mißverständnis sein."

„Gebunden noch dazu. Soll mich wundern, was die Friesacker dazu sagen werden. Plagt der Teufel den alten Krippenreiter, daß er einem Juden auflauert, der mit seinem Wagen nach Berlin fährt."

„Einem Juden."

„Oder so was. Genug, er hat ihn geworfen, leichter gemacht, geknebelt und in den Graben geschmissen. Soweit ging alles gut. Nun aber hat der dämlichte Kopf, der nie viel Grips hatte, vergessen, daß wenn man etwas wagt, man alles wagen und einem Kerl, der schreien kann, die Kehle fester zuschnüren muß. Item, er hat es verdorben. Es kamen Leute zu, die ihn losbanden. Zugerichtet wie er war, konnte er doch noch ein Lamento erheben und seinen Räuber, wie so ein Kerl das versteht, beschreiben."

„Wie beschrieb er ihn?"

„Nun, daß es kein Zweifel ist, es war der Hohen-Ziatzer. Der Schafskopf in seinem verrosteten Panzerhemd, dran noch seine Farben und in der alten Büffelhaube, die kein Mensch in der Mark mehr trägt als er, darin bei hellem Licht und auf solcher Straße einen Krämer werfen! S o einen muß man nun als seinesgleichen gelten lassen. Er war noch pfiffig genug, daß er nicht gleich nach seinem Nest kehrt machte, sondern tat, als ritte er nach Potsdam; da haben ihn die Marktleute gesehen und erkannt. Von da ist er vermutlich im Walde eingeschwenkt und nach seinem Sumpfloch heimgeritten. Nicht wahr, 's geht Euch wie mir im Kopf rum?"

„Aber der Kurfürst, wie erfuhr er es?"

„Ich sagte Euch ja schon, wir blieben die Nacht in Potsdam und jagten heute früh dort. Da kam die Märe denn brühsiedend warm zu uns. Das quiekte und schrie, wie wenn ich heiß Wasser auf eine Tonne mit Mäusen gieße:

‚Gerechtigkeit, Gewalttat! großer Kurfürst!' Mir gellen noch die Ohren.''

,,Sprach der Kurfürst den Krämer, ich meine den Juden, persönlich?''

,,Nein. Von den Katzenköpfen und dem Schnüren hat er das Fieber gekriegt. Aber der Schreiber hat seine Aussage zu Protokoll genommen dort in Baumgartens Fährhaus. Darauf ließ der Kurfürst den Vogt von Potsdam nach Ziatz reiten, und der Vogel war in seinem Nest gefunden.''

,,Wird der Krämer — ich meine der Jude — dran glauben müssen?''

,,Das glaube ich nicht. Der Markgraf will ihn morgen selbst verhören. Aber der Ziatzer wird es. Das ist 'ne verdrießliche Sache, Wilkin. Wird uns wieder 'nen Brei einrühren. Der Götz hat den Ruf eines Ehrenmannes. Heißt es nun, selbst der hat dem Kitzel nicht widerstehen können, welche Litanei geht da von neuem gegen den Adel los!''

,,Laßt ihn doch klug sprechen! Je mehr er in das Sprechen kommt, um so mehr gefällt er sich darin, und um so weniger tut er. Wenn Ihr klug wäret, locktet Ihr ihn sogar zum Reden, Ihr hörtet ihm mit Bewunderung zu, und wenn Ihr noch klüger wäret, antwortet Ihr mit dem Widerhall dessen, was Ihr gehört. Ist das so schwer, Phrasen auswendig zu lernen, die uns hundertmal vorgesagt werden? Das ist das Kunststück der Weisheit, die in der Welt gelten will.''

,,Aber es ist nicht klug von uns, ihm auf so dumme Weise Anlaß zum Reden zu geben.'' sagte Otterstädt. ,,Solch ein Pfuscher im Handwerk! Wär's nicht sein guter Name, er verdiente den Henker. Himmel und Hölle, das ganze Havelland kocht und brennt.''

,,Wäre das so schlimm?'' sagte der andere, als die Tür zum innern Zimmer sich öffnete und der Kämmerer hinausrief:

,,Der Geheimrat von Lindenberg!''

Der Kurfürst stand vor seinem Schreibtisch, ein edler, schöner, junger Mann, auch ohne das fürstliche Gewand, das an seine ritterliche Gestalt schmiegsam sich fügte. Er las in einem entfalteten Pergament, dem man es ansah, daß er es nicht zum ersten Male geöffnet, daß er nicht zum ersten Male darin las. Er küßte die Schrift: „Ich will es, seliger Geist meines Vaters! Ich hab's gelobt und will es halten."

Er schritt einigemal im Zimmer auf und ab, indem er die Worte, die er eben gelesen, mit lauter Stimme wiederholte.

‚Deinen Fürstenthron wirst du nicht besser befestigen, als wenn Du den Unterdrückten hilfst, wenn Du den Reichen nicht nachsiehst, wo sie die Geringen überwältigen, und wenn Du Recht und Gleich einem jeden angedeihen lässest.'

„Erhabene Worte eines erhabenen Fürsten!" sprach der Geheimrat, sein Barett mit gekreuzten Armen auf die Brust drückend, indem er sich tief neigte; es schien mehr vor dem Pergament, das jetzt auf dem Tisch lag, als vor seinem Herrn, der sich in dem Armstuhl niedergelassen hatte.

„Es sollen nicht Worte bleiben, es sollen Taten werden. Traust du es mir zu, Lindenberg?"

„W e r d e n ? Gnädigster Herr, ich meine, sie sind es schon."

„Oh, es liegt vor mir wie eine Wüste, nein, wie ein Gebirge. Wenn ich die höchste Kuppe erklimme, war es nur ein Hügel, vor dem neue Ketten, Felsen, Riesengebirge sich endlos weit ausdehnen. Wer führt mich durch diese Schlangenwindungen, durch diese Lawinen den graden Weg?"

„Ihr selbst! Wie Eures Vaters Vater ein A c h i l l e s war an Kraft, wie man Euren Vater Johannes, weil seine weise Rede wie Honig von den Lippen floß, einen C i c e r o nannte, werdet Ihr an Klugheit und Erfahrung ein N e s t o r sein, der nicht geführt zu werden braucht, der andere führt."

„Ich bin noch jung, aber — ich will's, Lindenberg, ich will's! Wie stärkt mich des Vaters Testament; allein jedesmal, wenn ich es überlese, wenn diese Honigworte wie Balsam auf mein Herz träufeln, steigen auch neue Zweifel auf, wie starre Klippen, die dem Schiffer den Weg versperren. O allmächtiger Gott, es ist so viel, was ich tun muß, und ich bin doch nur ein Mensch. Lies, lies es wieder, dies kostbare Dokument des weisesten, des größten, des edelsten Mannes seines Jahrhunderts."

„Lesen, gnädigster Herr? Ich kann es auswendig. Erlaubt mir vielmehr, auf dieses heilige Pergament meine Lippen zu drücken, als ein Gelöbnis, daß, was in meinen schwachen Kräften steht, ich treu daran halten will."

„Küsse diese Stelle."

„Ist nicht eine so viel wert als die andere?"

‚Vergiß nicht, mein Sohn, den Adel im Zaum zu halten; denn sein Übermut verübt das meiste Böse. Strafe sie, wenn sie die Gesetze übertreten, und laß nicht zu, daß sie irgend, wer es sei, wider Gebühr beschweren.'

„Großer, seliger Johannes, es ist ein schmerzliches Wort!"

„Das d i c h nicht drücken kann. Du bist nicht wie die andern. Setze dich zu mir. Wie hat mich nach dir verlangt, Lindenberg, wieder einen Menschen zu sehen unter diesen Halbmenschen, mit ihm sprechen zu können, wie mir ums Herz ist, und der meine Sprache versteht."

„Eure Kurfürstlichen Gnaden sandten, wie ich höre, soeben nach dem Abt Trittheim, ich begreife —"

„Davon nachher."

„Hätten wir doch diesen herrlichen Mann am Hofe festhalten können. Ich begreife, daß es ihm hier nicht wohl zumute war, aber er hätte seine Abneigung überwinden sollen, aus Ehrfurcht und Dankbarkeit für seinen fürstlichen Wohltäter und Schüler."

,,Was sollte er hier!'' rief der Fürst, und ein innerlicher Schauder schien seiner Herr zu werden. Unwillkürlich hatte er wieder nach der Schrift seines Vaters gegriffen und drückte die Finger auf die Stelle, welche lautet: ,Ich hinterlasse Dir, mein Sohn, ein großes Land; allein es ist kein deutsches Fürstentum, in dem mehr Zank, Mord und Grausamkeit im Schwange gehn als in unsrer Mark.'

,,Aber ich will ihnen in die Ohren mit Posaunenton rufen, daß ich wach bin, weil sie denken, daß ich schlafe. Mir ist nicht bange, ich kenne sie alle und ihre Tücken, worauf sie trotzen, worauf sie bauen; ich will sie auffinden in ihren Gelagen und Schlupfwinkeln, in ihren Nestern und Spelunken, bei Tag und bei Nacht; ich will die Straßen fegen und die Burgen auskehren. Die Großmächtigen sollen vor mir zittern, und die Wölfe will ich aus dem Schafpelz jagen, den sie übergehangen. Ich will ihnen allen zeigen, daß ich sie nicht fürchte, noch ihr Geschrei, denn ich bin ihr Herr.''

Er war aufgesprungen und maß wieder mit stolzen Schritten das Zimmer, sichtlich durch die Erinnerung an ein jüngstes Erlebnis aufgeregt.

,,Ist es erhört, ist es denkbar nur'', fuhr er fort, ,,dieser Räuberanfall in meiner nächsten Nähe, gleichsam unter meinen Augen, wo der Hauch meines Mundes hinreicht, wo die Hufe meines Rosses den Boden kaum betreten, mir zum Hohn, dem Lande zur Schmach, der Gerechtigkeit, die ich pflege, zum Ärgernis. Ein gemeiner, elender, blutiger Straßenraub! Es ist mir, als hätte der Raubmörder an alle Bäume geschrieben, unter denen ich fortritt: ,Wehe dem Lande, dessen König ein Kind ist.' Aber sie irren sich.''

,,Mein Durchlauchtigster Herr meint den Anfall von vorgestern an dem Juden, von dem ich hörte.''

,,Heute, Lindenberg; es sind noch nicht vierundzwanzig Stunden um.''

,,Der Jude, Euer Gnaden, soll —''

„Es ist kein Jude, du mußt dich ja des Krämers entsinnen, der uns in Saarmund am Zoll seine Waren ausbreitete. Ich kaufte davon. Es ist mein Geld, die Beutel noch von meinem Säckelmeister versiegelt, riß die verfluchte Hand des Diebes fort."

„Wenn ich es nicht aus so glaubwürdigem Munde hörte, sollte ich es kaum glauben. Jetzt entsinne ich mich auch dieses Krämers. Er war in grünem Wams, richtig! Sein Gesicht, ich bekenne, flößte mir schon damals wenig Zutrauen ein, und ich sah ihm auf die Finger, als ihm das Geld aufgezählt wurde. Aber ich muß mich doch getäuscht haben. Also es war kein Jude!"

„Ich hasse die Juden, Lindenberg, und denke auch diesen ungläubigen Wucherern einen Daum aufs Auge zu setzen, wenn ihre Zeit kommt, denn sie sind und bleiben Verräter am Blute unseres Herrn und Heilandes. Aber, und wäre es Simon der Schächer oder Judas Ischariot gewesen, der die dreißig Silberlinge trug, es hätte keiner ein Recht, es hätte sich keiner unterstehen sollen, wo ich den Blutbann habe, seine Hand an ihn zu legen. Oder zweifelst du?"

„Ich zweifeln, wo mein Herr spricht!"

„Und doch stehst du sinnend da? Bist du anderen Sinnes? Ich liebe freie Meinungen, auch wenn sie meiner entgegen sind."

„Ich bekenne, daß allerdings ein Zweifel eben auftauchte, und wünsche wohl, daß mein gnädigster Herr mir da zu Hilfe käme. Gesetzt, was Ihr da eben anführtet, Judas Ischariot wäre es, der von Köpenick nach Berlin mit seinem Sündengelde zieht, und ich begegnete ihm im Walde, beim heiligen Johannes, ich glaube nicht, daß ich eine Sünde täte, wenn ich ihm auf den Kopf schlüge. Und wär es, hilf mir Gott, ich glaube doch, ich tät es. Gnädigster Herr, mir scheint die Frage von Wichtigkeit. Gebet dem Kaiser, was des Kaisers ist, und Gott, was Gottes ist; verzeiht mir, ich spreche nur als Laie, aber ließe sich der Spruch hier nicht anwenden? Nein, Herr, auf die Gefahr Eurer Ungnade, die Gelegenheit ließ ich mir nicht entgehen. Ist Judas Ischariot nicht ärger als der Teufel, der doch vor unserm Heiland weichen mußte, und konnte ihn nicht in Stricke und Versuchung bringen, wogegen Judas unsern Herrn in die Stricke seiner Feinde verraten hat. Den Teufel totzuschlagen, das könnte doch kein Gericht mir wehren, so es in meiner Macht stände. Die Frage scheint mir allen Ernstes wichtig genug, daß ein christlicher Fürst sie an die Universitäten schickte, damit man die Gutachten der theologischen Fakultäten darüber erführe.''

,,Die Fakultäten, Lieber, würden vielleicht antworten, daß kein Mensch ein Recht hat, auch nur den Teufel totzuschlagen, sintemal Gott ihn bestehen läßt, daß er uns zu unserm Heil versucht. Was nun Judas anlangt, so hat Gott es auch gefügt, daß weder Ihr noch ich ihm in der Köpnicker Heide begegnen könnten, da er längst seinem Gerichte verfallen ist. Auch ist nicht d e r geschlagen, sondern der Krämer Hedderich, und der ihn schlug, seid nicht Ihr, sondern es ist Gottfried Bredow. Was sagt Ihr dazu! Nicht wahr, es stehen Euch die Haare zu Berge.''

,,Die Sache fordert —''

,,Die strengste Untersuchung. Die soll ihr werden.''

,,Gewiß die allerstrengste, gnädiger Herr. Und doch überschleicht mich ein Bedenken, ob es nicht geratener sei, die ganze Sache auf sich beruhen zu lassen. Verzeiht mir, es ist nur eine Ansicht. Der Gerechtigkeit natürlich ihren vollen Lauf, aber das Wohl des ganzen Reiches, vor allem Eurer selbst, Eurer erlauchten Familie kommt doch auch in Betracht. Die Macht, die Verbreitung der Bredows über das ganze Havelland, die halbe Zauche, wo sind nicht die Bredows, muß man nicht aus dem Auge lassen. Ich weiß wohl, es sind nicht mehr die Zeiten der Gänse von Puttlitz und der Quitzows, ich rede auch nicht von einem Aufstand, der zu fürchten wäre, Euer starker Arm würde ihn niederschlagen; Rücksichten aber hat jeder Fürst, insonderheit jeder christliche Fürst, und noch mehr einer, der nur für das Wohl seiner Untertanen lebt. Also ganz abgesehen von einer Furcht vor etwas, was mein hoher Herr nicht fürchten darf, Ihr schlügt einem Feinde in den Nacken, der furchtbar werden kann. Ich meine die Meinung, welche die Familie für sich hat. Sie haben in letzter Zeit sehr viel auf sich gehalten, man hörte seit dreißig Jahren nicht, daß ein Bredow auf der Straße lag. Welches Ärgernis gäbe ein Prozeß, und gerade gegen eines ihrer Mitglieder, das sich des besten Rufes erfreute. Eine scharfe Gerechtigkeit, gegen ihn geübt, würden selbst die Gerechten verdammen."

„Es ist geschehen."

„Es ist noch nicht verlautbart; man k a n n es noch ungeschehen machen. Dieser lumpige Krämer läßt sich abfinden, wenn nicht mit wenigem, kann man viel geben. Die Bredows in Friesack würden tief in ihre Läden greifen, aber, wenn mein Rat durchginge, ließen wir es nicht bis dahin kommen. Beföhle mein Kurfürst, so würde ich mit Vergnügen selbst das Mittleramt übernehmen."

„Ich h a b e dem Feinde in den Nacken geschlagen, dem ich ins Auge sehen will", rief der Kurfürst aus, und seine Augen leuchteten vor edlem Zorn. „Morgen wird der Übertreter nach Berlin geführt, ich werde ihn richten. — Auswendig, Lindenberg, willst du das Testament meines Vaters kennen, und du hast doch schon seinen Inhalt vergessen. Legst du so die Worte aus: ‚Deinen Thron wirst Du nicht besser befestigen, als wenn du den Reichen nicht nachsiehst, wo sie die Geringen überwältigen, und wenn Du Recht und Gleich einem jeden widerfahren lässest.' Ich w i l l den Reichen nichts nachsehen, ich w i l l gleiches Recht einem jeden schenken. Ist er's, dann beim Wohl meines Landes, bei meinem Schutzpatron, bei den Heiligen allen, beim höchsten Gotte, den Rücksichten einen Fußtritt, die zwischen mir und meiner Pflicht sich eindrängen wollen.''

So hatte der Geheimrat seinen Herrn noch nicht gesehen. Auch Johannes Cicero, als er die fünfzehn Schlösser der Raubritter niederreißen, als er die Schuldigen richten, als er in Stendal das Henkersschwert walten ließ gegen die Aufrührer, so furchtbar hatte er ihm nicht gedünkt, als jetzt der Sohn. Der Sohn in seinem Zorn, der doch kaum aus dem Jünglingsalter zum Mann geworden. Welche Aussicht lag vor ihm!

Der Kurfürst mochte den Eindruck bemerkt haben, den seine Rede auf seinen Liebling hervorgebracht. Er setzte sich wieder und winkte ihm freundlich, neben ihm Platz zu nehmen.

,,Ich mag es begreifen, wie es dich schmerzt, sie sind deines Blutes und Standes. Soll es mich aber nicht mehr schmerzen, der ich das Siegel und das Haupt bin ihres Bundes. Wie soll ich mit meiner Ritterschaft vor Kaiser und Reich bestehen, wo ich ihre Ehre verteidigen und vertreten soll, und gleichgeachtet wissen mit denen in Franken und Sachsen, in Schwaben, Westfalen und am Rheine, wenn sie hohnlachend auf sie weisen und sprechen: Sind das deine Ritter, die nachts in die Hürden brechen und Hammel und Ochsen stehlen und Gänse forttreiben? Damit ich da nicht erröten muß und weinen über alle, muß ich hier ausreuten das Unkraut vom Weizen. Mag dieser eine Mann nur dies eine Mal verfallen sein den Stricken der Versuchung, da tut es mir leid um ihn; mehr kann ich nicht, als ihn beklagen. Dann aber wird seine Bestrafung anders wirken als du fürchtest; denn die Leute werden denken, wenn selbst ein langer, untadelhafter Wandel vor dem Verbrechen und der Strafe nicht schützt, wie muß da täglich jeder beten und stündlich auf sich achthaben, daß ihn der Böse nicht in einer schwachen Stunde beschleiche, wo die sündige Lust und der Kitzel dieser Stunde die Gedanken und Werke von vielen Jahren vernichtet.''

Der Herr von Lindenberg schien wieder seine vorige Ruhe gewonnen zu haben.

,,Euer Durchlaucht Gründe haben mich überzeugt. Es kann nur der leibhaftige Satan gewesen sein, der diesen Mann verführt hat, Satan, dessen Macht Euer Gnaden hochgelehrter Hofkaplan noch letzten Sonntag in der Predigt, so daß uns allen die Haare zu Berge standen, beschrieb. Auf die Aussage des Krämers ist nichts zu geben, er war von Angst und Schreck geblendet. Mir scheinen da geheimnisvolle Dinge im Spiel. Wie, wenn man die Sache dem Freigericht übertrüge? Die heilige Feme, im Besitz uralter Überlieferungen, ist in diesen geheimen Dingen sicherer, das Rechte zu treffen. Auch üben ihre Aussprüche, die Vollstreckungen ihrer Urteile auf das Volk noch immer eine wunderbare Macht. Ist es geschehen, forscht niemand nach dem Warum. Wenn eines Morgens Gottfrieds Leiche auf der Langen Brücke mit getrenntem Kopfe läge, wenn es hieße, daß er, verfemt, verdammt, von dem Schreckbilde des Volkes, der eisernen Jungfrau, umhalst, seine Übertretung gebüßt, alsdann wären alle schlimmen Folgen von der Person meines Fürsten abgewälzt.''

,,Ein heimliches Gericht!'' rief Joachim. ,,Da sei Gott für. Was ich tue, soll das Licht der Sonne nicht scheuen, ich will's vertreten vor männiglich.''

,,So erwartete ich es von meinem gnädigsten Herrn.''

,,Und du lächelst, wo mich in der Seele schaudert.''

,,Freimütig will ich es gestehen, mich befremdete der Gegenstand des Gespräches. Während ich glaubte, daß mein Fürst mich zum Rat über Wichtigeres berufen, beschäftigt ihn ein elender Straßenraub. Vertieft dachte ich ihn mir in den großen Plänen, wie wir endlich den sehnlichen Wunsch, die ernste Aufgabe seines Vaters lösen. Es ist eine Ehrenaufgabe Eures Hauses. Der Kaiser fordert es, daß jeder Kurfürst in seinen Landen eine Hochschule gründe, die Stände des Reiches dringen darauf schon seit zwei Geschlechtern, Euer Vater hinterließ die Gelder. —"

„Kannst du zweifeln, daß ich sie richtig verwenden werde?"

„Behüte mich der Himmel vor solchem Frevel! Doch begreife ich nicht, wie meines Fürsten Geist, ganz von diesem großen Geschäfte erfüllt, noch mit Dingen sich abgibt, die er seinen Räten und Dienern überlassen kann."

„Da, sieh hier", rief Joachim und riß aus den Fächern seines Schreibtisches Papiere und Pergamente. „Hier fließt die Oder, hier ist Frankfurt; das ist der Riß zum Kollegienhaus; im künftigen Jahre wird der Bau begonnen. In dieser Kapsel ist die Bulle des Papstes, hier ist des Kaisers Freibrief, den mein Vater schon empfing. Dies Pack die Briefe, gewechselt mit den Gelehrten in Basel, Straßburg, Leipzig. Lächelst du wieder darüber?"

„Mein verdammter Mund, der so wenig ausdrückt, was die Seele denkt. Ich bin kein Gelehrter wie mein Fürst, aber wär ich's, ich könnte mich nicht mit andern Dingen daneben beschäftigen. Auf die Gefahr, meinem Herrn zu mißfallen, spreche ich es geradezu aus, es ist meine Pflicht als Mitglied Eures Geheimen Rates, wenn die Seele von einem Gegenstande erfüllt ist, sollte sie auch alle Kräfte ihm widmen. Wie lange hat sich's nun schon hingezogen, daß die Mark einer Universität entbehrt, weil Euer erlauchter Vater von zu vielen andern kleinen lästigen Sorgen gedrückt war. Ob die Straßen fahrbar, ob sicher sind, ob die Zölle gut verpachtet, ob die Bierziese richtig eingeht, dafür können andere sorgen, aber das geistige Wohl Eures Volkes zu bewachen, zu diesem hochheiligen Geschäfte weiß ich nur einen, der fähig ist, und jeder Augenblick, den er zu anderen Beschäftigungen abstiehlt, ist ein Raub.''

,,Ein Fürst soll seine Augen überall haben.''

,,Und doch ist er nur ein Mensch. Indem er alles selbst sehen, nichts seinen Getreuen überlassen will, sieht er oft das Wichtigste nicht. Da ist es denn geschehen, daß Kursachsen uns zuvorkam, Wittenberg ist gegründet, und wir wollen noch Frankfurt bauen.''

,,Mein Frankfurt soll Wittenberg überflügeln.''

,,Aber schon entging uns der gelehrte Dr. Simon Pistoris. Er bleibt nun in Leipzig, weil sein Gegner, der Dr. Pollicius, nach Wittenberg gegangen. Diese Säule von Gelehrsamkeit, die allein eine Universität getragen, dieser erste Arzt Deutschlands, ist uns verloren.''

,,Ich meine, wir haben dafür einen andern, besseren gewonnen'', sprach der Kurfürst mit freudestrahlenden Blicken, indem er ein eben eröffnetes Schreiben dem Ritter vorlegte.

,,Wimpina kommt!''

Lindenberg las und blickte mit dem Ausdruck der Überraschung und Freude auf: ,,In der Tat, das hatte ich nicht erwartet. Das ist ein Gewinn!''

,,Ein ungeheurer, sage ich dir, Lindenberg. Eine Schule, auf weltliche Weisheit gegründet, ist ein halbes Werk; in Pistoris verloren wir einen großen Arzt des Leibes, in Dr. Koch gewinnen wir einen Arzt des Geistes, eine Säule der Kirche, den ersten Theologen Germaniens. Ich wünschte, du kenntest seine gelehrten Streitschriften. Noch kein Gelehrter hat mit solchen überzeugenden Gründen, mit solchem göttlichen Feuer seine Gegner niedergedonnert.''

,,Koch-Wimpina!'' rief Lindenberg. ,,Derselbe, welcher in der Streitschrift gegen den Thoribäus die Zahl der Ehemänner der heiligen Anna, Christi Großmutter, feststellte, und mit welcher glänzenden Beredsamkeit! Dr. Musculus las es in einer Abendgesellschaft bei Hofe vor, Eure Gnaden waren ja selbst zugegen. Ich darf gestehen, ich ging nie so erschüttert und erbaut nach Hause.''

,,Derselbe, Lindenberg! Kommen wir noch zu spät?'' rief er triumphierend.

Der Geheimrat verneigte sich tief.

,,Hast du noch etwas zu sagen? Hast du noch zu tadeln? Sprich es aus.''

,,Ich kann nur wiederholen, was mein Herr schon gesprochen. Eine hohe Schule ist wichtiger als alles. Der Geist, der von da aus über die Mark sich verbreitet, wie aus einem reichen, vollen Flusse Wassergräben und Rinnen, wird den trocknen, dürren Boden durchsickern und die Früchte der Zucht, Gesittung, der Ordnung und des Fleißes herstellen. So bessern wir am besten, so allein den Zank, Mord und Grausamkeit, von denen der erlauchte Johannes spricht. Aber nur, wenn der Fluß selbst klares Wasser ist. Daß die Worte, die mein Fürst sprach, in Granit über der Türe eingegraben würden: ‚Eine Schule, auf weltliche Weisheit gegründet, ist nur ein halbes Werk.' Herr, mein Fürst, laßt Euch nie verleiten durch den glänzenden Ruf der Gelahrtheit, beruft immer nur rechtgläubige Gelehrte, die Säulen werden der Kirche, nicht der weltlichen Wissenschaft. So nur wird Frankfurt aufblühen, wenn die Kirche hier ihre Säulen findet, wenn die Gelehrten festhalten an ihren Satzungen, unerbittlich auch in dem, was den weltlich Gelehrten eine Torheit scheint. Wo ist denn die Grenze zwischen dem, was der Verstand begreift und der Glaube faßt, und der ketzerische Dünkel, daß ich es bekennen muß, ist von alters in der Mark zu Hause; auch der Adel ist nicht davon frei, vielleicht daher die Verderbnis, die wir beklagen.''

Joachim hatte ihn nur schwer ausreden lassen. ,,Tue ich es denn nicht?''

,,Euer Wille ist gut, Eure Weisheit über alle Frage, aber

dennoch weiß die Schlange unter allerhand Wegen in das Heiligtum zu dringen. Wer hat die Einsicht, auf allen ihren Krümmungen ihr zu folgen? Sagt man doch selbst von diesem Abt Trittheim —"

„Was!"

„Er ist gewiß ein großer Gelehrter. Sei es auch fern von mir zu zweifeln, daß er ein gläubiger Christ sei. Aber man meint doch, daß er für einen Christen sich zu sehr in die Naturwissenschaften vertieft. Da spricht man von wunderbaren Dingen —"

„Ich weiß es. Das dumme Volk hält jeden für einen Zauberer, der in ihre Geheimnisse zu dringen sucht."

„Auch in die verbotenen, Herr?"

„Die Naturwissenschaften sollen frei sein. Das will ich, Lindenberg. Da sind noch Dinge verborgen, die wir aus tiefen Schächten fördern müssen, wie das Gold, das erst in der Sonne glänzt. Da muß man den Arbeitern freie Hand lassen zur Ehre Gottes. Und schützen muß man sie gegen das Volk. Das ist der Fürsten Pflicht. Ich will das Licht. Was senkst du die Augen?"

„Ich will es glauben, daß der Abt Trittheim kein Zauberer ist, da mein Herr es mich versichert —"

„So wenig als ich es bin."

„Aber ich will es nicht für gewiß behaupten, doch hörte ich es von sicheren Leuten, er deutele an der Geschichte von Josua und der Sonne. Das Scheinbild der Sonne habe nur stillgestanden, die Sonne aber sei weitergegangen."

„Trittheim! — Nein, das darf er nicht. An den Grundfesten der Religion darf auch die Wissenschaft nicht rütteln. Beruhige dich, Lindenberg, ich werde mit ihm darüber sprechen. Er wird sich von seinem Irrtum überzeugen lassen."

„Er wird es, davon bin ich überzeugt. Mein gnädigster Herr, vielleicht beleidige ich Eure bessere Einsicht, ich spreche ja nur als Laie, aber verzeiht mir oder verdammt mich, ich konnte nicht anders.''

Mit dem Ausdruck immer steigenden Wohlgefallens hatte der junge Fürst ihm zugehört. Er faßte seinen Arm: ,,Lindenberg, das ist gesprochen wie —''

Er unterbrach sich selbst, wie von einem plötzlichen Entschluß durchzückt, und eilte nach einem kostbar mit Elfenbein ausgelegten Nußbaumschrank, dessen schweres Schloß er aufdrehte. Aber ebenso schnell ließ er es wieder ruhen:

,,Nein, nicht hier, morgen vor dem ganzen Hofe will ich dir meinen — werde ich dir antworten.''

Mit einem gnädigen Kopfnicken entließ der Fürst den Geheimrat.

Er griff noch einmal das Testament des Vaters und las die Stelle:

,Straf die Schmeichler, die alles Dir zuliebe und nichts zu des Landes Wohlfahrt reden. Wirst Du ihnen folgen, so wirst Du Deine klugen Räte verlieren. — Des Schmeichlers Rede gleichet dem Schlangengifte, welches im süßen Schlaf zum Herzen dringt und den Tod wirkt, ehe man es gewahr wird.'

Indem er das Pergament wieder in den Schrank verschloß, sprach Kurfürst Joachim:

,,Gelobt sei der Herr, ich habe einen Rat, der kein Schmeichler ist.''

Zweites Kapitel

Die Macht der Überzeugung

Es war ein großer Markttag in Berlin. Aber wo die Verkäufer und Käufer ihre Köpfe zusammensteckten, war's nun bei den Tuchen aus Brandenburg und Burg oder bei den Stiefeln aus Kalau oder dem süßen Gebäck aus Spandow oder den Kochlöffeln und Quirlen und den Honigwaben, welche die Wenden aus Beeskow und Storkow feilboten, überall gab es nur e i n e Neuigkeit, die besprochen ward. Ein Raubritter war gefangen worden und in Ketten eingebracht und sollte gerichtet werden. Ein Bredow war es, und der Bredow von Hohen-Ziatz, das wußten alle; aber was er getan, wie er gefangen, ob er allein für sich stand oder im Bunde mit vielen, darüber liefen so verschiedene Erzählungen um, als Berlin und Köln zusammen Einwohner hat. Eine war immer schreckhafter als die andere, und einer wußte besser als der andere, wie der Kurfürst gewütet und sich die Haare gerauft und geschworen, er wolle an den höchsten Galgen ihn hängen lassen.

Waren die Bürger und die von draußen uneins, ob sie darüber sich freuen oder klagen sollten — denn einige meinten, es sei doch schade, daß es gerade den Götze von Bredow getroffen —, so sah man dafür nur zornige Gesichter unter den Herrn, die vom Lande gekommen. Sie steckten die Köpfe zusammen in den Schenken und Gaststuben, die Augen rollten, und die Fäuste schlugen auf den Tisch. Was da geflüstert ward, die Flüche und Drohungen, die von den Lippen quollen, wie jener über die Tafel spie und mit dem Fuß auftrat, daß die Tischbeine knackten; es war gut für die

Herren und für das Gemeinwohl auch, daß es dazumal noch keine Horcher gab, und gab es deren, daß die Angeber nicht bezahlt wurden, die nichts hinterbringen konnten als Worte. Davon würden heutzutage Berge geschrieben von Akten, und Prozesse geworden, die hätten lange Jahre gedauert, ja es hätte nicht Tinte genug gegeben, noch Papier, um alles zu schreiben, noch hätte die Mark so viele Festungen gehabt, um alle, die verurteilt wären, einzusperren. Auch dazumal kamen die Worte bis zu den Geheimräten und Kanzlaren und den Fürsten selbst; die aber dachten einer wie der andere: Worte sind Wind. Der kommt und geht, und der ist ein Tor, der den Wind fassen will. Und darum ward es nicht schlimmer. Den Kurfürsten aber nannten seine Zeitgenossen und Nachkommen Joachim Nestor oder Joachim den Weisen.

Durchs Spandauer Tor kamen an die hundert Mann geritten, in Wehr und Waffen, und sahen gar nicht freundlich aus. Es waren die Bredows von Friesack mit ihren Lehnsvettern und Lehnsleuten. Jeder wußte, um was sie kamen, und verargte ihnen nicht ihre bösen Blicke, aber es ward darum keine Trommel gerührt, noch schickten die kurfürstlichen Offiziere ins Schloß, daß man sich vorsehe, ja die Wache vom Tor trat nicht einmal ins Gewehr. Die Bredows ritten nach ihrem Hause am Hohen Steinweg, um da zu ratschlagen, was zu tun sei, und man fand das gut und ließ sie ratschlagen, soviel sie wollten; erst wenn sie etwas *getan*, das nicht gut war, dann war es Zeit, daß man nach ihnen fahndete und richtete.

An seinem Fenster aber sah sie der Herr von Lindenberg vorüberreiten, und sein blasses Gesicht war darum nicht freudiger. Man sah ihm an, daß er die Nacht wenig geschlafen, sein Morgentrunk stand auf dem Tische fast unberührt; sein buntes, glänzendes Hofkleid schien wie ein Spott zu seiner Miene. An seiner Türe klopfte es, und herein trat der Dechant von Alt-Brandenburg.

In beider Blicken sprach sich etwas aus, was keiner Verständigung durch Worte bedurfte. Da bedarf ein Gespräch keiner langen Eingänge.

„Wir haben wohl beide Eil", sagte der Herr von Lindenberg.

„Es freut mich, daß mein gnädiger Herr von Lindenberg zu Hofe muß, so kostet das, worum ich ihn bitte, keinen besondern Gang."

„Ihr kennt wie ich den unbiegsamen Charakter meines Herrn."

„Auch wenn der Herr von Lindenberg es auf sich nimmt, diesen Sinn zu beugen? Wir haben alle Beweise gesammelt, die Zeugen sind unterwegs, daß Herr Gottfried in jener Nacht geschlafen hat."

„Sagt lieber, daß er zu Bett gegangen und spät am Morgen aufgestanden ist. Der Kanzler wird entgegnen, daß damit nicht das Alibi erwiesen, daß es eine oft vorgekommene List derer ist, die nachts ausziehen, sich abends vor den Leuten zu Bett zu legen und morgens vor den Leuten aufzustehen, derweil man in der Nacht durch die Fenster schlüpft, an einem Seil über die Mauer gleitet, und auf der Koppel ein gesattelt Pferd findet. Da kann man denn auch schwören, daß das Tor verschlossen blieb. Übrigens wißt Ihr, was die Zeugnisse der Dienstleute und Freunde in solchen Dingen vor Gericht gelten."

„Auch m e i n Zeugnis!" sprach der Geistliche mit einem scharfen Blick auf den Ritter. „Ich komme eben von einem Krankenlager. Es war ein jammervoller Anblick, den edlen Herrn von Krauchwitz zu sehen, wie er, vom Fieber und unaussprechlicher Angst geschüttelt, alle Heiligen anrief, sich seiner zu erbarmen. Etwas ruchlos sonst in seinen Gesinnungen, schien doch die Gnade plötzlich zum Durchbruch gekommen. Eine rechte Freude war es, einen solchen Sünder in zerknirschter Buße der Kirche wiedergewonnen zu sehen. Auf seinen Knien, die Hände krampfhaft faltend —"

„Herr Dechant", unterbrach ihn der Ritter aufspringend, „Ihr seid ein Diener der Kirche, Ihr kennt Eure heiligen Pflichten. Ein Priester, der das Geheimnis der Beichte bricht, und gälte es des Kurfürsten Leben, Joachim vergibt es ihm nimmer."

„Nicht in der Beichte, als Freund vertraute mir der Junker, was er wußte. Mich bindet nichts als — meine Vernunft, wenn ich alle Schritte tue, die Freundschaft und Religion mir gebieten, die Ehre und das Leben eines unschuldigen Freundes zu retten."

Sie standen sich gegenüber, der Ritter mit verkreuzten Armen, der Geistliche die Hände in den Ärmeln verschlungen, und maßen sich mit ihren Blicken:

„Sprecht!" sagte der Geheimrat mit vollkommener Ruhe, das Auge scharf auf den Priester, der seine Augen jetzt auf der Diele ruhen ließ:

„Der Rechtsstreit unseres Domkapitels über die Caveln und die Fischerei in den Havelseen dauert schon Jahre und kann noch Jahre dauern, und wiewohl ich nicht zweifle, daß das Recht, welches auf seiten des Stiftes ist, zutage kommen muß, so sind die Grävenitze doch leider jetzt im Besitz und —"

„Und Ihr möchtet gern die süßen Karpfen, die Aale, Karauschen und Zander schon jetzt auf Eurer Tafel haben — Herr Dechant! Ich bin nur der Vormund der Grävenitzschen Kinder."

„Als gerechter Vormund dürft Ihr aber doch kein Unrecht verteidigen; Ihr könntet namens der unschuldigen Kleinen —"

„Das ist viel gefordert, Herr Dechant!"

„Es steht bei Euch, was Ihr opfert und was Ihr gewinnt, abzuwägen. Ich spreche nicht für mich, nur im Auftrag des Kapitels, das mir schon seit länger Vollmacht erteilte."

Der Geheimrat schwieg eine Weile: „Der Kauf wäre für Euch zu vorteilhaft und mein Gewinn mehr als zweifelhaft. Mit den stummen Fischen stopfe ich nur den Mund eines Zeugen. Wo soll ich die Fische hernehmen für die andern Mäuler! So wie Euer Verstand Euch sagen wird, kann ich auf den Handel nicht eingehen. Ihr müßt zulegen, viel, das Beste."

Der Dechant schlug wieder die Augen auf: „Sprecht!"

„Götze war es, dabei bleibt, dabei muß es bleiben. Glaubt Ihr nicht, daß ich auch Beweise sammeln kann? Ich habe auch Zeugen vorzuführen. Aber ich will einen besseren haben. Götze selbst soll es eingestehen."

Mit halboffenem Munde sah ihn der Geistliche an.

„Wäre das so schwer, ihn zu überreden, daß er eine Tat einräumte, die ihm vor den Menschen keine Schande macht? Was! Hat nicht der Krämer beim Handel seine Leute übers Ohr gehauen, mußten diese nicht selbst Justiz an ihm nehmen? Noch mehr, wie ich erfuhr, hat der Schelm von dem Trockenplatz des Herrn Leibkleid bei nächtlicher Weile fortgestohlen. Sollte Götz das ruhig hinnehmen! Wenn er gesteht, will ich sein Advokat sein vor dem Kurfürsten. Und kein schlechter, das glaubt mir. Nur ein Exzeß in eigenmächtiger Selbsthilfe war es; in die andere Waagschale tut man seinen guten Leumund, die ganze Ritterschaft tritt für ihn ein. Eine ritterliche Haft von ein paar Monaten, eine Geldbuße von ein paar Mark, die ich bezahlen will, und der ganze Bettel ist ausgeglichen."

„Gnädigster Herr, wer soll ihn dazu überreden!"

„Wozu seid Ihr Pfaff, wozu habt Ihr Logik studiert und die Beredsamkeit in Ingolstadt?"

„Wenn er bei gesunden Sinnen ist, Herr von Lindenberg —"

„Auf den Götz kommt's nicht an, es kommt auf Euch an, ob Ihr bei gesunden Sinnen seid."

,,Er ist zu ehrlich und wahrhaftig.''

,,Will ich denn, daß er lügen soll? — Wenn er nicht geschlafen, wenn er gewußt hätte, daß der Krämer mit seinen Hosen durchging, würde er nicht gewütet und getobt, würde er nicht auch ohne Hosen aufs Pferd sich gesetzt haben, und hätte er dann ihn sanfter gestreichelt?''

,,Ich glaube kaum.''

,,So verständigen wir uns. Er schlief acht volle Tage, so glaubt Ihr, er, ich vielleicht auch; aber tut der Mensch im Schlafe nichts? Vegetiert, träumt er nicht, fährt er nicht auf, ja, man weiß sogar, daß er auf Dächern spazierengeht! — Ist's so schwer, ihm einzureden, daß er das getan, was er hätte tun müssen, was er bei freien Sinnen getan haben würde? Ehrwürdiger Herr, bedürfen denn nicht Menschen wie er immer eines Vormundes, wie denn eigentlich die Mehrzahl der Menschen nur nachspricht, was andere ihnen vorsagen. Worauf wäre das Regiment der Kirche begründet, als daß sie bei guter Zeit die Vormundschaft über die Unmündigen übernahm. Diese Zeit möchte ihrem Ende sich nähern, da mancher Laie mündig wird. Es täte daher gut, wenn die Kirche beizeiten vernünftig teilte, was sie nicht allein besitzen kann.''

,,Herr von Lindenberg, wir verstehen uns, aber die Aufgabe —''

,,Ist nicht so schwer, als sie aussieht. Kann Götz ein künstlich gewebtes, verschlungenes Redenetz rasch durchschauen? Nein. Kann er, darin gefangen, sich loshaspeln? Vielleicht, wenn er wieder geschlafen hat und erwacht ist und noch einmal geschlafen hat. Das mag er, wir haben, was wir wollten. Auf dem Landtage hat er immer nein gesagt, aber der Landtagsmarschall wußte ihn so zu verstricken in seinen Reden, daß er immer glaubte, ja gesagt zu haben, und als er aufwachte, stand es zu Papier und sein Name darunter. Ich sage Euch da nur sehr was Alltägliches, was auf jedem Landtag vorkommt, aber wollt Ihr minder klug sein als unser Landtagsmarschall?''

Der Ritter legte seine Hand auf des Dechanten Schulter und sah ihn mit durchdringender Freundlichkeit an.

,,Es wäre — aber — sein Weib —''

,,Wir haben es nur mit ihm zu tun. Sie ist in Hohen-Ziatz. Man hat Einlagerung nachgeschickt, damit nichts verschleppt wird.''

,,Versuchen will ich es'', sprach der Dechant mit gedämpfter Stimme, ,,in Anbetracht, daß das allgemeine Wohl —''

,,Um Gottes willen laßt das aus Eurem Gebet. Fliegt jetzt nach dem Mühlenhof. Der Vogt von Hoym wird Euch ohne Zaudern einlassen; Geistliche finden bei uns nirgend verschlossene Türen. Der Hofprediger Musculus ist, wie ich höre, schon bei ihm. Sprecht wie Cicero, wie Sankt Johannes, singt wie Orpheus, aber in einer Stunde muß es geschehen sein.''

Der Dechant ging. An der Tür faßte der Ritter noch einmal seine Hand:

,,Der Bischof Scultetus wird alt. Mir hat es nie gefallen, daß ein Bauernsohn, eines schlesischen Schulzen Enkel, den Bischofssitz von Brandenburg einnehmen durfte. Wenn ich dann noch in der Nähe des Kurfürsten bin, so seid dessen gewiß, daß nur ein Kurmärkischer von Adel zu dieser erhabenen Würde gewählt wird. — Herr von Krummensee, rechnet dann auf mich.'' Er drückte ihm die Hand.

Es wäre ihm gut gewesen, wenn der Dechant hätte fliegen können, denn das Gedränge auf der Straße war groß, es war aber doch vielleicht besser, daß er nicht flog, sondern nur mit großer Anstrengung sich durch die Volkshaufen und Marktleute den Weg bahnte. Inzwischen hatte ihm ein anderer auf unerwartete Weise bei dem Gefangenen den Weg in ganz anderer Weise gebahnt.

Der Hofkaplan Andreas Musculus, ein junger Priester, war auf Anlaß einer alten Frau von Bredow, die in Berlin lebte, zu ihrem gefangenen Verwandten gegangen, um ihm Trost einzusprechen oder seine Beichte abzunehmen. Sie hatten vieles und lange miteinander gesprochen, und Musculus den gedrückten Mann noch durch keine zornschnaubenden Verwünschungen und Blicke auf seine Sündhaftigkeit niedergeschmettert, wiewohl der Priester Art ist. Vielmehr hatte er so aufmerksam ihm zugehört, wie ein Arzt, der einen Kranken, dessen Zustand ihm noch zweifelhaft erscheint, ganz aushören will, um alle Symptome zu erfahren, bis er sein Urteil spricht.

„Es muß mit dem Satan zugehn", schloß der Gefangene, „ich kann mir's gar nicht anders denken. Bin mir doch keines Fehls und keiner Sünde bewußt. Die drei Wochen, daß wir Stände beim Landtage saßen, lieber Gott, da haben wir doch alle nichts getan, das weiß jedes Kind. Ihr nickt dazu. Dann kam der Festschmaus, da tranken wir auf des Kurfürsten Wohl und des ganzen kurfürstlichen Hauses, solange wir stehen konnten, das ist doch keine Sünde! Wie's unterwegs war, das weiß ich nicht. Dann kamen wir in Hohen-Ziatz an, das weiß ich noch. Sie brachten mich zu Bett, das wird Sonntag vor acht Tagen gewesen sein. Freilich da konnte ich nicht zur Kirche. Wäre das etwa? — Ihr schüttelt den Kopf. Und von da ab hab ich denn doch geschlafen, eigentlich bis ich wieder nach Berlin geholt wurde. Da fällt mir etwas ein. Meine Frau, die Brigitte, 's ist ein gutes Weib, aber sie sagen, daß sie ein bißchen freigeistig wäre, ich verstehe das nicht. Wär's das etwa?"

Der Prediger schüttelte den Kopf: „Danach verlangt itzo Satan nicht. Strengt Euer Gedächtnis, lieber Ritter, vielmehr anderswo an. Habt Ihr nimmer geträumt?"

„Das wohl, ich weiß es nur nicht mehr recht. Einmal, das war kurios, stand ein langer Mann vor meinem Bette, im roten Mantel, mit einem großen blanken Schwert unterm Arme; der fragt mich: Warum warst du in Berlin? — Ich sagte: Ich war ja Landstand. — Was hast du da getan? fragte er. Ich sagte: Ich habe gegessen, getrunken, geschlafen, ja gesagt und vivat gerufen. Er sagte: Dazu brauchst du keinen Kopf! Und schwipp, schwapp, schlug er ihn mir ab. Er rollte unters Deckbett, daß ich Mühe hatte, ihn wieder zu greifen. War das etwa der Gottseibeiuns?''

Der Prediger besann sich, aber schüttelte den Kopf: ,,Nein, lieber Mann, in der Gestalt zeigte itzo Satan sich nicht. Ich sage nicht, daß er sich nie so gezeigt hat, noch je so zeigen wird, allein das ist es nicht.''

,,Ich hab mir sonst so mancherlei Bedenken darüber gemacht.''

,,D a s ist aber Satans Werk, lieber Herr von Bredow, daß er die Gedanken des Menschen ablenkt auf andere Dinge, damit sie seinen Spuren nicht folgen sollen, und das ist mein ganzes Studium, daß ich ihm auf der Fährte bleibe. Er ist gar nicht so stark, als die Theologen meinen, daß er überall Gott in seinen Werken die Spitze bieten könnte. Er neckt und hänselt die Erdenkinder nur durch seine Geister, daß sie ihm überall nachsetzen sollen und so ihre Kräfte zersplittern, derweil er mit seiner ganzen Kraft, wie ein schlauer Feldherr sich auf seine Festung, auf einen Landstrich wirft, um ihn unversehens zu überrumpeln. Hat er sich festgesetzt, da erobert, dann geht er weiter in Sprüngen und Sätzen, wie der Ryssel im Schachspiel, und da ihm zu folgen, das freilich kann nicht ein jeder, er mag sonst sehr gelehrt sein.''

Der Herr von Bredow faltete die Hände: ,,Daß Gott dem Erbfeinde solche Macht gelassen hat!''

,,Nur damit wir uns anstrengen sollen, nicht ihn zu überwinden, das ist leichter; nein, ihn nur in seinen vielen Wandlungen zu erkennen und fassen. Ist das geschehen, so ist die Arbeit wahrhaftig nicht so groß. Ich könnte Euch bei mir zu Hause eine Karte zeigen oder einen Stammbaum, wo ich durch die ganze Historia mundi nachgewiesen habe, wie er auf Erden gegangen. Das sind Sprünge, das sind Winkelzüge, wie er die Menschen, ganze Geschlechter und Völker, beim Schopf gefaßt hielt. Er ist der beste Menschenkenner, das muß man ihm lassen. Was ihren Sinnen, ihrem Stolz, ihrer Eitelkeit schmeichelt, oh, da weiß er dreinzufahren, da sendet er seine besten Gesellen hin, da versteht er, weiß schwarz und schwarz weiß zu malen, daß die Gescheitesten gefangen werden. Was die alten Griechen Ideen nannten, das war sein Steckenpferd. Hatte sich ein solches Gespenst der Menschheit bemächtigt, da war sein Acker und Pflug, da säte und erntete er, und unter seiner Sichel fielen Junge, Alte, Familien, ganze Generationen und Völker.''

,,Der Herrgott bewahre uns vor den Ideen!'' rief Herr von Bredow.

,,Ihr habt recht; diese Gefahr ist jedoch hier nicht nahe. Er hat hier seinen Acker anderwärts ausgeworfen, einen andern Acker, auf dem er die Menschheit so betört, daß gar nicht abzusehen ist, was daraus werden soll, wenn nicht den Obrigkeiten endlich die Augen aufgehen. Das ist eine fürchterliche Macht: die Leute lachen darüber, wenn ich den Mund auftue. Verbrenne ihn dir nicht! rufen die Spötter mir zu, ihr mit Blindheit Geschlagenen, die ihr euch morgens einhüllt in das Gewand der Sünde sonder Arg, und es umstrickt euch wie das Kleid der Dejaneira, ihr raset und tobt, und derweil ihr noch wähnt, frei und Christen zu sein, seid ihr Sklaven des Beelzebub.''

,,Um der Gebenedeiten willen, was ist's?''

,,Mein lieber Herr von Bredow, habet Ihr Euch jemals fangen lassen von der Hoffart und Sünde, dann soll's mich nicht wundernehmen. Habt Ihr auch Pluderhosen getragen?''

„Ich!" rief der Ritter. „Daß mich Gott behüte, nie tat ich meinen Leib in solches Zeug. Seht hier —" und er klopfte auf sein Leibkleid, aber der Prediger ließ ihn nicht ausreden.

„Lobet den Herrn! Wahrlich, ich sage Euch, denen, die Pluderhosen tragen, hat Gott es ins Kerbholz geschrieben zum Jüngsten Tage. Es wäre kein Wunder, wenn die Sonne plötzlich aufhörte zu scheinen, wenn es Nacht würde um Mittag, wenn die Erde nicht mehr trüge, wenn Gott mit dem Jüngsten Tage dreinschlüge wegen dieser grauenhaft unmenschlichen Kleidung. Daß ich es ausspreche, der Teufel, der Leibhaftige selbst, steckt darin. Aus der Hölle ist er gefahren, ihm ist da nicht so wohl und wonnig als in diesem Wust. Gottes Abbild, den schön geformten Menschen, hat er zu einer Vogelscheuche umgebildet, das ist sein Gaudium. O wär es das allein, dann scheute doch wenigstens die unvernünftige Kreatur davor, aber es ist wie eine Lockspeise für sie; je weiter gepufft, je greller gefärbt der Popanz ist, um so größer die Verführung. Was sind alle Irrwische gegen diese Lasterbeutel, was war die Pfeife des Rattenfängers von Hameln gegen diese umwandelnden pausbackigen Ungeheuer der Hoffart, danach die Fante laufen, um hineinzustürzen, voll Freude, voll Wahnsinn, voll Gierigkeit, einer den andern zu überbieten. Nicht mit e i n e m Paar zufrieden, läßt er sich zwei machen. Nur hineingeworfen, Geld, Renten, Grundstücke, ein ganzes Vermögen, was will der zeitliche Ruin eines Menschen sagen gegen seinen ewigen. Christi heiliger Rock in Trier ist ungenäht, e i n S t ü c k; darum hat der Teufel dieses Stück aus hundertmal hundert Stücken Tuches gefertigt, und tausendmal tausend Nadelstiche reichen nicht aus, so viel Stiche als die Nattern im höllischen Feuer dem unglückseligen Versessenen drunten versetzen werden."

Der Gefangene nahm den Augenblick wahr, wo der Redner Atem schöpfte, um, was er schon längst vergebens versucht, ihm in die Rede zu fallen und sich auch hören zu lassen. Er hätte dieselbe Wahrnehmung wie der andere machen können, daß, wenn jemand von einem Dinge erfüllt ist, er im Eifer darüber nur sich sieht und hört, und was der andere vorbringt, nur hinnimmt, weil es nun einmal nicht anders geht. Soviel der ehrenwerte Herr Gottfried nun auch reden mochte von der guten, alten Sitte, lederne Hosen zu tragen, die sich an den Leib fügten, wie Gott ihn geschaffen, die das Blut kühlten, den Sonnenbrand abhielten, also von der Natur selbst dem Edelmanne zugewiesen, das nahm der Zuhörer hin, wie das Kind die bittere Arznei, um nachher ein Stück Zucker zu schnappen. Aber erst da, als Herr Gottfried gegen die Tuchkleider sich aussprach, daß von Natur Haut auf Haut und nicht Schafwolle auf Menschenhaut gehöre, daß die Gewänder aus Tuchen eine Erfindung wären, von der Habsucht und Schlauheit der reichen Bürgerherrn gemacht, um den Adel sich unterwürfig zu machen, erst da erwachte des Doktors Aufmerksamkeit, dem Redner ins Wort zu fallen.

,,Das Futter, die Steppnähte, das schlampige, weiche Zeug —''

,,Das ist's, das ist der Anfang'', fiel Musculus ihm ins Wort und ließ es sich nun nicht wieder nehmen. Hatte er doch seine Geschichte von der Entstehung der Pluderhosen diesmal noch nicht an den Mann gebracht. — ,,Der Vater war ein wohlbeleibter Mann. Ihm paßten sie so grade. Er stirbt, sein Sohn ist dünn, ihm schlumpen sie um die Beine, aber das Tuch ist schön und fein, es dünkt ihm schade; er will nichts ausschneiden, da läßt er mehr Falten hineinnähen. Die Falten warfen sich schlecht; er läßt sie aufschlitzen, mit buntem Tand füttern. Nun ist's ein Prachtkleid. Hans hat es; Peter ist so reich als Hans, soll er's nicht auch haben! Und Christian ist noch reicher; der tut zehn Ellen hinzu.

Das sind des Teufels Wege auf Erden. Nun will's jeder dem andern zuvortun. Die Reichen, laßt sie verderben, steht's doch geschrieben: kein Reicher kommt ins Himmelreich. Aber auch die Armen wollen reich scheinen. Da darben sie und borgen. Immerzu, der Höllenrachen ist weit. Die Vernünftigen möchten es nicht, aber wo die Torheit herrscht, muß der Kluge den Toren spielen, damit man ihn nicht einen Narren schilt. So, mein teurer Ritter, sind wir in das Irrsal hinein, in den bunten infernalischen Mummenschanz des Beelzebub, da ist kein Herauskommen mehr; als wie in dem Venusberge wirbeln Grafen und Fürsten, Könige und Kaiser, es fehlte nur noch, daß auch der Kirche Diener in Pluderhosen an seinen Altar träte. Die Menschen, wenn es so fortgeht, werden gar nicht mehr allein diese Hosen tragen und schleppen können; wie Schleppen der Kaiser und Kaiserinnen werden Pagen und Knechte hinter jedem hergehen müssen, daß er seine Sünde und seinen Wust fortschleppe. Aber — ich habe einen Trost —''

Er schöpfte Atem, der Gefangene wollte ihn auch benutzen: ,,Herr Hofprediger! Gerechtigkeit muß doch auf Gottes Erdboden sein. Wenn der Kurfürst —''

,,Ja, wenn der Kurfürst auf mich hören wollte'', fiel der Prediger ein, der indes den Atem geschöpft hatte. ,,Aber er hört nicht, er lächelt, wenn ich im heiligen Eifer spreche. So mächtig ist Satans Reich, selbst dieser fromme Fürst von seinen Spießgesellen umgarnt! Dürft ich predigen, dürft ich von der Kanzel donnern. Ich habe sie ihm vorgelesen, er fand meine Predigt gut, aber sie sei nicht an der Zeit. Was gut ist, ist immer an der Zeit. Er will sie der theologischen Fakultät zur Begutachtung vorlegen lassen. Da muß ich warten, bis die Universität an der Oder geweiht ist. Oh, der Teufel wird lachen über die Frist, die ihm geschenkt ist, er wird sie nutzen. Dann kommt es zu spät; dann kann Kaiser und Reich umsonst interdizieren, der Heilige Vater in Rom muß seine Blitze schleudern, wo vorhin die Zornworte, die der Herr einem einfältigen Priester lieh, genügt hätten."

Was half das alles dem armen Herrn Gottfried, daß der gelehrte Hofprediger ihm seine Ansichten über die Wege des Teufels auf Erden auseinandersetzte und daß er jetzt im Stadium der Pluderhosen stecke.

„Ist denn aber gar keine Aussicht da?" — fragte er und meinte für sich, denn die Welt würde sich schon selber helfen, meinte Herr von Bredow. Der Hofprediger aber dachte nicht an den, zu dessen Trost er geschickt war, sondern an die Welt.

„Doch, e i n e", antwortete er, „ich meine, damit habe sich der Hölle Macht erschöpft. Sie wütet zu toll, das ist ein Anzeichen, daß es auf die Letzt geht. So wollen wir denn zum allmächtigen Gott hoffen, daß dieser Hosenteufel der letzte sei, der noch vor dem Jüngsten Tage das seinige tun und ausrichten sollte."

„Zum Jüngsten Tage! Soll ich denn bis da eingesperrt bleiben? Herr Doktor, was habe i c h denn mit dem Erbfeind zu schaffen gehabt? Es durfte ja in mein Haus keine Pluderhose."

„Und dann wundert Ihr Euch, Lieber, der Anfechtungen! Weshalb ist Euch Satan feind, als eben darum. Er will Euer Verderben, wie er mein Verderben will, dann ist er klüger als die Schlange. Wenn ich von der Kanzel herab sehe, daß der Kurfürst lächelt, weiß ich nicht, daß e r es ist, der ihn heimlich kitzelt; wenn er die Hand vor den Mund tut, glaubt Ihr, daß i c h ihn gähnen mache? Wenn ich ihn bei Hofe antreffen will, und er weicht mir aus, und ich hörte ihn einmal sagen: Ach Gott, da ist schon wieder der Schwätzer! Vermeint Ihr, daß ich ein Schwätzer bin, und Joachim ist es, der mich dafür hält? Würde der gottesfürchtige, hochgelehrte Kurfürst einen Schwätzer zum Hofprediger bestellen! Satan allein ist's, der sich jetzt in meine, jetzt in des Kurfürsten, jetzt in Eure Gestalt hüllt, der so seine Dinge wirkt, und seine Dinge sind Unfried, Gestank, Aufruhr, Finsternis, Wirrwarr und Mißverständnis, damit er im Trüben fischen kann.''

,,Aber sagt doch, wie komme ich denn dazu? Wie komme ich los?''

,,Ihr! — Durch Ergebung und Geduld. Wartet nur eine halbe Stunde, lieber Herr von Bredow. Ich gehe, meine Predigt zu holen. Wir wollen sie lesen von Anfang bis zu Ende. Dann, so gestärkt, wird uns der Herr ja die Wege weisen, um aus dem Irrsal Euch herauszuführen.''

Aber nach einer halben Stunde saß nicht der Hofkaplan, sondern der Dechant von Alt-Brandenburg neben dem Gefangenen und hatte eine Schrift gefertigt, welche vor ihm auf dem Tisch lag.

Herr Gottfried saß, wie die Ergebung selbst, auf dem Schemel.

,,'s ist doch hart! Und daß ich das selbst unterschreiben muß.''

,,Bedenkt, mein würdiger Freund, was die Märtyrer getan und gelitten. Sich selbst vergaßen sie, ich meine ihr irdisches Wohl, um die Wege des Satans auf Erden zu kreuzen und ihren christlichen Mitmenschen die zur Gottseligkeit zu bahnen.''

,,Nu ja, die Märtyrer wollten Heilige werden. Die Zeiten sind doch vorbei.''

,,Hier ist die Feder.''

,,Hat sie wirklich sie gewaschen?''

,,Drei Tage sah ich sie auf dem Trockenplatz hängen mit meinen eigenen Augen.''

,,Und der Kasper! Warte! Kann sich doch kein Mensch auf keine Seele nicht verlassen.''

,,Am wenigsten auf sich selbst, mein werter Freund. Wie ging es mir dazumal in Neu-Brandenburg, wenn Ihr Euch der ärgerlichen Geschichte entsinnt. Leute wollten doch einen Mann aus dem Fenster des Syndikus steigen gesehen haben, der die niedliche kleine Frau hatte. Beschrieben sie den Mann nicht grad, als wäre ich es! Und dann waren sie ihm sacht gefolgt, und er war vor meiner Tür stehengeblieben, nämlich in ihren Augen schien es so. Er hatte einen Schlüssel ausgezogen, aufgeschlossen. Die Treppen hatten sie ihn hinaufgehen hören und dann Licht gesehen in meiner Stube, die bis dahin finster war und —"

„Entsinne mich wohl", sagte der Gefangene, „es war eine recht kitzlige Geschichte."

„Sie ward durch die Güte des damaligen Bischofs ausgeglichen, der der Meinung war, daß in zweifelhaften Sachen man der milderen Ansicht den Vorzug geben müsse. Glaubt Ihr, daß die Zeugen, welche vor den Türen gelauscht, falsch geschworen haben?"

„Es hieß so nachher. Das geistliche Gericht hat doch —"

„Ich glaube, sie waren ganz im guten Glauben."

„Aber wer zum Teufel war denn eingestiegen?"

„Vielleicht mein Schatten, vielleicht ich selbst. Wohl entsinne ich mich, daß ich in jener Nacht lebhaft an die arme Frau dachte. Sie hatte mir in der Beichte ihre unglückliche Lage vertraut. Mir war's, als hörte ich sie in der Nacht weinen und klagen, wer ihr Hilfe brächte gegen den rauhen, trunkenen Mann. Da wünschte ich recht lebhaft, bei ihr zu sein, sie zu trösten. Versteht mich, alles nur im Traum. Aber über unseren Träumen schwebt der Menschenfeind, er saugt den Atem ein unserer Wünsche, unserer Gedanken. Ehe wir's uns versehen, da wir im Schlaf der Freiheit des Willens entbehren, sind wir ganz ihm anheimgegeben."

„Kann er uns auch fortschleppen, derweil wir noch in den Federn liegen tun!"

Der Dechant nickte bedeutungsvoll, indem er mit den Augen zwinkerte: „Gehen nicht die Geister der Abgeschiedenen um, derweil ihre Körper noch fast blutwarm auf dem Totenbette liegen!''

Der Burgherr von Ziatz schauderte: ,,Und daß unsereins nichts gegen tun kann!''

,,Doch, Ritter! Wir könnten, ja wir sollten uns auch im Schlaf bewachen. Mögt Ihr Euch denn Rechenschaft geben über alles, was Ihr geträumt habt?''

,,Die sieben Nächte durch?''

,,Unstreitig waren die Gedanken auch im Schlafe bei dem, was Euch so wert ist. Ich meine das, was Ihr nie von Euch laßt. Ihr seid nun von der ganzen Geschichte unterrichtet, wie es Euch heimlich entwandt, wie es gewaschen wurde, wie es zwischen den Fichten hing, vom Winde geschaukelt, wie es in dem Aufruhr vergessen ward, wie der Schelm es stahl und sich mit seiner Beute auf und davon machte. Oh, die Gefühlssinne sind im Schlaf außerordentlich fein. Satan, der Euch keinen Augenblick verließ, lauschte Euch den Moment ab, wo Ihr im Traume auffuhrt, nach den Hosen grifft, auf den Schelm fluchtet, ihm nachsetztet, ihn bandet. Ihr habt's getan, ob nun im Schlaf oder im Wachen, und ich meine, Ihr habt an und für sich nichts Böses damit getan, aber vertreten müßt Ihr's als ein Ehrenmann.''

,,Wer schlief denn nun in meinem Bette?''

,,Weiß ich denn, wer in meinem schnarchte? Das sind so zarte Dinge, über die man nicht zuviel nachdenken muß. Hier ist der Platz zur Unterschrift.''

Der Gefangene schrieb. Daß die Buchstaben ungleich und schief waren, durfte niemand verwundern.

,,Dechant!'' rief er. ,,Mir geht's im Kopfe rum, ich weiß nicht, wie mir ist. Aber — wenn sie nur ihre Seife nicht daran gehabt hätte, dann wär auch die ganze Geschichte nicht gekommen. Ich weiß auch gar nicht, was die Frauensleute immer mit ihrem Waschen haben. Ich glaube, da steckt auch was vom Satan drin, wenn man immer alles rein haben will. Überhaupt wenn alles beim alten bliebe, dann wäre nicht so viele schwere Not in der Welt."

„Da sprecht Ihr eine tiefe Wahrheit", sagte der Dechant, indem er rasch das Papier gefalzt und in die Brust gesteckt hatte. Er schloß den Freund in seine Arme, und die Tür schlug hinter ihm zu.

„Warum geht's denn nicht?" fragte Herr von Bredow in die Luft. „Da steckt auch gewiß der Gottseibeiuns hinter."

Herr Gottfried schien sich selbst zu wundern über das Selbstgespräch. Es war nicht seine Art. So reißen feste Ereignisse auch große Charaktere mit sich, wie der Sturm die Eiche, deren Wurzeln er unterspült hat. Herr Gottfried dehnte sich, hielt die Hand an den Mund und warf sich auf das Gefangenenlager, wo der langentbehrte Schlaf ihn bald tröstend für alle Störungen und Plackereien umfing.

Drittes Kapitel

Kläger und Günstling

In dem Kabinett des Kurfürsten waren nur der Krämer Hedderich und der Fürst. Dieser stand mit untergeschlagenen Armen, jener lag ausgestreckt auf dem Boden vor ihm.

„Schnell!“ sagte Joachim. „Wenn jemand einträte, könnte er denken, daß ich einen Sultan spielen wolle.“

„Durchlauchtigster Herr! so lag ich.“

„Das übrige magst du stehend beschreiben.“

„So lag ich, als er mir den Stoß gegeben von hinten; und eh ich mich umdrehen konnte, war er vom Pferd und mir auf dem Rücken, daß ich glaubte, mir sollte das Rückgrat brechen von seinen Knien. Die Ringe von dem Eisenhemd sind auch noch auf meiner Haut zu sehen.“

„Das Eisenhemd ward eingebracht. Was weiter?“

„Die Hände hatte er mir auf den Rücken gebunden, als ich noch lag und nicht wußte, wie mir war; mochte auch glauben, da ich gar nichts vorher gesehen, es seien ihrer mehr. Nun aber, da er mich knebeln wollte und die Knie ein weniges losließ, kam ich freier zu liegen, so wie jetzt, und da ich sah, daß er allein war und mich ungebärdig hatte, fluchte er; denn wenn er den Riemen eintun wollte, schloß ich die Kiefern zu, und wenn er die Hand fort hatte, schrie ich. Also da er's mit den schweren Handschuhen nicht zwingen konnte, warf er sie ab, und nun er mir nah kam, biß ich ihm in den Daumen bis aufs Blut. Das kann noch nicht vernarbt sein.“

„Ein neus Indizium“, sprach der Kurfürst, etwas in seiner Schreibtafel notierend.

„Und da er mich nun geknebelt und hitzig war, von wegen was es ihn gekostet und von wegen dem Biß, der ihm weh tat, gab er mir Katzenköpfe mit dem Eisenhandschuh, daß mir das helle pure Blut floß, und schüttelte mich an der Gurgel, und da sprang ihm das Kinnband, und die Büffelhaube rutschte in den Hinterkopf. —"

„Auch diese fand man im Schilf."

„Es war da schon ziemlich hell, und wir sahen uns Gesicht gegen Gesicht."

„Und du getraust dich ihn wiederzuerkennen?"

„Und hätte ich ihn da zum erstenmal gesehen. Wer sich so sah, vergißt sich nicht. Aber wie ich schon sagte, Allerdurchlauchtigster Herr und Kurfürst, ich habe ihn schon oft gesehen in Eurer Gnaden Gefolge."

Der junge Fürst sah mit verschränkten Armen düster vor sich nieder und schüttelte unwillig den Kopf: „Verflucht der Gedanke, der edle Namen beflecken will, verflucht die Phantasie, die nach Opfern sucht, ohne andere Leitung als die krankhafte Lust, vielleicht eine stille Abneigung, die ein Fürst bekämpfen sollte, statt gierig nach Nahrung dafür zu suchen."

Indem er unruhig einige Schritte auf und ab ging, fuhr er im Selbstgespräch so laut fort, daß der Krämer es hörte:

„Und am Ende doch nur ein Stallmeister, ein Büchsenspanner, dessen schillernder Rock diesem für Zeichen von Würde galt."

Hedderich schüttelte den Kopf: „Wir Geringe, Durchlauchtigster Fürst, haben gelernt, die geputzten Diener von den großen Herrn zu unterscheiden."

„Und dessen bist du gewiß, daß der dich warf, nicht der Ritter Gottfried Bredow war?"

„So gewiß, Herr, die gebenedeite Jungfrau Maria in unbefleckter Empfängnis unseren Herrn und Heiland geboren hat. Das mögen seine Handschuhe, seine Haube, sein Kettenhemd gewesen sein; er selbst war's nicht. Ich kenn ihn gar gut, da ich alljährlich wenigstens einmal nach Hohen-Ziatz komme."

„Und doch lautet deine Aussage anders im Protokoll des Schreibers vom Werder."

„Gnädigster Herr Kurfürst, was so ein Schreiber schreibt, mag ganz gut sein; aber das ist's nimmer, was unsereins aussagt. Sie schreiben, was sie hören wollen, das weiß bei uns jedes Kind."

Es trat ein Kammerherr ein und überreichte dem Fürsten ein versiegeltes Schreiben. Joachim öffnete und las es. Sein Gesicht drückte ein unverkennbares Erstaunen aus. Abwechselnd blickte er den Krämer und die Schrift an: „Lügst du oder dieses Geständnis? Unmöglich! Wer könnte etwas eingestehen, was er nicht beging! Und alle Beweggründe mit logischer Ordnung aufgeführt. Hörst du, Gottfried Bredow bekennt, daß er es war, der dir nachjagte, dich hinter Ferch einholte und warf. Er bittet um gnädige Strafe und will dir alles zurückgeben. Was sagst du darauf?"

„Herr, mein Kurfürst!" sprach der Krämer, der sich aufgerichtet hatte und gebeugten Leibes auf das Papier schielte wie auf eine Zauberrolle. „Da steckt der Teufel drin, wenn das drinsteht."

„Seine Namensunterschrift! Vom Vogt vom Mühlenhof beglaubigt."

„Gnädigster Herr, werft das Papier fort."

„Sein Wort gegen deines. Er, ein Edelmann, klagt sich selbst an, du willst ihn freisprechen. Die Präsumtion ist, daß niemand wider sich selbst zeugt." — Immer schärfer bohrten des jungen Kurfürsten Blicke auf den Mann. — „Seine Aussage klagt auch dich an, du hast also Grund, die Sache zu verdrehen. —"

„Herr, 's ist wahr, ich nahm die Hosen von der Leine, aber nur, weil sie vergessen waren und weil ich fror, knöpft ich mich drein. Sie waren nicht wert des Mitnehmens; man hatte mir am Fließ zu arg mitgespielt. Das war doch nichts.''

,,Genug, dich zu verdächtigen. Wer bürgt mir, daß du nicht bestochen bist vom Feinde eines meiner Hofleute, auf ihn auszusagen? Die Arglist unter den Menschen ist groß. Hier ein geständiger Verbrecher, der meiner Gnade sich unterwirft, und auf der andern Seite —''

Der Fürst ging, in sich versunken, auf und ab. Das Geräusch der Kommenden in dem Fürstensaale daneben begleitete seine ersten Gedanken wie das Rauschen eines Flusses. Es war eine schwere Sorge gewesen. Er glaubte sie alle zu kennen und traute keinem. Nun war es gelöst, die Last zu strafen, von seinen Schultern genommen. Was ging der Ritter von Hohen-Ziatz ihn an! Da war auch kein böser Ausgang, der ihn erschreckte, und alle, zwischen denen sein Argwohn geschwankt, waren nun gerechtfertigt! — Waren sie es? Er brauchte nur zu wollen. Der Elende vor ihm lauerte schlau auf seine Blicke, seine Worte würden der Widerhall der Wünsche seines Fürsten geworden sein. — Und warum konnte er sich noch nicht entschließen zu wollen?

,,Der ist ein schlechter Gärtner, der das Unkraut nur mit den Füßen niedertritt, weil es ihm unbequem ist, sich zu bücken, daß er es mit der Wurzel ausreiße. Ich bin jung, und wenn die Nesseln auch brennen, meine Gärten sollen rein werden!''

Er winkte dem Krämer, vor dem Kruzifix auf dem Betpulte niederzuknien.

,,Es bleibt bei der Anweisung, die ich dir gab. Du hältst dich hinter dem Teppich; jene kleine Wandtür führt dich dahin. Fasse ihn wohl ins Auge, aber prüfe ihn und dich bis zu dem Augenblick. — Wirst du in der strengsten Untersuchung, die ich anordnen will, als boshafter, falscher Ankläger gefunden, wehe dir. Der Weg zum Galgen geht über Martern. Doch auch den guten Menschen können die eigenen Sinne täuschen, und schon die Anklage eines Unschuldigen ist ein Makel, den keine Buße wieder abwäscht. Deshalb bete zu deinem Schutzpatron, daß er deine Augen hell sehen lasse, und hier schwöre bei dem Bilde des hochheiligsten Gottessohnes, daß deine Blicke und deine Reden Wahrheit seien."

Der Krämer schwor. Der Fürst winkte ihm zu gehen. Die kleine Tür führte in einem engen dunklen Gange durch die dicke Mauer bis in den Fürstensaal, wo die schweren Teppiche zu seiten des Thronhimmels ausgespannt waren. Schon nach wenigen Augenblicken kam Hedderich wieder mit offenem Munde, mit glänzenden Augen:

„Er ist da, Herr, ich sah ihn!"

„Wen?"

„Ich weiß seinen Namen nicht. Aber ich könnte ihn malen. Er steht im violetten —"

Ein Zornblick des Fürsten wies den Ungerufenen fort: „Auf deinen Platz! Ich will nicht deine vertraulichen Hinterbringungen, ich will deine feierliche Anklage, die du den Mut haben sollst, vor meinem ganzen Hofe auszusprechen. Zwischen uns beiden ist nichts mehr."

Im Fürstensaale war der Hof schon lange versammelt; Räte, Ritter, Geistliche, auch die Bürgermeister von Berlin und Kölln. Vielen der Herren sah man es an, daß sie hier ungern waren. Der Lederkoller, der Pelz und der Harnisch war ihnen lieber als das geschlitzte Wams von Tuch. Solche von Sonne oder Trunk geröteten Gesichter mit buschigem Bart, mit wild schielenden Blicken! Einige hatten sich schon gewöhnt; sie standen manierlich da in den schön gepufften Hosen mit knapp anschließendem gestickten Wams, mit Halskrausen und einem wohlgekämmten Bart, gewärtig, das Barett, das etwas schräg auf dem Lockenkopf schwebte, beim Eintritt des Kurfürsten mit leichtem Griff zu lüften. Diese traten unwillkürlich mehr in den Vordergrund, während die andern ganz zufrieden schienen, hier in den Hintergrund gedrängt zu sein, wo für sie keine Ehre war. Der Edelmann, der noch trotzig, seine Knechte vorauf, durch das Oderberger Tor gesprengt und dem Wirt zur Herberg, dessen Blicke ihn vielleicht gefragt: „Ei, in dem langen Waffenrock zu Hof?" geantwortet hatte: „Hauskleid ist Ehrenkleid, so trugen's meine Väter, ehe die Hohenzollern wie Pilze im Sande wuchsen!" Dieser Edelmann ward doch andern Sinnes, als er die Treppen heraufkam, und alle um ihn hatten den gesteppten Faltenrock zu Haus gelassen und das geschlitzte Wams, das nur bis zur Hüfte reichte, angezogen. Er fluchte für sich über die Affen, aber er ließ sich gern hinter die Affen drängen, daß sie vor ihm ein Schirm würden.

Niemand sah aber stattlicher aus in dem feinen Hofkleide, als der Ritter von Lindenberg, niemand bewegte sich leichter darin, niemand schien wohlgemuter und war die Freundlichkeit selbst gegen jedermann, der sich an ihn drängte, und deren waren viele. Doch hätte man bemerken können, daß er alles dies erst im Verlauf geworden, denn als er unter den ersten, die sich eingefunden, allein war, war er einsilbig, er schien von Unruhe geplagt und gab solche Antworten, daß die, welche mit ihm sprachen, zu bemerken glaubten, als habe er, was sie fragten, gar nicht gehört. Erst seit der Dechant von Alt-Brandenburg sich unter den geistlichen Herrn eingefunden und ihm aus der Ferne zugenickt hatte, war sein Gesicht verändert. Da wurde er die Liebe und Sanftmut selbst, und obwohl der, mit dem er gerade redete, ihm bemerkt, daß der geistliche Herr am andern Ende ihn sichtlich zu sprechen wünsche, hatte er gesagt, das habe wohl keine Eil, er stehe mit den Pfaffen nicht in so guter Freundschaft, um andere liebe Freunde, die ihm Teilnahme schenkten, darum zu verlassen. Auch redete er noch mit dem und jenem auf dem Wege und wechselte dann mit dem Dechanten nur kurze Worte; doch von dem ab war der Herr von Lindenberg so freudig geworden, wie wir sagten, und selten hatte man ihn so bei Hofe gesehen.

Da trat er in den Kreis, den viele Herren um den alten Geheimrat von Schlieben bildeten, welcher ein Minister des Kurfürsten war und für einen sehr vorsichtigen Staatsmann galt, welcher sein Gesicht und noch mehr seine Worte bewachte. Die Herren wünschten zu horchen, wie denn wohl der Landtagsabschied lauten würde, und ob der Kurfürst wohl heute schon, beim großen Hoftage, etwas davon werde verlauten lassen, wenn er rede, wie er pflegte. Der von Schlieben sagte mit einer sehr wichtigen Miene, er wisse zwar nichts, glaube indessen doch, daß getreue Stände sehr dankbar mit dem gnädigen Bescheide sein dürften.

Kurt Schlabrendorf sah den Herrn von Lindenberg an: „Ist's so? Das wär's erstemal."

„Es ist eine Freude, den Abschied zu lesen, mein teurer Herr von Schlabrendorf. Man kann sagen, man konnte ihn ordentlich sich so denken."

„Die sieben Propositionen wegen der Bierziese?" fragte Ewald Schenk.

„Die sind abgelehnt."

„Das konnte man sich freilich denken. Aber unsere letzten Anträge", sagte Kurt Schlabrendorf, „die der Marschall nach dem heftigen Tage verglich?"

„Sind auch abgelehnt."

„Aber die Punkte wegen des Rezeßgeldes unserer altmärkischen Städte", fragte Wigand Alvensleben, „und die Auseinandersetzung mit der Hanse?"

„Abgelehnt."

„Na, die werden spucken und fluchen in Stendal und Salzwedel!"

„Ach, aber in so väterlichem Tone!"

,,In summa also alles abgelehnt'', rief der von Schlabrendorf. ,,Wozu waren wir denn beisammen?''

,,Na, was denn doch!'' sprach ein Bardeleben, als der Lindenberg dazu abwehrend ein erschrocken Gesicht gemacht. ,,Die Hundebrücke erklärt Kurfürstliche Gnaden sich bereit, aus höchsteigener Kasse neu aufzimmern zu lassen.''

,,Die Hundebrücke!'' wiederholten viele Stimmen auf einmal.

,,Über die der Prozeß neununddreißig Jahr schwebt zwischen Kämmereikasse und Ritterschaft vom Teltow. Versteht wohl, ihr Herren, diesmal, ohne Präzedenz für künftige Fälle, will Kurfürstliche Gnaden die neue Bohlenlage und den Strauchzaun auf eigene Kosten fertigen lassen; aber aus freien Stücken, nicht in Erwägung eurer Gründe. Die Ritterschaft im Teltow kann dies als ein besonderes Zeichen fürstlicher Huld und Gnade betrachten.''

,,Auch gut!'' sprach Fritz Kröcher und strich sich den roten Bart. ,,Werden kurfürstliche Hunde nicht mehr Gefahr laufen, zu ersaufen.''

Ein ehrwürdiger Greis, der auf einen Stock sich stützte, schien etwas von dem Gespräch gehört zu haben und wandte unwillig den Kopf. Mehrere Jüngere umstanden ihn in ehrfürchtiger Anhänglichkeit wie Stammgenossen ihr Altershaupt. Es war der Senior der Bredows. Die Familie stand hier fast allein. Einige waren der Meinung, die Bredows hätten sich gar nicht zeigen sollen. Der Herr von Lindenberg aber trat auf den alten Bodo zu und machte eine Bewegung, als wolle er die Hand zum Druck ergreifen; doch als verstände er es nicht, hielt der Greis seine Hände fest auf dem Stockkopf.

,,Die Sache wird sich ohne merklichen Schaden für uns alle ausgleichen'', sprach Lindenberg. ,,Wie ich eben höre, hat Euer guter Vetter von Ziatz schon eingeräumt, und was ist denn nun eigentlich so Gefährliches in der Sache? Er hat sich sein Recht verschafft, nur ein wenig zu rasch."

„Und ward in Ketten eingebracht", knirschte der Senior.

„Seine Durchlaucht", sagte der Geheimrat leise, „wird zuerst auffahren. Dann können wir uns gefaßt machen auf sehr schöne Reden. Er wird aus dem Justinian auseinandersetzen die Grenzen der erlaubten und unerlaubten Selbsthilfe. Er wird die Sache drehen und wenden, die Juristen des Altertums zitieren, uns deutlich machen, was davon auf ein christlich Recht paßt und was nicht, und wenn er sich gesonnt hat in unserer Verwunderung über seine Gelehrsamkeit, übergibt er die Sache dem Geheimen Rate zur Begutachtung. Dann wird unser Herr von Schlieben das Ganze erwägen und überdenken und mit höherer Weisheit ins rechte Schick bringen, das heißt, er wird mit andern und vielen Worten das für recht erklären, was der Kurfürst will."

Der alte Bodo stieß mit seinem Stocke auf die Diele: „Daß Gott erbarm, Herr! Ich wünschte — der Kurfürst hätte nicht so kluge Räte", setzte er in den Bart murmelnd hinzu.

„Der Kurfürst!" Es rauschte durch die Versammlung, die Federhüte und Barette flogen von den Köpfen. Joachim schritt durch die Reihen, die sich teilten, nach dem Thronsessel. Er musterte eine Weile die Anwesenden. Sein Gesicht war blaß, sein Auge so ernst und forschend, als man es lange nicht gesehen. Er sprach dann in wohlgesetzter Rede über vieles, aber nicht mit dem jugendlichen, hinreißenden Feuer, das man an ihm gewohnt war. Er sprach, wie von der schmerzlichen Überzeugung durchdrungen, daß, was von seiner Seele leuchtend stand, den andern fremde, ferne, gleichgültige Dunstbilder seien, daß seine tönenden Worte nur dumpfe Klänge für die Mehrzahl blieben; er sprach für sich, nicht für die andern, wie vor einer unsichtbaren Macht, welche von ihm Rechenschaft forderte.

Er sprach von der Universität, die er zu Frankfurt gründen wolle, daß nun endlich alle Hindernisse gehoben seien, die diesem hochwichtigen Werke im Wege gestanden. Sie solle das Siegel werden, so hoffe er zu Gott, gedrückt auf die Mission seines Hauses; die Mark Brandenburg, dieses alte, durch teures Blut dem deutschen Gesamtvaterlande erworbene, dieses ehemals blühende, reiche, herrliche Land, wieder zu erheben aus der Verwilderung und Zerrüttung zu einem gesunden, kräftigen Gliede des deutschen Reiches. Nicht durch Fehde und Krieg, nicht durch wilden Trotz und gesetzlose Freiheit, nicht durch Festhalten an der alten Unsitte werde der Märker aus der Barbarei sich erheben, sondern durch friedfertige Unterwerfung unter das Gesetz und durch liebevolle Aufnahme der Männer, welche er berufen, durch Lehre und Wort, durch Beispiel und edle Sitte die alte Unwissenheit und böse Art zu bändigen und den Geist zu lösen, daß er auf edleren Bahnen vorschreite. Er nannte die Männer, die er gewonnen, deren Ruf durch ganz Germanien strahle. Er hoffe, daß ihr Licht von den Wellen der Oder über Spree, Havel und Elbe nur heller in das Reich zurückstrahlen werde. Vor allem sei er bedacht gewesen, Männer zu finden, in denen der Geist der heiligen Kirche lebendig und die durch tiefe Gelahrtheit das Licht des allein selig machenden Glaubens nur heller leuchten machten in dieser Finsternis. Denn dieses Licht sei vor allem nötig, und der Geist, der durch die umnachtete Wildnis allein seinen Weg sich suche, verirre und gerate auf gefährliche Abwege. So hätten es auch die Väter der Väter erkannt, die alten Regenten, unter denen Milch und Honig in der Mark geflossen und die Rebe geblüht und Früchte getragen. Er wies hin auf die hohen Türme und ehrwürdigen Kirchenbogen, die sie für die Ewigkeit in den lockeren Boden gesetzt, auf die stolzen Klöster von Chorin und Lehnin, auf die Münster und Dome in Brandenburg, Angermünde, in Prenzlow, Havelberg, Tangermünde und die andern. Gedächtnissäulen wären sie der gottergebenen Kunst, der frommen Wissenschaft, die noch den späten Enkel in Erstaunen setzen würden; diese Kunst und Wissenschaft sei erloschen seit zwei Jahrhunderten. Nun sei es Aufgabe derer, die leben, mit dem zurückgekehrten Frieden seine Künste zu pflegen, das Verfallene wiederaufzurichten und Neues zu bauen, damit auch sie der Nachwelt Zeugnisse und Dokumente ihres edlen und gottgefälligen Daseins hinterließen.

„Denn eine Zeit, die nichts in Werken hinterläßt zur Erbauung und Stärkung und Nacheiferung denen, die nach ihr leben, ist wie ein totes Glied an einem gesunden Körper, es wäre besser, wenn es ausgeschnitten wär. Wer nur Gott lebt und seinem Erlöser in der Stille hin, den darf ich nicht tadeln, denn er lebt für das Himmelreich; aber wen Gott niedersetzte auf dieser Erde und gab ihm Stärke und Ansehen und Mittel, der soll es nicht verprassen und vergeuden, sondern schaffen für sein Reich auf dieser Erde, und seine Stunden, seine Worte, seine Gedanken und seine Handlungen sind gezählt, wie die Haare auf seinem Haupte."

Wie suchten da umher des Fürsten Blicke! Einige schlugen die Augen nieder, andere sahen ihn groß an; sie verstanden nicht, was er meinte.

Er sprach weiter. Loben konnte er seine getreuen Märker nicht, aber schelten mochte er sie auch nicht, daß sie nicht eifriger ihn unterstützt. Etwas Bitteres kam über seine Lippen, aber er verschluckte es wieder. Denn wozu Bitterkeiten; sie sind Gift, das nicht heilt, das die Wunden nur schlimmer macht, und ein eigenes, feines Gift, das meist dem mehr schadet, der es austreut, als dem, welchem es zugedacht ist.

Er sprach auch von dem neuen hohen Gericht, das er mit des Kaisers Willen in seinen Erblanden stiften werde, allwo in der Kammer alle Streitigkeiten, die früher an Kaiser und

Reich gingen, sollten geschlichtet werden. Die Schöffen, die er setzen werde, halb aus Gelehrten, halb aus Edelleuten, sollten dort Recht sprechen, sonder Ansehen von Stand und Person, ja gegen ihn selber, wenn sie ihm im Unrecht befänden. Und er gelobte für sich und hoffe es zu Gott auch für alle seine Nachkommen, daß er keinen darum absetzen wolle, noch entfernen, weil er ein Urteil gefunden, was ihm, dem Fürsten, mißbehage, und weil er das für recht gehalten, was er, der Fürst, für unrecht halte. „Denn wo der Richter dienstbar würde eines Menschen Willen, und sei es des Kaisers selbst, das ist kein Recht mehr, das vor Christus bestehen kann, noch ist es dann ein deutsches Recht, sondern ein türkisch Recht, davor uns Brandenburger der liebe Gott bewahre! Es soll aber ein wahrer Richter fest stehen und unantastbar wie der Priester des Herrn, und wie der soll er vor keinem Gewaltigen schrecken. „Aber", — rief er mit kräftiger Stimme und stand von seinem Sessel auf — „ich will auch, daß die Richter gegen jedweden Übertreter der Gesetze, die da sind, sprechen nach ihrem vollen Klang. Der Wahlspruch des gelehrten Henning Göde, der in Wittenberg das Recht lehrt, ist auch meiner: ‚Gesetze, auf welche nicht gehalten wird, sind Glocken ohne Klöppel'! Wie ich nicht dagegen fehlen darf, soll es keiner meiner Untertanen, er stehe so hoch und so fest er will und meinem Herzen so nahe als mein liebster Blutsfreund."

Darauf war er von den Stufen des Thrones herabgestiegen und winkte einigen näher zu treten, darunter auch dem alten Bodo.

„Was mir die Stirn in Falten legt, was meinen Sinn vergiftet, ihr wißt es. Es ist was Arges geschehen, Gott verzeih mir, wenn ich's dem nimmer verzeihen kann, der es tat. Wer es auch sei, ausgestrichen ist er aus dem Buche der Gnade. Denn mit der Schande keinen Vertrag, und gält es mein Leben! Doch wen es traf, und er wird überwiesen, den allein straf ich, nicht sein Blut und seine Sippschaft. Darum braucht keiner die Augen niederzuschlagen, der einen Blutsfreund in der Schuld weiß; wenn er ein guter Mann ist vor dem Recht, ist und bleibt er auch vor mir ein guter Mann.''

Auf seinen Wink nahte sich ihm ein Edelknabe mit einem Kissen und ließ sich vor dem Fürsten nieder auf die Knie.

,,Die Kettenträger sind unserer lieben Frauen treten vor!'' sprach der Fürst.

Nur drei oder vier alte Männer traten vor.

,,So wenige nur, und es war ein so guter Orden! Ist die Zucht so schlecht worden, daß meine Väter so wenige wert hielten, oder ist die Zeit eine andere worden, daß, was gut war, jetzt nicht mehr gut ist; und es sind noch nicht achtzig Jahre um, daß mein erlauchter Großohm, Friedrich der Andere, den Schwanenorden gestiftet! Wo sind die Burgsdorfe'', rief er, sich umschauend, ,,die Hoym, die Arnim, die Bartensleben und Bodenteich, die Bredow, die Jagow, Schlieben, Kerkow, die Alvensleben, Krummensee, die Schenk, die Waldow, die Schulenberg und Schlabrendorf, die so oft gewürdigt waren, das Bild der allerheiligsten Jungfrau mit den Sonnenstrahlen um ihr Haupt, den Mond zu Füßen, auf ihrer Brust zu tragen? Ist keiner mehr, der trachtet, daß er sich ‚ehrlich und füglich für schämliche und schändliche Missetaten, für Unfug und Unehre treulich bewahre, verschwiegen sei und der Mitgenossen Ehre auf alle Weise rette'? Möchte keiner mehr geloben, daß er, so oft die Sonne aufgeht und untergeht, zur Mutter Gottes bete, trachtet keiner mehr nach dem Bilde, das ihn erinnere, dankbar zu sein zu jeder Stunde für die Gnade Gottes, der ihn durch seinen Sohn Jesum erlöset hat?''

Es war still umher.

,,Da sei Gott für'', hub er weiter an, ,,daß die Zeit um sei und nicht wiederkehre, daß meine Ritter nach christlicher

Ehre trachten! Ist die Stiftung veraltet, stifte ich sie neu." Und er winkte dem Kanzler. Der alte Schlieben entrollte ein Pergament und verlas die Urkunde.

Joachim schaute sich wieder um und winkte den Bürgermeister Mathias von Berlin zuerst heran.

„Knie nieder!" sprach er. „Dein frommes Walten ist mir nicht entgangen. ein Siechhaus hast du gestiftet und ewige Renten geschenkt den Spitälern zu St. Georg und an den Drei Linden. Da nun die Zacken, die zusammengepreßten Herzen in dieser Kette die mancherlei Gebreste des menschlichen Lebens vorstellen, so muß der sie tragen, der täglich den Gebrestigen den Arm reicht und den Hungrigen Brot gibt. Stehe auf, Mathias, als Ritter des Schwanenordens."

Ein Murmeln ging durch den Saal: „Wo sind seine vier Ahnen!" — „Er ist kein Edelmann."

„So sind meine Ritter", sprach Joachim, „doch noch vertraut mit den Satzungen des Ordens. Aber ihr vergeßt, daß ich die alte Stiftung neu gemacht. Meine im übrigen, daß der ein besserer Schwanenritter ist, der die Geschlagenen am Wege aufhebt, als der sie schlug und liegen ließ."

Da ward es wieder still, mancher ließ den Kopf sinken. Der Kurfürst winkte den Altermann der Bredows:

„Die Ernte war schlecht im Havelland?"

Bodo sah ihn verwundert an, die andern auch.

„Und deine Aussaat gut", fuhr der Fürst fort. „Du kannst nicht dafür, daß sie nicht aufging."

„Der Roggen trug gut aus, gnädigster Herr, und wenn Nässe und Stürme den Hafer und die Gerste verdarben —"

„Du sätest Besseres aus als Roggen und Hafer", fiel Joachim ein und legte seine Hand auf des alten Bodo Schulter. „Wenn Zucht und Sitte nicht aufgingen, ist's nicht deine Schuld. Der beste Vater kann nicht dafür, wenn nicht alle seine Söhne geraten. Und doch entging mir's nicht, wie du in deinem Haus gewaltet, wie du dem Ungestüm, der rohen

Lust der Deinen gewehrt hast. Bodo Bredow knie nieder'', sprach der Fürst und nahm die zweite Kette vom Kissen.

Wie da aller Blicke auf dem alten Bodo und dem Fürsten hafteten; das hatte keiner erwartet. Der polnische Abgesandte hatte vorhin, da er die vielen Bredows im Saale gesehen, verwundert gefragt, ob man ihnen denn die Waffen nicht abnehme; wenn so etwas bei ihm zu Haus sich ereignet, daß ein Glied eines großes Hauses gekränkt worden wie hier, würde man sich vorsehen, die Sippschaft nur zu Hof zu lassen. Fritz Rohr, der ihn herumführen mußte, hatte gelacht: ,,So schlimm ist's bei uns nicht''; jetzt aber flüsterte er dem polnischen Herrn ins Ohr: ,,Paßt acht, er will ihn kirr kriegen. Bin doch neugierig, ob der Alte in die Falle geht.''

,,Durchlauchtigster Herr Markgraf, ich bin zu alt zum Knien'', sprach der Senior.

,,So neige deinen Hals, ich weiß keinen würdigern Kettenträger.''

Der Alte blieb aufrecht stehen; ein leises Zittern sah man doch an den magern Händen, die den Stock hielten.

,,Hilf mir Gott, mein Markgraf, ich kann nicht. Spare die Kette für die, so noch nach Ehre dürsten. Liegt doch meine im Grabe. Wie soll ich sie tragen, sonder Scham, die mir's zur Pflicht macht, der Mitgenossen Ehre auf alle Weise zu retten, derweil ich meinen nächsten Blutsfreund in Ketten und Schmach weiß und darf ihn nicht retten.''

Vorhin waren die von der Sippschaft gemieden worden, wie man solche meidet, die mit Aussätzigen zusammenkommen. Als der Fürst Bodo vorrief, trat mancher an die Vettern und drückte ihnen verstohlen die Hand, und sie nickten ihnen zu mit freundlichen Blicken. Jetzt fuhren sie zusammen, und ängstlich schauten sie auf den Fürsten und auf den alten Mann. Die Reden hatten die wenigsten gekümmert; sie nahmen sie hin wie etwas, das sein muß, weil es eine Mode ist; auch daß er den Mathias zum Ritter gemacht, kümmerte sie eigentlich wenig. Er war ein Ritter des Fürsten, nicht ihrer. Aber daß ein Vasall sich unterstand, Ehren auszuschlagen, die ihm sein Fürst bot, das, meinten sie, würde den Zorn des Markgrafen wecken. Aber Joachim sah den Alten nur ernsthaft an, dann winkte er ihm fast freundlich:

,,Du tust recht. Der gute Mann muß froh sein mit den Seinen, und wenn sie traurig sind, mit ihnen trauern.''

Er legte die Kette wieder seitwärts auf das Kissen, als wolle er sie für den noch aufheben, der sie von sich wies.

,,Wilkin Lindenberg!'' rief er, das dritte Band aufnehmend. Ein leises Atmen ging durch die Versammlung, als habe man's erwartet. Schwer wär's zu sagen gewesen, ob auf den Gesichtern nur lauter Freude oder auch der Neid mitsprach.

,,Was lächelt Ihr?'' fragte leis sein Nachbar den Dechanten von Alt-Brandenburg, der mit einer eigenen Bewegung die Hand über das Gesicht brachte.

,,Ich lächeln!'', und die Hand fuhr schnell zur andern, und beide hoben sich gefaltet zur Brust. ,,Das Glück lächelt so selten denen, die es verdienen, sagen die Kinder der Welt; wir andern freuen uns daher, wenn es einmal nach Gottes unerforschlichem Ratschluß einen Würdigen trifft.''

,,Das ist der Lindenberger.''

Ein stiller Händedruck bestätigte es: ,,Wenn Ihr ihn erst kenntet, wie ich ihn kenne. — Still, er redet.''

,,Lindenberg, ich will dich nicht erröten machen, noch die andern, indem ich dich vor ihnen lobe. Was deine Stimme im Rate gilt, was du getan für deinen Fürsten, das mögen sie sich sagen lassen von denen, die in meinem Rate oft auf deine Worte lauschten. Aber was du mir gewesen bist, die Säule, an die ich in Stunden der Mutlosigkeit lehnte, der frische Lufthauch, wenn des Tages Hitze mich niederwarf, der kalte Wind, der mich aufrüttelte, wenn ich ermattend in

Schlummer sank, wo ich wachen sollte, der einzige Geist", setzte er leiser hinzu, „unter so vielen Schemen, der mich versteht, das mögen sie alle hören, mögen sie dich darum neiden, solcher Neid ist gut, er weckt Nachahmung. Du der einzige, den ich ganz wahr gefunden, weil du mir Wahrheit, die volle Wahrheit ins Gesicht sagtest. Das ist Rittertugend, die nicht der Ehrenketten bedarf, sie lohnt sich selbst. Darum schlinge ich diese hier um deinen Hals, nicht als Lohn, sie soll die Kette sein, die dich und mich, will's Gott, auf ein langes Leben zusammenfesselt. Knie nieder, Freier von Lindenberg."

Auf des Fürsten Lippen schwebten noch die Worte: „So gedenke ich der Stunde gestern"; aber er sprach sie nicht aus; denn Lindenberg kniete nicht vor ihm. Er war vorhin um einen Schritt näher getreten, aber plötzlich war er stehengeblieben, und blaß, mit halb übergebeugtem Oberleib, stierte er, nicht auf Joachim, sondern wie auf einen Geist, der, aus der Erde geschossen, ihm den Weg verträte.

Die andern sahen einen kleinen, nicht schönen Mann, von gemeinem Wesen und niedrer Tracht, der hinter dem Fürsten stand, sein Gesicht wie der Hahn, dem der Kamm schwillt, seine Augen funkelten, und aus dem grinsenden Munde leuchteten Zähne wie die eines Raubtieres, das zum Sprunge sich anschickt. So stand er da, halb gebückt, und streckte die Fäuste aus:

„Er ist's!"

„Was ist dir, Lindenberg?"

„Ein Schwindel! — Die zu große Gnade meines Herrn. — Es ist nichts."

„Du zitterst. — Meinen Leibarzt!"

„Er ist's", kreischte der Krämer, „der mich fing, warf, band. So wahr Gott im Himmel lebt, der ist's, Herr Kurfürst."

Joachim erblickte jetzt erst den Mann, der wie ein Unhold

aus der Erde geschossen, dessen Stimme wie Rabengeschrei in einer frohen Musika tönte.

,,Elender! Du lügst —'' Aber plötzlich verstummte er, als fehle ihm der Atem. Das dunkle Blut, das ihm ins Gesicht gestiegen, verschwand, und das Antlitz ward einen Augenblick weißer als das seines Günstlings. Er brachte die Linke an seine Brust, er atmete auf, und seine Augen hafteten auf dem Ritter, der seine niederschlug.

,,Das ist zu arg!'' schrien viele Stimmen. — ,,Den Arzt! Der Markgraf wird ohnmächtig!'' — ,,Bei den Haaren, bei den Füßen ihn rausgeschleift!'' schrien andere.

Der Mann erhob sich auf seinen Zehen, er streckte die Arme in die Höhe, er rieb die Hände, er zitterte. Aber da er den Kurfürsten ansah, sank er auf die Knie und faltete die Hände: ,,Laßt mich zerreißen, wenn ich nicht die Wahrheit rede.''

,,Dem Kurfürsten vergeht die Sprache.'' ,,Er ist ein Hexenmeister!'' schrien andere. ,,Den Büttel her!''

Joachim winkte mit dem Arm. Er hatte die Sprache wiedergewonnen: ,,Gib Antwort dem Manne!''

,,Gottes Donner und Blitze!'' schrie Otterstädt, der das Schwert halb gezückt hatte. ,,Dem!''

,,Der dich verklagt.''

,,Soll der Mond antworten, wenn der Hund ihn anbellt'', rief Otterstädt.

,,Ich entsinne mich nicht, den Mann gesehen zu haben'', stotterte Lindenberg.

,,Wilkin Lindenberg! Drei Jahre meines Lebens drum, wenn es so ist. Sieh ihn scharf an.''

,,Er hext, die Natternbrut!'' schrie Otterstädt. ,,Sieh ihn nicht an.''

,,Verschluck deine Zunge, Hund, wo dein Fürst spricht!'' schrie ein anderer den Krämer an, der den Mund öffnete.

,,Du kennst ihn nicht, Lindenberg?''

„Nein." Es kam wie ein hohler Ton heraus, der sich Luft macht nach langer Anstrengung.

„Die Hand darauf!"

Da der Geheime Rat nicht allzu rasch, schien es einigen, den Arm erhob, wendete sich der Krämer mit einer sonderbaren Bewegung zum Fürsten. Er sprach kein Wort, aber öffnete den Mund und steckte den rechten Daumen hinein.

„Den Handschuh aus!" gebot der Kurfürst. „Deine Rechte, wie Gott sie gemacht, leg in meine."

Der Ritter zog. Schien es doch, als schüttele ihn ein Krampf; der Handschuh flog ab und mit ihm ein blutiger Verband. Auch der Daumen blutete auf. Ein stiller, kichernder Schrei wie aus einer höllischen Pfeife, wie aus einer Brust, krank von satanischer Lust, gellte durch die Luft.

„Die blutende Hand in die deines Fürsten!"

Einen Augenblick schauten sich beide an; dann schreckte der Ritter zusammen wie ein von Gottes Strahl Getroffener. Er öffnete die Lippen, aber er brachte keinen Ton hervor.

„In Ketten! Zum Gericht!" rief Joachim, und ohne jenen eines Blickes zu würdigen, schritt er aus dem Saal.

Viertes Kapitel

Der Befreite und der Gerichtete

Sechs kurfürstliche Trompeter in ihrer Sonntagslivree und mit silbernen Mundstücken hielten vor dem Mühlenhofe, und vom Mühlendamm, von der Stralower Gasse und den Quergäßchen um Sankt Nikolas kamen sie in Scharen, um zu sehen, wie der Markgraf den edlen Ritter Götze Bredow mit Ehren aus dem Gefängnis abholen ließ. Auch die Lehnsvettern kamen auf stattlich geschmückten Pferden, ganz anders trabend als vorhin, da sie in die Stadt einritten. Der Vogt von Hoym hatte Mühe, daß er die Leute nur abhielt vom Gittertor, die alle den trefflichen Mann mit Augen schauen wollten, der ohne eigene Schuld wie ein Räuber und Mörder gefesselt worden und die Unbill über sich kommen ließ, fromm wie ein Lamm. Kaum ließen sie sich's in ihrer Ungeduld bedeuten, daß der Geistliche noch bei ihm sei und er zum Abschied doch einen Imbiß und Trunk einnehmen müsse, Stadt und Gefängnis zu Ehren, und da er noch nicht selbst erschien, drängten sie um sein Roß und streichelten es, das, mit Federn und bunten Decken aufgeputzt, von zwei Stallmeistern geführt ward. Einige meinten, das sei noch nicht genug, der Kurfürst hätte selbst kommen müssen, ihn abzuholen, und nicht aus der Stadt hinaus müßte er solchen Mann mit Ehren geleiten lassen, sondern zu sich ins Schloß und dort eine Woche lang traktieren. Das waren ehrenwerte Bürger, die es meinten, und von den Ritterbürtigen nickte mancher dazu: Er hätte auch mehr tun können!

Von alledem sah, hörte und dachte der nichts, den es anging.

,,Den Seinen gibt er's im Schlafe'', hatte der Dechant gesagt.

Das erinnerte Herrn Gottfried daran, daß er geschlafen hatte. Man hätte eher daran zweifeln können, ob er wirklich schon erwacht sei.

,,Wie kam's denn nun aber?''

,,Wer sich selbst erhebt, der wird erniedrigt werden, aber wer sich selbst erniedrigt, der wird erhöhet werden. Grade dadurch, mein werter Ritter, daß Ihr Euch ganz hergabt seinem Willen, wie ein Kind, das den Vater walten läßt, weil es weiß, daß der Vater alles doch am besten macht, Eures blinden Glaubens willen hat Euch der Herr gerettet. Ja, wenn Ihr auf weltliche Klugheit gelauscht, wenn Ihr den Advokaten angenommen, den Euch Euer Schwager schickte, da hättet Ihr geleugnet, bestritten, da wäret Ihr verhört worden, wer steht dafür, daß Ihr nicht gar peinlich befragt wäret, und Ihr lägt vielleicht jetzt unten im Turm auf faulem Stroh, Gott weiß, wo es noch ein Ende nähme. Aber Ihr wähltet das bessere Teil, Ihr gabt Euch Gott anheim in den bangen Zweifeln Eurer Seele, die Kirche riefet Ihr um Hilfe an, und das Wunder war geschehen.''

,,Ein Wunder!''

,,Ihr könnt doch nicht daran zweifeln? Bei solchen Beweisen, bei Eurem eignen Eingeständnis —''

,,Ich hätt's eingestanden!''

Der Dechant warf ihm einen Blick zu, den Herr Götz nicht ertrug: ,,Die Kirche hat Mitleid mit den Schwachen. Lese ich nicht, was Satan Euch jetzt ins Ohr flüstert: ein anderer hätte es Euch eingeredet, so zu tun. Das wolltet Ihr mir eben antworten: man hätte so lange zu Euch geredet, bis Ihr nicht aus und ein gewußt, da hättet Ihr unterschrieben und wüßtet gar nicht, wie Ihr dazu kamt. Nicht wahr, so flüsterte er Euch ins Ohr, und Eure Lippen öffneten sich schon, es nachzusprechen. Forderte er Euch nicht auch auf, mich anzuklagen? — Die Röte Eures Gesicht's sagt ja. Wacht auf endlich! O lieber Herr, weist den Verführer fort, der die Sündigen immer sprechen läßt: Ich war unschuldig, aber der hat's getan! Aus diesen Ketten seid Ihr los; fragt nicht warum? wieso? woher? Das sind die kleinen Krallen und Haken des Verderbers, mit denen er die Geretteten wieder langsam an sich zieht. Aus diesen Banden seid Ihr los, wißt Ihr, in welche neue er Euch reißt? Nur der bleibt frei, der sich ganz gefangen gibt dem Willen des himmlischen Vaters, wie ihn die Kirche erklärt. Darum, mein lieber, teurer Herr von Bredow, laßt all das andere hinter Euch, denkt nur an das vor Euch, wie Ihr mit gerührtem Herzen dem Ewigen danken wollt für das wunderbare Werk der Rettung, wie ein Strahl der Gnade gerade den Lindenberger —"

„Sagt mal, Dechant, der Lindenberger: I der Tausend, wer hätt's gedacht!"

„Das ist gar nicht an Euch! Grübelt nicht nach über eines andern Schuld. Ach! hat nicht mit seiner Rechtfertigung der wahre Gläubige so viel zu tun, daß er eigentlich nie damit fertig wird, daß er noch andere anrufen muß, ihm zu helfen. Schütten wir nun zusammen unser gerührtes Herz aus in einem brünstigen Gebet zu den heiligen Fürsprechern."

Dieses Gebet war vorüber, und man muß sagen, Herr Gottfried, als er einmal auf den Knien lag, hatte recht inbrünstig gebetet.

„Der beredte Quell, der von Euren Lippen strömte, sagte mir, daß Satan sich nun nicht wieder nähern darf. Möchte ich doch auch fast die Gelöbnisse lesen, die aus Eurer befreiten Seele aufsteigen. Ja, teurer Herr von Bredow, die Zeiten sind vorüber, wo es den frommen Ritter, wenn er aus schwerer Drangsal erlöst war, nach Jerusalem zog. Für das Kreuz stehen keine Kreuzfahrer mehr auf. In Euren Jahren, bei der ansehnlichen Beleibtheit, mit der Gott Euch bedachte, möchte Euch auch das Pilgern nach dem heißen Lande beschwerlich fallen."

„Ich pilgern!"

„Ich rate es Euch auch nicht. Ihr müßt Euch den Eurigen erhalten. Was würde der lange Abschied die gute Frau Brigitte Tränen kosten. Wäre es noch eine kleinere Pilgerfahrt nach Wilsnack."

„Pilger sind Tagediebe."

„Gewissermaßen. Auch ist das heilige Blut in Wilsnack leider in Verruf, seit der Erzketzer Hus sein Buch dagegen schrieb. Das ist das Betrübte, daß eine jede Ketzerei, wie man auch meint sie ausgetilgt zu haben, immer doch etwas Gift zurückläßt. Nun ist Hus zwar durch Gottes Gnade verbrannt, aber haben nicht die Zweifel, die er hingestreut hat über das Wunder zu Wilsnack, so gewuchert, daß, man muß es mit Bedauern sagen, selbst der Heilige Vater sich veranlaßt sah, die Andacht davor zu verbieten. Das Städtchen hatte so hübschen Verdienst, und er blieb im Lande."

„Ja, dazumal schnappten viele nach der Pfründe."

„Die Opferstöcke werden überall immer leerer, die Gottlosigkeit nimmt zu. Ich wollte Euch auch nicht anraten, lieber Ritter, wie mancher in Eurer Lage täte, einen Stellvertreter nach Jerusalem zu schicken. Das ist nur halbes Werk, kostet sehr viel Geld, und wer weiß, ob der Mesch nicht schon unterwegs die Zehrung verpraßt und vertrinkt."

Darin war Herr Götz ganz einer Meinung mit dem Dechanten.

„Was Ihr gebt, müßt Ihr durch sichere Hände gehen lassen. Es wird jetzt durch alle christlichen Länder zur Restitution des Tempels in Jerusalem gesammelt; der allerchristlichste König hat es beim Großtürken durchgesetzt. Ihr braucht Euer Scherflein nur nach Brandenburg zu schicken; wir sammeln auch am Dome."

Herr Götz warf einen fragenden Seitenblick auf den Sprecher: ,,Nach Jerusalem? Das bleibt ja nicht im Lande?''

,,Freilich nicht, indessen —''

Es schien, als habe Herr Götz mit einem Male den Schlaf abgeschüttelt. Er sah fast pfiffig den Geistlichen an: ,,Es bleibt doch manches im Kasten kleben in Brandenburg, nicht wahr? Da ist's besser, ich schick's gar nicht erst nach Jerusalem.''

,,Wenn ich Euch riete, eine neue Lampe in unserm Dome zu stiften, sähe es wie Eigennutz von mir aus. Aber wir finden schon etwas zur Beruhigung Eures Gewissens. Da fällt mir ein, es tun sich in Rom fromme Leute zusammen, die das Kreuz den Heiden predigen wollen in der neuentdeckten Welt und in Asien. Für diese Bekehrer wird gesammelt. Was müssen sie leiden, diese heiligen Männer, unter den Teufelsdienern; Qualen, Martertode, Hitze, Kälte, Hunger und Durst. Wenn wir nur an ihr Dürsten in der Wüste bei jedem Becher dächten, ach mein Herr von Bredow, der Tropfen Wein würde uns auf den Lippen zum Gifte. Wer spendet da nicht aus vollem Herzen, was er kann. Was Ihr geben wollt —''

,,Will's mit meiner Frau überschlagen.''

,,Die gute Frau, wenn sie nur die Not dort kennte, wie sie barfuß durch den glühenden Sand laufen müssen, die armen Kindlein zu ihrem Heil, sie zöge ihre eigenen Strümpfe aus.''

,,Barfuß?''

,,Alle barfuß, die in Indien und bei den Tartaren, und wollen Christen werden! Ist das nicht schrecklich?''

,,Laufen bei uns auch g'nug ohne Strümpfe rum.''

,,Die gute Frau von Bredow wird gewiß ein hübsches Päckchen schnüren, aber es braucht auch Geld, und mein Freund Götz wird gewiß mit Freuden —''

,,Ne'', sagte Herr von Bredow, mit einem ganz besonderen Lächeln den Dechanten anschielend, „dazu geb ich nichts."

„Gar nichts, ei, mein teurer —"

„Wollen erst warten, bis die Jungen und Mädel bei uns im Dorfe Strümpfe haben. Aber wißt Ihr was, Dechant? — Wollen eins miteinander trinken auf das Wohlsein der armen Leute, die da dürsten, und auch auf die, die barfuß laufen."

Aber der Dechant trank diesmal nicht mit dem Ritter, den der Vogt von Hoym in die Halle geführt, wo der Imbiß für ihn angerichtet stand. Herr Götze trank und aß allein, was indes seinem Appetit gar keinen Abbruch zu tun schien. Zwar war Herr Götz der Meinung, daß gute Gesellschaft zu einer guten Mahlzeit sich schicke, wenn aber eines von beiden fehlen sollte, hielt er dafür, daß man darum die Mahlzeit nicht im Stich lassen muß, weil die Gesellschaft uns im Stich gelassen hat. Er ließ es sich vielmehr wie ein rechtschaffener Mann schmecken, der nicht absieht, warum einer, der schwer gekränkt ist, drum noch hungern soll.

Der Vogt von Hoym aber sah wie einer aus, dem ein Leidwesen widerfahren, und er kann sich noch nicht fassen:

„Bitt Euch um aller Heiligen willen, und der Lindenberger?"

Der Dechant zuckte die Achseln.

„Solch ein Herr! Und hat's eingestanden?"

„Er durft es doch nicht auf die Beweisprobe ankommen lassen! Der Krämer war schon bereit dazu mit seinen Zähnen."

„Mir geht's wie ein Mühlrad im Kopf rum. Der Lindenberger war doch so eigentlich alles."

„Und ist nun weniger als nichts."

„Ich bitt Euch, was soll draus werden! Wen er befahl, steckte ich ein, wen er loslassen wollte, ich ließ ihn los. Ich wußte, ich tat immer recht. Der kurfürstliche Befehl kam hinterdrein. Hatte mich so hineingefunden in seine Art und

Launen. Und nun soll's wieder anders werden! Wen meint man denn, daß drankommt?"

„Man will behaupten, der Kurfürst wolle allein regieren."

Mit einem verwunderten Blicke sah der Vogt ihn an: „Ihr wollt es mir nicht sagen. Lieber Herr Dechant, ich bin ein alter Mann, möchte auch in Ruhe leben; bitt Euch, gebt mir aus alter Freundschaft 'nen Wink, wenn Ihr's erfahrt. Einmal geht's noch, einmal find ich mich noch zurecht, aber wenn's wieder und wieder wechseln sollte — das wär zuviel. Aber was Ihr sagt, er wollte allein stehn, hochwürdiger Herr, dazu bin ich zu alt, um's zu glauben. Einer muß doch sein, der's für den Fürsten tut, und hinter ihm steht, ob er nun Hinz heißt oder Kunz, ob er's grob oder fein, heimlich tut oder vor aller Welt; einer tut's, einer ist's. An einen muß man sich halten können, und wenn jeder es weiß, ist's besser, als wenn jeder es raten muß."

„Das ist ein braver Mann!" — „So müßten alle Ritter sein!" riefen die Bürger Herrn Gottfried noch lange nach, wenn sie ihn mit lautem Zuruf und Mützenschwenken begrüßt hatten. Durch alle Hauptgassen beider Städte ging der Zug, und die sechs Trompeter schmetterten in die Luft, daß es für alle Bredows wie eine Hochzeit war. Nur einmal hieß Herr Gottfried sie innehalten, als ein Wagen vorüberfuhr, in dem ein Gefangener auf Stroh saß. Der Herr von Lindenberg ward nach dem Schloß gebracht; der eine, geschlossen und bewacht, zu Verhör und Gericht, der andere, mit Freunden und Musikern, zu Ehren und zur Freiheit. So begegnen sich die Menschen wohl öfters im Leben; der früher den Hut zog und tief sich bückte, geht aufrecht und nickt kaum, und der sonst den Kopf im Nacken trug, schleicht, das Kinn in der Brust, froh, wenn der andere ihn nicht erkennt. Götze Bredow hatte den Lindenberger nie gemocht, aber ihm schien's unrecht, daß einer sich laut freue, wenn ein anderer tief trauert. Darum hieß er die

Trompeter schweigen und hob sich im Sattel und hielt den Hut gelüftet, bis der Wagen vorüber war. Der Lindenberger grüßte nicht wieder.

Vor ihrem Haus am Hohen Steinweg hielt die Sippschaft an. Da ward Herrn Gottfried ein Ehrentrunk aus goldenem Pokal gereicht, und der alte Bodo schüttelte ihm die Hand und sagte, daß er sich herzlich freue. Die jüngeren Vettern und die Trompeter gaben ihm aber noch das Geleit zum Spandauer Tor hinaus bis ans Weichbild der Stadt. Er hatte gedacht, noch heut abend bis Ziatz zu kommen, aber jeder Vetter verlangte, und er mußte es versprechen, daß er bei ihm einspreche. Da dachte er, Frau Brigitte wird wohl warten müssen bis morgen. Wer bei allen Bredows im Havellande einsprechen will, der kommt auch morgen und übermorgen nicht nach Haus.

Der alte Schlieben hatte es nicht gutgeheißen, daß der Kurfürst den Ritter Lindenberg noch einmal sehe, er wolle ihn denn nicht richten lassen. Des Fürsten Angesicht und Zuspruch sei für den Verbrecher Gnade. Er hatte eifrig widersprochen, wie es eines guten Dieners Pflicht ist; Joachim hatte ihn ruhig angehört: „Hast du nun ausgesprochen?“ — „Ich hab's, gnädiger Herr, und da Ihr ihn richten wollt, könnt Ihr ihn nicht vor Euch lassen.“ — „Er ist gerichtet“, antwortete Joachim, und ein seltsames Lächeln lag auf seinen Lippen, und sein Blick war der, den der alte Rat gar nicht mochte, als er die Hand auf die Brust schlug: „Aber ich will's!“

Der Lindenberger stand unfern der Tür, wo er eingetreten, der Kurfürst an seinem Sessel, die Arme verschränkt. Als er zu ihm sprach, waren seine Blicke halb zum Fenster, halb auf die Wand gerichtet.

„Ich ließ dich rufen, damit du mich nicht anklagst, daß ich einen alten Freund ungehört von mir stieß.“

,,Von meinem Herrn und Kurfürsten konnt ich mich des versehn.''

Joachim unterbrach ihn: ,,Das Recht geht seinen Weg, täusche dich nicht. Nur dem Freunde von ehemals gestattet der Freund von ehemals ein letztes Wort.''

,,Dies Band mußte gesprengt werden, gnädigster Herr. Meine Ahnung trog mich nicht. Es lastete etwas seit Wochen auf meiner Brust. — Doch nichts davon! Mein Glück war zu groß, der Neid zu mächtig.''

Joachim warf ihm einen ernsten Blick über die Schulter zu: ,,Ich ließ dich rufen, damit du dich verteidigen könntest. Vor m i r , nicht vor dem Gesetz.''

,,Vor dem hab ich gefehlt. Fern sei es, wie ein gemeiner Sünder leugnen zu wollen. Das ist das Arge in dieser Welt, daß einer vor sich im Rechte sein kann und doch vor dem Gesetze sündigt.''

,,Bist du's vor dir, sollst du's vor mir sein.''

,,Um gerecht zu werden vor Joachim dem Gerechten, müßte ich mit nicht viel Besserem als einem Fastnachtsschwank sein Ohr ermüden. Mein gnädiger Herr kennt den Bredow, den Gottfried mein ich. Daß ich ihm von der landkundigen Geschichte erzählen muß, von seinen Elenshosen! Wäre mir scherzhaft zumute, sagte ich, von ihm könne man nicht sagen, sein Herz steckt in den Hosen, weil der ganze Mann drinsteckt. Ich will ihn gewiß nicht verreden; er ist ein trefflicher Mann; aber wer schützt uns vor einer Grille, einer Schrulle! Und das Verdrießlichste ist, daß solche Grillen andere anstecken kann! Ihm sind sie ein Talisman, sein Amulett, wie anderen Familien ein Waffenstück, ein Ring, ein Becher, eine alte Fahne. Mein gnädigster Herr, gewiß, wenn ich ernsthaft darüber nachdenke, weiß ich keinen Zusammenhang zu finden zwischen leblosen Gegenständen und dem Schicksal, das unser Herrgott und die Heiligen über uns bestimmt.''

„Um Kindermärchen stehst du nicht hier.“

„Ach gnädigster Herr, sind wir nicht alle zuweilen Kinder; unser Sinn klebt sich an ein Spielzeug. Wir meinen zu vergehen, wenn es uns fehlt. Gottfried Bredow könnte uns allen eine Mahnung sein an die eigene Schwäche. Was andern eine Puppe, ein Spielzeug ist, ein Wahn, dem jagen wir nach. Hättet Ihr nur den Wirrwarr gesehen, die Bestürzung —“

„Wo?“

„Vergebt, ich rede in Sprüngen. Mein Blut ist noch erhitzt von dem Gedanken, in falschem Licht vor meinem Fürsten zu erscheinen. In Ziatz war's. Sie waren ihm gestohlen, auf der Wäsche, glaub ich. Er schlief; Ihr hättet sie zittern sehen sollen, die wackere Frau, die armen Töchter, wenn er erwachte, ehe sie wieder da waren. Ich gestehe, es war dumm von mir. Man hatte mir stark zugetrunken; der Wein, die Erschöpfung, die Nacht; ehe ich es wußte, saß ich auf dem Sattel und dem Dieb nach. — Vernünftige Leute würden sagen, ich handelte unvernünftig, das alles hätte ich andern überlassen können, und dann und wann wäre das und das auch nicht nötig gewesen, und das gar unrecht. Diese vernünftigen Leute sollen in ihrem Recht bleiben und ich im Unrecht. Aber die Hitze hat mich übermannt; auch der Ärger, ich leugne es nicht, über diesen Lumpenkrämer, der in Saarmund mit meinem Herrn sich zu handeln unterstand. Ja, der Schurke zählte noch das Geld nach, er fühlte heimlich, ob die Silberstücke gerändert waren. Himmel und Hölle, es überlief mich da schon, daß ich fast meines gnädigsten Fürsten Gegenwart vergessen und ihm ins Gesicht geschlagen hätte. Ich weiß, das wär ein Frevel gegen die Majestät gewesen, aber ich habe Tage, wo es überkocht.“

„Ist das deine Verteidigung?“

„Ich könnte noch von einem Spuk erzählen, es klänge aber zu albern.“

,,Was dich verteidigen kann, sprich.''

,,Seit ich mich bei Beelitz verirrte, gaukelte um mich ein fataler Spuk. An jedem Ast, wo ich hinsah, hing, Torheit! aber Ihr befehlt's zu sagen, das Kleid, was dem guten Götz gestohlen ist. Ich konnte mich täuschen, aber auch mein Pferd scheute. Ich riß es um, über die Heide, da flatterte es drüben an einer Kiefer. Ich wollte lachen, aber ich mußte zittern. — Weiß Gott, ich hatte damals noch keine Ahnung von dem, was in Ziatz sich ereignet. Sollte es nur eine Vision gewesen sein! Ich habe nie viel an Zeichen geglaubt, aber —''

,,Lindenberg, ist das deine ganze Verteidigung?''

,,Ich erwarte mein Gericht.''

,,Du hast dich selbst gerichtet. Die Hosen hast du dem Schelm gelassen; sein Geld nahmst du mit.''

Der Kurfürst sah nicht die Blässe, die Lindenbergs Gesicht überzog, nicht, wie die erzwungene Fassung ihn verließ, wie die Glieder zitterten. Er hatte sich in den Armstuhl geworfen und bedeckte mit den Händen sein Gesicht. Der Verurteilte versuchte noch Unzusammenhängendes zu stammeln. Plötzlich verstummte er und stürzte auf die Knie: ,,Gnade!''

Als er die Augen aufschlug, stand Joachim drei Schritt vor ihm, und der kälteste Blick aus den blauen Augen sagte dasselbe, was der Mund jetzt tonlos sprach: ,,Von Gnade ist nichts zwischen uns; du wirst büßen den Lohn, den du verdient. Stehe auf.''

Lindenberg sprang auf: ,,Ernst?''

,,Hab ich je mit dir gespielt?''

,,Wozu riefst du mich?''

,,Daß du d i c h , daß du m i c h vor d i r und m i r verteidigtest.''

,,Himmels Donner und Blitze, ich will's nicht glauben, ich kann es nicht glauben. Um die Lumperei —'' ,,Stirbst du als Straßenräuber.''

,,Und du —''

,,Drei Schritt zurück, Herr von Lindenberg.''

,,Und aus dem tiefsten Keller deines Turmes schrei ich dir's zu; es soll durch dicke Mauern in deine Ohren gellen: Das wage nicht! Du bist zu jung, wir sind zu alt. Das hätte dein Vater nicht gewagt, und Johannes durfte viel wagen. Zog ich mein Schwert, pflanzt ich auf das Banner der Empörung, brach ich in eine Stadt? — Züchtige die Banden, strafe, die gegen dich rüsten und Pechkränze in die Städte schleudern, aber —''

,,Laß ungestraft die Wegelagerer, wenn meine Geheimräte darunter sind. Ich bin nicht gesonnen, darüber mit dir zu streiten.''

,,Es werden andere für mich streiten. Das ist unerhört! Um einen Schelm, einen Betrüger, um das freche Gesindel, diese Hausierer, diese Bauernschinder, diese Plage des Landes; um den Kitzel eines Augenblicks —''

,,Um der Gerechtigkeit willen.''

,,Ein leblos Wort, das nicht Fleisch, nicht Blut, eine dürre Blase, in die man haucht, was man Lust hat.''

,,Genug, Herr von Lindenberg! Deiner Todesangst sei die freche Drohung verziehen.''

,,Gerechtigkeit! Bei meinem Schutzpatron, wer schreit nach Gerechtigkeit, und ihr seid taub? Wir? Nun ist's heraus. Mann gegen Mann, Mund gegen Mund. Bilde dir nicht ein, Joachim, daß du es so zwingst. Um eines Krämers willen Edelmannes Blut! Wo ist die Gerechtigkeit! Das schwarze Blut, das allerwegs kocht, hat sich wieder gesammelt seit dem Kremmer Damm. Es wartet nur auf einen Ausbruch. Das ist zuviel, das ertragen sie nicht. Beim allmächtigen Gott, ich spreche jetzt als dein Freund. Damals krachte die faule Grete Mauern auseinander; wir gewöhnten unser Ohr daran. Treibst du's auf die Spitze, so kann anderes krachen. Scheuche Spatzen mit einem Pusterohr, aber zittere, wenn Männer aufstehn.''

„Ich werde ihnen ins Gesicht sehn. — Hast du nicht mehr zu sprechen?"

„Was deine Ohren kitzelt? Nein! — Soll ich schön reden, daß es eine tragische Aktion gäbe, daß es deinem Ohr schmeichelte, daß die Wimper naß würde und du, mit dem Finger sie streichend, dir sagen könntest: Du wärst gerührt worden. Ich w i l l dich nicht rühren; ich w i l l nicht die Maus sein, mit der die Katze spielt, ehe sie sie erwürgt."

„Das wär ja nur Vergeltung, Lindenberg, für das lange Spiel, das du mit mir gespielt."

„Verflucht der Augenblick, wo ich's anfing!"

„Mutter Gottes und ihr Heiligen alle, so gestehst du's — alle deine schönen, tönenden Reden —"

„Waren der Widerhall von deinen."

„Beim Blut des Erlösers, so schamlos verdammst du dich selbst."

„Ich war ein Mensch, du bist ein Fürst. Prätendierst du anderes?"

„Ich wollte Wahrheit hören."

„Das sagen alle. Die Wahrheit ist ein bitterer Trank schon für den gewöhnlichen Menschen, was mehr für einen, der mit Schmeichelliedern eingelullt und mit Schmeichelliedern geweckt wird. Einmal, zweimal wagt man's. Wird man angefahren, sieht man das saure Gesicht, dann überzuckert man die bittere Pille, bis man den verwöhnten Kindern den Zucker allein gibt. Wir atmen nur einmal; ein Tor, wer sich die Spanne Zeit vergällen wollte, wenn er mit der Lüge süßen Sonnenschein erkauft."

Joachim war wieder auf den Stuhl gesunken, und wieder verbarg er sein Gesicht: „Seine Puppe — ein Spielball in der Hand eines herzlosen Betrügers!"

„Verlange nicht Herzen, wo du Gehorsam willst für Grillen. Schneide dir Günstlinge, aus welchem Holz es ist, knete sie dir, aus welchem Ton dir behagt. Ein Günstling bleibt das Geschöpf seines Meisters. Er wird pfeifen, blasen, atmen, sprechen, blicken, wie es dem Herrn gefällt, bis er selbst Herr wird. Glaubte es schon zu sein, bis ein unbedachter Augenblick mich um die Frucht der langen Arbeit brachte. —''

,,Bis das zähnefletschende Tier zum Herrn ward über den gleißenden Betrüger.''

,,Sei's! Meinst du, ich wollte um nichts bei dir dienen! Die lange Qual, die es mich kostete, schön zu reden, lieblich zu duften, immer tugendhaft geschniegelt zu denken, die Glieder und Gedanken zu strecken auf ein Folterbett, das japste einmal nach Erholung. Nun ist's vorüber.''

,,Schäume aus die Roheit. Mir wird wohl, daß ich endlich Wahrheit höre.''

,,Willst weiden dich an deiner eigenen Vollkommenheit, während du einen siehst den Träbern nachgehn, weil seine Natur ihn trieb. Aber vermeine nicht, wenn du mich los bist, wärst du frei. Nur vielleicht auf einen Klügern stößt du, der zäher ist und länger in die Schule ging als ich, daß er sich auch im Schlaf bewacht. Wahrheit willst du? Sprich es nur aus, und er wird dein Ohr mit plumper, nackter Wahrheit, wie du sie wünschest, täglich bewerfen. Frömmigkeit? O sie werden in die Messe stürzen — vor deinen Fenstern nämlich; ihre Reden werden duften von Gottseligkeit, werden schaudern vor jedem gottlosen Wort, nämlich wenn du es siehst. Nichts leichter, als einen Fürsten betrügen, weil er immer betrogen sein will. M e i n Gängelband riß ab, weil's an eine scharfe Ecke streifte. Ein andrer wird es schlaffer halten und desto sicherer.''

,,Nein, Lindenberg, ich gehe fortan allein. — Lache nur in dich. Der Herr des Weltalls, der die Würde auf meine Stirn drückte, wird mir auch die Kraft verleihen. Keinem mehr will ich trauen, ich werde mein eigener Rat sein.''

,,Da wirst du erst recht betrogen werden. Ja, wärst du dein

Vater Johannes mit seinem Fischblut. Der nahm auch die Miene an, als achte er nicht auf unser Reden; in der Stille horchte er und wußte alles. Er ging seinen geraden Weg und leckte nicht gegen den Stachel; damit zwang er uns. Du hast Blut und Passionen, Visionen und Missionen, möchtest über unsere Köpfe spazierengehn, dich zu freuen an unserer Höhe und unserer Niedrigkeit. Was nicht alles Besseres möchtest du aus uns machen, nur nicht, was wir sind und bleiben wollen, Märker. Der Topf ist ausgeschüttet, nun kein Blatt mehr vor dem Mund. Meinst du, daß einer von uns an deinem Spielzeug Lust hat? Wenn er die Zunge spitzt, um entzückt zu reden, sag ihm dreist auf den Kopf: du lügst. Ruf mich zum Zeugen! Uns schiert nicht deine lateinische Gelehrsamkeit, deine Universitäten, deine Zollordnungen, deine Kammergerichte, Erbkonstitutionen, und was alles in deinem Kopfe rumgeht; das mag gut sein, wo die Leute danach verlangen, in unserm Sande wächst kein Strohhalm mehr davon. Wer die Märker rumkriegen will, muß selbst ein Märker sein, ein Fleisch, ein Blut; er muß mit ihnen schlagen und schlafen, auf ihren Schilden kann er sich tragen lassen, aber er muß auch mit ihnen zechen und schwatzen, mit ihnen lustig sein und traurig und sich nicht für zu hoch halten, daß er nicht auch mit ihnen irrt und sündigt.''

,,Wird deine Schuld geringer, wenn du einen andern anklagst?''

,,'s ist jeder Untertan seiner Grille. Wer sein Mütchen kühlt, handelt recht vor sich; wer's durchsetzen kann, vor den andern. Du strebst nach hohen Dingen, ich nach geringen. Du gehst dem Wahn nach, dein Volk zu korrigieren, ich dem Kitzel, daß ich nach eines Bettlers Ranzen griff. Ich seh nur einen Unterschied zwischen dir und mir. Ich soll es büßen mit dem Hals, für dich büßt dein Volk.''

Joachim stand auf. Es war ohne Leidenschaft, daß er

sprach, kein Zorn lag in seinem Blicke, mit dem er aushaltend den andern anschaute:

„So willst du vor mir scheinen, jetzt, wie du damals auch nur vor mir schienst. Was bist du? — Das laß mich wissen, ehe wir scheiden. Deine Verteidigung ist schlechter als deine Tat; ich will ein besserer Defensor sein; daran magst du die Liebe erkennen, die du mißbrauchtest. Auch die Lüge ist eine Lehrmeisterin. Wer so geschickt wie du in ein besseres Selbst sich hineinlog, bekommt doch von dem Edleren einen Abgeschmack. Er kehrt nicht wieder freiwillig zur alten Roheit zurück. Unwillkürlich impft sich ein die feinere Sitte, der adlige Gedanke. Ist's nicht das Herz, so arbeitet doch der Verstand, der Stolz, er dünkt sich besser als die andern. Lindenberg, du kannst es wieder gutmachen; laß mir ein besseres Bild von dir zurück. Wenn abendlich dein Schatten an der grauen Wand dort vorübergleitet, wenn ich noch lausche auf die Tritte, die Wendeltreppe herauf — laß mich dann zu mir sprechen dürfen: Er hatte ein besseres Los verdient! Laß nicht den giftigen Wurm zurück, daß ich so grauenhaft, so entsetzlich mich täuschte."

Lindenberg schwieg.

„Wir sind alle Kinder der Sünde ohne die Heiligung, die nicht von uns kommt. Widerrufe es, was du sprachst. Du warst besser, deinen Verstand ruf ich zum Richter an. Wilkin, es ist unmöglich, wer, wie du, in Sitte und Bildung über ihnen allen stand! Nur in einer unbewachten Stunde brach das Tier, die Bestie, heraus. Sage ja."

„Soll das Bekenntnis die Brücke zur Gnade sein? Wer fühlt nicht Lust zum Leben —"

„Mit dem schließ ab. Das ist und bleibt verwirkt."

„Dann bekehre, wer Lust hat, sich bekehren zu lassen. Meinen Henker mag ich nicht zum Beichtvater. Was ich tat, ich will's nicht loben, aber bereuen auch nicht, nicht vor dir. Du greifst in unsre Rechte, ärger als deine Väter. Das gehört nicht hierher, aber kannst du dich wundern, wenn wir ausschlagen! Das Gesindel willst du begünstigen auf unsere Kosten, auf wohlfeile Art zum Ruhme des Gerechten kommen. Da du uns zu stark, werfen wir uns auf deine Schützlinge. Meinen Verstand rufst du an, der sagt mir, daß jeder recht tut, der nicht schlechter, noch besser handelt als seine Genossen. Möglich, daß eine Zeit kommt, wo sie anders denken, ich lebe in meiner; ich tat, was da unter den Guten nicht für schlecht gilt. Ein Tor, wer besser sein will. Die Zukunft gehört andern Geschlechtern.''

,,Und du sündigst in sie hinein. Mein Herz schlug warm, mein Arm war weich. Ich hoffte, ich glaubte. Du hast d e n Glauben mir ausgerissen. Nach dir, nie kann ich jemandem mein volles, heiliges Vertrauen wieder schenken. Wenn ich die Arme verlangend ausstrecke nach einem, dessen Geist in seinen edlen Zügen zu leuchten, auf seinen beredten Lippen zu schweben scheint, wird dein Gespenst drohend dazwischen aufschießen. Ich werde nicht wanken, Lindenberg, aber ich werde allein dastehen. Ich werde euch bändigen, euer Trotz soll ohnmächtig sich krümmen unter meinen Füßen, denn mit mir ist Gott; aber des Sieges werde ich mich nicht freuen, ich habe keinen, mit dem ich mich freue. Mein Argwohn wird die verwunden, die es wirklich gut meinen. Du trägst die Schuld. Eine Eiskruste wird sich mit den Jahren um meine Brust lagern, die warmen Gefühle, wenn sie noch aufsprudeln, werden nicht mehr durchdringen. Ich werde verdrießlich, hart, vielleicht ungerecht scheinen, vielleicht es sein. Ich, der sein ganzes Dasein aushauchen wollte für das Glück seines Volkes, werde nicht geliebt, nur gefürchtet werden. Von ihnen nicht verstanden, vielleicht sie nicht verstehend, werde ich auffahrend, jähzornig, ich kann ein Tyrann werden. Es ist dein Werk!''

,,Dank für den bittern Trank, den du mir mitgibst auf meinen letzten Gang. Der Lohn für all die süßen Stunden, wo ich mein Hirn quälte, die Sorgen von deiner Stirn zu schwatzen.''

,,D a f ü r der Lohn!''

,,Ich könnt's dir wieder eingeben, einen so bittern Trunk, dein Leben lang sollte er jeden süßen Becher Weins vergällen. Warum griffst du m i c h heraus? Bin ich der einzige, der nachts satteln läßt, die Kappe übers Gesicht, auf die Straße reitet! Leg dein Ohr auf die Schwelle, schleiche in den Gängen deines Schlosses um und horche an den Türen, wo sie ihre Klingen wetzen, horche auf ihr Gespräch, mit welchen Ehrennamen sie dich nennen! Nennen könnte ich — ich will's dir zu raten geben. Das mein Gegengift!''

,,Lindenberg!'' rief der Fürst ihn von der Tür zurück.

,,Ich habe nichts mehr zu sagen.''

,,Ich zu fragen. Hast du Mitschuldige?''

Der Ritter schwieg einen Augenblick: ,,Nein!''

,,Du hattest sie!''

,,Es lohnt nicht, sie zu nennen. Die blasse Furcht schlottert in ihren Gliedern. Von denen hast du nichts zu fürchten. Laß sie laufen. Ich will reine Luft auf dem sauren Weg.''

,,Gar nichts mehr hättest du mir zu sagen, keinen Auftrag, keinen Wunsch?''

,,Was soll's? Habe nicht Weib, nicht Kind, was geht mich das an — was hinter mir bleibt! — Und doch noch etwas. — Allein willst du stehen, auf niemand hören, weil einer, zwei, drei dich täuschten! Wer ist denn so überreich von Gottes Gnaden, daß er den Hauch der Lüfte nicht braucht, der ihm Atem zubläst, daß er die Farben der Blumen, das Grün der Wiesen nicht ansieht, nicht das Blau des Firmamentes, weil es Täuschung der Sinne ist! Wo willst du die Wahrheit suchen, d i e , mein ich, die du unter deinem Volke brauchst? Einen verwirfst du nach dem andern, weil er nicht d i e Wahrheit spricht, die du willst. D e r redet dir zu frech, d e r zu sklavisch, d e r nur zu seinem Vorteil, d e r versteht deine hohen Intentionen nicht, d e r geht nicht oft genug in die Messe, d e r ein Tor, d e r ein Schwärmer; weiß ich's, was du an jedem auszusetzen hast, bis du, wie die Schöne, der kein Freier gefällt, weil sie sich für zu schön hält, zuletzt den ersten besten auf der Straße aufgreift. Dem Adel stößt du vor den Kopf, er ist zu eigenwillig; dem Bürger zeigst du ein kraus Gesicht, weil er anders möchte, als du willst; den Klerus möchtest du bessern, aber er will nicht gebessert sein. Was ist denn dein Volk? Was bleibt davon, wenn du einen nach dem andern davon ausstreichst? Werden deine lateinischen Freunde aus der Fremde dir helfen, wenn du nicht aus und ein weißt? Sie verstehen ja nicht unsere Sprache! Wenn sie zittern wie Espenlaub und keiner ihrer Zaubersprüche mehr hilft, wen wirst du anrufen?''

,,Einen!''

,,Der gibt uns Augen zum Sehen und Ohren zum Hören. Durch Wunder redet er nicht mehr zu den Brandenburgern. Du wolltest nicht hören, nicht sehen, wo es an der Zeit war, nun wirst du horchen und lauschen müssen auf den Schatten an der Wand, auf den Wind, der um die Ecke kommt. Die zu rechter Zeit den Mund auftaten, denen schlossest du ihn; dafür wird das Gesindel dich umsurren! Denn irgendwoher muß doch auch dem Fürsten Kunde zukommen. Die Angeber, die Heimlichen, denen ist ein Regent verfallen, der sich so gut und klug dünkt, daß er nur auf sich hört. Deren Beute wirst du, die wie der Meltau auf ein frisches Saatfeld fallen, es ist zerfressen, und wer faßt ihn, wer bezahlt den Schaden! Dann, Joachim, wenn alle schweigen, die hätten reden sollen, denke an einen, den du im Zorn von dir stießest, er sprach, was dir nicht gefiel, er sprach nicht im Groll, er sprach, weil es wahr ist, weil du ihm weh tust.''

,,Lindenberg!'' rief der Kurfürst ihm nach. ,,Wem der

Herr das Köstlichste nahm, den will er prüfen, ob er ihn zu seinen Erwählten reihe. Du hast mir das Köstlichste gestohlen, was ein Fürst besitzen kann, das Vertrauen; aber ich zürne dir nicht, du warst sein Werkzeug. Ja, ich könnte den Geist Gottes auch in dir ehren, der so spricht, wär ich nicht Fürst und Richter. — Ich scheide nicht in Groll. Nimm diesen Wunsch als letzte Mitgift auf deinen schweren Weg — stirb, wie du gelebt, als Mann!''

Der Kurfürst wandte ihm den Rücken; er hat ihn nicht wiedergesehen.

Fünftes Kapitel

Hans Jochem

Ein grauer Himmel lag ausgespannt über dem Lande, und das schien vielen gut. Es war so vieles, das besser bedeckt blieb mit einem Schleier. Die Trauerglocken läuteten von früh bis abends auf den Schlössern derer, die mit den Lindenbergern verwandt waren, und über dem Wedding kreisten Schwärme von Raben. Wer da nichts zu schaffen hatte, blieb hinweg. Beim Einbruch der Nacht sah man verhüllte Reiter über die Heide sprengen, daß die Raubvögel aufflatterten vom Hochgericht. Was ihre Lippen murmelten, was ihre Zähne knirschten, was ihre Arme, zu den Wolken gestreckt, schworen, die Wolken hörten es nicht, noch der Schatten zwischen den drei Pfeilern, vom Winde geschaukelt, und auch der Kurfürst in seinem Schlosse zu Kölln hörte es nicht; und das war gut.

In Berlin war es still, und still in Kölln. Wie tief in die Nacht brannte das Licht an den Fenstern, wo der Kurfürst wohnte. „Er kann nicht schlafen", flüsterten sie sich zu. — „Wo soll's hinaus!" sprach der Bürgermeister zum Syndikus. „Er ist einer und sie sind viele. Er setzt's nicht durch." — „Und man spricht von seltsamen Zeichen am Himmel, die Schlimmes bedeuten", sagte der Syndikus. — Im Rate zu Berlin war der Schluß nicht durchgegangen, daß man eine Sendung an den Markgrafen verordne, ihm zu danken, daß er Gerechtigkeit geübt sonder Ansehen von Stand und Person. „Das ist ein weit schlimmer Zeichen als die großen Vögel am Himmel", sagte der Bürgermeister, „so die Bürger nicht den Mut haben, das auszusprechen, was sie denken, und es ist doch gut.'' — Der Ratsschreiber, ein hitziger, junger Mann, zog einige in den Winkel, da setzte er ihnen auseinander, daß es nun an der Zeit sei, wenn je, ihre alten Gerechtsame wiederzufordern, die verbrieften Privilegien und Freiheiten der Städte Berlin und Kölln, die Markgraf Friedrich der Zweite, mit eisernen Zähnen, zerrissen, als er die Öffnung der Stadt erzwang. ,,Nun ist er mit dem Adel zerfallen, nun braucht er Hilfe, jetzt angeklopft, erst leise, dann lauter, und unsere Stunde schlägt.'' Da er es ausgesprochen, war einer um den andern fortgeschlichen, und sie schüttelten die Köpfe: ,,Man weiß, was man hat, man weiß nicht, was man kriegt!''

— ,,Ja, Gevatter'', sagte ein anderer auf der Treppe, ,,ein Sperling in der Hand ist besser als 'ne Taube auf dem Dache.'' — ,,Wenn man in dem alten Gleise bleibt, fährt man nicht so bald irre.'' — ,,Was dich nicht brennt, sollst du nicht löschen.'' — ,,Wenn du überherret bist, ist liegen keine Schand.'' — ,,Der oft allen Menschen raten kann, weiß ihm selbst nicht zu raten, noch zu helfen.'' — ,,Wer die Wahrheit geiget, dem schlägt man die Geige an den Kopf.'' — ,,Die viel erfahren, reden wenig.'' — ,,Und wer ist er denn! Vögel, die früh anfangen zu singen, haben bald ausgesungen.'' — Es hat kein Volk so viel Weisheit als das deutsche, wo es gilt, daß es beim alten bleiben soll; und käme es auf die Sprichwörter an, so säßen wir noch in den Wäldern und äßen Eicheln.

Auch auf dem Lande war es still. Die Bauern schüttelten auch den Kopf. Es hatte blutige Kreuze geregnet, die waren auf Nacken und Arme gefallen, und auch auf den Wegen sah man sie noch liegen. Aber eines Morgens stürzten die Weiber und Kinder, so Buchnüsse und Eicheln im Forst gesammelt, mit Geschrei und Weinen ins Dorf zurück. Sie hätten auf den Bäumen Tiere gesehen, mit feurigen Augen und großen, krummen Schnäbeln, wie sie hierzuland keiner kennt; die hatten mit den Flügeln geweht, daß die Luft gezittert. ,,Das sind die Sturmvögel von über der See, aus dem Lande Norwegen'', sagten die alten Leute, ,,die kommen nur, wenn Krieg wird.'' Hörte man heimlich doch hämmern und rüsten in den Edelhöfen, und nachts kamen schwerbepackte Wagen, die klirrten von Eisen. Da sahen die Alten sich noch bedenklicher an: ,,Den Herren bringt's Freud, uns Leid. Die Schloßgesessenen ziehen ihre Zugbrücken auf, und wenn der Sturm nicht zu arg wird, halten sie's aus. Wer schützt unsre Schilfdächer und Lehmhäuser? Die brennen und fallen, wenn es nur losbläst.'' — Da sah man sie um Mitternacht bei verhangenen Fenstern in ihren Läden kramen und Schaumünzen und Ketten und Ringe und Spangen, wer es hatte, in einen Topf tun. Wenn dann die Wolken über den Mond zogen und der Wind in den Bäumen pfiff, gruben sie still ein Loch zwischen den Wurzeln des alten Birnbaums im Garten, steckten den Topf hinein, sprachen mit gefalteten Händen einen Spruch und schaufelten Erde drüber und deckten Laub und Moos drauf. Das war des Bauern Sicherheit im Mittelalter.

In Burg Hohen-Ziatz sah es auch traurig aus, aber nicht mehr still. Die gute Frau von Bredow, der ihr Herr fortgeführt ward, hatte drei Stunden lang geweint, und ihre Töchter und Mägde und die Knechte auch, was sie nur konnten, daß die Katzen auf den Dächern verwundert herabgeschaut, und die Hunde heulten dazu. ,,Ach, er kehrt niemals wieder'', hatte sie gesagt zu denen, die sie trösten wollten, und dann die Schüsseln mit dem, was er übergelassen, untern Arm genommen und in die Speisekammer getragen. ,,Das war sein letztes Essen hier.'' Aber kaum hatte sie die Kammer abgeschlossen, da mußte sie wieder aufschließen, denn die Einlagerung war gekommen, die Landreiter aus Potsdam. ,,Das fehlte auch noch zu der Bescherung!'' hatte sie gesagt, und wieder decken und anrichten lassen für die Gäste, die in keinem Haus willkommen sind. Die sangen und tranken in der Halle, spielten und fluchten und zerbrachen Gläser und Teller. Die Mägde wollten schon gar nicht mehr zu ihnen hinein, wenn nicht die Hausfrau mitging.

Und was war das für eine Nacht gewesen! In den Wäldern hatte es gerauscht und geschrieen und unten in der Halle getobt, und wenn es einmal stille ward, hatten die Schmerzenstöne aus der Torstube ihr ins Ohr geklungen. Sie sagten Wunderliches von Hans Jochem. Es kenne ihn keiner wieder, so sei es in ihn gefahren; ob der böse Geist oder der gute, das wisse keiner. Und der Dechant, der's ihnen sagen könnte, war nicht da. „Wenn man sie braucht, sind die Pfaffen nimmer da", sagte Frau von Bredow. Einige meinten, es klinge ihnen so, wenn er an die Wände schreie, als da der warnende Dominikaner gepredigt in den Fasten. Das sei gewesen, daß einem das Herz brach und die Knie zusammensanken.

Der kluge Knecht Ruprecht hatte die ganze Nacht auf der Mauer gelegen und hinausgeschaut, als wolle er das Gras wachsen sehen, meinten die Leute. Er hatte den dummen Leuten nicht geantwortet, die nicht verstanden, daß er auf mehr sah; aber als die Burgfrau in der Frühe zu ihm trat, schüttelte er den Kopf:

„'s ist was im Anzuge, Gestrenge! So was ist mein Leblang mir nicht vorgekommen. Als die Fehde in Stendal war, rauschte es auch wohl über die Kiefern, aber das waren nur einige. Die Nacht war's doch, als rauschte die ganze Luft, und die Wälder zitterten. Und das schrie, daß einem die Ohren wehtaten."

„Wer schrie denn, Ruprecht?"

„Die Seeraben aus dem Nordland, die Kormorane, groß wie ein Storch und stärker als der Adler, und wehren sich gegen den Förster noch, wenn er sie angeschossen hat. Wo sie hausen, gehn die Bäume aus von ihrem Unrat, und sie fischen die Seen aus. Auch der Has ist vor ihnen nicht sicher, noch das junge Reh."

„Wer ist itzund sicher! — Sie meinen, 's gibt Krieg."

Der Knecht schüttelte wieder, aber langsamer, den Kopf: „Da schlügen sie anders mit dem Schweif; was eigentlicher Krieg ist, das gibt's nicht. Unruh und Aufstand."

„Ach Gott! Sie schleppen noch alle nach Berlin, wie meinen Herrn."

„Werden sich auch schleppen lassen! Daß ich's sage, Gestrenge, 's ist vielleicht schlimmer als Krieg. Wie alte Leute sich entsinnen, kamen die wilden Raubvögel vor alten Zeiten auch einmal, ich glaube, 's sind hundert Jahr, als der erste Nürnberger Markgraf ins Land zog und die Havelländischen aufstanden. Da war die Luft schwarz von ihren Flügeln. Und ich sagt es gleich bei der Wäsche, als der Sturm kam. Uns gemeine Leute geht's nicht an, aber die Schloßgesessenen, die Ritter, werden aufstehen."

„Aber Ruprecht, wie kannst du so abergläubisch sein! Der liebe Gott hat doch die Vögel nicht für die Edelleute allein gemacht."

„Warum hat er sie dann aber so unterschiedlich gemacht, die Stößer, die Reiher, die Adler, die Finken, die Tauben, die Zeisige! Die Raben da auf der Kiefer, die haben mehr Verstand als mancher Mensch. Wie der vornehme Ritter letzte Nacht ausritt, und unsere Junker mit, da flog die Alte mit den beiden Jungen ihnen nach und kreisten um ihre Köpfe. Ich sah scharf zu. Als sie schon im Wald verschwunden waren, die Raben waren immer oben in der Luft. Na nu haben wir's, den Junker Peter Melchior schüttelt das Fieber, unser Hans Jochem brach's Bein, der Herr von Lindenberg, das weiß ich nicht —"

„Schäm dich was, Kasper! — Sag mal, als mein Herr rausgeführt ward —"

„Da saßen sie wieder auf ihrem Nest und guckten raus. Hat sich auch keiner gerührt."

„Gottes Güte ist doch groß!“ sagte Frau von Bredow, Atem schöpfend, und fuhr mit dem Finger etwas übers Auge. „Mein armer Götze, wo mag der sein! Der ist verloren, wenn nicht der Herr von Lindenberg sich einer annimmt. — Gott, ach Gott, wer gibt ihm da zu essen, und wer wärmt ihn, wenn er friert! Du sollst nach Berlin fahren, Ruprecht. Will zwei Kober mit Würsten packen; auch 'ne gesülzte Gans sollst du mitnehmen. Und dann fährst du beim Herrn von Lindenberg vor — so schlecht wird er doch nicht sein! Ich trau ihm eigentlich nicht viel. Aber das tut er schon. Auch seine Friesjacke und die wollenen Strümpfe, und wenn du ihn siehst, dann sage ihm —“

Ach, es gab so viel zu sagen und zu sorgen für die arme Frau. Der Meister Hildebrand wollte auf seinen Klepper steigen und fortreiten: „Sterben, ja, das wird er schon“, sagte der Meister, „wir müssen alle sterben, je wie's kommt; einer früher, der andere später; aber zum Trauertuch kaufen ist noch nicht Zeit, gnädige Frau. Lieber graues, auch weißes oder braunes, je wie's kommt. — Wird er ein Grauer Bruder, graues, wird er ein Zisterzienser, weißes. Rekommandiere meinen Schwager in Brandenburg, dem Roland gegenüber, hat ausgesuchtes Zeug für weltlich und geistlich, je wie's kommt.“

„Meister, der Hans Jochem geistlich! Ach du meine Güte!“

„Ist gut fürs Haus, Gnädige, wenn man sich einen zuzieht aus eigener Sippschaft. Für allerhand Fälle, zum Trauen, zum Taufen, zum Sterben auch, je wie's kommt. Auch zum Beichten! Wer vertraut's denn jeder Kapuze gern ins Ohr, was man im Herzen hat!“

„Der Hans Jochem im Beichtstuhl!“

„Kann auch auf den Bischofsstuhl mal kommen, wer weiß das alles! Hinken wird er sein Lebtag. 's hat mancher Bischof gehinkt, mancher Kurfürst und mancher König, je wie's kommt. Wir gehen alle der Grube zu. Wer läuft, kommt schneller, wer hinkt, kommt langsamer an."

Da war wieder Lärm in der Halle, als der Meister kaum aus dem Tore war. Hans Jürgen stürzte heraus, blutig. Er schrie nach Waffen und Rache. Es wäre zum Schlimmen gekommen; und der kluge Knecht Ruprecht, ja selbst die Frau von Bredow hätte den tollen Jungen nicht zur Ruhe gebracht, und da fehlte nur ein Funke, daß es überall aufflackerte. Hatte sich einer unterstanden, Eva Bredow ,,ein schmuck Blitzmädel" zu nennen, oder gar Ärgeres, ich weiß es nicht. Hans Jürgen mußte es doch gehört haben; konnte er's nicht ertragen! Und als er mit der Faust auf den Tisch geschlagen, flog's ihn an, und ihm floß Blut.

,,Die Schandmäuler!" riefen die Diener. ,,Wär's noch unsereins, aber unser Frölen!" — ,,Und unser Junker blutet", schrien andre. — ,,Er ist verwundet."

,,Selbst verwundet", beschwichtigte der kluge Knecht Ruprecht, der Hans Jürgen unterfassen wollte, ,,schlug mit der Hand in die Scheiben."

,,In ihre Hirnschädel will ich schlagen", und er hatte nach einer Stange gegriffen.

,,Hans Jürgen, Wetterjunge!" rief die Burgfrau und faßte nach der Stange, die er wie eine Lanze in der Luft schwang. ,,Das sind des Kurfürsten Leute."

,,Schlimmers!" flüsterte Kasper ihm ins Ohr. ,,Sind unadlig und unehrlich. Büttelsknechte, nicht viel besser."

Hans Jürgen gingen die Worte doch immer sehr verdrossen ab, wie einem Brunnen, wo man lange pumpen muß, dann erst kommt etwas Wasser. Die Landreiter mußten gut gepumpt haben, denn als er die Stange über sich mit beiden Händen wirbelte, fuhr es wie ein Fluß aus den Bergen heraus: ,,Kurfürst hin, Kurfürst her! So soll doch das Kreuzhimmeldonnerwetter dreinschlagen." Aber da er der Base den Rücken wandte, schlug er nicht los, weil Eva vor ihm stand, die beiden kleinen Arme in ihren Hüften: ,,Hans Jürgen, willst du mich schlagen?'' schien ihr schelmischer Blick zu sprechen, und was sonst wohl ihre Augen sprachen. Die Stange blieb zuerst ein weniges in der Luft schweben, dann senkte sie sich langsam, bis Eva mit einem leichten Sprung die Spitze ergriff, und mit einem Male lag sie auf der Erde.

,,Hans Jürgen, sie spaßten ja; das Ding aber ist zu schwer zum Spaß.'' Hans Jürgen stand wie einer, der mit Wasser begossen ist, es muß aber nicht sehr kaltes Wasser gewesen sein. Er fror nicht, da ihn Eva bei beiden Ohrläppchen faßte und etwas links und etwas rechts zauste. Was sie dabei sprach, hörte keiner; muß aber auch nichts Böses gewesen sein, denn sein Gesicht ward immer freundlicher.

Der Hausherr fortgeschleppt, Gott weiß wohin, Gott weiß wozu; das Haus voll Landreiter, die das Unterste zuoberst kehrten; Streit, Zank, Blut sogar; die Seeraben; der Meister Wundarzt, ein Neffe und künftiger Schwiegersohn halbtot oder geistlich; ach, und noch mancherlei Gedanken, die auch die frömmste Frau um ihre Ruhe bringen. Was konnte da noch Leides hinzukommen! Und doch kam es. Ein Schrei aus der Torstube. Hans Jochem war der Verband aufgegangen, und das war auch noch nicht das Schlimmste; der Wachtmeister, der so was zu flicken verstand, wie er sagte, verband ihn wieder. Aber ihre Tochter Agnes, die stand da wie ein Bild aus Stein, das sie an die Wand gelehnt. Sie hatte es gesehn, wie das Blut spritzte, und sah noch drauf wie mit gläsernen Augen, und konnte nicht den Arm rühren noch den Kopf bewegen. ,,Das ist am End noch schlimmer'', dachte Frau von Bredow.

Ein Starrkrampf geht schon vorüber, aber das kleine Herz schlug so stark nachher; dafür, dachte Frau von Bredow, muß ein Mittel sein, und schnell. Sie hatte sich den ganzen Abend mit der Tochter eingeschlossen, und Agnes lag auf ihren Knien wie ein Beichtkind vor der Mutter Schoß, und nun ihre Hand küssend, sagte Agnes: ,,Ja, so wird's am besten sein, Mutter.'' — ,,Und morgen in der Frühe, daß du ihn nicht wiedersiehst.'' — ,,Nein, Mutter'', sagte Agnes, ,,einmal noch, einmal noch, das hab ich ihm versprochen, das muß ich. Wir sehen uns ja dann nimmer wieder.''

Die Mutter hatte den Kopf geschüttelt, aber doch nicht nein gesagt. Wie hätte sie's auch mögen! Mit dem Knecht Ruprecht sprach sie am Abend noch vielerlei:

,,'s ist besser so, Ruprecht, du bleibst hier. Das versteht der Kasper besser. Erst bringt er, verstehst du, mein Kind nach Spandow und dann die Würste nach Berlin.''

,,Und der Junker?''

,,Reitet mit nach Spandow. Dann sind wir den auch los; hier finge der Ungeschick doch wieder neue Stänkerei an'', wobei Frau von Bredow tiefer als sonst aufseufzte.

Der kluge Knecht Ruprecht sagte im Hinausgehen: ,,Wie Gott es fügt. Der Mensch will manches zusammentun, und dann gehts doch auseinander, und was er zerschneiden will, das tut sich von selbst zusammen.''

,,Das wäre ja schreck —'', fing Frau von Bredow an, aber sie verschluckte das Wort wieder und faltete ihre Hände zu einem stillen Gebet.

Auch Agnes schien ein langes Gebet beendet zu haben und fühlte dann mit der kleinen Hand auf die Stirn des Kranken, der jetzt wieder seine Augen aufschlug. Er hatte zuviel vorhin gesprochen, daß er wieder ohnmächtig aufs Kissen zurückgesunken war.

Der Morgen graute unheimlich durch das verhangene Fenster in das Krankenstüblein; ein Hahn fing schon an zu krähen, und die Rosse stampften vor dem Wagen, den der Knecht Kasper anschirrte. Agnes saß im grauen Reisehabit, den Schleier um die Kappe; sah sie doch schon fast aus wie eine fromme Schwester, die der Welt ihr Valet gesagt, und das blasse Gesicht war doch nur das eines freundlichen Kindes.

Nun sahen sie sich an wie zwei liebe, gute Freunde, die sich trennen müssen; er reichte ihr die Hand:

,,Das ist lieb von dir, daß du noch da bist.''

,,Du wolltest mir ja noch sagen, wie alles so gekommen ist.''

,,Ach Agnes, noch flimmert mir's vor den Augen, wie einem, denk ich mir, sein muß, der lange, lange blind war, und plötzlich gehn ihm die Augen auf, und grade geht auch die Sonne auf; das sticht, glänzt, tanzt um ihn. Es ist einem so wohl und auch so weh.''

,,Daß die Wölfe nur nicht rankamen, wie du dalagst, das freut mich.''

Er atmete tief auf, dann hub er an: ,,Der Schmerz war wohl schrecklich, aber es ward gleich Nacht um mich. Das Blut, das aus der Wunde floß, kam mir wie ein Balsam vor, der sanft um die Glieder leckte. Da hörte ich auch nicht mehr die Wölfe heulen, auch die Raubvögel in den Ästen, die ihre Flügel schlugen und mit den feurigen Augen und den grimmigen Schnäbeln gierig auf mich schauten, ließen die Flügel sinken und zogen die Köpfe ins Gefieder und nickten auf den Zweigen, bis alles nickte, alles zu schlafen schien, die Blätter, die Sträucher. Die Würmer nagten nicht im Holz, die Frösche schrien nicht mehr. O da wär's mir auch lieb gewesen, so einzuschlafen, und da kam es —''

,,Du wachtest auf.''

,,So denk ich, muß einem sein, der vom Blitz getroffen ward. Ich wachte nicht, ich schlief nicht; ich konnte mich nicht regen, ich war aber auch nicht gebunden. Als wie ein Quell, der durchbricht, war es, so sickerte, pulste und strömte es durch die Adern mir; o nun fühlte ich, nun sah ich, was ich nicht aussprechen kann.''

Agnes senkte errötend die Augen.

,,Es war etwas gesprengt wie ein Eisenband, das um die Brust mir gelegen; wie auf einem hohen Turm war ich gehoben und sah weit umher die Wege, Felder, Städte, die Pfade, wo ich gegangen, die Mauern fielen, die Berge sanken vor meinem Blicke. Da war mir unaussprechlich wohl und weh. Es war eine andere Luft, ein anderes Wehen, so rein durchströmte es mich. Wie gern hätte ich mich da oben gehalten in der Herrlichkeit; selbst die Torheit, die ich hinter mir sah, war nur ein leiser Schattenstreif, der in nichts verschwindet, wenn die Sonne zur Mittagshöhe steigt. Ich hätte fliegen mögen; aber dann war ich plötzlich von der schönen luftigen Höhe versunken, tief, tief unten. Lag wieder angeschmiedet, angelötet an den Felsblock; wie schwer waren die Glieder, ringsum Nacht, Wüste, Grauen. Die Raubvögel reckten wieder ihre Hälse. Was jagte, was tobte, was tanzte um mich! Ein Zug, der kein Ende nehmen wollte. Alle meine Torheiten, aller Schabernack, den ich im Mutwillen verübt, ach, den ich längst vergessen hatte, jeder eitle Wunsch, jeder dumme Spaß schoß vor mir auf, ein seelenloser Kobold, der seine Künste zeigen wollte. Da gingen ein Paar Stelzen mit weißen Bettüchern und verfolgten ein armes Weib, das vor ihnen floh. Sie stürzte auf mich zu, sie rief um Hilfe. Ach, ich war es ja selbst, der sie jagte. Da summte eine Bremse um mich, immer weiter und immer größer, jetzt ward's ein Kalb, das ich geneckt und gequält, jetzt ein Pferd, das atemlos um mich galoppierte. Das arme Tier, es keuchte, gern hätt ich's gehalten, aber ein Paar Sporen schlugen blutig tief in seine Weichen. Es waren meine Sporen; ich hatte es zu Tode geritten aus Übermut. Da flogen bunte Mützen durch die Luft, Fangebälle der Kobolde; ich konnte sie nicht bunt genug haben, nicht oft genug wechseln. Hupp, hupp, da tanzten ein paar Locken. Der Adelheid Marwitz ihre, die konnt ich nun gar nicht erst aus den Augen kriegen. Und dann Wirbel und Wirbel. Ach die Weisen, an denen ich mich sonst nicht satt hören konnte, summten und summten ohne Aufhören, daß ich wünschte, die Wölfe möchten nur wieder heulen, damit das wüste, dumpfe Einerlei fort wäre. Da galoppierte ich hinter dem Ritter Lindenberg, und der helle Angstschweiß stand mir auf der Stirn; nun sah, nun wußte ich ja, wie schlecht das war, und doch mußte ich ihnen nach und immer nach, und sie lachten mich aus, und nun konnte ich mich wieder nicht rühren, und oben glänzte die Morgensonne auf die lichte Turmhöhe, wo ich gewesen, und ich reckte meine Arme verlangend hin; aber eine Stimme rief: ‚Was willst du hier? Dein höchster Wunsch ist da!‘ Und vor mir faltete sich's aus, was erst aussah wie eine Binsenmatte, dann ward es bunt, weit, Bänder und Puffen, die Pluderhosen des Krämers. Als führe ein Wind hinein, blähten sie sich, sie wurden wie ein Baum, wie ein Turm bis zu den Wolken, ein scheußliches Gespenst, und heraus rutschte es, eins, zwei, drei, wieder andre Hosen, kleine, große, o zehn, hundert, tausend, und sie faßten sich an und tanzten um mich im Reigen. Immer enger, immer enger. Ich meinte, vorm Staube zu ersticken, bis ich aus der gepreßten Kehle um Hilfe schrie. Da rief die Stimme: ‚Was willst du Hilfe vor dem, was deine Wonne ist! Ging doch dein Sinnen und Trachten nur nach dem Eitlen. Wer schalem Witz und hohlem Spaß sein lebelang nachläuft, der kann in unsrer Luft nicht atmen. Der Staub, den die Sohlen der Tänzer aufwirbeln, ist dein Äther. Zum Lender würde ja deinem Ohre der Chorgesang der Engel!‘“

Der Kranke atmete schwer auf, und die Lippen bewegten sich, ohne Töne vorzubringen. Agnes faltete die Hände über ihm zu einem stummen Gebet. Als lauschte er mit Wohlgefallen den Tönen, die doch nicht über ihre Lippen kamen, winkte er ihr zu. Er hatte die Sprache wiedergewonnen:

„So sah ich dich da in deinem Kämmerlein, so hast du für mich gebetet. Du warst aus dem Bett gehuscht, über der

Schwester Bett beugtest du dich, ob sie schliefe, dann warfst du dich vor das Betpult; durch die zerbrochene Fensterscheibe wehte der Wind und lüftete das Tüchlein an deiner Schulter —"

Sie wollte ihm die Hand vor den Mund halten: ,,Heilige Mutter Gottes —"

,,Die sah es auch und lächelte. Sie war es, die dich geweckt. Ich allein, Agnes, o wer hätte mein Gebet gehört! Die heiligen Schutzpatrone, die den andern sündigen Menschen helfen, wandten mir den Rücken. Da hätte ich gelegen, bis mein Blut erstarrt war, bis die Wölfe — ich wäre ja ohne Heiligung, ohne Erkenntnis aus der Nacht hinübergegangen in die Ewigkeit. Die Liebe aber tat es, die nicht rechnet, die nicht fragt. Du schwebtest, ein Engel mit dem Palmenzweig, durch den Spuk. Du winktest, da betete ich zuerst, da wichen die häßlichen Bilder, du reichtest mir die Hand, da löste es sich, da atmete ich wieder, da hob ich mich auf, da —"

Er hörte wieder nicht, was sie in ihrer Herzensangst sprach, daß er nicht lästern solle, daß die Heiligen allein den Hans Jürgen und den Ruprecht durch die Wildnis zu ihm geleitet, daß er gesund werden würde, wenn —. Seine Pulse schlugen so laut, seine Stirn brannte.

,,Der Wagen steht angespannt. Ich hör die Rosse stampfen", flüsterte sie, ,,Hans Jürgen wartet auch."

,,Worauf?" fuhr der Fieberkranke auf. ,,Daß der Blitz niederschlag in die trockene Wüste? O Agnes, ich allein kann's nicht, du mußt mir helfen."

,,Ich nicht, lieber Hans Jochem, bete zur Jungfrau Maria. Die wird dir helfen."

,,Mir! Mir ist geholfen. Ich trank aus dem vollen Becher der Gnade. Aber die andern, die noch dürsten, für die laß uns beten, für die Armen im Sande, und sie wissen nicht, was ihnen fehlt; denke doch, sie alle denken nichts! Hans

Jürgen nicht, der Vater nicht — die Mutter nicht! In das Leben hinein wie der Maulwurf — und sie fühlen nicht den Durst, das ist das Entsetzlichste."

„Der Herr wird ihnen schon zu trinken geben."

„Wo ist der an den Fels schlägt! — Ich stand auf dem Felsen, Agnes", sprach er leise, sie mit krampfhaftem Druck an sich ziehend. „Du mußt mich nicht verraten. Ich sah hinter mich in die Wüstenei. Ach, das sah gräßlich aus. Die schaukelten sich wie die Halme im Winde; die krochen hin und her wie die Ameisen; die wirbelten und tanzten wie die Wassermücken im Sonnenstrahl. Alle wie die Tiere, die nach der Atzung wittern, den Kopf zur Erde und keiner, keiner die Augen nach der Sonne."

Das arme Mädchen und der Fieberkranke allein! Sie drückte ihm sanft seinen aufgerichteten Leib in die Kissen. Seine Hände glühten nicht so als sein Auge.

„Wir wollen für sie beten, Hans Jochem, gleich zum lieben Gott. Die Heiligen werden's uns wohl verzeihen —"

„W i r sind die Erwählten! — Wenn wir miteinander beten, öffnet sich das Himmelstor."

„Mutter Gottes, verzeih ihm die Sünde!"

„Die lächelt herab auf uns, daß wir —" Die Ruhe schien einen Augenblick auf sein Gesicht zurückzukehren — „Du und ich, wir gehörten zueinander und haben uns nicht gefunden. Das geht wohl so in der Wüste. Der Staub verwirrt auch die Erwählten. Nun erst, da wir hinaus sind, da ist's zu spät, meinst du. Nein, Agnes! Wenn du im Chor zu Spandow auf den Knien liegst, lieg ich auch auf den Knien — wo — wo doch? — O du wirst von mir hören! — Was von mir hören! Du wirst deutlich hören mich beten, siehst mich knien, die Mauern zwischen uns sinken. Wir sehn uns beide an, wie die seligen Märtyrer auf den Bildern mit süßen Liebesblicken —" „Ach Himmelskönigin! Hans Jochem, das ist arge Sünde —"

„Sünde!“ rief er mit dem zufriedenen Lächeln eines Irren. „Uns kann sie nicht mehr berühren. Wir sind Erwählte, berufen, die andern zu retten. — Sie schwimmen im Meer — das ist das Leere — sieh, sieh die wenigen Wasserbläschen, die sich herausringen, o Gott, das sind die Gedanken; fischen wir — Netze hinein — eine Angel mit süßem Köder — Agnes, sieh, wie schwer ich ziehe — hilf mir — nun — nun —“

Was ihr nicht gelungen, wirkte die Erschöpfung. Er sank ohnmächtig zurück.

„Agnes!“ rief der Mutter Stimme. „Agnes!“ wiederholte Hans Jürgen.

Sie riß sich los, aber wandte sich wieder um, und zitternd hauchte sie einen Kuß auf die Stirn des Ohnmächtigen. „Mutter Gottes, sieh es nicht! — Mutter Gottes, verzeihe ihm und mir die Sünde!“

Sechstes Kapitel

Unterricht im Denken

Wenn die großen Wagenräder sich durch den tiefen Sand mühsam Bahn brachen, und Kasper abgesprungen, bald den Falben, bald den Schecken klopfte und Scherznamen ihnen ins Ohr rief, ritt Hans Jürgen neben dem Wagen und neigte seinen Kopf zur Muhme.

Schien's ihm doch bisweilen, wenn sie sprach, Agnes wäre um zehn Jahre gewachsen, und war doch kaum fünfzehn Jahr alt. Sie hatte anfangs viel geweint, und das war Hans Jürgen ganz recht, denn ihm war gar nicht zumut, daß er mit einem hätte freundlich sprechen sollen. Nachdem sie aber die Tränen getrocknet, sprach sie so vernünftig. Das macht wohl die Weihe, dachte er, die wirkt schon zum voraus. Da hatte sie ihm gesagt, daß ihr der Abschied wohl schwer geworden von ihrer lieben Mutter und ihrer lieben Schwester und allen ihren lieben Blutsfreunden, nun aber sei es überwunden, und da sei sie recht herzlich froh, denn nun könne sie erst recht für alle leben.

Das verstand Hans Jürgen anfangs nicht, denn was konnte sie denn, im Kloster eingesperrt, für die in Hohen-Ziatz tun, bis sie's ihm erklärte, daß sie für ihr Seelenheil beten werde, Tag für Tag.

„Ja, es mag schon gut sein", sagte er, „so einer aus der Sippschaft geistlich wird und für uns betet, denn wir draußen auf dem Lande haben doch nicht Zeit."

Agnes meinte, dazu müsse jeder die Zeit finden. Hans Jürgen aber zählte ihr auf, was einer wie er zu tun habe, von wenn die Sonne aufgeht, bis sie untergeht, und wenn er's verrichten täte, wenn die Edelfrau es wolle, dann könne er bei Tage gar nicht dazu kommen, an den lieben Gott zu denken, und des Nachts sei er zu müde. Das sei auch des Dechanten Meinung, daß man den Geistlichen das überlassen müsse; wozu wären sie auch sonst da? Und von dem Überschuß der guten Taten der Heiligen könne mancher ehrliche Mann selig werden.

Dazu mußte nun Agnes wohl schweigen, wenn sie keine Ketzerin sein wollte, und die Vorstellung, daß sie selbst eine Heilige werden könne, durch ihre guten Taten ihre Verwandten dereinst selig machen, mochte sogar für ihre Einbildungskraft etwas Lockendes haben. Aber ganz wollte es ihr doch nicht zu Sinn, und ihre künftige Würde erlaubte ihr schon, ein wenig zu predigen. Wozu wären denn die Kanzeln und die Predigermönche und Pfarrer, wenn die Heiligen mit ihren Werken allein es täten? Und da kam ihr zu Sinn, was der Verwundete zuletzt gesprochen von dem wüsten Leben und der Gedankenlosigkeit.

Nun gab sich das gute Kind rechte Mühe, ihren Vetter auf Gedanken zu bringen, und zwar auf gute; aber aus seinen Antworten sah man, daß er wenigstens zu einem Heiligen nicht viel Anlage hatte.

,,Das ist schon ganz recht, Agnes, was du sagst von der Geschichte neulich, und ich hab's mir schon selbst gesagt, daß es unrecht war. Nun aber hat's der liebe Gott so gefügt, wie's sein mußte. Hans Jochem brach ein Bein, und ich mußte nach den Hosen. Also hat's der liebe Gott allein und für sich gemacht, daß wir keine Sünde begangen haben, siehst du, der macht es doch gewiß zum besten und besser, als ich und Hans Jochem es vorher bedacht hätten. Freilich, der Hans Jochem hätte nicht das Bein gebrochen, aber du sagst ja selbst, das wär zu seinem Heil, und darum sollte er Gott preisen! Warum soll ich Gott denn nicht auch preisen, und das könnte ich doch nicht, wenn ich's vorher bedacht;

da müßt ich mich ja selbst preisen. Denk drum, 's ist am besten, man läßt's gehen, wie es geht."

Es ward Agnes Bredow recht schwer, ihren Vetter eines Besseren zu belehren, weil es überall schwer ist zu lehren, wo man selbst nicht recht Bescheid weiß. Während sie lange hin und her stritten, ob jeder Mensch selbst denken müsse, und was und wann und wieweit? schienen sie sich darin zu nähern, daß man's in jungen Jahren noch nicht nötig hätte, wer nicht geistlich werden wollte; aber daß es gut sei, wenn man älter würde, das mußte auch Hans Jürgen zugeben.

Da schlug er sich plötzlich auf die Lende: „Aber Blitz noch mal, Agnes, dein Vater denkt ja auch nicht. Meinst du, daß er nicht in den Himmel kommt? Er ist doch ein so guter Christ wie einer."

Agnes besann sich: „Weißt du was? Für den denkt die Mutter, das mag wohl so eingerichtet sein vom lieben Gott, wenn zwei verheiratet sind, so hilft einer dem andern aus, und dem einen wird angerechnet, was der andre Gutes tut."

„Aber was er Böses tut, muß das der andere auch mit tragen?"

Agnes nahm sich vor, ihren Beichtvater darüber zu fragen.

„Wenn einer nun aber allein stehen bleibt und wird nicht geistlich, der hat's recht schwer", sagte Hans Jürgen.

„Freilich", und dem armen Mädchen kam ihr Ohm Peter Melchior in den Sinn. „Ach Gott, Hans Jürgen, nimm dich in acht, daß du so einer nicht wirst. Was muß da von den Werken der Heiligen draufgehen, um den selig zu machen!"

Sie faltete unterm Mantel ihre kleinen Hände und nahm sich vor, wo sie eine Stunde sich absparen könne, für Peter Melchior zu beten, den sie doch gar nicht leiden konnte.

„Bewahre mich der liebe Himmel vor 'ner Sünde, aber ich

denke soeben was", fuhr Hans Jürgen plötzlich aus sichtlichem Nachdenken auf.

„Siehst du, Vetter, nun fängst du auch schon an, das ist gut."

„Ach nein, Agnes, das ist nur so gedacht. Der Peter Melchior, nun wie der ist, das wissen wir alle. Der Dechant! Hast du nicht auch gehört, wenn deine Mutter sagt, der Teufel steckt in ihm? Der hat nun kein Weib; wer soll für den beten, daß er selig wird? Und alt genug ist er."

Das machte Agnes einiges Kopfzerbrechen. Daß der Dechant nicht so sei, wie er sein sollte, konnte sie sich nicht leugnen. Sie meinte, der liebe Gott werde vielleicht ein Nachsehen mit ihm haben, weil er für andere so viel Gutes und Erbauliches spräche, wenn er dafür selbst nichts Gutes und Erbauliches täte.

Hans Jürgen schüttelte den Kopf: „Wer anders spricht als er tut, das grade ist schlecht, Agnes, das laß ich mir nicht nehmen, und wenn's der Bischof, ja, und wenn's der Papst selber wäre!"

Sie meinte nun, weil er ein Domherr wäre, so beteten und dächten die andern Domherrn für ihn, und da übertrüge es wohl auch einer auf den andern. Hans Jürgen aber meinte, es wären ihrer doch gar zu viele, die's nicht verdienten, und wenn zwei Geistliche immer zu sorgen hätten, daß sie das gutmachten, was der dritte schlecht gemacht, wo bliebe ihnen da Zeit, für sich und die übrigen Menschen zu beten?

Agnes senkte ihr Köpfchen; sie konnte auch das nicht ableugnen. In welchem Hause, auf dem Lande und in den Städten, ward nicht damals gegen die Geistlichkeit geschimpft, und den Kindern selbst konnte man's nicht verschweigen, was sie für schlechte Streiche machten.

„Hans, du mußt heiraten, das ist das beste."

„Ich, Agnes, ich heirate nicht."

„Ja, ja, du mußt 'ne gute Frau haben, die für dich denkt, wie Mutter für den Vater."

„Nein, nun nicht, das ist nun vorbei, Agnes."

„Ich sage ja nicht jetzt; wenn du so alt bist, Hans Jürgen. Geistlich wirst du doch nicht werden. Hans Jochem geht ins Kloster, und Eva ist dir gut; ich weiß es."

„Sprich doch nicht so dummes Zeug, Agnes. Ich hab's auch mal so gedacht, das ist nun aber nichts. Ja, wie der Herr von Lindenberg mich nach Berlin mitnehmen wollte und dem Kurfürsten vorstellen, da konnte was aus mir werden, da hatt ich auch so meine Gedanken. Nun hat's der liebe Gott anders gemacht."

„Hat er's nicht gut gemacht, Hans Jürgen? Du hast nun ein rein Gewissen. Und hörtest du nicht, was sie munkelten, daß der Herr von Lindenberg in Berlin in Ungelegenheiten gekommen wäre. Die Schulzenfrau wußte nur nicht recht was. Ist's nicht der Herr von Lindenberg, so ist's ein anderer. Der Herr von Rochow auf Plessow ist gar nicht übel. Wenn wir ihn recht bitten, nimmt er dich auch mit und stellt dich vor. Du mußt nur was auf dich geben und den Kopf nicht immer so in den Schultern tragen, und dann auch nicht so die Zähne zeigen, wenn du einen schief ansiehst, den du nicht magst. Ja, ein bißchen freundlicher könntest du schon werden. Du bist doch manchmal ein Bär. Vielleicht bringen sie dich bei der kurfürstlichen Jagd an; da brauchst du nicht zu denken."

„Beim Kurfürsten! Lieber will ich Ziegel streichen. Bin ein freier Mann, eines Edelmanns Sohn. O pfui! Der deinen Vater hat lassen ins Gefängnis schmeißen, dem ich dienen! Und wär's auch nicht Evas Vater, er ist —"

„Hans Jürgen, er kommt schon wieder frei. Vater hat gewiß nichts verbrochen."

„Was tut's! Der Kurfürst hat ihn ins Gefängnis schmeißen lassen, ja, das hat er. Das vergeß ich ihm nimmer. Ist mein Feind. Und seine Reiter, die! Wär's nach mir gegangen, der Wenzel, der Konrad, o sie alle und die aus dem

Dorf, wir hätten ihnen wollen Mores lehren, so wahr ich Hans Jürgen bin.''

,,Gott sei uns gnädig, das hätte Blut gesetzt!''

,,Wozu hat man denn Blut im Leibe? Blut soll's auch noch setzen. Wenn die Herren im Lande es ruhig hinnehmen, wenn die Sippschaft im Havellande nicht aufsteht, ich stehe auf. Ich schnüre mein Bündel und ziehe fort, wo's Krieg gibt, zu den Pommern oder zu den Polen, mir gleich. Reiter werden sie überall brauchen; wenn es nur gegen den Kurfürsten losgeht!''

Daß Hans Jürgen, wenn er sich zum Kriege werben lasse gegen den Kurfürsten, auch gegen sein eigen Land kriegen müsse, fiel Agnes als nichts Unrechtes auf. Daß er einem absage, dem er feind war, deuchte ihr ganz in der Ordnung, daß er so ihres Vaters und der Ehre seiner und ihrer Familie sich annehme, sogar lobenswert. Aber alles miteinandergenommen, schien es ihr doch nicht recht, wenn sie sich auch nicht Rechenschaft geben konnte, warum, und sie bat ihn, daß er sich gedulden möge.

Das wollte ihm nicht recht in Sinn, und sie wußte nicht recht, wie sie es ihm zu Sinn bringen sollte. So blieben sie beide eine Weile schweigend nebeneinander, bis sie sich plötzlich erinnerte, wie unter dem vorigen Kurfürsten einer vom Adel gerichtet worden, der mit den Fremden ins Land gefallen war, und es hatte ihm nichts geholfen, daß er vorher einen Absagebrief geschickt. Hans Jürgen mußte zugeben, daß das eigentlich ebenso schlimm wäre, wenn er darum gerichtet würde, als wenn er auf den Stegreif ausgeritten und gefangen worden.

,,Das mag schon recht sein, aber wie soll sich denn einer helfen, wenn ihm Unrecht geschieht. Denn Recht muß doch Recht bleiben, und der Kurfürst hat uns unrecht getan. Darum muß doch einer sein, der dem Kurfürsten wieder Unrecht antut.''

Das schien auch der kleinen künftigen Heiligen ganz richtig, aber sie zerbrachen sich beide den Kopf, wie das in der Welt zu machen wäre.

„Weißt du was?" sagte sie. „Wenn du mich nach Spandow gebracht, dann reite nach Friesack zum alten Herrn Bodo. Der ist klug, der wird's dir sagen."

Hans Jürgen kraute sich hinter den Ohren. Ganz recht war ihm das auch nicht, denn was er tat, hätte er lieber für sich allein getan, aber er mußte seiner Muhme recht geben, als ihr jetzt einfiel, daß er ja der ganzen Familie Schaden dadurch tun könne, wenn er die Sache auf sich allein nähme. Sie alle ginge es doch auch an als wie ihn, und sie würden schon darüber zu Rate sitzen.

„Kasper, was pfeifst du?" fragte er.

„Das ist nur 'ne alte Geschichte, Junker, die mir einfiel, von den Mäusen und von der Katze. Die Mäuse saßen doch auch zu Rat, wie sie's anfingen, daß die Katze nicht so ranschliche und unversehens eine beim Wickel kriegte und mit ihr abführe. Da hatte eine, die war klüger als die anderen, den Einfall, man sollte der Katze 'ne Schelle an den Schwanz binden, dann hörte man sie schon von fern. Der Rat war auch ganz gut, aber es fehlte nur was. Keine Maus war dazu zu kriegen, daß sie der Katze die Schelle anband. Und da dachte ich denn, 's geht manchmal so, wenn sie zu Rate sitzen. Der Rat ist ganz gut, aber es fehlt was. Hui. Seht mal da." —

Er zeigte mit der Peitsche in die Luft. Eine Schar von den großen Seeraben flog über die Kiefern, in ihren Schnäbeln und Krallen noch zappelnde Tiere.

„Das war ein großer Barsch, der hat auch nicht gedacht, daß ihn ein Stößer aus Norwegen fressen tun würde. Die Fische haben gewiß auch zu Rat gesessen, als die großen Vögel zuerst kamen und in die Weiher stießen, denn wenn sie auch uns stumm scheinen, unter sich sprechen sie, wir hören's nur nicht. Aber es fand sich kein Fisch, der den Raben die Klingel um den Hals hängen wollte. — Wetter noch mal, der Große, der so schwer hinterherfliegt, schaut, der schleppt 'nen kleinen Hasen."

„'s ist ein schweres Unglück für die Tiere im Walde, daß die Sturmvögel aus dem Eislande kommen mußten", sagte Hans Jürgen.

„Das glaubt nur ja nicht, Junker! — wenn die nicht da wären, so sind andre da. Nur für unsere Habichte ist's schlimm, weil die ihnen ins Handwerk greifen. Ist doch jedwed Vieh da, daß ein ander Vieh kommt, das größer und stärker, und packt es, und eins frißt das andere, und wenn's den Magen voll hat, wird's wieder gefressen, und so geht's reihum."

Hans Jürgen machte den Einwand, die größten Tiere in Luft, Erd und Wasser blieben doch übrig.

„Die schießt der Jäger tot, oder ich weiß nicht, wie er den Walfisch fangen tut."

„Der Jäger ist aber ein Mensch."

„Freilich, nun ja. Seht, Junker, ich mein es, als wie wir gemeine Leute uns denken. Und da meine ich, geht's allebenso wie beim Vieh. Einer sitzt aufs andern Schulter und drückt ihn. Auf den Kurrendejungen sitzt der Bacchant, auf dem Bacchanten der Präfekt, auf dem Präfekten der Ephorus, oder wie sie es nennen tun, und auf dem, ich weiß nicht wer, und das ist allebenso bei den Großen wie bei den Kindern. Auf dem Bauer sitzt der Edelmann, auf dem Edelmann der Kurfürst, auf dem Kurfürsten der Kaiser, und auf dem Kaiser der Papst. Und auf dem, denk ich mir so, der liebe Gott. Nun sagen sie: Recht muß Recht bleiben. Nun ja, meinethalben; aber wer schafft denn nun dem Küken das Recht, wenn der Stößer es holt?"

„Du hast ja eben gesagt, Kasper, daß der liebe Gott über dem Papst ist, also er ist über allen, und der wird ihnen das Recht schaffen", sagte Agnes.

,,Nun ja, da hab ich auch nichts gegen, und der liebe Gott wird's wohl am besten wissen, warum der Storch den Frosch frißt, und der Bauer den Rücken halten muß, wenn der Edelmann prügelt, und der Ritter aufs Hochgericht muß, wenn der Kurfürst ihn köpfen läßt, das muß nun so sein, weil's nicht anders eingerichtet ist; aber was sie vom Recht sagen, das ist man ebenso. Wenn ich ein Frosch wäre, würde ich mich denn, wenn der Storch auf der Wiese spaziert, aufblähen und vor ihm quaken: Du hast kein Recht, mich zu fressen! So mein ich auch, wenn ich ein Edelmann wäre, und der Kurfürst ginge wütig durchs Land, um die Edelleute zu fahnden, da würde ich mich auch nicht vor mein Schloß stellen und in die Trompete stoßen und rufen: Hie Kurfürst, hie bin ich, das ist mein Recht! I bewahre, ich zöge die Brücke auf und ließe das Gitter nieder, und die Fahne nähme ich ab und täte, als wenn ich schliefe, bis er vorüber ist. Es stürmt nicht immer, es regnet nicht immer; wie sollte denn das Korn wachsen."

,,Recht muß aber Recht bleiben", wiederholte Hans Jürgen, der jetzt anfing zu verstehen, was der Knecht gemeint.

,,I freilich, Junker. Wer der Stärkste ist, der ist allemal im Recht, und wer nun schwächer ist, für den kommt auch die Zeit, muß sich nur ducken und schicken, bis es mal umkippt, denn das tut es schon. Wenn der Gestrenge losschlägt, nun lieber Gott, 's tut ein bißchen weh, aber ich hab auch schon gelernt, mich zurechtzubiegen, und am Ende tut's mir auch nicht mehr weh, und nachher weiß ich schon, tut's ihm leid, da räuspert er sich, knipst mit Pflaumenkernern nach mir, fragt, was ich denn grunze? Na, und wenn ich nun fortgrunze, nämlich was so meine Art ist, und komm ihm nicht näher, so kommt er mir näher, und da macht sich's denn so, manches Mal hat er mir den Bart gestreichelt und mich 'nen verfluchten, eigensinnigen Kerl gescholten. Da weiß ich, die Glocke hat Feierabend geschlagen. Da muß ich in den Keller. Vergiß dich auch nicht, Kasper, sagt er. Ja, ich kann's wohl sagen, ich hab's recht gut in Ziatz, und wenn ich mir das wünschen tu, da weiß ich schon, nach der Prügelsuppe krieg ich's. O ich könnte noch viel mehr kriegen, aber ausverschämt muß kein Christenmensch nicht sein. Hätt's mir auch jetzt gesagt: Kasper, willst du nicht nach Brandenburg reiten auf den Markt, und wenn dir ein Wams in die Augen sticht, da hast du 'nen Gulden, aber sag's der Frau nicht. Nu, so klug bin ich auch. Wer wird denn plaudern! Aber da sind die Hosen zwischengekommen; drum geh ich das Wams quitt."

Die Mauern von Spandow wurden jetzt sichtbar. Der Knecht hielt ein wenig an, weil die künftige Klosterfrau ihren Anzug in Ordnung bringen wollte. Da sprach Kasper wie vor sich hin:

„'s könnt mit den Edelleuten auch besser gehen, meine ich, wenn sie's mit dem Kurfürsten machen täten, wie ich mit meinem Gestrengen. Eigentlich ist's Vieh doch klüger als der Mensch", brummte er fort. „Keine Maus kriecht in keine Speiskammer, wo sie nicht ein Loch gemacht, daß sie wieder raus kann."

Hans Jürgens Gedanken gingen ihren eigenen Weg. Agnes, als sie der Stadt sich näherten, drückte ihrem Vetter die Hand:

„Ach, Hans Jürgen, weißt du, vorhin auf dem Weg überkam es mich manchmal recht bang, daß ich ins Kloster müßte. Aber nun ist mir wieder ganz wohl und leicht ums Herz. Da in den Mauern ist der Friede Gottes. Sag ihnen das zu Haus. Und du, armer Hans Jürgen, du mußt zurück in die Welt voll Ungerechtigkeit! Was willst du da anfangen? — Ach, wenn du nicht heiraten tust, dann gehst du wohl auch mal ins Kloster."

Hans Jürgen sagte nicht ja und nicht nein.

„Weil du's gern hast, Agnes, will ich zu den Vettern nach Friesack. Aber bloß darum."

„Sie werden itzo nicht hochmütig sein. Das Unglück macht weich."

„Aus Mitleid! — Ich will gar nicht, daß einer sich mein erbarmen soll."

„Bringen eine von Bredow zu den Ursulinerinnen!" antwortete der Knecht dem Wachthabenden am Tor, denn schon war der Wagen über die Hängebrücke und hielt unter dem finstern Tor.

„Marsch!" rief der Weibel.

„Ach, Hans Jürgen", sagte Agnes ängstlich, als der Wagen wieder sanfter durch die ungepflasterten Gassen fuhr, „wie grimmig sahst du den Weibel an; mir war schon angst, er würde dich ins Torhaus stecken lassen."

„Mich ärgerte sein kurfürstlicher Rock."

„Nimm dich in acht, Hans Jürgen, lieber Junge, daß dir kein Unglück geschieht. 's ist ja schon genug über die Familie kommen."

Sie waren wieder aus der Stadt heraus, der Wagen hielt vor der Klosterpforte. Ein banger Augenblick war's für Agnes Bredow, ihr Herz pochte, als der Knecht an der Schelle zog.

Den Abschied von ihrem Vetter zu beschreiben, ist nicht unser Wille; auch nicht der Abschied von der Welt. 's ist überall gut, einen Abschied kurz zu halten, wer nun nachmals will leben für die Welt oder für den Himmel. Auch durfte sie ihr Vetter noch in den Vorhof begleiten, um sie der Priorin zu übergeben. Dort im Sprechzimmer durfte sie die letzten Worte mit ihm wechseln, die letzten Grüße ihren Lieben senden, den letzten Schwesterkuß ihm auf die Stirne drücken.

Aber was sie ihm jetzt noch zu sagen hatte, das schien ihr besser gesprochen unter Gottes freiem Himmel, als da, wo die Heiligen an den Wänden auf ihre Worte lauschten.

„Vetter, treibt's dich, und du kannst nicht anders, so zieh

dein Schwert, gegen wen es sei, als ehrlicher Mann. Ist's Sünde, wird Gott es dir verzeihen. Aber lieber Hans Jürgen, tu's nicht wie der Kasper sagt. Der Kasper, der mag recht haben, aber vor Schlägen fürchtest du dich doch nicht. Wenn's auch klug ist, tu's nicht so mit dem Kurfürsten, wie er mit dem Vater. Halt auf dich selbst."

Mit einem frohen Blick schlug er sich an die Brust: ,,Ich dienen, Männerchen machen, ich schweigen und lügen, damit — Agnes, so wahr —"

Sie griff den Arm, den er zu einem Gelöbnis in die Höhe hielt: ,,Schwören sollst du nicht. Um Gotteswillen schwöre nichts, denn niemand weiß — aber lieber Hans Jürgen, so gefällst du mir. So sollte dich Eva sehen."

Sie wandte sich rasch ab, sie ergriff seine Hand, und mit hastigen Schritten eilte sie der Schwelle und der Tür zu, die jetzt in ihren Angeln knarrte, um hinter ihr — sich auf immer zu verschließen.

Siebentes Kapitel

Der Überfall

Im Anfang war Frau von Bredow sehr traurig gewesen; aber man kann nicht immer traurig sein.

Der Knecht Ruprecht hatte die Kiebitze wieder zwitschern gehört im Schilf. ,,Das ist ein gut Zeichen, gestrenge Frau!'' Er hatte die Tauben gezählt, und es fehlte keine. ,,Da stirbt im Jahr keiner aus dem Haus.'' Und am Abend des Tages, wo Hans Jürgen mit Agnes nach Spandow gefahren, flogen drei Kraniche über die Burg. ,,Die Kraniche, Gestrenge, mit denen hat's was Eigenes. Die wilden Gänse sind dummes Vieh, die bedeuten nur einen strengen Winter; aber die Kraniche sind kluge Tiere. Sie sehen das Verborgene, und wo ein Mörder ist, dem fliegen sie nach. Ja, es ist noch mehr Absonderliches in ihnen, und wo sie über ein Haus fliegen, das bedeutet große Ehre.''

Wo sollte die Ehre herkommen! Ihr Herr saß noch gefangen, und Jammer im Haus die Hülle und die Fülle; aber die klugen Vögel mußten doch etwas mehr wissen. War ja ein Schreiben des Dechanten eingegangen; etwas verspätet, denn mit den Gelegenheiten sah es damals schlimm aus, und dunkel lautete es, aber doch tröstlich: Sie solle den Mut nicht verlieren, dem Herrn ihre Wege befehlen, und nebenbei hieß es, auf ihn, den Dechanten, allein vertrauen, denn es lasse sich noch vielleicht alles zum Guten wenden. Und bald darauf war ein kurfürstlicher Reiter in die Burg gesprengt, und auf den Brief, den er dem Wachtmeister brachte, war die Einlagerung ausgeritten; stumm und still, wie sie vorhin laut gewesen. Was der Bote sonst für Nachricht gebracht, das erfuhr keiner.

Nun war das Haus leer und Frau von Bredow allein. Als so aller Lärm plötzlich stumm geworden, war ihr fast bang zumute. Eine Träne lief ihr über die Backe. Da stand all ihr Unglück ihr erst recht vor Augen, ihre zerschlagenen Hoffnungen; vor ihr lag es so trüb, ach so viel, so Großes, als hätte es vorhin in dem Gewirr keinen Platz gehabt.

„Ach du lieber Gott! Was soll man anfangen!“ sagte die gute Frau und wischte mit der Schürze über die Backe.

Die Großmagd Anne Susanne blickte sie schlau an:

„Gestrenge! Der Herr ist fort. Da könnten wir ja mal scheuern.“

„Scheuern!“ — Es mußte ein wunderbarer Klang sein. Die Träne war verschwunden, eine helle Röte zog sich über das eben noch blasse Gesicht der Edelfrau, und sie sah mit einem eigenen, fragenden Blick die kluge Magd an: „Du meinst, Anne Susanne?“

„So recht ordentlich, von oben bis unten. Die Sonne kommt durch die Wolken. 's wird ein warmer Tag; da trocknet's balde.“

„Da trocknet's balde“, wiederholte die Edelfrau.

„So ein Tag kommt uns gar nicht wieder, Gestrenge.“

„Da hast du wohl recht, aber —“

„Der Kasper ist auch fort. Der läßt ja nicht Besen und Faß ran, wenn der Herr aus ist —“

„Hast recht, ist ein unreinlicher Mensch, der Kasper, aber 'ne treue Seele.“

„Ach Gestrenge, droben die Dielen und die Treppe, wie sieht das aus. Die Tauben, die reinflattern, und die kleinen Käuzchen, die Sperlinge, wenn der Herr sie füttert, und die Katzen! Werden mit der Hacke dran müssen. Der Besen tut's nicht mehr.“

„Ob's aber auch recht ist, Anne Susanne! Der Herr —“

„I der wird auch froh sein, wenn er's nicht merkt. Man kann ja oben nicht mehr ruhig schlafen. Das heckt ja!“

Wenn er's nicht merkt! — Brigitte Bredow! ein gebrannt Kind scheut das Feuer, und du, eine so kluge und fromme Frau! Erst eben — und nun steht der Versucher schon wieder vor dir. Die Sonne schien so hell ihr ins Gesicht, als riefe sie: „Ich will schon trocknen, liebe Frau von Bredow!"

Wäre nur ein Geistlicher da gewesen, den sie hätte fragen können!

„Der Herr hat's auch gar nicht verboten, als er fortging."

„Nicht?"

„I bewahre, Gestrenge. Und wenn er erst all den Schmutz sähe, den die Reiter gemacht! Das ist wohl gut, daß man das fortschafft, damit er nichts merkt."

„Das darf er nicht merken. Da hast du recht. Ach mein Götze, wenn du das wüßtest hier!"

„O, er kommt schon wieder; er hat ein so fromm Gemüt, wenn er nicht bös ist."

„Anne Susanne! wenn er nun wiederkäme!"

„I, er wird doch nicht, Gestrenge! Wen sie in Berlin einsperren, den lassen sie sobald nicht los."

Frau von Bredow sah den Himmel an und die Sonne und die Besen und Eimer, welche die hurtige Anne Susanne schon aus den Winkeln geholt, dann rührte sie sich selbst und sprach: „Na!"

Die Sonne hatte seit lange nicht so froh herabgeschienen auf Burg Hohen-Ziatz. Wie sich das regte und bewegte, wie der Ziehbrunnen auf und ab ging. Der träge Brunnen gab zu wenig Wasser! Wozu waren die Gräben und Teiche. Wer Arme und Beine hatte, und aus dem Dorfe wurden ihrer auch dazugeholt, mußte schöpfen, tragen. Da war unsere Frau von Bredow wieder sie selbst. Wo war sie nicht, wo nicht ihr Aug! Wie flog die dumme wendische Magd mit ihrem Eimer zur Tür hinaus, als sie ihn ausschütten wollte in der Halle. Man fängt wohl von unten an, wenn man ein Haus baut, aber wenn man es putzt, von oben.

Die Treppen hinauf kamen sie in einer langen Reihe mit den Eimern, Besen, Bürsten und Hacken, Mägde und Knechte. Was ward gekratzt, geschabt, gebürstet mit Füßen und Händen. Dann erst durfte das Wasser fließen. Es war ein schöner Anblick, als die Eimer sich entluden auf die dürstenden Dielen. Zeit und Wasser hält niemand auf; wer sie nutzen will, muß den Augenblick ergreifen.

Nun waren sie schon bis an die Treppen zur Halle, die rüstigen Frauen, und man mußte sich freuen, daß es in Burg Ziatz nicht wie anderwärts ging, wo sie eifrig anfangen und nachher müsse werden; man glaubt, sie tun's nur um Gottes willen. Nein, hier hielt's die Edelfrau nicht unter sich, mit anzugreifen, „wo es die Mägde ihr nicht recht taten", sagte sie. Mancher hätte glauben können, ich weiß nicht, ob mit Unrecht, sie tät's aus Herzenslust, wie sie, die Röcke bis zum Knie aufgeschürzt, mit dem Schrubber hin und her fuhr, als wie ein Reiter im Getümmel mit der Lanze.

„Na, nu runter!" hieß es, und die Mägde ließen sich's nicht zweimal sagen. Das war ein Wasserfall! Nur schade, daß grad einer raufkam. „Ach unser Junker!" rief die Anne Susanne.

„Hans Jürgen! Ungeschick! Wo kommt der her?"

Hans Jürgen lief nicht fort, aber das Wasser, dachte Frau von Bredow, als sie auf der obersten Stufe in solcher Arbeit war, daß sie nicht viel von dem hörte, was Hans Jürgen auf der untersten sprach. Was konnte er ihr auch sagen? Von ihrem lieben Kind, das er nach Spandow gebracht. Bären sind nicht unterwegs; und wer einmal in Spandow ist, ist sicher, das mochte Frau von Bredow auch denken, als sie rief: „Platz da!" und gar nicht sah, wie der Junker auf etwas zeigte, was draußen kam. Selber sehen konnte es der arme Junge nicht, denn er mußte sich die nassen Haare aus dem Gesicht streichen, und sah dann auch noch nicht, denn das Wasser hatte es mit ihm gut gemeint.

Etwas mußte die Edelfrau aber doch gehört haben, vielleicht war's das Jagdhorn draußen, als sie, auf den Besen gestützt, einen Augenblick Atem schöpfte.

„Wer wird's sein?" sagte sie.

„Base, 's ist einer —"

„Nein, 's sind zwei", unterbrach sie ihn, als ein Paar schöne, schlanke Jagdhunde wie zwei Blitze hereinschossen.

„Der sagt, er wär der Kurfürst, aber ich glaub's nicht."

Ein feiner Ritter im grünen Jägerkleid, das Hifthorn an der Seite, blieb, von dem Anblick, wie es schien, etwas überrascht, an der Schwelle stehen. Wenn der Herr schon überrascht war, was war es die Frau! — Im Anfang stand sie wie der Roland in Brandenburg; nur macht der nicht den Mund auf, noch sieht er mit seinen steinern Augen so stier auf einen Gegenstand, noch wird er rot und blaß, wie unsre Frau von Bredow. Zuerst sank ihr der Besen aus der Hand, dann schien's, als wolle sie die Hände falten, dann fuhren sie beide auf den Rücken, um das Bund oder die Nestel zu lösen, welche ihre aufgeschürzten Röcke festhielten, was ihr aber in der Bestürzung und Hast ebensowenig gelang, als weiland ihrem Neffen Hans Jochem die Lösung des Hosenbundes, welchen der Krämer ihm angezaubert. Dann fuhr sie in die Haare, die allerdings nicht mehr ganz in Ordnung waren, aber bei dem Verfahren, das sie einschlug, auch nicht besser wurden.

„So schlage doch —", entglitt es ihren Lippen, aber ebenso schnell verschluckten diese wieder eine Lästerung, welche bei einer so frommen Frau unmöglich aus dem Herzen kam. Wie hätte sie auch noch im selben Atem die heilige Katharina, die heilige Barbara und Ursula anrufen dürfen. Das haben wenigstens die Mägde gehört.

„'s ist ja der Kurfürst!"

Und dann flogen zwei. Zuerst Hans Jürgen, aber nicht

freiwillig, wie der Vogel durch die Luft, er flog wie die Kugel aus dem Rohr oder der Kegel vom Ball des Spielers. Dann die Edelfrau. Hans Jürgen turkelte seitwärts, sie stürzte geradezu auf die Knie.

,,Allerdurchlauchtigster Herr Markgraf und gnädigster Herr Kurfürst, Gnade! — Die abscheulichen Mädel planschen so sehr — aber mein Mann ist unschuldig — Wir sind alle unschuldig — Man kann's ihnen noch so oft sagen, sie tun's doch. Und grade heute! — 's ist zuviel, weiß Gott, 's ist zuviel auf einmal.''

,,Daß ich zur ungelegenen Stunde hier eintrete'', sagte lächelnd der hohe Gast.

Darin teilte Kurfürst Joachim der Erste, den Frau von Bredow ihr lebelang hoch in Ehren, ja nächst dem lieben Gott am höchsten hielt, auf einen Augenblick das Schicksal mit dem verachteten armen Hans Jürgen. Sie hatte in ihrer Angst und ihrem Eifer auch nicht gehört, was er sagte, sonst würde sie nicht fortgefahren haben:

,,Was zuviel ist, Durchlaucht, ist zuviel — und die Ehre dazu! Keinem kleinen Kinde nicht hat mein Mann den Finger gekrümmt, so lammfromm ist er — das ist, mit Respekt zu sagen, ein schlechter Mensch, der das ihm nachsagt — und der gnädige Kurfürst kann selbst in alle Winkel und Ecken'' — wahrscheinlich hatte sie schließen wollen: ,,die Nase stecken'', als sich plötzlich ihr Mund von neuem Schrecken schloß.

,,Darum kam ich nicht'', fiel Joachim rasch ein, und hielt ihr, wie schon vorhin, die Hand entgegen, sie aufzuheben: ,,Ich komme als Gast, aber es tut mir leid, daß ich ungelegen komme.''

,,Ungelegen!'' rief sie. ,,Unser Haus steht unserm Markgrafen allzeit offen. Wer das von uns sagen täte, daß unser Landesherr in das Haus eines Bredow ungelegen käme — aber die Sonne schien nun mal so warm — und da gerade mein Herr — aber wenn ich nur 'nen kleinen Wink gehabt, da hätte ich ja die Anne Susanne — es mußte aber doch auch grad heute alles kommen, wie ein Donnerwetter, wenn die Sonne —"

Daß ihre Zunge mit ihren Gedanken durchging und alle Zügel rissen, wer verargt's der armen Frau! Wer fordert von der besten Hausfrau, die immer auf dem Fleck ist, daß sie es auch da noch sei, wenn der vornehme Herr mit dem Stern auf der Brust im Augenblick eintritt, wo ihre Arme im Waschfaß stecken; und von dem vornehmen Gönner hängt ihres Gatten, ihres Sohnes Schicksal ab! Sie wäscht vielleicht nur, damit ihr Mann sich gut präsentieren soll; vom ersten Eindruck hängt alles ab. Und dies war ihr Fürst, und sein Richtschwert hing noch über dem Haupt ihres Mannes. Wo alles in Unordnung war, wer fordert, daß unsrer Frau von Bredow Gedanken in Ordnung sein sollten?

Kurfürst Joachim forderte es nicht: „Ich kenne meine Getreuen, ihr Fürst kommt ihnen nie ungelegen, aber die Stunde doch vielleicht, meine liebe Frau von Bredow", lächelte er.

„Ach, gnädigster Herr! Der Fuß, der Fuß! Das Wasser! — 's ist aber reines Grabenwasser."

Einer der kleinen Wasserbäche, die von den Treppen über den gestampften Boden rieselten, netzte allerdings die Sohlen seiner Stiefeln, aber indem der Fürst es bemerkte, sah er auch, daß die würdige Frau selbst schon im Feuchten kniete, und mit einer ritterlichen Bewegung hob er sie, ehe sie sich dessen versah, auf.

„Es tut mir leid, daß ich die würdige Frau meines lieben und getreuen Vasallen in so löblicher Verrichtung stören mußte. Nun ist es einmal so und man muß sich darinfinden. Das Wetter ist schön, und der Hausherr reitet mit mir in seinem Walde umher, derweil die gute Hausfrau das Haus zur Notdurft beschickt. Ein verirrter Weidmann fordert nicht viel, ein einfach Lager für die Nacht und ein freundlich Gesicht zum Willkomm.''

Weniger konnte der Landesherr freilich nicht fordern, wo er bei einem Vasallen einritt. Aber auch die Nacht wollte er bleiben! Das war noch mehr als zuviel. Ihr ehrliches Gesicht verbarg nicht den neuen Schreck.

,,Das ganze Haus ist ja naß!''

,,Ein trocken Kämmerlein findet sich doch wohl; und wo nicht, ein Stall, ein Schuppen. Der müde Jäger schläft auch ungewiegt unter Gottes Himmelsdach. Wo ist Herr Gottfried?''

Da sah die Edelfrau, die Hände im Schoße faltend, ihn groß an: ,,Gnädigster Herr, spottet unser nicht. Ihr wißt am besten, wo er ist. Seit vier Tagen ist er nicht in sein Haus kommen'', und sie hielt den Arm vor die Augen.

,,So hat der da mich doch nicht belogen'', sagte der Fürst, auf Hans Jürgen blickend.

Hans Jürgen stand aufrecht mit einer Miene, die man wieder verdrossen nennen mochte.

Der Frau von Bredow dämmerte eine Überzeugung. Des Fürsten Angesicht bringt Gnade. Wenn er richten will, schickt er seine Schergen, sie klopfen mit geharnischter Faust ans Tor; er tritt nicht selbst über die Schwelle des Verurteilten! Ihre Knie wankten aufs neue zu einem Fußfall; Joachim kam dem zuvor:

,,So hab ich meine Boten übereilt mit ihrer guten Kunde; doch davon nichts mehr, das sind vergessene Dinge, die ganz vergessen und vergeben zu machen meine Sorge sein laßt.''

,,Götz ist unschuldig!'' jauchzte es auf. ,,Ich sagt es gleich.''

,,Und ein Ehrenmann! Frei seit drei Tagen, die Schuldigen sind gestraft.''

Frei! jubelte ihr Herz. Sie wollte auf den Fürsten zustürzen, seinen Arm ergreifen, seine Hand an ihre Lippen drücken, sie wollte reden, sie wollte niederstürzen.Das Herz rührte sich ihr im Leibe, aber sie fühlte, es passe alles nicht. Aber da standen die Mägde, die ungeschliffenen Mägde, mit ihren Eimern, ihren Besen, mit offenen Mäulern, und gafften den großen Fürsten an wie ein großes Tier. Und viel fehlte nicht, da hätten sie auch ihn vorhin mit den Eimern begossen. Wer hätte das gutgemacht! Die Burg hätte ja müssen geschleift werden in Grund und Boden! Da stand Hans Jürgen auch wie ein Kegel und rührte sich nicht. Nun wußte sie, was zu tun. Sie riß ihn vor:

„Das ist dein gnädiger Kurfürst. Auf die Knie, und dank ihm, wie deine Schuldigkeit, daß er —"

Sie wußte doch eigentlich nicht, was er danken sollte.

„Ich knie vor keinem Menschen nicht", sprach Hans Jürgen und blieb aufrecht stehen.

„Der wird nicht niederfallen", sagte der Fürst, „dafür steh ich Euch. Gehört der trotzige Gesell zu Euch?"

Nun hatte er's doch gehört! Die Edelfrau sah auf den Junker, wie etwa ein Tausendkünstler ängstlich auf ein Haus oder einen Turm, den er auf der Schaubühne aufgerichtet hat, und auf sein Kommandowort soll es zusammenstürzen. Hans Jürgen stand wirklich nicht mehr ganz sicher, und es hätte nur eines leisen Druckes bedurft, so wäre er niedergestürzt.

Aber die Edelfrau verdarb es.

„Gnädigster Herr, rechnet uns das nicht an, wir haben Leides genug in der Familie. Er gehört wohl zu uns; unsres Vetters Kind ist er, eine Waise, aber Gott allein weiß, warum das. Von mir hat er's nicht, und von meinem Gottfried auch nicht. Wir hatten einen Besseren, aber dem ist das Bein gebrochen. Der würde gleich knien. Dieser ist auch ein guter Junge, aber macht uns viel Herzeleid; seine Dummheit und sein Trotz bringt uns ins Verderben."

Da trat plötzlich Hans Jürgen einen Schritt vor und sah dem Kurfürsten recht dreist und dumm, aber grad ins Gesicht.

,,Herr Kurfürst, daß mir's Gott verzeih, ich kann's nicht. Aber wenn ich meine Blutsfreunde ins Verderben bringe, dann will ich's doch. Warum soll ich denn niederknien? Wer was übertreten hat, der soll's, wer was bitten tut, der mag's. Ich hab nichts übertreten, ich mag nichts bitten. Herr Götze, mein Ohm, hat nichts Böses getan, die Base hat auch nichts getan; hier hat keiner was getan. Ihr seid ein großer Herr, Ihr seid der Kurfürst; was ich denke, das hab ich draußen gesagt, wo ich noch nicht wußte, wer Ihr wart, und Ihr habt's gehört, wo Ihr noch nicht wußtet, wer ich war. War das nicht recht, nu, da hab ich's getan. Es tut mir gar nicht leid, denn was mir im Herzen saß, mußte raus. Ihr seid Herr im Land und könnt befehlen, und wir müssen gehorchen. Wenn Ihr befehlt: knie nieder, so tu ich's darum; aber von freien Stücken, Gott straf mich, ich tu's nicht, und nun erst gar nicht.''

Nun mußte er ihn doch auf der Stelle nach Spandow schicken und hängen lassen! — Gegen das erstere hätte sie vielleicht nicht viel einzuwenden gehabt. Aber Joachim faßte ihn leicht beim Arm und schob ihn beiseite, aus der Wasserpfütze, darin er mit den Füßen, da er nicht ruhig stand, spritzte und umhernäßte.

,,Ein ungeschickter Bub ist's, das seh ich nun, Frau von Bredow, und hier ein ungebetener Gast, gleich mir. Wir stören die Ordnung, darum muß man uns die Tür weisen; und da unsere Wirtin zu freundlich ist, will ich ihr Amt verwalten.''

Damit führte er den Hans Jürgen freundlich zur Tür hinaus.

Was weiter an dem Tag in der Burg Hohen-Ziatz vorgefallen, das kann noch ein anderer beschreiben, wer Lust hat.

Uns drängt wichtigeres, das einbricht, und wir halten's nicht auf. Die Kraniche hatten doch recht gehabt, dachte der Knecht Ruprecht.

„Das ist ein Herr!" sprach die Edelfrau, als sie wieder zu Atem kam, und sie hatte wohl Grund, es zu sagen, denn der nicht merken läßt, daß er ein Herr ist, ist der rechte Herr. Der Kurfürst ging mit seinem Begleiter in der Burg umher, als hätte er Wunder was zu sehen, das ihn ganz von allem abzöge. Da erklärt er dem Ritter von Holzendorf, was die Bauart der Wenden gewesen, und was die Deutschen gemauert hätten. So, nachdem er über die Mauern ringsum gegangen, wollte er, da die Sonne schon die Kieferwipfel berührte, noch einmal ins Freie vor dem Abendimbiß, als er den blassen Kranken in der Torstube am Fenster sitzen sah. Er trat zu ihm ein und tröstete ihn: wen Gott heimsuche, den liebe er, und wen er zu töten scheine, den erwecke er oft; er verhieß ihm, wenn er in den geistlichen Stand trete, sein Aug auf ihm zu haben, und dafür zu sorgen, daß er in den geistlichen Würden wie in der Erkenntnis steige. Aber das irre Auge des Junkers war ihm unheimlich, und er eilte, daß er ins Freie kam.

Die Leute wußten nicht, über wen sie sich mehr verwundern sollten, über den Fürsten oder über ihre Frau. Es war viel, mit Händen schien man's kaum zu schaffen, aber es ward doch geschafft. Überall kann doch nicht ein Mensch sein, aber sie war überall; jetzt in der Küche, jetzt in der Halle, nun wühlte sie in den Schränken, nun flog sie in den Keller. Da war der Flur der Halle nun trocken, das hatte manches Stück der Herbstwäsche gekostet, da war feiner weißer Sand draufgestreut und Tannenreiser, da prasselte der Kamin und verbreitete angenehme Wärme, aber auch angenehme Düfte, sie hatte Bernstein und würzige Kräuter hineingeworfen; über die nassen Treppen waren Decken gelegt und die Geländer mit grünen Sträuchern umwunden. Da stand der Tisch schon in der Mitte mit ihrem Hochzeitsgedeck und einem silbernen Armleuchter und Flaschen und Schüsseln: „So wird's wohl gehen", sprach sie aufatmend und sank erschöpft in den Armsessel.

Sie hatte für alles gesorgt, auch das Bett stand schon draußen, das sie hineintragen wollten, wenn der Fürst abgespeist, denn die Halle war das einzige Gemach in der Burg, wo ein Fürst zur Not nächtigen konnte vor dem Wasser, das alles überschwemmt hatte. Ja, für alles hatte sie gesorgt, nur nicht für sich. Da saß sie, die Hände auf ihren Knien, und nun erst sah sie sich selbst. Es war noch alles, wie es gewesen. Der Rock auf dem Rücken verknotet, die Ärmel aufgekrämpt, die Haare — mit einem Aufschrei stürzte sie fort, denn schon kehrte der Fürst über die Zugbrücke zurück.

Der junge Fürst, der noch vorhin so freundlich und leutselig gewesen, saß stumm und mit bewölkter Stirn an der hellen Tafel. Mundeten ihm die Speisen, schmeckte ihm der Wein nicht, vermißte er den Wirt ihm gegenüber, oder war das Sonnenlicht seiner Laune mit der Sonne am Horizont untergegangen? — Er wird auch müde sein, dachten sie in der Halle. „Seit der Geschichte mit dem Lindenberger", flüsterte sein Büchsenspanner zum Gesinde draußen, „ist er allabends so, wenn es dunkelt."

„Mein gnädiger Herr wird's Euch zu Lieb und Dank wissen, gnädige Frau", führte der Ritter von Holzendorf für seinen Fürsten das Wort, „daß Ihr Euch so angelegen sein laßt, ihn mit Ehren und Gutem zu bewirten. Wir treffen's nicht überall so, wenn wir auf der Jagd in ein Haus einfallen. Man nimmt da gern vorlieb, was man findet, Ihr aber tragt vom Besten auf, und ist's doch fast so stattlich alles hier wie zu einer Hochzeit."

Das machte die Edelfrau erröten, denn sie hatte ihr Brokatkleid angezogen, mit dem sie an den Altar getreten war, und auf dem Kopf saß schön gepufft die Flügelhaube von damals. Aber auch darauf sah der Fürst nicht. Den Leuten in Burg Hohen-Ziatz schien das fast noch merkwürdiger, als vorhin seine Leutseligkeit. Und wenn die Gestrenge ihm so mit tiefem Knicks das Backwerk reichte, oder auf der Silberschale den feinen Wein zum Nachtisch, nickte er wie in Gedanken, und hatte es kaum an die Lippen gebracht, da er es wieder hinsetzte.

,,Daß ich auch nicht einmal einen einzigen anständigen Menschen meinem Herrn zu Tisch setzen konnte, das ist, was ich mir mein Lebtag nicht verzeihen werde'', flüsterte die Burgfrau zum Begleiter des Fürsten; ihn selbst anzureden wagte sie nicht mehr. ,,Aber wo sollten wir hinschicken. 's ist ja keine vernünftige Seele hierherum.''

Joachim erhob sein Gesicht aus dem Arm, in den er es gestützt.

,,Wo ist der junge Mensch! Der Bursch, den ich im Walde traf und der mich auf den Richteweg führte? Ich sehe ihn nicht mehr.''

Frau von Bredow hatte ihn vorsorglich in ein unweit gelegenes Vorwerk geschickt, um ihre Tochter Eva abzuholen. Mit großen Herren ist nicht gut zu spaßen, hatte sie gedacht, und wenn er ihn auch nicht hängen ließ, so liegen doch zwischen dem Hängen und Spaßen Dinge, über die man nicht spaßen muß. Nun war er zwar schon zurückgekehrt, aber sicher ist sicherer, dachte sie, und ihr gutes Herz erlaubte ihr eine Lüge.

,,Ach, Durchlauchtigster Herr, der ist sehr müde, er kommt heut von weither. Da erlaubte ich ihm —''

,,Müde zu bleiben'', unterbrach Joachim lächelnd und warf das Handtüchlein auf den Tisch. ,,Da erlaubt meine freundliche Wirtin es ihrem Gast wohl auch, sintemal er mit Eurem Vetter in einem Falle ist. Morgen, Frau von Bredow, führt ihn mir vor. Wir haben ein Gespräch zu Ende zu bringen, das seltsam genug ich im Walde anfing.''

Und wieder sah der Fürst vor sich nieder, mit der Hand auf den Tisch gestützt, als träten abermals ernste Gedanken vor seine Seele.

„Beliebt es meinem gnädigen Herren?" weckte ihn eine feine, wohlklingende Stimme. Er fuhr mit einem Seufzer auf und sah ein liebliches Mädchen vor sich stehen, in der einen Hand eine silberne Schüssel, in der andern eine silberne Kanne; ein weißes Linnentuch hing über ihrem Arm. Indem sie Wasser in die Schale goß, überzog Stirn und Wangen eine helle Röte.

Joachim tauchte die Finger in die Schale und netzte sie wie mit Wohlgefallen in dem Wasserstrahle, den die Jungfrau darüberträufelte. Er sah ihr freundlich in das blaue Auge, aber es war kein Liebesblick.

„Möge der Strahl der Gnade so klar auf dich und mich perlen, als dieses Wasser über meine blutige Hand."

„Sie ist nicht blutig, gnädigster Herr!" Aber ihr Gesicht ward blutrot, daß sie sich zu sprechen unterstanden.

„Nicht, Jungfrau? Mir scheint doch, der Fleck will nicht abgehn."

„Wahrhaftig, sie ist rein. Das ist nur der Widerschein vom Fackellicht, Durchlauchtigster Herr. Morgen bei Tageslicht, da werdet Ihr sehn, sie ist ganz rein."

„Rein wie dein Antlitz und klar wie dein blaues Auge? O, daß es immer Tageslicht wäre!"

Der Fürst brach auf.

Das Tagewerk der guten Frau von Bredow war damit nicht geendet. Was der Tag war gewesen, und was sie am Abend bis spät in die Nacht noch getan und geschaffen, davon ließe sich wieder ein Buch schreiben, und will's Gott und gibt mir Kraft dazu, und meine Leser werden nicht müde, so wird's Frau Brigitte ihnen selbst noch ein andermal erzählen, wie sie's ihren Enkeln und den Gästen, die brave Frau, so oft erzählt hat von ihrem Ehrentage; und das

Hauptstück davon ist, wie sie das Bett in die Halle geschafft und ein Himmeldach darüber aufgeschlagen, ohne daß der Fürst es merkte. Und als er sich niedergelegt und schlief, wie sie da ohne Geräusch und Klappern den Abendtisch mit Flaschen und Schüsseln, mit Kerzen und Fackeln, mit Kesseln und Sesseln heimlich hinausgeschafft, und die Halle eingerichtet mit Teppichen und Vorhängen, mit Geschirr und Ampeln, mit allen Bequemlichkeiten des Lebens, daß Joachim, als er erwachte, in seinem eignen Schlafgemach zu sein vermeinte, und dann dachte er an Zauberei, denn mit natürlichen Dingen konnte das nicht zugehn. So hat Frau von Bredow es oft erzählt, und ihr Auge leuchtete dabei. „Ich war die Zauberin, Allerdurchlauchtigster Kurfürst, so ich es mich unterstehen darf", hatte sie, ihre Knie bis zur Erde senkend und die Augen niederschlagend, gesprochen.

Was der Kurfürst geträumt im Bernsteindufte der Halle von Hohen-Ziatz, das weiß ich nicht. Er schlief fest. Der rechte Arm hing vom Lager herab. Wenn die Burgfrau auf den Zehen die Treppe hinunterschlich, eine Hand frische Bernsteinkörner und Weihrauch auf die glimmenden Kohlen zu streuen, und die Kohlen flackerten auf, dünkte es auch sie, als wenn die Hand blutig rot sei. Leise schlich sie zur Tür hinaus, wo die Wacht stand, auf die Hellebarde gelehnt. Die Burgfrau brauchte ihn nicht zur Wachsamkeit zu ermuntern. „Keinen Fremden laß ich nicht ein; da soll keiner ihm ein Haar krümmen, bis er mag für sich selbst stehen." So sprach Hans Jürgen, und wie kleidete ihn jetzt die Stahlhaube, die er nicht mehr verkehrt aufgesetzt, der verblichene Wappenrock seines Vaters, der Küraß und das lange Schwert an seiner Seite. Die Base hatte es ihm aus dem Schrank gereicht und gesprochen: „Nun tu deinen ersten guten Dienst." Er hatte laut geantwortet: „Das will ich, Base." Für sich hatte er hinzugesetzt: „Aber vor den Hosen steh ich nun nicht mehr Wache!"

Es war lange nach Mitternacht, als die gute Frau von Bredow endlich zur Ruhe kam, wenn das Ruhe war. Oben im Erkerstüblein ihres Herrn, das zur Notdurft trocken geworden, lag sie jetzt im Bette, das sie mit ihrer Eva teilen wollte, die noch das Abendgebet vor dem Kruzifix sprach. Zwei hatten gut Platz, aber wo fanden ihn alle die Gedanken, die in ihr arbeiteten und hin und her schwankten, wie die Fahne des Hohenlohers über dem Kopfkissen, wenn der Wind durch die zerbrochenen Scheiben strich. — Ob sie wohl alle gut untergebracht waren? Ach Gott, der Herr von Holzendorf lag in der Scheune! Zwar auf ihren besten Betten, aber doch immer in der Scheune, und solcher Herr! Ob er es ihr wohl nachtragen würde! — Aber er hatte es ja nicht anders gewollt. — Und ihr Herr! Wo mochte der wohl liegen? Vielleicht bei den Vettern im Havellande. Da kriegt er genug; es schadete denn auch nichts, wenn der Kasper ihn nicht mehr getroffen. Der Kasper würde wohl für sich die Blutwürste essen. Ausverschämt war er nicht, die Gans würde er wohl wieder mitbringen. — Und welch ein Glück es noch war. Wenn Götz ins Scheuern gefahren wäre, das hätte ein Unglück gegeben. Es war am besten, daß alles so gekommen, wie es kam. — Der Kurfürst war doch ein sehr feiner Herr! — Vielleicht war er auch kurzsichtig und hatte nicht alles so gesehen. — Wenn doch ihr Götz auch so wäre! — Na, man muß zufrieden sein, wie man's hat. — Ob wohl im kurfürstlichen Schloß auch gescheuert wurde? Denken konnte sie sich's nicht recht, aber es mußte doch sein. Der Gedanke wollte ihr gar nicht aus dem Kopf. Und wenn der Kurfürst dann zu früh nach Hause kehrte, und die Treppen schwammen — und die Kurfürstin — dummes Zeug! Sie wandte den Kopf: die Kurfürstin würde nicht scheuern lassen, und es gab ja noch gar keine Kurfürstin. Aber nun wollte ihr wieder die Kurfürstin nicht aus den Augen, wie sie oben auf der Treppe stand und ängstlich ihrem heimkehrenden

Herrn entgegensah, und die Kurfürstin sah gerade aus wie ihre Tochter Eva.

Sie faltete ihre Hände: „Ach Jungfrau Maria, bewahre mich vor der Sünde!“ Die Käuzchen, die beim Scheuern hinausgejagt waren, heulten vor dem Fenster. Da kam ein neuer Gedanke, der ihr Angstschweiß entlockte: Ach, der arme Herr von Lindenberg! Vom Gefolge des Fürsten hatte sie endlich von der Geschichte gehört, wenigstens den notdürftigsten Zusammenhang und das schreckliche Ende. Damals hatte sie keine Zeit, darüber zu denken, sie hatte sich's aufgespart, bis sie allein wäre. So ein lieber, guter, feiner Herr, und ihr Verwandter, und so schrecklich zu enden! Sie sah die Raben flattern, sie hörte sie krächzen; sie schloß die Augen und steckte den Kopf unter die Decke. Aber eigentlich taugte er auch nicht viel; er hatte eine glatte Zunge und glatte Haut, aber kein Herz für Freundschaft. Hatte er sich um sie gekümmert, bis Wind und Wetter nach langen Jahren ihn in ihr Haus verschlugen? Und da war er's ja, der die Geschichte angezettelt. Wie vieles wurde ihr da mit einem Male klar. Ihre Ziehkinder wollte er verführen, ihren Götz hatte er ins Unglück gebracht; er allein. O, er war ein grundschlechter Mann, vom Teufel besessen. Sie hatte es ihm auch schon angesehn, als er, noch ein schöner, junger Herr, um alle Fräulein scharwenzelte. O, er verdiente — nein, ein so schreckliches Ende gönnte ihm die gute Frau doch nicht. Hätte er nur Gottesfurcht gehabt, und dann das Hofleben! Ihr Hans Jochem hatte auch gar zu gern an den Hof gewollt. Den hatte Gott dafür gestraft, und wie gnädig! Nun war die Gottesfurcht mit dem zerbrochenen Beine ihm mit einem Male aufgegangen. Und die arme Agnes! Nun, die wird für sie alle im Kloster beten. Das Kloster war arm. Ob ihr wohl das viele Fischessen bekommen würde. Daß das zur Gottesfurcht gehöre, konnte sich Frau von Bredow nicht denken. Die Äbtissin war keine strenge Frau, man könnte ja dem

Kinde dann und wann was Eingesalzenes schicken. Und der Dechant wollte ja der heiligen Agnes einen Altar stiften. Sie hatte das Sündengeld zwar zurückgewiesen, aber ob es denn nun nicht besser sei, schlechtes Geld zu einem guten Zwecke zu nehmen, als daß er's zu schlechten Zwecken durchbringe? Das Geld konnte ja nichts dafür, daß der Dechant es dem Lindenberg abgenommen. Sie kam zu einem Vergleich zwischen ihrem Gewissen und ihren Wünschen. Wenn von dem Lindenbergschen Gelde ein Altar der heiligen Agnes gestiftet würde, so sollten vor demselben täglich drei Seelenmessen für den toten Herrn von Lindenberg gelesen werden.

So legten sich die Stürme, so verglichen sich die widerstrebenden Gedanken, und nur der an Hans Jürgen quälte sie noch, als ihre Augenlider sich immer fester schlossen, ihre Brust immer ruhiger atmete. Was sollte aus dem Jungen werden? Seinen Trotz konnte ihm der Fürst nimmermehr hingehen lassen. — Er wird noch ein kläglich Ende nehmen! —

Der Fürst wälzte sich und röchelte. Der Bernsteindampf erstickte ihn. Vergebens rief sie, er möge nicht sorgen, der Zug durch Schlot und Treppen werde die böse Luft forttreiben. Eine unsichtbare Gewalt hielt sie fest und schnürte ihre Kehle. Sankta Katharina, er erstickt in unserm Haus und uns schelten sie Mörder. Der Fürst war nicht erstickt, er war aufgesprungen, die Tür hatte er aufgerissen und fand seinen Wächter schlafend. O, der freche Bub, er widersetzte sich, er schlug auf seinen Fürsten. „Hans Jürgen! Hans Jürgen!" Noch versagte ihr die Stimme. Aber jetzt sprang das Band: „Gnade, Barmherzigkeit! Mein armer Hans Jürgen! — Ach am Galgen!"

„Hans Jürgen!" schrie eine andere Stimme, aber nicht mit der durchdringenden Ängstlichkeit. Hell und froh rief sie: „Hans Jürgen, so fange doch!"

Da saßen Mutter und Tochter aufgerichtet im Bette und

sahen sich verwundert ins Gesicht beim Schein der Lampe, die Eva auszulöschen vergessen. Sie hatten beide geträumt, beide von derselben Person und beide doch wie anders! ,,Ach der arme Junge, und er war dir so gut'', sprach die Mutter. Eva rief: ,,Das ist er, aber es war wohl nur ein Traum! Er spielte mit dem Kurfürsten Fangen und sie warfen sich rotbackige Äpfel zu.'' — ,,Ihm wird's schlimm gehn'', sagte die Mutter. ,,Nein, gut'', erwiderte Eva. Beide stritten in Güte und hatten doch keine Gründe, bis sie beide lachen mußten. Und dann plauderten sie noch lange fort, und Eva erzählte der Mutter, was Hans Jürgen auf dem Heimweg vom Vorwerk ihr erzählt, wie er mit dem fremden Jäger zusammengetroffen, und noch mancherlei, bis die Mutter sanft entschlief. Das Lächeln auf ihren Lippen küßte Eva verstohlen weg, und selbst mit einem himmlisch frohen Lächeln, das ich einem gegönnt hätte, daß er's gesehen, steckte sie ihr Köpfchen unter die Decke.

Achtes Kapitel

Zwei erwachen

„Sprich, was du denkst", sagte der Kurfürst zu seinem Begleiter, als sie durch den Fichtenwald ritten. Das kleine Gefolge war auf seinen Wink zurückgeblieben. Die Morgensonne fing an, die Nebel zu zerteilen, und versprach einen schönen Tag.

„Daß Ihr wieder gutmachen wolltet, was Ihr schlimm gemacht. Aber —"

„Grad heraus, niemand lauscht, und ich bin in der Laune, dich zu hören."

„Ihr denkt, der Specht spricht auch, und der Häher und die Krähe schreien, warum nicht Hans Jürgen."

„Was i c h denke, ist mein. Ich will deine Gedanken hören."

„Nu ja, Herr Kurfürst, was ich von Euch damals dachte, das wißt Ihr, als ich noch nicht wußte, daß Ihr's wart."

„Das zu wiederholen, erlaß ich dir. Was denkst du aber nun?"

„Weil Ihr meinem Ohm so große Schmach angetan, darum kamt Ihr. Denn daß Ihr auf der Jagd bloß verirrt wärt und nur so von ungefähr angesprochen, das glaube ich nicht."

„Bursch, du zeihst deinen Fürsten einer Lüge?"

„Das darum auch noch nicht. Bei Hofe und in der Stadt mag's wohl so in der Art sein, daß jeder was anders sagt, als er im Sinne hat; weil das jeder vom andern weiß, so gleicht sich's aus."

„Und wenn ich nun darum nach Hohen-Ziatz geritten

wäre? Wir sind hier nicht bei Hof, wir sind in Gottes freiem Walde. Du darfst nicht hinterm Berge halten.''

,,Wenn einer einen geschlagen hat, oder was noch schlimmer ist als das, denn das ist es, und nun kehrt er bei ihm in sein Haus ein, und ißt an seinem Tisch und schläft bei ihm zu Nacht, da weiß ich doch nicht, wie er das damit wieder gutmacht.''

,,Bist du unter Bären aufgezogen? Weißt du nicht, was der Unterschied ist zwischen einem Fürsten und Vasallen?''

,,Jeden juckt doch seine Haut, und was Ehr im Leibe ist, das weiß doch ein Vasall so gut wie ein Fürst.''

,,Denke, du wärst ich, und hättest einem Vasallen, einem Fremden unrecht getan, und fühltest den Drang, es wieder gutzumachen. Was würdest du tun? — Du besinnst dich sehr lange.''

,,Das ist schon recht. Es geht einem schwer an. Aber wenn ich einen zu meiner Tür hinausgeworfen hätte wider Recht, den lüd ich wieder zu mir ein, wenn's auch übers Recht wäre, mit allen Ehren, und täte ihn bewirten wie einen Fürsten, wie's mich auch hart anginge und was auch die Leute dazu sagten, und wenn —''

,,Besinne dich, Hans Jürgen, ob ich nicht mehr tat?''

Hans Jürgen besann sich: ,,Ja, Ihr denkt's so. Daß Ihr Euch so fast allein in unsern Wald gewagt, und in unser Haus geritten und ohne Leibtrabanten Euch zur Ruh gelegt habt. Denn um der Ehre willen war das gar nicht nötig, daß Ihr noch zur Nacht bliebt. Wenn Ihr zur Vesper gegessen und einen Trunk getan, hättet Ihr noch ganz gut bis Golzow reiten können, wo Ihr bei den Rochows besser aufgenommen waret als bei uns. Aber Ihr tatet es, um so zu tun, als wenn Ihr uns wunder was Vertrauen damit zeigen tätet. Aber ich meine, für meine Person, das ist nicht so sehr viel; denn das weiß doch jedes Kind, daß wir Euch nicht totgeschlagen hätten, und hätten's auch nicht geduldet, daß

Euch einer ein Haar krümmte, bloß weil Ihr unser Gast wart. Ich stand selbst die ganze Nacht durch vor Eurer Tür Wache. Dagegen ist nun nichts, und 's ist auch ganz gut, aber Ihr denkt Euch doch nun, wir alle müßten uns überschlagen vor Erstaunen und Verwunderung, und vor Dankbarkeit nicht wissen, wo wir hin sollen, und dabei kommen mir denn so eigene Gedanken."

Joachim ritt eine Weile schweigend vor sich hin.

„Sie werden's mir nicht danken, meinst du?"

„Ach ja, das werden sie schon; dabei aber dacht ich mir: wie das kurios in der Welt ist! Der eine hat seine Schläge weg, was ich nämlich so meine: mein Oheim und wir. Und der sie ihm gab, der hat erst das Vergnügen weg, daß er einen ehrlichen Mann geschlagen hat; denn da mögen die Priester sagen, was sie wollen, wenn ich einen prügeln getan, das hat mir Vergnügen gemacht und ihm Schmerzen, und zweitens kostet's Euch gar nichts, im Gegenteil, es hat Euch auch noch Vergnügen gemacht, und am Ende erheben sie Euch noch in den Himmel, wie edel und großmütig Ihr seid, und danken Euch, und der andere muß erstlich seine Schmerzen einstecken und tun, als wenn er wunder wie froh wäre, und dann auch noch danken und von den Leuten sich Glück wünschen lassen, daß es noch so gekommen ist. Das ist doch kurios in der Welt geteilt."

Der Fürst blickte ihn an, als wollte er ihn fragen, ob er es anders teilen könne.

„Möchtest du Fürst sein?"

„Das weiß ich nicht", sagte Hans Jürgen. „Ich müßt es doch erst lernen."

„Uns lehrt es niemand. Gott gibt es, und es ist da."

„Da ist's am End recht gut, daß es mir Gott nicht gegeben hat. Itzund möchte ich am wenigsten in Eurer Haut stecken."

„Du beneidest mich also nicht mehr um das Vergnügen, einem wackern Manne unrecht getan zu haben, nicht um die Lust, die es mir macht, von den Leuten gepriesen und bewundert zu werden! Ich sage dir, es gibt noch andere Dinge, um die du mich nicht beneiden darfst.''

Sie ritten wieder eine Weile, ohne ein Wort zu wechseln.

,,Aber du kannst scharf lesen in den Gedanken anderer'', hub Joachim wieder an. ,,Wenn nun einer wäre, der auch so in deinen Gedanken läse!''

Da stutzte Hans Jürgen und wurde rot. Er dachte zwar, daß die Leute immer gemeint, er habe keine Gedanken, aber er wünschte jetzt doch nicht, daß der Fürst in sein Herz hineingesehen hätte.

,,So ich nun läse, was die Röte auf deinem Gesicht ansagt: wie du zwar Wache gestanden vor meiner Tür, als ich schlief, auch mich itzo sicher willst hinbringen, bis wo ich aus eurem Gebiet bin, und so mich einer anfiele, dein Schwert ziehen würdest, aber doch innerlich grimmig schaust und sinnst, wie du es wenden sollst. Wie du in Spandow hingehorcht hast auf die wilden Reden, welche die Junker in der Schenke geführt, wie du dann hinreiten wollen nach Friesack zu deinem Paten, um Rats dir zu erholen, bis dir einer zugeflüstert, der Rat, den du da fändest, würde dir nicht gefallen. Wie du ingrimmig heimgeritten, mit gar wilden Gedanken in deiner Brust. Wenn ich läse, wie du an den Knöpfen abgezählt, ob du zum Pommerherzog gehen solltest oder warten auf die Gelegenheit, die im Lande kommt. Läse, wie du beim Gedanken aufgejauchzt, das Schwert zu ziehen und in heller Schlacht gegen deinen Kurfürsten zu fechten? Da könntest du auch Ritter werden, und welcher Preis erwartete dich, wenn du heimkehrtest. Darum lohnte sich schon, die Treue gegen seinen Landesherrn zu brechen. Nicht so, Hans Jürgen?''

Hans Jürgen hatte den Kopf allmählich sinken lassen, und die Arme fielen ihm auch schlaff zur Seite. Aber er ermannte sich doch, ihn wieder anzusehen, ob er sein Urteil auf dem Gesicht lese:

„Das wißt Ihr alles, Herr Fürst."

„So mir ein Vöglein auch gesungen, daß du mit ausreiten gewollt in jener Nacht gegen den Krämer, du wärst ja trotzigen Mutes gewesen; nur die wackere Frau hätte dich anderwärts hingeschickt. Ei, ei, so keck, und das doch hinter dir?"

„Herr Kurfürst, lügen kann ich nicht! 's ist alles wahr. Ihr werdet mir den Kopf abschlagen lassen wie jenem. 's ist schon manchem bessern Mann als mir so gegangen."

„Du gibst dich?"

„Wenn's sein muß, 's ist besser schnell, als lange fackeln. Besser früh aus der Welt gehn mit Ehren, als lange leben ohne Ehren."

„Den Kopf soll's dich nicht kosten. So ein Fürst alle die strafen müßte, die ihm übel denken und Böses tun wollten, aber 's kam nicht dazu, da hätte dieser Wald nicht Pfähle genug, um die Köpfe daraufzustecken. Du hast dich mir aber gegeben, und nun sollst du nicht mehr frei sein, vielmehr mein Diener. Du hast für mich da gewacht im Haus von Ziatz, nun sollst du für mich wachen im Schloß zu Kölln. Und das denke wohl, Hans Jürgen, was es heißt, für seines Fürsten Kopf einzustehen. Ich will keinen Schwur von dir, nur deine Hand darauf!"

Hans Jürgens Arm zitterte doch etwas, als er seinem Fürsten die Hand reichte. Daß er ihm den Kopf würde abschlagen lassen, das, wenn er recht nachdachte, hatte er doch eigentlich nicht gedacht; aber daß er ihm würde die Hand reichen dürfen, das hatte er auch nicht gedacht. Da war ihm wunderbar, fast bang zumute, und in den Nebeln, die durch die Fichten glitten, sah er ganz eigne Bilder. Seine Muhme Agnes hob den Finger auf. Er hatte ihr ja versprochen, nicht des Fürsten Mann zu werden, und nun war er's doch geworden, er wußte nicht wie. Aber dann sah er auch wieder die Eva, wie sie, als er am Morgen mit dem Fürsten ausritt, so schelmisch ihm ein Mäulchen zog. Sie war ganz neckisch geworden und wollte ihm keinen Kuß geben zum Abschied. Sie sagte ihm, er hätte ja nun einen andern Schatz. Aber bös hatte sie's nicht gemeint. Und was mochte sie nur mit dem Kurfürsten gesprochen haben, der sich so lange und insgeheim beim Morgenimbiß mit ihr unterhalten, und als er eintrat, da sahen ihn beide so sonderbar an.

Der Kurfürst sprach wieder gar nichts. Da mußte er doch wohl anfangen; er hielt es für gute Sitte.

„Herr Kurfürst, da ich nun Euer Mann bin, so muß ich Euch treu und gewärtig sein, das versteht sich; aber wenn ich nun anders denke, als Ihr wollt, dafür kann ich doch nicht."

„Denken magst du, was du Lust hast."

„Aber muß ich alles rausprechen oder soll ich's verschlucken?"

„Wenn's dir zu schwer wird, sprich, aber nur wenn wir allein sind, wie jetzt im Walde."

„Wie ich mit dem Herrn von Lindenberg ausreiten wollte, das war nicht recht von mir, das hab ich auch längst eingesehn. Darum könntet Ihr mich mit Recht strafen. Aber daß ich bös auf Euch war, da weiß ich doch nicht, ob ich da nicht recht hatte. Und wie ich alles das in Spandow erfuhr, ach Gott, da kochte es mir in der Brust. 's ist ein Glück, daß Ihr mir nicht schon da im Walde begegnet seid, das hätte ein Unglück gegeben für Euch oder für mich. Nachher, da ritt ich mir denn die erste Wut aus."

„Es blieb doch noch genug, als wir uns da begegneten, und du kanntest mich nicht einmal."

„Das war, weil der rote Adler auf Eurer Brust stak."

„Hans Jürgen", sprach Joachim, „eins nimm in acht. Es ist nicht Befehl, es ist ein guter Rat. Wenn du einem begegnest, den du nicht kennst, so verschlucke deine Gedanken, bis du ihn kennst."

,,Aber was ich w e i ß, muß ich das alles sagen?'' hub der Junker nach einer Weile wieder an.

,,So du es für nötig hältst, und daß du der Treue gegen deinen Herrn nachkommst.''

,,Es denken viele wie ich, Herr.''

,,Ich weiß es.''

,,Und noch schlimmer. Wenn sie Euren Namen nennen'' — Hans Jürgen stockte, man sah ihm an, daß er mit sich selbst kämpfte. — ,,In Spandow, was ich da hörte. — Der Tod des Lindenberg hat Euch viele Feinde gemacht, Herr, die schwuren: es solle Euch nicht ungerächt hingehen.''

,,Beim Weine.''

,,Muß ich ihre Namen nennen?''

,,Nein'', antwortete Joachim nach einigem Besinnen. ,,Die Gedanken sind eines jeden Eigentum. Auch wo sie zu Worten werden, mag der Gefahr sehn, der sich selbst nicht traut. Ich traue mir. Laß sie frei reden, es ist ihre Art. Ich kenne sie, ich lese ihre Gedanken, wie ich deine las. Sie wähnen sich im Recht, ich b i n es a u c h.'' Er schlug sich auf die Brust. ,,Wohlan, laß sehen, welches Recht stärker ist. Einer m u ß herrschen, und Gott und das Geschick gab mir den Zügel in die Hand. Ich will ihn straffziehen, wenn es not tut, aber linde lassen, wenn — wenn sie nur Worte haben gegen mich.''

,,Herr!'' hub Hans Jürgen wieder nach einigem Schweigen an. ,,Ich an Eurer Stelle ritte nicht mit so geringem Gefolge in dieser Zeit durchs Land.''

,,Weißt du von etwas, das mehr ist als Worte, dann wäre es Verrat, wenn du schweigst.''

Joachim sah ihn scharf an, während der Junker antwortete. Aber seine Muskeln spielten ein verächtliches, mitleidiges Lächeln, als Hans Jürgen von einzelnen verzweifelten Wünschen und ausgestoßenen Drohungen Bericht erstattete.

,,Armselige Atemzüge der Ohnmacht! Höre auf. D a s können sie, d a s ist ihre Kraft, d a s ihre Lust. Ich will sie ihrer Armut gönnen! Dies Spinngewebe, das Wespennest von rohen, hohlen Wünschen vernichte ich mit einem Blick. Ihren Worten, die mich wie Fledermäuse und Eulen umflattern, wie Krähen und Raben umächzen, will ich ein Wort entgegensetzen, das, wie der Sonnenstrahl, dies Gezücht verscheucht. Merke dir's, Hans Jürgen von Bredow, ich fürchte sie nicht, aber s i e sollen m i c h fürchten lernen, sie sollen erschrecken und Zähneklappern fühlen, sie sollen wünschen, daß sie sich verkriechen könnten in der Erde Grund, wenn ich meine Stimme erhebe, wenn ich mich ihnen zeige, nicht wenn ich vor ihnen scheine, wie ich bin. Nun genug. Verdirb mir nicht die reine Morgenluft.''

Es war ein schöner Morgen geworden, die Sonne hatte die Nebel besiegt und strahlte sogar schon warm durch die Kiefergipfel, als sie auf einer Höhe stillhielten.

,,Bis hier gabst du mir das Geleit'', sprach der Fürst. ,,Kehre zurück, rede mit den Deinen, und morgen erwarte ich dich im Schloß an der Spree. Heut bist du noch ein Freier, Hans Jürgen, morgen mein Mann. Hast du noch was auf dem Herzen, was du als Freier sagen willst, so sprich es aus.''

,,Die Eva hat gewiß geplaudert, Durchlaucht?''

,,Das Fräulein Eva Bredow steht unter meinem besonderen Schutz, das merke dir. Ich werde seinerzeit sorgen, daß die brave Jungfrau einen guten Mann bekommt, wie sie verdient. Den will ich ihr zuziehen. Du aber, mein Dienstmann, der noch viel tun muß, um die Sporen sich zu verdienen, darfst sie nicht anders als mit Ehrfurcht ansehen.''

Die Eva mit Ehrfurcht ansehen, das kam Hans Jürgen kurios vor. Aber der Fürst schien zu erwarten, daß er etwas erbitten solle. Für sich? Er war ja nun des Fürsten Mann. Für seine Pflegemutter? Die sorgte für sich selbst. Aber sein

Pflegevater, Herr Gottfried? Was hatte denn der davon, daß Joachim in seiner Burg geschlafen, derweil er fort gewesen? Er fing etwas ungeschickt an, aber Joachim verstand ihn und sagte freundlich:

,,Meine Gedanken kamen dir zuvor. Er soll Ehre haben, wie der Mann verdient, der sich freiwillig selbst einer bösen Tat zieh, um die Strafe von einem andern abzulenken. Wenn er verschmäht, ein Amt in meiner Nähe anzunehmen, wo ich der rechtlichen Männer bedarf, denk ich ihn zum Landtagsmarschall von den nächsten Ständen wählen zu lassen. Er ist nicht immer meiner Meinung, aber er liebt die Ordnung.''

Hans Jürgen war schon weit zurück, von wunderbaren Dingen geschaukelt, als dem Fürsten und seinen Begleitern ein lediges Pferd in den Weg kam, das ihnen entgegenwieherte, gleichwie sich freuend, Gesellschaft in der Einsamkeit zu finden. Als es sie begrüßt, ging es wieder an sein Geschäft und graste.

,,Das bedeutet ja wohl Unglück!''

,,Nur einen abgeworfenen Reiter'', entgegnete der Holzendorf. ,,Das Pferd ist fromm. Es hat ihn wohl nicht abgeworfen, der Reiter mag drauf eingeschlafen sein.''

An einem sonnigen Abhang fanden sie ihn wirklich. Er lag sanft gebettet im weichen Sande, und der Friede der Natur ruhte auf dem vollen, freundlichen Gesichte. Die Augen fest zu, schien er doch zu lauschen auf die Lieder, welche die Kieferwipfel über ihm rauschten, und die Gedanken des Schlafenden schienen Versteck zu spielen mit der Sonne, welche durch die Zweige ihn jetzt anblinkte und wieder verschwand.

,,Seht, ob der Mann nicht zu Schaden gekommen'', sagte Joachim.

Ein tiefer Ton zwischen Schnarchen und Gähnen, der aus der vollen Brust sich arbeitete, gab eine beruhigende Antwort. Er drehte den Kopf um, weil die Sonne ihn belästigte, und wie er den Arm behaglich von sich streckte, ward jener inne, wie wohl dem Manne war, der auf dem Sande lag.

„Es scheint ein guter Mann zu sein."

„Hilf Himmel, so mich mein Aug nicht trügt", entgegnete der von Holzendorf, „ist's unser Wirt, Herr Gottfried von Ziatz. Freilich, das sind ja seine Elenshosen."

Joachim hat selten in seinem Leben gelächelt. Als aber der Ritter fragte, ob er den Mann wecken sollte, verzog sich sein Mund, da er den Kopf schüttelte:

„Er schläft so süß! Was ich ihm sagen und bieten könnte, wäre doch nicht besser als seine Träume."

„Aber sein Pferd ihm fangen, daß er es hat, wenn er aufwacht, wäre doch Christenpflicht", meinte der andere.

Das Pferd kam von selbst, als würde ihm die Zeit lang, ob sein Herr noch nicht aufwachte.

Lächelnd ritten sie fort. Der Kurfürst wies auf einen Mann, der mit einem leeren Wagen des Weges kam. Dem wollten sie die Sorge für den Schlafenden anempfehlen.

„Fort, Katze!" sprach Herr Gottfried, als das Pferd ihn anschnupperte, und gab ihm einen sanften Schlag mit der Hand. Ob das Roß wohl auch sah, daß Herr Gottfried lachte?

Wie rauschte es in den Bäumen über ihm, wie knisterten die Kiefernadeln unter ihm, wie dufteten ihm die Heidelbeersträucher, die für keinen Wachenden einen Duft geben; wie schlürften seine ausgestreckten Glieder die Sonnenstrahlen, die immer wärmer wurden. Er sah durch die geschlossenen Augen die Ameisen, die auf seinen Beinen vergebens mit Schaufeln und Rüsseln durch die Elenshaut zu dringen versuchten. Herr Gottfried träumte einen süßen Traum; ich will ihn nicht verraten.

Als er die Augen aufschlug, saß neben ihm einer, der sich's auch behaglich gemacht.

,,Kasper, was machst du da?'' fragte er.

,,Ich esse.''

Das war kein Traum mehr. Kasper schnitt sich mit seinem Zulegemesser Scheiben vom Rettich, vom Käse und vom Brot. Aber neben ihm lag ein aufgemachter Kober mit Würsten.

,,Kasper! Du hast ja auch Wurst da?''

,,Ja, Herr.''

,,Kasper, ist's Essenszeit?''

,,Je nachdem, Herr. Wen hungert, der ißt, wen schläfert, der schläft.''

Das war die Frage. Herr Gottfried hätte wohl gern noch geschlafen, aber da stand doch die Sonne vor ihm und sah ihn so groß an, wie seine Frau, wenn sie im Recht war und er im Unrecht, und das Pferd scharrte mit den Füßen und wieherte, und die Würste dufteten ganz anders als vorhin die Heidekräuter.

,,Kasper, wie lange habe ich geschlafen?''

,,Das weiß ich nicht, Herr.''

Der Herr rieb sich die Augen und schob sich unvermerkt den Kober mit den Würsten näher.

,,Wo kommst du denn her, Kasper?''

,,Die Frau schickt mich. Sollte Euch die Würste bringen. In Berlin wart Ihr nicht mehr. Ist hier auch 'ne schöne Gegend.''

,,Da hast du recht'', sagte Herr Gottfried und griff nach der ersten Wurst. Und als er die zweite zur Hälfte verzehrt, entsann er sich, daß er seit gestern mittag nichts gegessen. Wer aber einmal den Erinnerungen die Pforte aufschloß, auf den stürmen sie los; es wird ihm schwer, die Tür wieder zu schließen. Als er die dritte gegessen, wie vieles hatte er sich da entsonnen!

,,Ich glaube, ich hab die Nacht hier gelegen, Kasper!''

,,Das kommt wohl so'', sagte der Knecht. ,,War 'ne schöne Nacht, die Sterne schienen.''

,,Ja, ich habe gefroren. Hat dir die Frau nicht auch 'nen Morgentrunk mitgegeben?''

,,Aber 'ne Gans, 'ne Martinigans; ist hier im andern Kober.''

,,Gib her. Ist auch 'ne schöne Gegend hier, du hast recht.''

Herr Gottfried machte die Bemerkung, daß die Martinigans sauer sei, der Knecht aber sagte, es wäre manches im Leben sauer.

Da hatte sich Herr Gottfried wieder auf seinen Ellenbogen gelehnt und sah die Sonne an, das Fließ im Grunde und die Kiefern und Büsche, in denen der Wind sich wiegte, und dachte etwas. Wenn Herr Gottfried etwas dachte, nämlich wenn er vorher getrunken hatte, dann ward dem Knecht Kasper immer bang zumute. Um was mehr, als Herr Gottfried plötzlich ausrief:

,,In dem Fließ sind sie gewaschen worden.''

Kasper war schnell auf den Beinen und die linke Hand unwillkürlich auf dem Rücken. Diesmal hätte es wohl sein Rücken allein aushalten müssen, denn wer denkt jedesmal, wenn er von Berlin nach Hohen-Ziatz fährt, daß er einen Friesrock unter die Jacke stopfen muß; aber das ist das Dämonische bei den Prügeln wie bei den Schlägen des Schicksals, daß sie in der Regel dann kommen, wenn man sich ihrer am wenigsten versieht. So kam es auch hier, nur umgekehrt. Der treue Knecht krümmte schon den Rücken, um sich in die rechte Lage zu bringen, aber der Herr rührte seinen Arm nicht, vielmehr ließ er die Backe noch tiefer in die Hand sinken, als er in einem Tone sprach, über den der Knecht sich verwunderte:

,,Siehst du, Kasper, wenn sie nicht gewaschen hätte, dann wär all das nicht gekommen.''

,,Dann wär das nicht gekommen, Herr!''

,,Und was ist nicht alles draus entstanden.''

„Und noch viel mehr."

„'s ist ein so gut Weib, Kasper!"

„Und was für eins!"

„Wenn sie nur nicht alles müßte waschen wollen. Weiß auch gar nicht, wo sie das her hat."

„Die Liese aus Gütergotz sagt, 's muß ihr angetan sein."

„Und grade meine Hosen! Mein Vetter Balthasar auf Wagnitz sagte auch gleich: ‚Die sehn ja wie neu aus. — Ganz wie neu.' — Als sie mich abholten, da war's ihnen schon angetan."

„Angetan —"

„Und der Hedderich hat sie auch an seinem Leib gehabt."

„Daß sie den nicht auch gehängt haben!"

„Und die Schrift mußte ich unterschreiben. Die in Landin sagten, da müßte mich ja der Teufel geplagt haben."

„Das war auch der Teufel, Herr!"

„Will sie auch nimmer von mir tun."

„So ist's recht, Herr."

„Der kluge Schäfer in Spandow hat mir gesagt, mit der Zeit zieht sich's und schiebt sich wieder zurück."

„Ist mit dem Leder wie mit dem Menschen, Herr. Jung zieht man's, alt schrumpft's ein. Aber 's gibt schon unterschiedlich Leder."

„Kasper, d e m sieht's doch keiner nicht mehr an, daß es im Wasser war."

„Keine Seele, Herr!"

„Und seit dem —"

„Haben sie Euch mit sechs Trompetern rausgeblasen; ich hört's in Berlin. Das hat Euch mancher Mann beneidet."

„Und die Vettern erst; das hättest du mal sehen sollen!"

„Haben ein Traktament losgelassen. Nicht wahr?"

Herr Gottfried schmunzelte: „Das ging aus einem Haus ins andere. Weiß doch wirklich nicht, wo ich zuletzt gewesen bin. Was sagt denn die Brigitte zu?"

,,I nu, was wird sie sagen. 'ne Stiege Gänse haben wir in den Rauchfang gehängt. Die Agnes haben wir nach Spandow gebracht.''

,,Die Agnes, ach das liebe Kind!''

,,Die wird fromm werden. Nu schlachten wir auch bald die Schweine.''

,,Bin doch kurios zu wissen, wie's daheim geht.''

Damit war Herr Götz aufgestanden, und der eine Fuß saß schon im Steigbügel. ,,Wie lange bin ich denn eigentlich fort, Kasper?''

,,In einer Stunde sind wir zu Haus, Herr!''

,,In einer Stunde, kurios!'' sagte Herr Gottfried und saß nun ganz im Sattel. ,,Viele Stunden, die machen einen Tag, und viele Tage einen Monat, und viele Monate ein Jahr, und was machen nun viele Jahre! 's ist doch kurios, Kasper, wenn man so das denkt. Manchmal ist mir doch, als wären viele Jahre nur wie eine Stunde, und dann ist mir wieder, als wäre eine Stunde wie viele Jahre.''

Dem treuen Knecht war recht bang zumute, als sie so nebeneinander, der Herr ritt und er kutschierte. Daß der Herr ihn nicht geprügelt hatte, das war schon sonderbar. Und jetzt ritt er so versenkt in sich und dachte, und dachte laut. Der Knecht dachte, ach wenn's mit dem guten Herrn zu Ende ginge!

Da sah Herr Gottfried plötzlich seine Handschuhe an, und steckte den Daumen in den Mund und schüttelte den Kopf: ,,Kasper, Kasper! Mir fällt was ein.''

,,Das auch noch! Da 's ist richtig.'' Kasper wischte sich das Auge.

,,'s ist richtig! Kasper, 's kommt schlimme Zeit.''

,,I warum nicht gar! Die Kraniche flogen ja über unser Haus.''

,,Krieg, Aufstand gibt's, sie rüsten, ich muß mit. Ach, nu kommt das alles raus. — Wo waren wir doch letzte Nacht?

— Richtig, richtig! Die blanken Schwerter kreuzweis über den Bechern. Der Totenkopf auf dem Tisch. Der Köpkin hielt meinen Arm, als ich schwor. Der Wulf, der konnte nicht mehr stehen, da biß er in den Handschuh, daß er sich's entsänne, wenn er aufwachte. Ich biß auch. — Ja, ja, 's ist alles so.''

,,Hab auch von gehört, sie sind wolfstoll um den Lindenberg. — Ihr müßt also auch mit, wenn's losgeht?''

,,Mit!''

,,Der Kurfürst ist ein starker Herr. Wer ihn anbellt, den beißt er.''

,,Sie werden auch beißen.'' Die kriegerischen Gedanken schienen sich in dem Ritter zu sammeln.

,,Unter Wölfen muß man mitheulen. Na, vielleicht kommt's nicht dazu.''

Der Ritter stützte das Kinn mit der Hand: ,,Vielleicht! Wollen ihn beim Freigericht verklagen, daß er einen Edelmann darum — Wenn das es auf sich nimmt — sonst, sonst Kasper, da werden wir die Knochen rühren müssen, da wird's Ernst werden. Alle Heiligen, da dürfen wir nicht mehr schlafen. Kasper, verstehst du mich; das dürfen wir der Frau nicht sagen.''

Neuntes Kapitel

Jochimken hüte Di!

,,Ich stach in ein Wespennest. Ich weiß es. Heran! Hier ist mein Arm, hier meine Brust, mein Gesicht ist frei. Ich will ihnen auch ins Gesicht sehen. Warum haben sie nicht den Mut! Was schwirrt es nur wie Käfer in der dunstigen Luft! Ihre Väter haben es doch gewagt, es galt eine große Frage. Gott entschied für meine Väter. Warum geht ihnen der Atem ihrer störrischen Vorfahren aus? Es muß schlechter um ihr Bewußtsein stehen als um ihr Recht.''

So sprach der Kurfürst und ging mit hastigen Schritten auf und ab. Er war allein; der Kammerdiener, der die Lichter angezündet, eilte, daß er wieder hinauskam. Der Fürst liebte niemand um sich in dieser Stunde.

Aber noch eben hatten die Bürgermeister der beiden Städte und einige Ratsherren im Zimmer gestanden.

,,Auch diese Bürgerherrn, ich will es glauben, sie lieben mich; ich tat ihnen ja noch nichts, wie meine Vorfahren, aber warum denn nicht heraus mit der Sprache! Warum diese dunkeln, ungewissen, scheuen Andeutungen? Fahre ich mit einer Frage, einem Wort, einem Blick drein, stäubt's auseinander wie der Rauch vorm Winde, und erstarrte Ehrfurcht zittert vor mir, der das Wort im Munde gefror; sie wissen nichts.

Wenn sie auch wüßten, der Mut ginge ihnen aus. — Auch f ü r ihren Fürsten, weil er g e g e n ihn ausgegangen? Haben so die trägen Jahre gezehrt, hat so das Fett sie eingeschüchtert. Allmächtiger Gott, ich weiß es ja, daß ich eine große Sendung übernahm, dieses verwüstete Land zu sittigen, daß ich tief einschneiden muß in das Fleisch, Wunden gibt es. Hat die alte Wüstheit ein Recht für sich, warum tritt sie nicht auf, warum ficht sie nicht offen, Mann gegen Mann mir gegenüber. Ich liebe einen tüchtigen Widerstand, der meine eigene Kraft stählt, einen großen, ehrlichen, offenen Kampf, wo Gott entscheidet. Wenn sie siegten —''

Er schwieg bei sich. Ob er sich doch nicht zutraute, wenn sie siegten, dem Gottesurteil sich zu unterwerfen! Auch der Tapferste liebt es nicht, besiegt zu werden.

,,Und auch das noch!'' rief er, das fürstliche Siegel, das sein Wappen enthielt, auf einem Schreiben erbrechend, welches der Furier hineingebracht. Der Brief war von seinem Oheim, dem Markgrafen Friedrich dem Älteren von Bayreuth.

,,Wieder Warnungen, Anmahnungen! — Ein Graf von Giech! — Herr Graf von Giech, Euren alten Adel, Euer schönes Stammschloß auf den fränkischen Bergen in Ehren, in Ehren auch den Botschafterposten meines erlauchten Ohms, aber ich werde mit Euch märkisch reden. Wenn mein Ohm, Euer Herr, als ich bei meines Vaters Tode ein Knabe war, mich für verständig genug hielt, daß ich das Regiment auch ohne Vormund führe, so erwägt, daß ich durch Jahre und Erfahrung älter ward und keinen Hofmeister aus der Fremde bedarf. — Er mag kommen, der Herr Graf von Giech!''

Der Fürst warf das Schreiben auf den Tisch und sich in den Sessel. Seine Augen flogen durch das Dunkel des gewölbten Zimmers.

,,Wer hat mich angeklagt? Wer rief nach Franken um Hilfe? Der Brief ist stumm. Und wenn ich den Herrn Grafen fragen werde, wird er wie die Bürger antworten: ‚Man sagt', ‚Man meint'. O, diese namenlosen Angeber, diese dunkle Macht des Gerichtes, diese Fledermäuse in dunstigen Gewölben. Alle sind es, aber keiner. Sie grollen alle, aber wen ich ansehe, warum zeigt mir denn keiner die Zähne? Warum verziehn sich die Runzeln in ein freundliches Grinsen, warum überstottern sie sich in Ehrfurchtsbeteuerungen! Es ist ja möglich, daß ich irrte, ich bin ein Mensch, jung; möglich, daß ich zu rasch gehandelt, mich hinreißen ließ — wenn sie Mut hätten, wenn ihre Sache gut wäre wie meine, warum ist denn nicht ein einziger, der es wagt, mir vor die Stirn zu treten, der es ausspricht? Ich könnte zürnen, auffahren, strafen. Nun, wagt das keiner um eine gute Sache! Wagt keiner, sich selbst zu opfern, um was ihm heilig ist? — Ich will mit ihnen fertig werden, mit ihnen allen, ich allein!'' — Im Zimmer verbreitete der große schwarze, mit vielen künstlichen Figuren ausgelegte Ofen eine dunstende Wärme. Joachim riß das Fenster auf, um frische Luft zu schöpfen. Es kam auch da nichts Frisches herein. Ein Dampf lagerte über der Stadt, die Spree floß träg zu Füßen der Mauern, kaum daß ein paar Sterne sich matt in ihrem schwarzen Wasser spiegelten. Wenige gingen über die Brücke, nur drüben an dem sumpfigen Ufer hielt ein Mann mit zwei Reitpferden. Ein anderer, in einen Mantel gehüllt, einen Federhut auf dem Kopf, sprach mit ihm. Dann schritt dieser über die Brücke nach dem Schlosse zu; nach einer Weile folgte ihm der Mann mit den beiden Pferden. Es schien dem Fürsten, als wenn er die Tiere vorsichtiger führte, als es sonst Art ist.

Der Anhauch der Luft hatte sein Blut nicht erfrischt, als Joachim sich wieder an den Schreibtisch setzte. Er las, er schrieb, aber seine Gedanken flogen abwärts. Er dachte an seinen Oheim Friedrich, dessen Schreiben vor ihm lag. Wie glücklich war der in seinem glücklichen Oberlande, in den grünen Bergen, wo die muntern Bäche plätschern, die Tannen an den Abhängen rauschen, die Morgensonne die schönen Schlösser auf den Bergen anglüht. ,,Ach wären wir dort geblieben! Welche saure Arbeit wäre uns erspart!'' — ,,Aber auch eine ehrenvolle Arbeit minder", antwortete er sich und langte wieder aus dem Pult das Testament des Vaters. Er las es und las es. „Ich arbeite ja nur in deinem Dienst, auf deinen Befehl."

Das Pergament war wieder verschlossen, und Joachim schrieb und blätterte in den Schriften vor ihm, bis die dunkeln Gedanken abermals ihn zu übermannen schienen. Er legte die Feder weg und seinen Kopf in die Lehne.

„Und grade zum heiligen Weihnachtsfest! Ich hatte mich nimmer so gesehnt, es in stiller Weihe zu begehen, als dieses Jahr, um mich würdig vorzubereiten auf das große Werk in Frankfurt. Wenn nach Neujahr der Abt, mein Freund, wie er versprochen, kommt —"

Er hielt sich das Gesicht mit beiden Händen:

„Mein Freund! — Wer ist denn mein Freund! D e r ist ein Freund meines Wissens, meines Strebens, d e r der Ehren, die ich ihm zuwende, d e r ein Hund an der Kette, d e r wedelt mich an aus Furcht, daß ich ihn schlage. — Ich habe keinen Freund! — Lindenberg, dein Tod ist gerächt. So schnell hast du Recht gewonnen. Ein Fürst, der niemand mehr traut als sich, ist dem Gesindel anheimgefallen, sprachst du. — Ich traue ja niemand mehr — sie alle schleichen, alle nur der Widerhall meiner Worte. Und wenn sie stumm sind, auf welchen langen Leichenzug verbrecherischer Gedanken muß ich lauschen! — Du klagst mich an. Hörst du auch m e i n e Klage. — Aber ich hätte milder sein können gegen mich, ich hätte mich selbst täuschen sollen, daß mir die süße Melodie deiner Worte länger vor den Ohren klänge! Deine Tat hätte mich gutmachen können, nur um dich mir zu retten. Du warst ja nicht mehr gefährlich. Die Spieluhr, die mir vor den Ohren summt, belügt mich ja nicht. Sie singt, wie ich sie stimme. Und ist es denn ein Verbrechen, einer Lüge horchen, die uns nicht mehr täuschen kann? Sind sie immer Gift? Vielleicht wohltätiges Gift, Balsam auf verharschende Wunden, die unter der rauhen Hand der Wahrheit wieder aufgehen und von neuem bluten. Allmächtiger Gott, was ist die Wahrheit, nach der wir ringen?''

Er schauderte zusammen: ,,Wenn ich ihnen allen ins Herz schaute, ihre Gedanken vor mir lägen wie ein offenes Buch! — Bewahre mich der Herr vor dem Entsetzlichen. Wir hätten in diesem unruhvollen Leben keinen ruhigen Augenblick. Geharnischt müßte ich mich auf mein Lager werfen, und wenn ich aufspränge, das Richtschwert zücken! Wohltätiger Nebel, den er über unsere Augen goß, nur soviel Licht uns schenkend, als wir ertragen mögen! Ja, was die Sterne uns vertrauen, das ist wahr. Darin zu lesen vergönnte er aber nur wenigen und weniges. Das andere ist Spiel! Ich haßte das Spiel, und doch — ich wollte, daß es mehr Spiel gäbe, mehr süße, liebliche Täuschung, nur auf Augenblicke die Wirklichkeit zu vergessen.''

Die ungeputzten Kerzen brannten nur dunkel. Es war totenstill. Von den Türmen schlug es Mitternacht. Der Fürst lag zurückgelehnt in seinem Stuhle.

,,Es ist zu spät, es ist geschehen'', murmelten seine Lippen, sein Auge schloß sich, aber vor dem inneren traten die Gestalten auf, die ihn allnächtlich heimsuchten. Seine Brust bebte, sein Arm hob sich etwas, die Hand preßte sich krampfhaft zusammen. Er sah den Geist des Ritters, die Wendeltreppe kam er herauf, er schritt durch den langen Gang. ,,Warum, warum immer mit den hohlen Augen, Lindenberg! Klagst du die Raben an oder mich? Dein Auge war so glänzend. Ich riß es dir ja nicht aus. Was schleichst du wie auf Diebessohlen! Was stehst du an der Tür?''

Die Erscheinung verschwand nicht. Es war ein etwas mehr als die Vision, die aufgeregten Sinne wurden tätig. Er hob sich, auf die Armlehne gestützt, wie ein Lauschender. Plötzlich ein Schrei, er sprang auf:

,,Maria, Joseph, was ist das!''

Joachim riß die Augen auf. Er hörte deutlich einen streichenden Ton an der Tür, ein Kratzen; dann ein Fall wie ein leichter Körper auf die Fliesen des Bodens; dann Tritte wie eines hastig Forteilenden. Er wollte nach der Klingelschnur greifen, das wäre zu spät worden. Den Armleuchter ergreifend, stürzte er nach der Tür und riß sie auf. Am Ende des langen Korridors verschwand eine dunkle Gestalt. ,,Mörder!'' wollte der Fürst rufen, die Stimme versagte ihm. — Das Licht der Kerzen beleuchtete etwas Weißes an der braunen Nußbaumtür. Die Kreide, mit der die Schrift geschrieben, lag am Boden. An der Türe standen die Worte:

Jochimken! Jochimken hüte Di!
Kriegen wi Di, so hangen wi Di!

Unten stampfte ein Roß. Hufschlag durch das Portal. Er stürzte ins Zimmer zurück ans Fenster. Über die lange Brücke sprengten zwei Reiter. Von drüben kam eine fröhliche Gesellschaft von einem Schmause zurück. Bei dem Schein der Fackeln konnte er die Umrisse der einen Gestalt erkennen. Die Reiter mußten große Eile haben. So preschten sie durch die Gäste. Er hörte ihre Hufschläge klattern, die Oderberger Gasse entlang.

Wenn der Kurfürst jetzt, da er nach der Schnur zur großen Glocke eilte, in den Spiegel gesehen, an dem er vorüberging, hätte er auch vor einem Gespenst zurückschrecken mögen. Ein so blasses Gesicht sah ihn mit starren Augen aus dem Glase an. Als die Glocke stürmte, durchschauerte es ihn bang. Seine Miene schien zu sprechen: ,,Wen wird sie rufen? Steh ich doch schon vielleicht allein?'' —

Die Edelknaben schliefen. Hatte man sogar vergessen, die Wächter auf den Gang auszustellen! — Waren die Tritte, die jetzt den Korridor hastend herankamen, schon die Tritte der Mörder! Seine Hand ergriff unwillkürlich an der Rechten nach dem Dolch, aber schnell ließ er die Hand wieder sinken, als schäme er sich der Bewegung. Er hatte andere Waffen.

Die Kammerherrn, die hereinstürzten, erschraken, wie er, auf die Stuhllehne gestützt, dastand und sie anstaunte.

,,Wer hat die Wacht im Schlosse?''

,,Der Ritter von Otterstädt.''

,,Wo ist Otterstädt?''

Was wollte der Fürst mit dem strengen, irren Blicke? Als verlange er die Antwort nicht mehr, machte er eine abwehrende Bewegung, welche sie gehen hieß.

Der Geheimrat von Schlieben ward angemeldet. Zählte der Fürst auch dessen graue Haare, forschte er, ob der Verrat darunter verborgen sei? Er saß wie erschöpft im Armstuhl, und sein strenger Blick hieß den alten Diener seines Hauses an der Schwelle weilen.

,,Durchlauchtigster Herr, ich komme zur ungewohnten Zeit —''

,,Aber du findest mich wach. Das werden sie alle, sag's ihnen.''

,,So wüßte mein gnädigster Herr schon —''

,,Otterstädt ist ausgestrichen, wie aus meinen Diensten, aus dem Buche meiner Gnade. Man soll ihn fahnden, wo man ihn trifft. Man setze ihm nach auf der Stelle! Ich will ihn finden, wo er sich verberge, einen Preis auf seinen Kopf! Ich sage Euch, er soll es büßen, schwer, furchtbar, entsetzlich. Joachim läßt nicht mit sich spielen. Wehe dem, der sich erdreistet, mich für einen Knaben zu halten.''

,,Wie, mein gnädigster Herr, was ich eben erst —''

,,Zauderst du? Gehörst du auch zu ihnen? — Ja, du zitterst.''

,,Den Otterstädt holen wir nicht mehr ein. Er flieht mit unterlegten Pferden nach der Lausitz zu seinem Verwandten, den Minckwitzen.''

„Die Rosse bestelltest du ihm. — O, auch ich kann Verwunderung heucheln. Wer noch! Ich frage lieber: Wer nicht? Deine Hände auf! Sind sie nicht auch weiß von Kreide?"

„Ich stehe hier und spreche, weil es meine Pflicht ist, weil mein Schwur als meines Kurfürsten Diener es mir gebietet. Erst in dieser Stunde ward ich von den schweren Dingen unterrichtet. Mißvergnügte hatten eine Anklage versucht gegen Eure Kurfürstliche Durchlaucht, was ich ein Erfrechen nenne, bei dem Freigericht. Die Sache blieb geheim bis diesen Abend, wo der Jähzorn einiger der Mißvergnügten über den Fehlschlag ihrer Hoffnung sie zu tollen, gefährlichen Reden verführte, die mir von Getreuen hinterbracht sind."

„Das Freigericht will mich nicht richten?"

„Es soll sich erklärt haben für nicht kompetent."

Joachim lachte häßlich auf: „Ich will mich für kompetent erklären, zu richten, wen und wer es sei, der in meinen Landen ein ander Gericht anruft, das nicht von mir Macht und Vollmacht erhielt; jeder und männiglich und das Gericht auch, wie es heißt und was es sei, das nicht vom Kaiser selbst Vollmacht und Freibrief hat. — Wollen sie mich nicht auch bei Kaiser und Reich verklagen."

„Ich kenne nicht die Absichten der Mißvergnügten."

„Aber sie selbst. Wer sind die Mißvergnügten? Nenne sie."

Der Geheimrat zuckte die Achseln.

„Und das deine Pflicht, das dein Schwur! Damit soll ich zufrieden sein!" Joachim war aufgesprungen.

„Lindenbergs Hinrichtung hat vielen Schmerz bereitet."

„Ist das alles? Hier siehst du einen, der an diesem Schmerze nagt."

„Mehr als Schmerz. Daß ich mich unterstehe, es meinem Durchlauchtigsten Herrn zu sagen, viele haben es sehr mißbilligt, die Zahl der Mißvergnügten wurde sehr groß."

„Heute erst! Warum wagtest du nicht früher es auszusprechen? Der stiehlt und raubt fast an meiner Seite, die lassen zu, daß ein ehrlicher Mann darum fälschlich angeklagt wird; der kritzelt mit seiner verruchten, majestätsverbrecherischen Hand an die Tür meines Schlafgemachs eine Todesdrohung, und du, mein erster Rat, geschworen, mir treu zu dienen, erprobst die Treue, daß du mir verschweigst, was mir zu wissen vor allem not tat. Verantworte dich, Herr von Schlieben!"

„Wenn alle gestraft würden, gnädigster Herr, welche anstehen, ihrem Fürsten zu berichten, was ihm unangenehm zu hören ist, hätten die Fürsten keinen Hof mehr, keine Räte und keine Minister."

„Und doch wie bereitwillig seid ihr alle, zu hinterbringen, wenn es Dritte gilt. Welch Gaudium eurer Seelen, Verdacht auszustreuen, wo ihr zu ernten hofft. Nur diesmal alle einig, weil jeder die Schuld des andern trägt und verbirgt. Dieser Mann ist mir lieb, dieser Otterstädt. Er hat es doch gewagt. Die wüste Tollheit seines verbrecherischen Hirns brach wie die Flamme heraus, die sich nicht mehr zügeln läßt. Wenn sein Kopf auf der Stange steckt, werde ich ihm zunicken. Ich liebe warmblutige Menschen. Ihr andern seid der stille Brand, der fortglüht unter der Asche. Man kann nicht überall die Augen, nicht überall achthaben, wo er helle Lohe schlägt. Vor mir, da bin ich sicher; aber wer schützt mich vor denen hinter meinem Rücken!"

Der Geheimrat verneigte sich tief; er sprach die Bitte aus, da sein gnädigster Herr sein Vertrauen von ihm abwende, ihn seiner Dienste zu entlassen und einen würdigeren Rat zu wählen.

Ein böses Lächeln schwebte um Joachims Lippen: „Wo ich hingreife, ist's derselbe Stoff. Ein Toter sagt's, hörst du, die Toten lügen nicht. Es lohnt sich nicht ändern, wo man nicht bessern kann. Du bleibst. Wer ritt mit Otterstädt?"

,,Man riet auf den und jenen. Bestimmtes weiß niemand."

,,Der und jener — man rät — niemand! — Ich will diesen Niemand finden, diesem Ratenden ein Rätsel aufgeben. — Wer bezog die Schloßwache?"

,,Konrad Burgsdorf."

,,Wenn er Brandbriefe an die Mauer schreibt, soll er Handschuhe anziehen. Die Kreide an seinen Fingern könnte ihn verraten."

,,Mein Gott, was soll daraus werden!" entfuhr es dem von Schlieben. So in krankhafter Aufregung hatte er seinen Fürsten noch nie gesehen.

,,Nur ein Hochgericht, Schlieben! Wenn meine Mannen und Diener zu verschlafen sind, einem Verbrecher nachzusetzen, wird Gott andere Rächer einem beleidigten Fürsten erwecken. Es gibt Gerichte auch drüben in Sachsen. Nicht rasten will ich, noch ruhen, bis Otterstädts Haupt auf einer Stange über dem Tore von Berlin schwebt. Ich bin's mir, ich bin's einem andern schuldig, der mir lieber war. Zur Warnung euch allen, so hoch der Verbrecher stehe, so stark sein Arm ist, so viele Freunde für ihn sprechen."

,,Gnädigster Herr! welche entsetzliche Wahnbilder beunruhigen Euer Durchlaucht. Euer Volk, ich darf es sagen, ist ein gutes und treues Volk, und wenn unter Eurem Adel Mißvergnügte sind —"

,,So sind sie's mit Recht. Nun bist du auf guter Fährte. Sprich dich aus, gieß aus den verhaltenen Unmut, so liebe ich's. Klage mich offen, herzhaft an. Auf dieser Stelle sprach so ein anderer Mann zu mir. Er hielt mich nicht mehr für ein Kind, als der Tod vor seiner Tür stand. Mann gegen Mann hat er mich angeklagt, und ich hörte ihm mit Lust zu. Seine Lippen sind nun bleich, sein Atem ist ihm vergangen, sein Herz ist kalt. Der kann nicht mehr sprechen. Nun tritt du für ihn auf, du setze fort die Rede. Sprich wie ein Anwalt, dessen Mund, ein Vulkan, Feuer sprüht, zeihe mich der Grausamkeit, der Eigenmacht, des Leichtsinns, verteidige den Adel gegen deinen Fürsten, beschwöre aus den Grüften die unverjährbaren Rechte, die ich brechen, zertreten will, überzeuge mich von meinem Unrecht. Dir soll kein Haar gekrümmt werden, wenn du deinen Groll in tausend Verwünschungen gegen mich ausschüttest; nein, ich will auf jedes deiner Worte lauschen, wie ein Liebender auf das Geflüster seiner Geliebten."

„Herr! Allerdurchlauchtigster Kurfürst, mein gnädigster Gebieter, möge die Zunge erstarren, die sich dessen erfrecht. Ich bin fern davon —"

Höhnisch lachte der Fürst auf: „Warum stehst du dann noch da! Geh nach Haus. 's ist späte Nachtzeit. Sieh in der Kinderstube nach, ob das Deckbett nicht von den Kleinen gerutscht ist. Die Nacht wird kalt."

„Er redet im Fieber", sagte der Geheimrat, als er das Zimmer verließ. „Man muß nach dem Leibphysikus senden, daß er in der Nähe des Zimmers wacht."

Aber Joachim sandte nicht nach dem Leibphysikus, sondern bald nachdem der Minister gegangen, stand Hans Jürgen von Bredow in seinem Zimmer und schien auf einen Auftrag zu harren, während der Fürst an seinem Tische schrieb.

Die Briefe waren geschrieben, versiegelt und ruhten in der ledernen Tasche auf der Brust des Edelknappen. Er hatte aufmerksam und ehrerbietig den Aufträgen des Fürsten gehört. Da legte Joachim die Hand auf seine Schulter:

„Du dienst nicht gern?"

„Ich war frei."

„Auch das Dienen", sprach Joachim, „wird zur Lust, mein ich, wenn man wirklich frei wird. Davon ein andermal, wenn wir uns näher kennen. Aber nicht wahr, im Grund des Herzens grollst du mir eigentlich noch?"

,,Wär ein Schelm, wenn ich lüge.''

,,Mehr wollt ich nicht. Nun reite, Hans Jürgen. Aber eile, daß du wiederkommst, denn ich brauche dich in meiner Nähe.''

Als er fort war, sah ihm der Fürst nach: ,,Gebenedeite Himmelskönigin, ein Fürst ist nicht verloren, der noch einen wirklichen Menschen um sich weiß. Die Klugen sind alle Verräter, ich will's nun mit — mit d e m will ich's versuchen.''

Zehntes Kapitel

Du sollst nicht stehlen

Es war Nacht in Hohen-Ziatz.

Die gute Frau von Bredow stand im Dunkel an den Pfosten gelehnt und sah dem Knecht Kasper zu, der in der kleinen Burgschmiede glühte, hämmerte und putzte. Er sah sie nicht, er hörte auch nicht, wie ihr Herz bang schlug und wie sie in gedankenlosem Spiel die Finger rieb.

Es ist was los! flüsterten sie damals, als der Herr von Lindenberg ausritt. Es ist wieder was los, und was Schlimmeres! hatten sie heut geflüstert.

Der guten Frau von Bredow war es noch nie so schlimm ergangen in ihrem eigenen Hause. Was war in ihren Herren gefahren die Tage über! Er sah in das Glas und trank es nicht aus. Er war brummig wie allezeit, aber wenn die Eva ihm um den Bart kraute, lachte er nicht, wie er doch sonst getan. So schön hatte sie ihm noch nie den Hirsebrei zugerichtet, mit Zimmet und Butter und Zwiebeln, die dampften. Er griff hinein, er aß und — seufzte. Was hatte ihr Herr zu seufzen? Wenn er recht brummig gewesen, dann ward er nachher immer freundlich, und war wie um den Finger zu wickeln. Und Geheimes, das mußte sie ihm nachrühmen, Geheimes hatte Herr Götz nie vor seiner Frau gehabt.

Aber er ritt allein in den Wald und letzthin zum Besuch, sie wußte nicht wo, er saß allein in der Stube, den Kopf im Arm gestützt, und dachte, sie wußte nicht was. Reiter kamen und sprachen mit ihm unter vier Augen, und er schickte den Kasper auf Botschaft aus, sie erfuhr nicht wohin.

Gestern aber waren spät noch Gäste gekommen, als sie

auf Besuch ausgewesen. Reiter, die von einer Jagd im Schloß abgestiegen, hieß es, aber die Leute im Schloß kannten die wenigsten. Einige hatten sich ganz verhüllt. Dann hatten sie in der Halle gezecht, wie guter Leute Art ist, aber die Türen waren verschlossen worden vor dem Gesinde, Kasper hatte aufgewartet, kein anderer war hineingelassen worden. Man hatte Becherklang, dumpfes Flüstern und wilde Verwünschungen gehört.

Als Frau Brigitte und ihre Tochter spät nach Hause kehrten, waren die Gäste schon fort, ihr Herr lag in seinem Bette. Aber es war Schweres zurückgeblieben. Sind Sorgen nicht schwer? Und ist das keine, wenn eine Hausfrau fühlt, daß sie nicht mehr allein Herrin im Hause ist, wo sie's zwanzig Jahre gewesen?

Frau Brigitte wußte schon mehr, als sie wissen sollte. Drüben in Golzow hatte sie manches munkeln gehört, auf dem Rückweg hatten dem Knecht Ruprecht, der sie fuhr, die Dohlen und die Krähen wunderbare Liedlein ins Ohr gesungen, und als der Wagen in die Lichtung fuhr, hatten sie noch die Gäste ausreiten gesehen; die gefielen ihr gar nicht. Auch im Dorfkruge sah sie durchs helle Fenster einige junge Burschen zechen, und sie sprachen wirre Dinge, solche Bauerburschen, die ihr Herr vom Pfluge nahm, wo es was galt. Auch mit andern waren sie wohl ausgeritten, um ein Handgeld oder auch nicht, die Leute sprachen nicht gern davon. Aber woher kamen die klingenden Guldenstücke in die Tasche der Büdnerssöhne!

Der Kasper sang, als er den Helmsturz auf dem Amboß festklopfte, ein Spottlied, was sie damals sangen auf Herzog Hans von Sagan, der landflüchtig war und kaum in der Mark ein Unterkommen gefunden:

Wer bürgerlichen Krieg anstift,
Denselben das Unglück wieder trifft,

Und muß das Sein mit dem Rücken ansehn,
Wie Herzog Hansen ist geschehn.

„Was singst du für ein häßlich Gassenlied, Kasper?" sprach die gnädige Frau.

Er erschrak etwas, aber nicht sehr: „Einer stimmt an, der andere singt nach, Gestrenge."

„Wer muß alles nachplärren, was die Gassenjungen vorsingen! — Hat's solche Eil, Kasper?"

Der Knecht sah sie seitwärts an und nickte.

„Morgen schon, Kasper?"

Er bedachte sich und nickte wieder.

„Kasper, du bist ein treuer Knecht, aber ein treuer Knecht muß alles tun, daß sein Herr nicht zu Schaden kommt."

„Ein Knecht muß tun, was sein Herr will."

„Wenn der Herr aber —" sie hielt inne. „Der Herr ist anders worden als er war."

Er nickte.

„Wenn's nun zum Schlimmen ginge, wenn er auf schlimme Leute gehört hätte, wenn sie ihn wieder fingen! Kasper, was würde aus dir, was würde aus uns allen! Das Liedlein vom Herzog Hansen, wenn sie's nun auf uns sängen!"

Der Knecht legte den Helm weg und nahm ein Schulterstück, aber das legte er auch weg. Es ging auch in ihm was vor: „Gestrenge, 's ist schon wahr, aber wir ändern's nicht, es muß sein."

„Warum muß es denn sein? Kasper, du weißt was."

„Ja, Gestrenge."

„Daß es gegen den Kurfürsten losgeht, das darfst du nicht sagen?"

„Nein, eben das darf ich nicht sagen."

„Auch nicht, daß mein Herr bei ist?"

„Auch nicht, daß er sich versprochen hat und nun nicht los kann."

„Kasper! 's wird nicht wie damals. Damals war er unschuldig wie ein Lamm im Mutterleib. Kasper, wer ihn abhalten täte, der verdiente sich einen Gotteslohn."

Kasper fuhr mit dem Eisen in die Kohlen, daß die Funken umherflogen.

„Ach, Gestrenge, das ist's eben. Der Brei ist zu weit eingerührt, nun muß er übers Feuer. Was mußten wir ihn auch allein ins Havelland reiten lassen —"

Die gute Frau zupfte ihn am Hemdsärmel: „Kasper, wir ziehn ihn wohl noch raus."

„Der Stier rennt gradeaus, wenn er 'nen Schlag hat."

„Du und ich?"

„Ich nicht, Gestrenge."

„Ein bißchen wirst du mir schon helfen."

„Nein! Bin ihm geschworen."

„Kasper! 's ist gottlos, mein ich, gegen den Landesherrn; aber wenn's geht, i nu, da drückt Gott schon ein Auge zu. 's ist ja der liebe Gott."

Der Knecht schüttelte den Kopf: „'s wird gehen wie dazumalen. Er ist stärker."

„Da muß er in den Turm, und aus dem Turme — Unser Haus reißen sie nieder oder schießen's nieder, und wir, wir müssen ins Elend, die Eva und ich."

Kasper wischte sich mit dem Ärmel über das Auge: „Ich werd's nicht mit ansehn. Wenn sie die Herren köpfen, hängen sie die Knechte."

Er ging wieder an die Arbeit, als wollte er die Gedanken forthämmern. Aber Frau Brigitten kamen unter den Hammerschlägen Gedanken.

„Du bist ein guter und treuer Knecht", sprach sie. „An deiner Stelle tät ich auch wie du. Aber ich bin seine Frau; ich muß für ihn sorgen, dazu sind wir am Altar geschworen, daß einer das Unglück vom andern abwendet. Aber was du weißt, das mußt du mir sagen, ich bin deine Frau und kann's dir befehlen; nämlich was er dir nicht verboten hat. Und was du denkst, damit mußt du auch nicht hinterm Berge halten, wenn ich dich frage. Denn ein Knecht darf nur für seine Herrschaft denken."

„Freilich", sagte der Knecht Kasper.

„Morgen früh schon reitet er aus?"

Der Knecht sah sie zweifelhaft an: „Das weiß ich nicht, ob ich das sagen darf."

„Darum frag ich dich auch nicht. Aber das mußt du mir sagen: Bleibt mein Herr morgen daheim?"

„Ja, das hat er mir nicht verboten. Nein, er bleibt nicht daheim."

„Und kommt auch morgen und übermorgen nicht zurück?"

„Das weiß keiner, wenn er zurückkehrt."

„Nimmt dich mit und den Wenzel, und aus dem Dorf den Jürgen, den Stephan, den Hans und die beiden Zwillinge?"

„Nu, so Ihr das wißt, Gestrenge, da braucht Ihr mich ja nicht zu fragen."

„Und in der Rüstkammer hängen schon die Eisenhemden, die Koller, Schirme, Hauben, die Spieße und Äxte, die ihr anziehen werdet."

„Das wißt Ihr also auch."

„Was dächtest du nun, Kasper, wenn ich den Ruprecht und noch ein paar gute Burschen nähme und ließe die ganze Rüstkammer raustragen, ganz sacht, daß es keiner merkt, und die Rosse aus dem Stall ziehen; wir packten alles was scharf ist und von Eisen auf die Leiterwagen, und damit führen wir in der Nacht nach Golzow. Die Rochows sind mir gut. Heuer wollen sie nicht mit. Bis er aufwachte, wären wir längst über alle Berge, und dann könnte er doch nicht ausreiten. Du sollst nicht dabei sein, du sollst nur sagen, was du dazu denkst."

„Straf mich Gott, Gestrenge, da müßt ich ja dabei sein. Wenn ich's merken täte, da sprüng ich auf den Hof, und bis

Ihr nur halb fertig wärt mit Aufpacken, riß ich das Fallgitter nieder und schrie aus Leibeskräften, bis er aufwachen täte.''

,,Schreien würdest du? Dann müßten wir dich also knebeln.''

,,Würde mich aber verflucht wehren.''

,,Dann müßte man dich einsperren.''

,,Ich schriee durch; 's ist ja für meinen Herrn.''

,,Nun, wenn's hier unten wäre in der Schmiede, da könntest du dir die Lunge ausschreien, bis er's hörte.''

,,'s hülfe Euch auch nichts, Gestrenge! Er hat sich in den Handschuh gebissen und geschworen, das kann ich schon sagen, vom Handschuh nämlich, das hat er mir nicht verboten. Da muß er's tun. Wenn er aufwacht und die Bescherung sähe, sobald er nur in den Hosen sitzt, springt er über die Mauer, wenn's nicht anders ist. Im Dorf trifft er Pferde und die liederlichen Kerle da, denn's ganze Dorf könnt Ihr doch nicht mitnehmen nach Golzow. Er reitet fort, wie er ist, ich kenne ja meinen Herrn.''

,,Wie er ist'', wiederholte nachdrücklich die Frau. ,,Wie ist er denn, Kasper? Hat er 'nen guten Rausch?''

,,I nu, die Treppe stieg er noch halbwege rauf. Nur auf den letzten Stufen mußte ich ihn unterfassen.''

,,Hat er noch viel gesprochen?''

,,Na! Nicht wie der Bischof von Brandenburg, wenn er 'nen guten Rausch gehabt, aber 's hörte sich doch so an.''

,,Als du ihn verließest, schlief er?''

,,Wie ein Maulwurf.''

,,Und wann meinst du, daß er aufwacht?''

Der Knecht blickte verlegen: ,,Wenn ihn die Sonne nicht aufweckt, dann — ich weiß nicht, ob ich das sagen darf —''

,,Dann solltest du ihn aufwecken. Vergiß das nicht, Kasper. Aber ist das deines Herrn Gebot, daß du hier mit mir plauderst? Frisch, frisch an die Arbeit. Nicht aufgesehen, hast viel nachzuholen, bis du ihn wecken gehst. Deine Frau befiehlt's.''

Als der Knecht gehorsam die Kohlen schürte und hämmerte, hörte er hinter sich einen Krach, drauf einen schweren Riegel rasseln. ,,Dacht ich mir's doch gleich, sie sperrt mich ein.'' Schnell war Helm und Hammer fortgelegt, und er kletterte nach dem kleinen Fenster hinauf, das von draußen zu ebener Erde war. Aber auch hier begegnete ihm schon das Gesicht der Burgfrau, welche die schwere Eichenklappe darüberfallen ließ und die Krammen in die Wand befestigte.

,,Hast du zu essen bei dir?'' fragte sie ihn durch das kleine Lugloch.

,,Das hab ich schon, Gestrenge; Rettich, Käse und Brot im Kober.''

,,Dann spar's dir auf, damit du nicht hungerst.''

,,Aber schreien, Gestrenge, tu ich doch; 's ist meine Schuldigkeit.''

,,Erst arbeiten und dann schreien'', antwortete ihm ihre Stimme, und sie warf ein paar Bund Stroh vor das Loch und wälzte mit nicht geringer Anstrengung einen großen Stein davor. Die dicke, schwere Tür würde er nicht erbrechen, dessen war sie sicher.

In der Nacht war die Frau von Bredow wieder Herrin im Haus, und wehe dem Knecht, der ihr nicht gehorchen wollte. Und wer sich etwa vorhin gefreut, mit auszuziehn mit dem Herrn, der konnte sich jetzt auch freuen, er zog mit der Frau aus. Und wer weiß, ob der Herr so gut hätte einschenken lassen, wie die Frau tat, daß sie Mut und Lust kriegten. Bald war es auch wie ein Fest, wie ein Fastelabendsspaß, wo es jeder dem andern wollte zuvortun in Hurtigkeit und Stille. So schoben sie nicht, nein, sie trugen den Wagen aus dem Schuppen; aus der Rüstkammer und der Halle holten sie die Schilde, Helme, Rüstungen, Spieße und Äxte, daß es keinen Klang gab. Stroh und Decken wurden dazwischengepackt, und selbst die Rosse schienen zu merken, was es galt: so sachte ließen sie sich aus dem Stall ziehen und vor die Wagen spannen und satteln. Kurz, es ging alles still und schnell ab wie in einem Märchen. Nur die Katzen heulten, und dann und wann hörte man Herrn Gottfried vom Giebel schnarchen. Zwar schrie auch der Knecht Kasper wie ein rechtschaffener Knecht alle fünf Minuten einmal, aber man mußte es ihm lassen, er schrie nur aus Schuldigkeit, wie ein Nachtwächter, der die Leute nicht wecken soll.

Nun war alles fertig, das Fallgitter aufgezogen, die Brücke niedergelassen, zum Überfluß hatten die Mägde Stroh daraufgestreut, daß die Wagen nicht rasselten, und die wenigen Lichter wurden ausgelöscht, die zum Packen geleuchtet. Nur die Sterne konnten sie nicht auslöschen.

Die gute Frau von Bredow schöpfte Atem. Wo nicht alles war sie in der einen Stunde gewesen, wo nicht alles hatte sie mit Hand angegriffen und angewiesen und angeordnet; wofür hatte sie nicht zu sorgen gehabt für Fortziehende und für Bleibende! Und was mußte sie das angegriffen haben, ich meine nicht, d a ß sie es tun mußte, sondern daß sie es ohne ein lautes Wort tun mußte. Sie war immer der Meinung, Gott habe dem Menschen die Stimme gegeben, daß er sie vernehmen lasse. Ach, das Schwerste stand ihr doch noch bevor. Die Wagen fuhren schon zum Tor hinaus, als sie zu Eva leise sprach: ,,Nu komm rauf.'' Wie ihrer Mutter Hand zitterte! Nur der Knecht Ruprecht blieb unten an der Treppe.

Sie waren oben, wo die kleine Ampel vor der Tür brannte. Evas Herz pochte nur ein klein wenig, als sie durch das Schlüsselloch geblickt und leise die Tür aufklinken wollte. Die Mutter zog sie noch zurück:

,,Bleib noch ein bißchen, Eva, mir ist doch bang.''

,,Er schläft ganz fest.''

,,Eva, nein, d u sollst es nicht.''

Sie nahm sie in ihre Arme und küßte sie ab. ,,Wenn's Sünde ist — ach du mein Gott, das Leben wird einem doch

recht schwer gemacht! Was soll nicht alles Sünde sein! —"
„Es muß ja sein, hast du gesagt, Mutter!"
„Freilich muß es sein."
„Wir ziehn die Schuhe aus."
„Du liebe Unschuld, wär's damit getan! 'ne Mutter muß die Tochter nicht zum Bösen verleiten. Ich kann's auch besser in der Beichte vortragen." Der edle Wettstreit ward endlich dahin geschlichtet, daß beide die Schuhe auszogen.

Der gute Knecht Ruprecht hatte die Angeln der Tür geschmiert, sie knarrten wenig, und Eva hielt die Hand so vor der Ampel, daß sie keinen Schein auf den Schlafenden warf. Das Licht ward vorsichtig in eine Blende hinter dem Bett gestellt, und Mutter und Tochter winkten sich, die Finger vor dem Mund. „Eva!" flüsterte jene noch, „wenn er auffährt, laufe fort; ich will's schon allein mit ihm abmachen." Ich glaube, Eva wäre nicht fortgelaufen; das Kind hatte nicht geantwortet.

Wie ruhig er lag, wie in gemessenen, festen, ernsten Absätzen Herr Gottfried schnarchte! Den Richter, der ihn einst richten wollen um das Verbrechen, das geharnischt vorm Tore stand, hätte ich an das Bett führen mögen und fragen: Kann ein Hochverräter so schlafen? Es waren keine Töne, die unregelmäßig wie der erstickte Atem des Schuldbewußtseins vorbrechen aus der geängstigten Brust; nein, es waren die ruhigen, kraftvollen Pulsschläge eines gesunden Organismus. Aus tiefster Brust kamen sie wie Boten, daß alles da in Ordnung sei, daß diesen Mann keine Träume ängsteten, und wenn Träume um ihn spielten, waren es Spiegelbilder der Selbstzufriedenheit mit einem von keinen Zweifeln zerrissenen Dasein.

Herr Gottfried schlief auf dem Rücken, die kräftigen Arme über den Kopf ausgestreckt. Über dem gewaltigen Deckbett hing noch ein bunter, schöngewebter Teppich bis zum Boden. Sein Ahnherr, der mit Ludwig dem Bayern in Tirol gewesen, hatte ihn mitgebracht als ein Angebinde der durchlauchtigsten Fürstin Frau Margarete, Maultasch genannt. Wenn der Ritter unruhig schlief, lag der Teppich, wohl auch das Deckbett auf der Erde. Ein gutes Zeichen für die Frauen, daß heut die Decken lagen, als habe sie der Kasper erst über seinen Herrn gebreitet. Aber wo nun suchen? — Da sahen sich plötzlich beide lächelnd an, und beide Fingerspitzen zeigten auf denselben Punkt. — Er lag mit dem Kopfe drauf! Ach, ein geschickter Dieb stiehlt auch das Pfühl unter dem Kopfe fort; aber die Beinenden hatte er sich um die Arme geschlungen und noch mit der Schnur fest ans Gelenk gebunden. Wer sollte sie ihm da stehlen! Im Lager und im Kriege möcht ich das nicht raten; wie will er aufspringen, wenn die Lärmtrompete dröhnt! Aber auch im eigenen Hause half's dem guten Herrn Gottfried wenig, denn wo siegt nicht Weiberlist über Männerklugheit!

Da hielt die Mutter die Ampel etwas in die Höhe, und Eva streichelte mit ihrem kleinen Finger des Vaters Bart. Er lächelte vergnügt. „Katze, was willst du?" brummte er freundlich. Er drehte den Kopf, die eine Hand ward frei. Die Schleife des Riemens war gelöst.

Was beschreibe ich's nun, es ließe sich wohl besser malen, wie Eva mit verhaltenem Atem und mit einem Elfengriffe Herrn Gottfried den Kopf so sanft hielt, daß er im weichsten Pfühl nicht weicher liegen konnte, und die Mutter zog leise, leise unter dem Kopfe. Nun hielt sie's in der Hand, nun atmete sie wieder, nun ließ Eva den Kopf sanft auf das Kissen gleiten, und beide sahen sich an. Es war gelungen.

„Auch das!" dachte Frau Brigitte, als sie den Degen des Ritters an der Wand sah; aber Eva griff ihr in den Arm: „Mutter, du wirst doch nicht dem Vater sein Schwert nehmen!" Nein, ein freier Mann durfte nicht ohne sein Schwert sein, auch auf die Gefahr, daß er es gegen seinen Fürsten zog. Das war jedem damals klar, auch dem Fürsten, und die gute Frau von Bredow errötete, daß es ihr nur auf einen Augenblick aus dem Sinne gekommen.

Die Wagen rollten schon auf dem Damme, und die letzten Reiter harrten der Nachzügler, als die Edelfrau und ihre Tochter über den dunklen Hof kamen. Noch einmal schaute Frau Brigitte auf die großen Schatten der Türme und Mauern, und die starke Frau zitterte etwas, als die lange, dunkle Gestalt des Knechtes Ruprecht stumm vorüberschritt und ihrer wartend an das Fallgitter sich stellte. Da gelobte sie, wenn alles gut abginge, der Mutter Gottes in Zehdenick ein neues Kleid mit Goldfransen, und Eva sagte: „Und Schwester Agnes wird für uns beten, wenn es nicht recht war.“

Der Knecht ließ das Fallgitter sanft fallen und schloß das Tor von außen.

Auf ihren Knien unter dem Mantel hielt sie das gestohlene Gut. Nachts im Walde umschleichen uns unheimliche Gedanken. Die Natur verlangte ihr Recht, sie nickte ein. Da fuhr sie plötzlich auf, wenn der Wagen über eine Wurzel fuhr, und preßte das Kleid fest an sich. Hatte es ihr entgleiten wollen wie eine Schlange, oder hatte ein langer schwarzer Arm aus den entlaubten Bäumen danach gegriffen? — Wenn er nun erwachte vor der Zeit, über die Mauer sprang, ihr nachsetzte! Wie sollte sie ihn ansehen! Oder wenn die bösen Gesellen ihn abholen kamen, wenn sie ihnen jetzt begegneten! Wenn — hundert Wenns ängsteten die arme Frau. Wenn sie nur erst die Hunde in Golzow anschlagen gehört, wenn ein guter Mann des Weges gekommen wäre, dem sie das Gut in sichere Hände anvertrauen dürfen! Es drückte sie wie Blei; sie mochte es nicht länger halten. Zuweilen dachte sie daran, es dem Knecht Ruprecht zu geben, daß er damit nach Golzow voraufritte. Aber was hätten die in Golzow dazu gesagt, wenn die Hosen des Herrn von Bredow angekommen wären und nichts weiter!

Da hörte man durch den stillen Wald Hufschläge. Ein einzelner Reiter galoppierte vorbei. Gott sei Dank! dachte Frau von Bredow, er reitet vorüber. Er reitet gewiß nach Ziatz. Wenn er nur nicht umkehrt!

Was bog sich Eva nach dem Reiter um? ,,Hans Jürgen!'' rief sie plötzlich in die Nacht hinein mit ihrer hellen, frohen Silberstimme.

Hans Jürgen war umgekehrt, der liebe, gute Hans Jürgen. ,,Das Kind kann doch durch die Nacht sehn.'' Wer hätte an den Hans Jürgen gedacht, der damals am Fließ Wache stehen mußte, wenn er jetzt sah, wie die Frau mit ihm Hände schüttelte; und so mußte er sich über die Leiter biegen, daß sie ihn beim Kopf fassen und ihm einen herzhaften Kuß geben konnte. Und da er einmal sich über die Leiter gebogen, hielt er's für artig und anständig, auch seiner Muhme Eva einen Kuß zu geben, und nachdem er ihr einen Kuß gegeben, meinte sie, es schicke sich, daß sie ihm wieder einen Kuß gebe. Ein Freund in der Nacht und im Walde ist beinah wie ein Freund in der Not.

Da war es, als schiene plötzlich ein helles Licht in dem dunklen Wald, während Hans Jürgen, der kehrtgemacht, langsam neben dem Wagen ritt und ihnen erzählte, was er wußte, und sie erzählten ihm, was sie wußten. Hans Jürgen war nicht mehr der Hans Jürgen, den man in die Schwemme schicken konnte; sein Kurfürst hatte ihn nach Pommern und dann nach Mecklenburg geschickt in besonderen Aufträgen, und jetzt kam er vom Schloß des Brandenburger Bischofs in Ziesar, um in die Lausitz zu reiten und von da nach Berlin zurück, und alles, was ihm aufgetragen, hatte er gut verrichtet. Unterwegs hatte er ansprechen wollen bei seinen Blutsfreunden in Ziatz.

,,Das kannst du nun jetzt nicht, Hans Jürgen'', sagte nachdenklich die Frau, aber plötzlich blitzte in ihr ein Gedanke auf. Sie ließ den Ruprecht halten, sie stieg vom Wagen und der Reiter vom Pferde, dann ging sie mit ihm ein paar Schritte auf und ab, und sie sprachen und schienen einig und die Frau sehr vergnügt.

Gleich darauf packte sie die Lederbüchsen in einen Sack, und Hans Jürgen steckte noch dahinein das Kettenhemde und die Büffelhaube seines Ohms, schnürte alles fest zu und legte es und band es auf sein Roß. Dann sprach sie zu ihm: ,,So also sprichst du zum gnädigsten Kurfürsten, nämlich ich meine, die rechten Worte wirst du schon unterwegs finden. Wenn böse Leute, wie dazumal, sagen sollten, dein Ohm wäre mit ausgeritten, wo er nicht reiten soll, so kannst du schwören, er ist nicht dabei. Du hast seine Haube und sein Hemde, und was er sonst nie vom Leibe tut. Das schicke ich alles Seiner Kurfürstlichen Gnaden, zum Zeichen, daß mein Herr unschuldig und verredet ist, und damit kein anderer böser Bube es anzieht und mein Götz kommt darum ins Unglück. So kannst du sprechen, und dann sprichst du die Wahrheit.''

Nun saß er wieder auf dem Pferde und die Frau auf dem Wagen. Ob er sich noch einmal über die Leiter gebogen, um auch zum Abschied, weil es anständig und artig, seine Muhme zu küssen, davon steht nichts in den Chroniken zu lesen. Aber er ritt sehr vergnügt in den Wald, und Eva war es, als blühten die dürren Bäume und die Nachtigallen sängen, und Frau Brigitte sprach bei sich: ,,Gott sei Dank, nun bin ich sie los und alles wird gut.''

Elftes Kapitel

Die Köpnicker Heide

,,Der kommt ungelegen'', sprachen zwei Reiter, die am grauenden Morgen durch die Köpnicker Heide ritten, als der Wind einen ersten leichten Schnee ihnen ins Gesicht trieb. Es waren ritterbürtige Leute; aber mit den kurzen Waffen und in ihren Büffelkollern und Wolfspelzen, unter denen die Panzerhemden verräterisch blinkten, ritten sie nicht zu Hof und Hochzeit.

Der Morgen war rauh und unfreundlich wie ihre Gesichter. Sie folgten einem wenig befahrenen Holzwege. Wo der Wald sich lichtete, hielten sie, wie um zu horchen. In weiter Ferne hörte man dumpfe Hufschläge. Auf der andern Seite der Lichtung schimmerte aus der Niederung eine verfallene Lehmhütte, deren wettergepeischtes, schiefes Dach allmählich seine braune Farbe verlor.

Der eine Ritter schien gerade dies Dach mit besonderer Aufmerksamkeit zu betrachten: ,,Siehst du, Wedigo, es wird weiß.''

Der andere strich aus seinem roten Knebelbart den Morgennebel: ,,Es bleibt aber nicht weiß. Der Rauch schmilzt es da am Schlot. Die Sonne tut's für uns nachher.''

,,Bis neun Uhr, wo er kommen soll, hat sie nicht die Kraft.''

,,Und wenn nicht, was weiter!''

,,Was weiter, Schwerenot! Sollen wir wie die Eichkatzen an den Baumästen klettern? An die siebzig, die von links und rechts kommen, müssen doch Tapfen lassen. Es wär die Pestilenz, wenn er Wind bekäme, und es ginge wieder quer.''

„Ist er nur bis zum Süßen Grund, dann mögen sie uns wittern."

„O, dieser Süße Grund!" knirschte der andere, „er soll ihm ein bittrer, saurer werden!"

„Wenn Kasper Flanz pfeift, so laut er will, mag ihm ein Vöglein singen, 's ist zu spät. Er kommt nicht mehr nach Kölln zurück."

„Mordio!" Der andere schüttelte an seinem Degen. „Nur heut keine Memmen!"

„Kannst du noch zweifeln!"

„Was Adlige sind, nein. Aber daß wir bei so was nicht unter uns sind! Ich ward überstimmt."

„Was plagst du dich mit Argwohn, Adam! Unsere Knechte sind dir Kerle, die im Feuer gesotten wurden. Was hat so ein Bauersohn, dem sie sein Haus in Asche gelegt, und auf seinem Acker wachsen Nesseln? Meinst du, daß sie lieber Disteln ausreuten und hinterm Pfluge keuchen, als mit uns durch die Heide preschen? Satan könnte sich keine bessern Gesellen wünschen, als märkische Bauern, die nichts mehr hinter sich haben und ein freies Leben vor sich. Ich habe so ein paar Lümmel; ihre Schwielenhaut ward in Sonne und Sturm wie ein Panzerhemd, und ihre Sehnen sind wie Eisen. Auf die ist Verlaß; ließen sich für mich ein Stündlein zum Vergnügen auf die Folter recken. Wenn man den Menschen die Krippe nicht zu hoch schnallt, sind alle Menschen gut." Sie ritten, am Waldrande sich haltend, auf das Haus zu, um nach der Verabredung die ersten zu sein, schienen aber verwundert, als sie im Wege schon eine frische Pferdespur fanden.

„Das fordert Vorsicht", sprach Wedigo und sprang vom Roß, das er an einen Ast band, um von hinten an das Haus zu schleichen.

Aber lächelnden Gesichtes war Wedigo zu seinem Gefährten zurückgekehrt und flüsterte ihm einen Namen zu, der auch diesem ein Lächeln abnötigte, derweil die Ankunft anderer Reiter beider Aufmerksamkeit in Anspruch nahm. Alle kamen auf Nebenwegen mit derselben Vorsicht heran; alle vermummt. Einige mit alten Helmen und geschlossenen Visieren, alle wohlbewaffnet. Ihrer Tracht nach schien keiner vornehmer als der andere zu sein. Aber in jeder Gemeinschaft muß es Führer und Häupter geben, und wo keine sind, da machen sie sich von selbst. Man ritt aneinander, man wechselte leise Worte, Winke und Händedrücken, bis ihrer so viele beisammen waren, daß die Ordnung nötig schien, welche nur ein Befehlshaber herstellen kann. Einer, der seine stolze Haltung nur schlecht unter dem Schafpelz verbarg, winkte seine Befehle einem andern im schwarzen Büffelkoller zu, der nun unter den Gruppen umherritt und sie austeilte. Einige stiegen von den Pferden und verteilten sich in den Wald, andere hielten zu Roß an dem Saum der Lichtung Wache. Erst dann traten die andern in einen Kreis und pflogen, wie es den Anschein hatte, Rates, der aber bald lauter wurde, als sich für solchen Ort schicken mochte.

,,Himmel und Hölle!'' rief mit gedämpfter Stimme der im Schafpelz und hob beide Arme in die Höhe, ,,wir haben ihn noch nicht. Nachher davon, ihr Herren, hier tut uns anderes not!''

Aber seine Gründe schienen nicht alle zu überzeugen: der Lärm, das Geschrei, wenngleich mit unterdrückten Stimmen, ward lauter. Einige Mißvergnügte ritten auch schon aus dem Kreise und sonderten sich in Gruppen.

,,Dacht ich's doch'', rief einer. ,,Wo die Klugsprecher sind, ist auch Verrat. Wer setzt denn um nichts den Hals daran!''

,,Warte nur, bis Otterstädt kommt'', entgegnete der, welcher ihn zur Rückkehr zu bewegen suchte.

,,Der! Wer am Hof war, züngelt.''

,,Gib dich nur jetzt, Christoph.''

„Gib dich, gib nach, warte nur, so heißt's allezeit. Wenn's nun n i c h t geschieht, hol's der Teufel, und ich konnte in Kyritz einreiten! Zusammenhalten! Schönes Wort! Der Hund heult und der Wolf schluckt's. Wovon sollen wir leben? An unsern Fingern kauen, wenn wir die Zeit nicht nutzen! Ich hab nichts mehr, darum bin ich hier. 's läuft alles aufs Dienen raus, Adam, wo die Klugsprecher ans Regiment kommen."

„Die Not ist unser aller. Die großen Herren —"

„Salvieren sich, wenn's schlimm geht, uns hängen sie. Wenn's gut geht, ihre Taschen werden voll; uns schmieren sie Redensarten ins Maul. Hab die letzte Kuh verkauft zur Rüstung, und nun soll ich warten auf den Landtag. Und da wird parliert, und dann heißt's: Die Ordnung will — Ich kenne das. Ich — auf die Ordnung. 's ist mir kein Wort so zuwider. Kriege Bauchgrimmen, wenn ich's höre."

Adam flüsterte ihm Namen ins Ohr: „Volle Katzen haben sie mitgebracht. Es soll keinem fehlen, der Geld braucht."

„Das heißt, wenn du gut Bedienter spielst, wirst du gut bezahlt. Seine Leute bezahlt der Kurfürst auch. So kommt der arme Mann runter. So ist mancher gute Mann in der Mark Dienstboten worden."

„Wer nichts hat, muß dem andern dienen, der was hat. 's geht schon nicht anders in der Welt."

„'s ginge schon, wenn" — antwortete Christoph.

Der Sturm und das heftigere Schneegestöber trugen das Wenn des Junkers in die Luft und trieben die Versammelten ins Haus, zum Vorteil der Anführer vielleicht. Die niedrige Stube des Heidewirts mochte noch nie eine so ansehnliche Versammlung in ihren zerbröckelten Wänden gesehen haben; mit ihren Fensteröffnungen, die mit Lumpen verklebt waren, und einem Lehmboden, der an Stellen einem Sumpfe ähnlich sah. Hitze und Dampf qualmten aus dem gemauerten Ofen. Rohe Bänke und Tische, zerbrochene Gläser und Krüge im Schrank und ein Himmelbett waren die einzigen leblosen Dinge. Der Wirt, ein verdächtiges, tückisches Gesicht, mit einem Auge, und ein gespornter Mann, der, mit dickem Wolfspelz überdeckt, auf der Ofenbank schlief, die einzigen lebendigen Wesen, als die Ritter hereindrängten und den Schnee von ihren Schultern abstampften, was kaum nötig schien, da ihn die Hitze sogleich schmolz.

,,Unsinn!'' rief der Anführer, der von den andern Wigand genannt wurde, und warf sich auf einen Schemel, daß die Rüstung unterm Pelz klirrte. ,,Unsinn, in diesem Augenblick damit vorzukommen. Ich sage euch, wenn wir uns nicht bändigen, haben wir verloren, auch wenn's gelang. Meint ihr denn, daß es ein leichtes Ding ist? Ihn zu fassen, ja. Aber so wir's nicht geschickt angreifen, bleibt es ein Ast, den wir vom Baume reißen, und der Baum steht da und lacht uns aus. Vor hundert Jahren war es anders, und unsere Väter haben doch verloren. Jetzt hat der Baum hundertjährige Wurzeln unter sich, Deutschland ward ein anderes, die Meinung ist für ihn, es ist ein gewaltiger Kaiser da. Wenn wir nicht jetzt mit aller Vorsicht zu Werke gehn, wenn wir nicht die Meinung für uns gewinnen, haben wir ein schlecht Schauspiel zum schlechtesten, kläglichsten Ende gebracht. Verrückt, toll wären wir, so wir in dem Augenblick die Städte gegen uns aufbrächten. Jetzt an Wegelagerung, an Plackereien zu denken, ich sage euch, besser, ihr schnittet euch die Kehle mit dem Brotmesser ab. Es kommt nur, es kommt alles darauf an, der Sache ein gut Gesicht zu geben. Es kommt darauf an, jetzt zu geben, nicht zu nehmen. So unsere Väter es damals nicht mit den Städten verdorben, hätten sie auf die Dauer verschlungene Arme mit uns gemacht, die faule Grete hätte nicht vor unsern Schlössern gebrummt, sie wär im Sande steckengeblieben; wir hätten die Nürnberger wie die Hohenloher zu Paaren getrieben, bis ihnen die Lust verging.''

„Hätten ist nicht hatten", sagte einer. Die Rede schien wenig Eindruck auf die Mehrzahl gemacht zu haben.

„Beim Blut von Wilsnack! was wollt ihr denn?" rief der erste Redner, den eisernen Arm auf den Tisch legend. „Wer nicht die Zeit, wie sie ist, im Aug hat und faßt, der verspielt auch die Gunst des Augenblicks. Was haben wir denn, wenn wir ihn haben; und auch wenn er nicht mehr ist, was denn? — Das Herzblut springt euch beim Gedanken, daß ihr eure Rache kühlt. Glaubt ihr, daß mein Herz nicht auch jubelt? Aber so handelt das Vieh. Könnt ihr nur an heut denken? Ist das Morgen euch mit Brettern vernagelt?"

„Sprich, sprich, Wigand!" sagten einige.

„Städte, Fürsten, Kaiser, Reich stehen auf. Die Acht wird gegen uns geschleudert. Meint ihr, daß die Sachsen, die Pommern, die Mecklenburger, die Magdeburger nur einen Augenblick anstehen, Exekutionsheere zu schicken? O, wir haben gute Nachbarn. Wo sind unsere festen Burgen, wo die dicken Mauern, dahinter wir ihnen in die Zähne lachen können? Wollt ihr alles aufs Spiel setzen um e i n e n heißen vollen Trunk?"

„Wigand hat recht!" sagte einer. Die andern schwiegen.

„Ich habe recht. Ich weiß, daß Joachim grad jetzt Boten ausgesendet zu den Pommern, zu allen Fürsten in der Runde zu einem großen Vertrage gegen die Plaker, wie sie's nennen, gegen die Ritter aus dem Stegreif. Jeder macht sich anheischig, die Landschädiger zu fahnden, greifen und richten, auf wes Gebiet sie betroffen werden. Wird unsere Tat laut, und wir tun jetzt nichts weiter, so heißt's durch die Welt: wir sind Stegreifritter, wir taten nichts als uns rächen, und ihr wollt doch mehr, ihr Herren, ihr wollt andere Unbill rächen, alte, schlimme, verjährte, ihr wollt euer Recht wiederfordern, das Gott euch gab, und die Fürsten aus Nürnberg nahmen's euch."

„Das wollen wir", rief Wedigo, an seine eiserne Brust

schlagend. ,,Das Land war unser, die Wege und Straßen, unserer Väter waren sie, unser das Recht und ihrer das Unrecht. Das wollen wir wieder und sie hinausjagen wie Räuber, die einbrechen. Das wollen wir und weiter jetzt nichts, dazu zeigt Gott uns den Augenblick. Wozu langes Fackeln! Viel Reden kühlt das heiße Blut. Was nachher, findet sich nachher.''

Ein dritter fiel ein: ,,Daß wir nicht hier sind, einen Milchbrei zu essen, weiß jeder. Mag's ein heißer Brei sein, daran wir uns den Mund verbrennen; genug, wir sind geschworen, und unter uns ist kein Hundsfott, der den Eid bricht.''

,,Was sollen uns die Städte?'' sagte ein anderer. ,,Die liegen wie der Dachs in ihrem Fett, froh, wenn man sie in Ruhe läßt. Schüchtert sie ein, so geben sie sich in das, was nicht zu ändern ist. Aber sie stehen nicht zu uns, und wenn sie zu uns ständen —''

,,So hätten wir eine Macht auf unserer Seite, die ihr hoch anschlagen könnt'', fiel der Anführer ein. ,,Um aller Heiligen Blut willen, hört mich noch an. Die Bürger knurren, glaubt mir's, es gärt auch dort. Nur einen Brand hineingeschleudert. Wenn wir die Städte gewinnen, nur einige, nur die bessern, so können wir sagen, das ganze Land hat sich erhoben, die Unbill, die Ungerechtigkeit war nicht mehr zu tragen. Das gibt unserer Sache ein Ansehen. Vor einem ganzen Lande, das aufsteht, seine Vögte, seine Zwingherrn abschüttelt, hat auch das Reich Respekt. Hat Österreich die Waldstädte wiedergewonnen? Dort traten alle zusammen, Bauern, Städte, Adel. Wär unsere Sache schlimmer, so wir alle einer an dem andern hingen, Gut, Blut, Leben für die Freiheit einsetzten? Die alten Vögte, so die Kaiser in die Marken setzten, waren gut. Darauf kamen schlimmere, und immer schlimmere, die Bayern, die Luxemburger; sie halfen uns nicht, wir mußten uns selbst helfen. Wer beweist uns, wenn wir das

Schwert zücken, daß unser Recht ausging, uns wieder selbst zu helfen! Wagt es, Freunde, das auszusprechen! Wer wagt, gewinnt. Verwirkt hat er, der tolle, eigensinnige Knabe, der nicht mehr Vogt sein will des Reichs, der unsere Statuten, Satzungen, unsere alten Rechte freventlich zertritt, der adlig Blut vergießt um Lumpereien, der seine Grillen uns zu Gesetzen geben will, verwirkt hat er die Herrschaft. Erhebt eure Stimmen, schreit Zeter mit tausend Kehlen, laßt tausend Briefe es schreiben, schickt Druckschriften durch das Reich, klagt, um nicht angeklagt zu werden. Er hat keine Kinder, keine Brüder. Bis die Sippschaft aus Franken klagt, bittet, belehnt wird, bis sie mit Truppen anrückt, sind wir im Besitz und stark, wenn wir einig sind.''

Die Bilder, welche der Redner erweckte, hatten etwas Anziehendes. Die Roheren schienen verstummt. Andere warfen ein, das Reich könne es nicht dulden, der Kaiser werde es nicht.

,,Wenn wir unterliegen!'' rief Wigand. ,,Der Sieger schreibt überall Gesetze vor. Schlagen wir die ersten, die kommen, aus dem Felde und warten die andern ab, gesattelt und gerüstet, sie werden wahrhaftig nicht lüstern werden nach der unfruchtbaren Erbschaft. Ich wiederhole euch, hätten die Puttlitze, die Quitzow, die Rochow, die Bredow vor hundert Jahren den Städten nur den kleinen Finger gereicht, statt ihre Bürger zu zwicken und zu werfen, so gäb's keinen Nürnberger zwischen Elbe und Oder, wir hätten reichsfreie Geschlechter, reichsfreie Städte. Und nichts ist zu spät, wo es gilt, sich selbst zu retten. Die Fürsten überall im Reich, freilich sie möchten oben hinaus, den freien Adel knechten, die Städte bändigen. Aber anderwärts lassen sie sich nicht bändigen. Seht auf die Bündnisse im Schwabenland, in Franken, in der Pfalz. Die Sickingen, Berlichingen, die Kronberg, die Brömser rühren sich, sie werden den Fürsten, die mehr sind als sie, noch manche Nüsse zu knacken geben. Sind wir schlechter als die? Ja, wenn wir nicht den Mut haben, besser sein zu wollen. Wir haben keine Burgen auf steilen Felsen, meint ihr. So haben wir Sümpfe, Wälder, Brüche, Seen und zähen Mut. Schaut euch um, wenn ihr doch zagt, nicht nach Abend, nach unsern Nachbarn im Morgen. Da ist Freiheit. Erinnert euch, daß von euren Urgroßmüttern noch slawisches Blut in euren Adern rinnt. Der Pole hat auch einen König, aber wehe ihm, wenn er die Hand anlegt an die Rechte des Adels. Solche Markgrafen wollten wir dulden, selbst erkoren, aus freier Wahl hervorgegangen. Da hat der Adel Rechte, da schirmen die Großen die Kleinen, da wagt kein Fürst, den freien Mann unter seine willkürlichen Satzungen zu drücken. Was hindert uns, wenn das Deutsche Reich uns nicht will, wenn es über uns als Stiefbrüder die Achseln zuckt, uns dem mächtigen freien Polen anzuschließen. Freunde und Brüder! wo es Freiheit gilt, ficht sich's so schön mit dem krummen Säbel wie mit der graden Klinge!''

,,Der Otterstädt kommt noch immer nicht'', rief einer, der ungeduldig schon mehrmals zur Tür hinausgegangen.

,,Es kommen ihrer viele nicht, auf die wir rechneten.''

Einer zählte am Finger die Namen mehrerer großen Familien: ,,Es hat mir das Mark im Leibe gesotten; was du sprachst, Wigand, das ist wahr, aber wo soll's hinaus, wenn die Wedel fehlen, die Puttlitze, die Reder, Rochow, Bredow, Alvensleben?''

,,Der Sturm kräuselt zuerst nur Staub, zuletzt reißt er Dächer ab. Uns läßt man anfangen; glückt es, so zweifle nicht, daß auch die Reichen zur Ernte sich einfinden. Das ist der Lauf der Welt. Es kommt nur darauf an, daß man stark genug sich fühlt, um anzufangen.''

Andere hatten eine Liste vorgezogen und musterten die Köpfe der Anwesenden. Der Anführer riß schnell das Papier fort:

,,Nichts Geschriebenes! Keine Namen.''

Er warf das Papier in den Ofen und ließ sein Auge nicht davon, bis der letzte Zipfel sich in Glut und Asche krümmte. Einige lächelten über die Vorsicht:

,,Wir sind ja unter uns.''

,,Um so weniger tut Papier not, wo Blut und Ehre unsern Bund kitten. Wir kennen uns doch alle?''

Seine Augen flogen im Kreise umher. ,,Nicht wahr, Hans Zarnekow? — Ihr vom Roten Haus, Peter Lüdke?'' Ein Nicken und ein Handschlag antwortete: ,,Wer ist der auf der Ofenbank?''

,,'s ist ja der Götz von Ziatz!'' lachte Wedigo.

,,Was Teufel, und kann schlafen!''

,,Er kam vor 'ner Stunde todmüde vom Nachtritt an. Der Wirt sagt, er fiel auf die Bank.''

,,Seid ihr's gewiß?''

Wedigo zeigte auf die Büffelhaube, den Pelz und lächelte etwas: ,,Wer im Lande kennt nicht Götzens Elensbüchsen!''

,,Das ist gut'', sagte Wigand. ,,Er schwor im Rausch; ich zweifelte, ob er nüchtern kommen würde.''

,,Will auch keinen Eid drauf ablegen, daß er nüchtern kam'', lachte ein anderer.

,,Genug, er i s t gekommen, sein Name ist bei uns, und das ist viel. — Weckt ihn nicht. Er nutzt uns im Schlaf so viel, und vielleicht mehr, als wenn er wachte'', setzte er leise hinzu.

Ein freudiges Holla draußen, ein Geklirr von Rüstungen, ein Pferdewiehern unterbrach sie, und im nächsten Augenblicke stürzte ein Ritter herein und warf ungestüm den Helmsturz zurück:

,,Da bin ich! — Er kommt.''

Otterstädts Augen rollten wie eines Irren, seine Brust hob sich und senkte sich, sein Atem versagte ihm.

,,Er kommt?''

„Vor einer Stunde ritt er durch's Köpnicker Tor. — Das sah ich noch vom Waldeck aus — flog wie der Wind. — Wenn er an den drei Eichen ist, schrillt Kasper Flans in die Pfeife — Aber — Teufel, der Ritt griff mich an. —"

„Verschnaufe dich."

„Er reitet —"

„Mit wie vielen?"

„Nicht der Rede wert. Heintz von Reder ist's, und Kasper Köckeritz von den Seinen. Den Pommerschen Abgesandten Hans von Pannewitz nahm er mit, und damit ihnen die Zeit nicht lang werde, seinen lieben Bischof Scultetus, der ihnen Schnurren erzählen muß. Mit zehn Reisigen werfen wir sie alle. Aber — er reitet nicht nach dem Süßen Grund, durchs große Gestell nach dem Spechtgraben zu."

„Das ändert unsern Plan."

„Ihr müßt euch teilen", sagte Otterstädt, „rechts an die Spree, links an die Sümpfe. Ein Stündlein mehr, aber wir haben ihn im Netz. Einen Trunk Met — ich brauche Lebensgeister."

„Und? —" fragte der Anführer, der seine Befehle ausgeteilt und zurückgekehrt war, mit einem forschenden Blick.

„Hilf dir selbst, so hilft dir Gott", sagte Otterstädt aufspringend. Er riß ab den unscheinbaren Pelzrock, der seine Rüstung verbarg, und zog sein Schwert. „Blank, Mann gegen Mann, so ist's am besten."

„Und in Sonnenwalde?"

„Kalkuliert Niklas Minckwitz mit seinen Vettern, wann's am sichersten für ihn sein wird, Fürstenwalde zu überrumpeln."

„Und die Birkholze?"

„Das Frösteln überkam sie, je näher der Tag rückte. Ersäuften mich mit schönen Worten und klugem Rat, daß Joachim ein mächtiger Fürst sei, und sie hätten's nur mit dem Lebuser Bischof zu tun. Wann und wie und wo es ihnen mit dem, ihrem Feinde, gelänge, und dann und da und dort wollte Joachim sich einmischen, alsdann und insofern und alldieweil würden auch sie — Kreuzdonner Himmelwetter sapperment! Ich sattelte und machte, daß ich reine Luft kriegte. Was lächelst du?''

,,Daß wir so sichere Bundesgenossen haben. Oder zweifelst du, wenn wir ihn fortgeschleppt, daß ihre Bedenklichkeiten wie eine Schuppe vom Licht gefallen sind!''

,,Fortgeschleppt! Wohin?''

,,Türme gibt's noch in der Mark. Solang's im Lande zweifelhaft aussieht, geht's mit ihm heimlich aus einer Feste in die andere, daß niemand weiß, wo er sitzt.''

,,Und?''

,,Knöpft er sein Ohr zu auf die Propositionen, steigt er immer ein Stockwerk tiefer —''

,,Bis —''

,,Hörst du nichts draußen?''

,,Bis er unter der Erde liegt?''

,,Davon nicht jetzt, Otterstädt, nicht vor einem solchen Augenblick.''

,,Jetzt, grad jetzt, hallo! Nachher ist's Henkerdienst.''

,,Hast Lust, wie Kunz von Kaufungen durch die Gassen geschleift zu werden! Prinzenraub! Pfui über das Dumme und Halbe. Unter die Erde, aber nicht im Kerker. Gottes freie Luft soll das Gericht der Freien anschaun.''

,,Otterstädt! Still, zügle die stille Wut.''

,,Ich will nicht zügeln!''

,,Wir verderben die beste Sache —''

,,Was schiert mich die Sache! Ich hab's mit Menschen zu tun. Mein Feind ist er, mein Todfeind; ich hasse, verabscheue nichts so auf Gottes Erdboden. Meinen Freund hat er gemordet, seinen eigenen Busenfreund; Pest und Tod, wer mich hindern will! Ich hau ihn nieder, basta!''

,,Achtet auf ihn, wenn's losgeht!'' flüsterte der Anführer

zu seinen Vertrauten, als das Zeichen draußen gegeben ward. Die Verschworenen stürzten zur Tür hinaus, daß die Wände der morschen Hütte zitterten.

,,Götze! Herr Götze von Ziatz, wacht auf!'' hatte einer der letzten dem Schläfer auf der Bank zugerufen und ihn gerüttelt; doch erst nachdem er hinaus war, hatte der Schläfer sich aufgerichtet. Als er die leeren Wände sah, flog er ans Fenster und lauschte. Als die letzten Reiter zum Gehöft hinaus waren, sprang auch er in den Hof, riß sein Pferd aus dem Stalle und schwang sich mit einem Satz hinauf. Zum Torweg hinaus, gab er dem Tiere die Sporen, daß die Weichen bluteten.

Der Heidewirt schrie ihm verwundert nach: ,,Da nicht, Herr Ritter! Nicht ins Gestell, da treibt Ihr grad auf ihn zu; links durch den Wald!''

Der Reiter hätte ihn noch hören können, aber er hörte nicht. Ehe der Wirt dreißig Pulsschläge zählte, war er ihm aus dem Gesicht.

,,Ein Bredow mag's sein'', sprach der Wirt, ,,aber Götz von Ziatz ist's nimmer.''

Zwölftes Kapitel

Der Prediger

„Heil dem Manne, der nicht wandelt im Rat der Gottlosen, noch sitzet, da die Spötter sitzen! Aber Heil auch dem Jünglinge, der unter den Spöttern lag und horchte auf den Rat der Verworfenen! Ihr saht ihn alle, meine Andächtigen, den erwählten Knaben, den ich einen neuen David nennen möchte, denn der Herr hat ihn berufen, dem Herrn unseres Landes, dem Gewählten Gottes, sein uns kostbares Leben zu bewahren. Ihr saht ihn vor einer Stunde knien, den Knaben, der die Schleuder genommen, und der Kopf des Riesen fiel, niederknien als Knaben und auferstehen als Ritter. Preiset den Herrn, er hat durch kleine Dinge Großes gefüget; er hat den Geringen erhoben und die Großen und Gewaltigen gestürzt. Lobpreiset ihn und dankt ihm durch den vollen Klang eurer Stimme im Gesange!"

So hub der Prediger am Sonntage in der Nikolaikirche zu Berlin die Dankpredigt an für die gnadenreiche Rettung und Erhaltung des Kurfürsten. Es war der Dechant und Pfarrer von Alt-Brandenburg, der für den kranken Propst als Gast vor den Berlinern redete, und im gedrängt vollen Gotteshause hörten sie ihm mit einer Stille zu, daß man den Hauch des Mundes vernahm.

„Da lag der Jüngling", hub er an, als nun der Gesang schwieg, „schlafmüde von einem langen, langen Ritte in Diensten seines Herrn, der ihn in ferne Lande geschickt zum Wohle seines Reiches. Ach, dachte er , wo werden meine Kräfte ausreichen, daß ich noch heut meinen Fürsten treffe; hab ich doch so wichtige Botschaft, und morgen vielleicht ist er weithin aufgebrochen, und ich erreiche ihn auch übermorgen nicht. Aber die Kräfte versagten ihm. Er wollte wachen und schlief ein. Warum ward er schwach, warum verirrte er in dem Walde, warum kehrte er in den Heidekrug ein, davor ihm beim Einreiten graute? Der Jüngling, meine Andächtigen, durfte dieses fragen. Wir wissen die Antwort. Es war der Finger des Herrn, der ihn schwach machte, der ihn irrführte, und doch zum Rechten. — Fest hatte er sich vorgesetzt, nur ein Stündlein zu schlafen, und er schlief eine, zwei, drei, ich weiß nicht wieviel Stunden. Da weckte ihn der Engel Michael, zu dem er vorm Einschlafen gebetet, daß er zur rechten Zeit aufwachen möge. Hat der heilige Erzengel Michael ihn denn getäuscht? Meinst du da — oder du? — Er versäumte ja die Stunde, sagt ihr. Ich sage euch, die Engel wissen, wann wir wachen und wann wir schlafen sollen. Nun, so sag ich euch, wär er aufgesprungen, jach, wir hätten ihn heut nicht gesehen zum Ritter schlagen, ein blutiger Leichnam wär er, unter ihren Dolchen zu Boden gesunken. Wer aber von euch, wenn er, voll solchen brennenden Diensteifers, gemerkt, daß er zu lange geschlafen, wer würde nicht auf der Stelle aufgesprungen sein, zur Türe hinausgestürzt, sein Roß gesattelt haben? — Der rasche und ungestüme Jüngling schlief fort, d. h. die Heiligen woben um ihn den Schein eines Schlafenden, damit er die Ratschlüsse der Gottlosen ganz anhöre. Welches Meer unergründlicher Wunder tut sich vor uns auf. Warum grade an dem Orte, daß ihn die unbegreifliche Schwachheit befiel, wo die unbegreifliche Tücke der Bösen Rates pflog? Einen Augenblick zu früh, einen Augenblick zu spät, und du, mein teures Vaterland, mußtest dich einhüllen in schwarze Trauergewänder um den besten Fürsten. Schon hatte Satan die Gruft dort im Kloster Lehnin mit seinen Krallen aufgerissen, aber der Engel Michael stieß sie wieder zu mit seiner ehernen Ferse. Wie aber schlug er die Ruchlosen mit Blindheit; welches Mysterium, daß sie in dem Schlummernden einen der Ihrigen zu erkennen glaubten? Hatte er sich etwa verkleidet, entstellt? Nein, arglos lag er da, ganz er selbst. Aber die Heiligen, die über ihm schwebten, hatten ihn verwandelt vor ihren Blicken. Aber warum stießen sie ihn nicht an, die Missetäter, warum weckten sie ihn nicht? Beschlich sie denn gar kein Argwohn, der doch dem Einfältigsten unter uns kommen würde, wenn wir zu einer ruchlosen Tat in nächtlicher Stunde versammelt ständen und einer schliefe unter uns, dessen Gesicht wir nicht einmal sehen? — O fragt, fragt, fragt doch in alle Ewigkeit. Die Gläubigen fragen nicht, sie wissen, daß der Herr die nicht antasten läßt, die er erkoren zu Rettern Israels. Fragt ihr nicht auch: Wie doch kam es, da die Rotte Korah vor ihm aufbrach, gestreckten Laufes, das vatermörderische Schwert in der Faust, daß er, der nach ihnen sattelte und ausritt, auf demselben Wege sie überholte, er ritt mitten durch sie, wie ein Windhauch durch die Ähren, sie sahen ihn nicht, sie fühlten ihn nicht, sie hörten ihn nicht. Nur ein Schauern durchfröstelte sie. Sein Pferd, blutig gespornt, keuchte, es wäre gestürzt, wenn die Engel es nicht gehalten. Dort fand er seinen Fürsten, nur mit wenigen Begleitern, die lustig umhertummelten, wie Jäger Art ist vor dem lustigen Weidwerk. Unser hoher Landesherr nur sprach mit meinem frommen Bischof von Brandenburg, dem Gott ein langes Leben schenke, gewiß tiefsinnige, gelehrte, fromme Gespräche. Da keucht ein Reiter an. Sein Roß stürzt, er auch; er erhebt sich wieder. Er streckt beide Arme empor, er will sprechen, aber die Stimme versagte ihm. Dennoch spricht er, die Gedanken, die in ihm würgen, werden zu Worten: ‚Zurück! Fliehe, Fürst! Verräter, Mörder lauern dein im Walde!' Und der fromme Bischof Scultetus wendet des Herrn Roß: ‚Das hat Gott gesprochen.' Da besinnt sich unser durchlauchtigster Herr, als sie dem Tore schon wieder nahe sind. Rasch kehrt er sein Roß: ‚Ein Fürst soll nicht fliehen vor Mördern; er soll sie suchen gehen!' Wer hätte sich unterfangen, ihn in seinem gerechten Zorne zu halten?

Da führt der Zufall, sagt die Weisheit der Kinder dieser Welt, die geharnischten Dreihundert, die Kurt Schlabrendorf einüben will, zum Köpnicker Tor hinaus. Nun, wer den Engel Michael mit flammendem Schwerte nicht sehen will, der sehe diese wackere Schar, vom Zufall geleitet, ihrem Fürsten folgen. Schaut, wie ihre glänzenden Panzer, ihre Schilde und Helme durch die Heide flimmern; die Krähen und Raben schreckten auf vor dem Glanze, die siebenzig Mörder sahen sie nicht; vor dem Klirren der Stahlrüstungen, vor dem Getös und Getrampel der zwölfhundert Hufe flohen die Hirsche, man sah die Hasen ins Wasser springen, die Vögel entflohen, die Räuber hörten nicht und flohen nicht. Sie ließen sich umzingeln wie ein blödes Tier. Siebenzig Dolche, siebenzig Schwerter, siebenzig Streitäxte, siebenzig verzweifelte Bösewichter wehrten sich nicht. Sie ließen sich fangen, binden, führen, richten ohne einen Schwertschlag. Wer blendete, betäubte, lähmte sie, die sich vermessen, unsern Kurfürsten umzubringen und das Reich umzudrehen? — O Berlin, Berlin, du große, reiche, sündhafte Stadt, wenn einst der Arm, der jene blendete, betäubte, lähmte, drohend über dir sich erhöbe, würden alle die Sünder, die in dir atmen, auch wie jene trotzen und fluchen, blind und taub, bis der Engel sein Feuerschwert über euren Häuptern zückte? Würdet ihr da erst schlotternd in eure Knie sinken, zerschmettert von eurem Schuldbewußtsein, und die Boten seines Zornes sind doch schon da! Hat der Sturm nicht eure Dächer abgedeckt, hat er nicht die Seeraben ins Land geführt, haben die Dohlen und Raben nicht Krieg geführt in den Lüften, hat es nicht blutige Kreuze geregnet in der Prignitz, in der Uckermark, im Lande Bellin, drüben im Teltow und hüben im Barnim. Dir, dir, dir da fielen sie aufs Busentuch, dir auf den Nacken. O schau dich nicht um nach der Nachbarin, ich sehe die Male auf deiner eigenen Haut. O reißt doch die Augen auf, öffnet die Ohren, die Zeichen sind furchtbar, es kommt heran die Rute des Zornes. O ihr Geliebten, versäumt nicht die Stunde, nicht die Minute, denn sie ist kostbar; betet zum Schutzpatron dieser Kirche, daß der heilige Nikolaus eine Fürbitte für euch einlege bei der allerheiligsten Mutter Gottes. — Hört, hört! Wieder schallt das Sterbeglöcklein, wieder werden ihrer hinausgeführt zum letzten, schweren Gange. Auf eure Knie, ihr alle, betet für sie, ihr betet auch für euch, denn in wessen Herzen stiegen nicht auch arge Gedanken auf gegen die geheiligte Person unseres gottgeweihten Fürsten. Es sind nicht diese unbändigen Schloßherrn allein, nicht diese Landschädiger nur, die ihm Verderben brüteten; schaut in eure Herzenskammern, ihr Reichen, ihr Übermütigen, findet ihr da nicht auch grollende Gedanken? Und wahrlich, ich sage euch, es gibt kein ärger Verbrechen, nächst Ketzerei und Ungehorsam gegen Gott, als übel zu denken von der Obrigkeit, die er hat eingesetzt. Wozu setzte er sie ein? — Ich will es euch sagen. Wie die Kirche und ihre Priester denken und sorgen für das Heil deiner Seele, soll der Fürst denken und sorgen für dein irdisches. Übernommen bist du durch diese göttliche Huld, der Sorge selbst zu denken. Er denkt für alle, er weiß alles besser. Zerknirschten Herzens über dieses Übermaß von Güte, dieses neue Mysterium seiner Gnade, solltest du preisen den Herrn der Heerscharen; aber der Verderber flüstert dir ins Ohr: Was braucht er für mich zu denken, kann ich doch selbst denken! Du wüßtest es am Ende besser, was dir not täte. Nicht wahr, das sprach er? Sprach er nicht auch von alten Rechten, Freiheiten? Was! sein Ahnherr, riß er nicht die Siegel von euren Privilegien? Den Blutbann nahm er euch. Die Bierziese ist zu arg, der Vogt zu streng, der Schoß zu hoch. Ich höre alles, was er euch zuflüstert. Fordert nur! ruft er. Ja fordert nur, der mit dem Pferdehuf, notiert hohnlachend jedes eurer Worte und gibt euch keines zurück, aber sein Rachen öffnet sich, ich sehe die Glut, die heraussprüht. — Berlin, Berlin! O daß diese Totenglocke nicht auch zu deiner Sterbestunde ruft! Ihr weich geschaffenen Seelen, ihr zarten Frauen, die ihr Gottes Stimme hört, auch wenn sie sanft rauscht wie der Abendwind, ihr rettet euch, wagt es auch für eure Gatten, Söhne, Brüder, wehrt sie vor dem Versucher, zieht sie zurück: Widerstand gegen die Obrigkeit, die Gott einsetzte, ist Empörung gegen Gott. Das ruft ihnen zu. Blutige Kreuze hat es schon geregnet, wenn es wieder regnet, regnet es Feuer, das euch verschlingt. Domine salvum fac regem!"

Solches Zähneklappern und Schluchzen ist nie gewesen in der Nikolaikirche zu Berlin.

„Das war eine Predigt, das ist ein Prediger!" sagte die Frau Bürgermeisterin auf dem Heimwege, und die Ratsmännin erwiderte: „Der hat's ihnen mal gegeben, der versteht's." — „Diese gottlosen Menschen", schluchzte die Bürgermeisterin. „Der Musculus predigt auch zum Herzen", sagte die Ratsmännin, „aber —" „Aber immer von den Pluderhosen", fiel die Bürgermeisterin ein. „Das soll eigentlich unanständig sein, hat man mir gesagt." — „Gewiß, Frau Bürgermeisterin, man muß doch Respekt vor der Obrigkeit haben. Mein Mann hat sich jetzt nach dem neuen Schnitt welche bestellt. An so was sollte doch ein Prediger denken." — „Ach, was sind alle Hosen gegen den Feuerregen! Es drang einem durch Mark und Bein, als ob die Funken schon gegen die Fensterscheiben klatterten. Solchen Prediger müssen wir haben." — „Den m ü s s e n wir haben, wenn der alte Propst stirbt", stimmten beide ein; und leise setzte die Frau Bürgermeisterin hinzu: „ich will schon mit meinem Mann sprechen."

Der Bürgermeister und der erste Ratmann gingen hinter ihren Gattinnen mit gesenkten Köpfen.

,,Den werden wir nicht wieder los'', sagte der Ratmann. ,,Die Weiber lassen uns keine Ruh.''

Der Bürgermeister stieß einen leisen Seufzer aus: ,,Nun ist's entschieden. Mit dem Adel ist's aus. Wenn der Dechant von Alt-Brandenburg so zu sprechen wagt, hat die Ritterschaft auf dem letzten Loche gepfiffen. Bin nicht ihr sonderlicher Freund, aber sie gehören doch auch zu uns. Es hätte besser sein können.''

Der Dechant selbst aber sonnte sich nach der Predigt, im Polsterstuhl ausgestreckt, an den Nachwonnen ihres Eindrucks, und hatte ebensowenig eine Bewegung gemacht, aufzustehen, da der Junker Peter Melchior eintrat, als er jetzt, nachdem er gesprochen, ihm ein Zeichen freundlicher Teilnahme gab. Vielmehr hatte er das Ansehen eines Richters, vor dem ein armer Sünder etwa ein Privatbekenntnis ablegte, und statt Trost ihm einzureden, weist der Mann des Gesetzes ihn noch herb zurecht.

,,Das sollte i c h Euch gesagt haben, Herr Junker von Krauchwitz! Und das wagt Ihr noch auszusprechen, nachdem Ihr vorgebt, eben aus meiner Predigt zu kommen!''

,,Ihr müßt Euch doch entsinnen'', sagte der Junker, ,,als Wedigo mir den Antrag tat und ich zu Euch ritt nach Brandenburg und in Eurer Klause Euch die Sache vortrug und um Euren Rat bat: ob Ihr's geraten hieltet oder nicht und Ihr den Kopf schütteltet und meintet: es sei eine kitzliche Sache, man wisse nicht, wohin sie ausschlagen möchte, und endlich sagtet Ihr: Zögert mit Eurem Ja und Nein. Ja blickt mich nur verwundert an! So sagtet Ihr zu mir und drücktet mir die Hand, und gerade da trat ein anderer Chorherr ein, es war der Sydow. Er hat es noch gehört.''

Der Dechant strich mit der Hand über das Gesicht: ,,Der Sydow hat es gehört. Das ist etwas anderes, lieber Junker. Davon also redet Ihr. Der Sydow, richtig! Nun das ist ein guter Mann. Wenn man ihn nicht fragt, redet er nicht. Setzt

Euch doch, Herr von Krauchwitz. Über die Tücken Satans, der so oft in unsere Worte einen andern Sinn legt, nämlich daß die andern etwas anderes verstehen, als wir meinten, können wachsame Christen nicht ernstlich genug sich gegenseitig verständigen. Worte, wie gesagt, hört einer so, der andere so, aber Ihr wißt, als Ihr damals mit dem Lindenberg ausrittet —''

,,Sprecht nicht davon.'' Der Junker erblaßte. ,,Ich kam ja darum nicht, auch nicht darum.''

,,Dann ist es für uns beide gut, daß wir von dem schweigen, was wir wissen, vor allem aber für Euch'', sagte der Dechant und fing wieder an, seinen Fuß behaglich über dem Kohlenbecken zu wärmen, das vor ihm stand. ,,Warum kommt Ihr denn?''

,,Dechant!'' sagte der Junker, sein Barett drückend.

,,Das Haar steht einem doch zu Berge.''

,,Kämmt es glatt.''

,,Die Galgen und Hochgerichte, und Stangen draußen wie ein Wald! Jeden Tag neue eingefangen, schubweise führt man sie hinaus. Soll man fliehen, soll man bleiben?''

,,Ich bleibe.''

,,Wenn ich mich versteckte —''

,,Lauft Ihr Gefahr, daß man vergäße, Euch zu suchen'', sagte mit einem hochmütigen Lächeln der Dechant. ,,Der Adel muß ein ander Kleid anziehen, mein Lieber, das alte taugt nicht mehr. Das ist der beste Rat, den ich Euch als Freund geben kann. Geht zu Eurem Schneider und fragt nach der neuesten Mode. Wenn's Euch auch zuerst unbequem sitzt, Ihr werdet Euch darin zu finden wissen. Ihr seid ein Mann, den man am Ende überall brauchen kann. Ja, lieber Junker'', sprach der künftige Prälat und legte seine Hand mit der behaglichen Miene eines Gönners Peter Melchior auf die Schulter, ,,bleibt; so ich mich recht bedenke, grad Ihr seid jetzt am Flecke. Nun kommt Eure Zeit. Lehrt

Eure Zunge Knoten schlingen, Euren Rücken wie einen Aal biegen. Edelleute wird man bei Hofe immer brauchen, aber nicht im Eisenkleid, keine graden Nacken. Mit denen ist es aus. Der Adel muß in die Schule gehn. Aber tröstet Euch: Was Hänschen nicht lernen wollte, ich meine, diesmal wird es Hans doch lernen.''

Peter Melchior ist nicht geflohn und hat sich nicht verborgen. Hier scheiden wir von ihm für dieses Mal.

Aber am selben Sonntagnachmittage ritt ein hoher, stolzer Ritter mit stattlichem Gefolge in Berlin ein. Sein Gesicht war blaß, seine Augen rollten fast zornig von dem, was er gesehen. Es hätte auch andere erschreckt, die langen Reihen von Galgen, der Kopf auf der Eisenstange über dem Köpnicker Tore, der ihn schon von fern angrinste. Es war Otterstädts Kopf. Ein Karren mit zerrissenen Gliedern peitschte an den Reitern vorüber. Es waren Otterstädts Glieder.

Der Graf von Giech trat in glänzender Silberrüstung als Abgesandter seines Herrn, des Markgrafen Friedrich des Ältern, vor den Kurfürsten von Brandenburg. Der Vertreter des Oheims sprach zu dem Neffen seines Herrn. In ihm sprach mit der Zorn des großen, freien Edelmanns, vielleicht auch das verwundete Herz des Menschen. Nicht alle Gesandte sprechen so vor einem Fürsten, und einem Fürsten, in dessen Hand noch das Richtschwert zittert. Die Hofleute sahen es mit Schrecken und hörten es doch mit heimlicher Freude.

,,Mein Herr sende mich, war ich des Glaubens'', so schloß er, ,,in ein Land des heiligen römischen Reiches christlicher Nation, aber heiliger Gott, ich glaubte jetzt in ein Reich zu treten, wo der Großtürke und seine Bassen Gericht hielten!''

,,Beim Kurfürsten von Brandenburg seid Ihr, Herr Graf von Giech'', unterbrach ihn Joachim, ,,der dies Land hat von Kaiser und Reich, daß er richte nach dem Recht, gleich über alle."

„Heißt das gleich richten über alle, so Ihr die hochstehen und edel vor dem Volke, schlachtet und hängt wie seinen Auswurf? Der Fürsten Blut und Macht ging aus dem deutschen Adel hervor, und auf den Adel müssen die Fürsten sich lehnen, wenn sie bestehen wollen vor dem Volke. Das trug mein Herr mir auf, seinem Neffen zu sagen, den er der Vormundschaft entließ, weil er ihn für mündig hielt. Soll er Kaiser und Reich wieder angehn, daß sie ihm die Regentschaft, nach der der fromme Fürst nie getrachtet, wieder zurückgeben, weil der sie führt, vergißt, daß er hier ein Exempel gibt, so allen Fürsten zum Schaden ist? Welcher Fürst den Adel nicht achtet, achtet sich selbst nicht; welcher des Adels Ansehn vernichtet, vernichtet sein eigenes; er untergräbt die heiligen Satzungen, auf denen alles Regiment ruht; er wütet gegen sein eignes Blut, er beschimpft sich selbst, denn er ist nur ein deutscher Edelmann, der glücklicher war als die andern. Weil aus einem Dienstmanne ein Herr ward, soll er nicht vergessen der Mannen, die seinesgleichen sind an Blut und Abkunft, so spricht mein Herr durch meinen Mund."

Der Graf von Giech hatte vielleicht erwartet, daß der Kurfürst aufbrausen, gewiß, daß er an Otterstädts Freveltat mahnen werde. Aber Joachim ließ ihn ruhig ausreden, und ruhig, fast lächelnd, hat er geantwortet:

„Ihr irrt, Herr Graf von Giech; sagt meinem teuren Ohm, i c h habe kein adlig Blut vergossen. Die ich dem Henker überliefert, waren Schelme, Straßenräuber und Mörder. Den Adel achte ich so hoch, als nur ein Fürst, sagt das meinem erlauchten Ohm; meldet ihm aber auch, daß ich in den Jahren, seit er mich nicht sah, gewachsen bin. Ich ward so groß, daß ich jetzt allein gehen kann und mich auf niemand mehr zu stützen brauche. Die Fürsten beklage ich, die so schwach vor ihrem Volke sich fühlen, daß sie den Adel als Krücken benutzen. Im übrigen, was Rechtens ist, so meldet ihm auch, daß ich in meinen Feierstunden nicht umsonst in rechtsgelehrten Büchern lese. Ich fand daraus, daß das Recht in den Marken ein anderes ist als in Franken. Daher mag der Irrtum kommen, der meinen Grafen von Giech zu der weiten, beschwerlichen Reise nötigte, die ich sehr bedaure."

Der Abgesandte, der vorhin um einen Kopf höher schien als der Fürst, sah jetzt fast kleiner aus. „Jetzt kein Wort mehr!" flüsterte ihm ein Brandenburger Herr zu. „Heut ist alles verloren." — „Er ist fürchterlich in seiner Heiterkeit", erwiderte der Graf, der nun seinen zweiten Auftrag: daß wenigstens von jetzt ab kein adlig Blut mehr vergossen werde, auf einen anderen Tag verschob.

Und wie er heiter umherging, mit so vielen sprach! Von geringfügigen Dingen, als beschäftigten sie allein die Seele. Den Hofleuten ward unheimlich: „So sahen wir ihn nimmer." Ihnen war wohl, als er sie entließ.

„Es ist gar keine Hoffnung! Was soll draus werden!" sprach einer zum fränkischen Abgesandten.

Der Graf schüttelte den Kopf: „Und doch hat er recht, die Luft ist hier anders als im Reiche. Wer hier bauen will, muß andere Fundamente legen und anders richten, das kann ein groß Gebäude werden! Wir, die wir leben, sehen es freilich nicht mehr."

„Was wird's werden", brummte ein verdrießliches Gesicht. „Alles wird schlimmer und gemeiner. So die Edelleute nicht mehr auf die Straße sollen, wird sie dem Gesindel gehören, das keine Ehre und Sitte kennt, und vor dem alle gleich sind. Schneider und Landsknechte und Roßkämme werden im Graben liegen und das arme Volk schatzen, man spricht schon viel von dem Roßkamme Kohlhas; wollen doch sehn, ob sie die Zeiten dann loben tun."

Da drückten viele dem Sprecher die Hand und schüttelten den Kopf: ,,Er hat recht, es kommen schlimme Zeiten.''

Der junge Kurfürst saß mit lächelndem Gesicht in seinem Zimmer, und doch lag in den Augen etwas, das Hans Jürgen erschreckte, ein Glanz, der ihm nicht von dieser Erde schien, aber ob er vom Himmel kam, das wagte er sich nicht zu sagen.

,,Die sind alle nicht Lindenbergs!'' hatte Joachim vor sich gesprochen. ,,Ich stünde allein, meinst du, nicht vollbringen könne ich's, was ich begann? O, matter, schwacher Nachhall des einen; aber auch sein Schatten wacht ehrerbietig vor der Macht, die über mir schwebt. Ich will's vollbringen, ich werde es. Ich bin mir selbst genug. Denn unter einem Höheren stehe ich, dessen Abgesandter bin ich, dessen Ruf vollbringe ich. Er wird die Spitzen der Dolche, die Bolzen aus dem Hinterhalte, die Kugeln aus dem Rohre von mir ablenken. Der ist's, der dich an mich gesandt. Sei mein treues Werkzeug, aber nie bilde dir ein, mehr zu sein. Er wird auch ferner seine Engel herabsenden und mit Weisheit mich umleuchten. Ich brauche Diener, aber keine Räte. Plaudern will ich sie hören in ihrer Art; mein Rat bin ich selbst.''

Und er war aufgestanden und an einen Tisch mit Himmelskugeln und astronomischen Instrumenten getreten, wo Joachim mit seinem Hofastrologen, dem berühmten Carion, zu arbeiten pflegte. Die Hand auf den Globus legend, antwortete er auf die ungesprochene Frage des Jünglings mit seltsamem Lächeln:

,,Und auch denen, die nach mir kommen, wird es gelingen. In den Sternen zeigte mir der Meister das Glück meines Hauses, groß, wie auch nur zu wähnen Vermessenheit gewesen wäre. Ich bin glücklich und sicher, was ich unternehme gelingt, und was ich weiß, ist Wahrheit.''

Dreizehntes Kapitel

Das Leben ein Traum

Wer uns gern bis jetzt begleitet hat, dem könnten wir hier die Hand drücken und zu ihm sprechen: Auf Wiedersehn! Denn es ist unsere Absicht, wenn uns die Lust und der Mut bleibt, daß wir uns wieder an demselben Platze begegnen, und auch wohl manchem von denen, die uns hier lieb geworden oder auch nicht lieb. Es ist eine Reise, die wir antraten, mit einem Ziele, das noch fern liegt, durch Jahre getrennt, und dahin zu gelangen, war und ist uns ernster Wille, aber es ist nicht immer gut, daß man eine lange Reise in einem Zuge vollende. Doch auch jeder Abschnitt einer Reise muß sein Ziel haben, und an dem stehen wir jetzt. Ja, wir sind eigentlich schon eingekehrt, der Vorhang vor den großen Begebenheiten ist gefallen, die Helden sind abgetreten, die Könige haben ihre Staatskleider abgelegt, es sind nur noch einige Kleine, deren Geschicke zwar in allen Zeiten von dem Geschicke der Großen gelenkt worden, die große Geschichte streift hochmütig an ihnen vorüber, aber die Dichtung kost dafür mit ihnen und weilt aus Eigensinn, vielleicht aus Widerspruchsgeist, desto emsiger bei ihren Heimlichkeiten.

Die Sonne war schon hoch aufgestiegen und blickte schon tief in die Höfe von Hohen-Ziatz, ohne daß ein Rauch aus den Schornsteinen ihr entgegenwirbelte, ohne daß ein frommer Morgengesang sie grüßte oder der derbe Fluch eines Knechtes. Selbst die Hunde kläfften nicht, nur die Katzen heulten, nur die Tauben flatterten auf den Dächern, und das Federvieh ward unruhig auf dem Hofe. Es war aber nicht dieselbe Sonne, welche vor Hans Jürgen durch die Wolken brach, als er durch die Köpnicker Heide auf dem keuchenden, schweißbedeckten Rosse jagte, noch die, welche die gräßlichsten Schauspiele vor dem Tore beschaute, von dessen Firste später der Kopf des unglücklichen Ritters starrte, ein Schauspiel, vor dem schnell sie vorübergeführt zu haben, meine Leser mir verzeihen, vielleicht danken werden. Die Sonne geht schneller auf über große Dinge, langsamer weilt sie bei den Alltagsdingen. Wir müssen zurück bis zu dem Morgen, welcher der Nacht folgte, wo die Burgfrau mit den Ihren heimlich nach Golzow entwich.

Es mochte schon nahe an Mittag sein, als der Sonnenstrahl durch eine der runden, grünen Fensterscheiben grade auf Herrn Gottfrieds Nase fiel. Und plötzlich, entweder weil es ihn brannte oder kitzelte, als der riesenhafte Mann aufschnellte, mit einer Schwungkraft, die wir ihm kaum zugetraut hätten. Fort flog alles über und unter ihm, und er selbst, aufrecht stand er im Zimmer, dessen Decke er mit den Armen streifte, als er sie nur mäßig reckte. Aber gleich darauf fuhr er an die Nase und den Schnurrbart, was der Vermutung Raum gibt, daß die Scheibe als Brennglas geschliffen gewesen und der Bart ihm etwas angesengt war. Es mußte ihm indes schon früher begegnet sein, denn er geriet nicht gar zu sehr außer sich, sondern brummte nur: „Wieder die verfluchte Hexe, die! —" Im nächsten Augenblick aber erblaßte er, er hielt beide Arme vor sich und sah nichts; er griff nach den Kopfkissen und sah nichts; er warf Pfühle, Kissen, Decken, selbst das Stroh hinaus und fand nichts. Er rieb sich den Kopf, ob er noch träume, aber er träumte nicht: „Ach du mein Gott, ich muß ja fort!" — Das Echo der Wände rief: „Fort." — „Sie sind fort!" murmelte er.

Er riß das Fenster auf. Wie er auch schrie: „Brigitte! Kasper!" ihm antwortete nur der Flügelschlag der Tauben.

Was war das! Wo verkrochen sie sich? Er zwängte den großen Leib, soweit es ging, durch das enge Fenster, aber er sah auch da nichts als einen ausgestorbenen Hof, eine fürchterliche Stille. Warum rauchte es nicht aus dem Stalle? Wo war der Nimrod an der Kette geblieben? Die Kette lag da mit dem leeren Halsringe. Auch die Muttersau, die er immer morgens zuerst sah an dem Eichenpfahl sich schuppern, schupperte sich nicht. Er strengte sein Ohr an. Nur zuweilen schienen dumpfe Töne aus der Erde zu dringen. Nun schloß er den geöffneten Mund ohne einen Laut. Wer schreit gern in solche Einsamkeit hinein? Es überrieselte ihm die Haut; das mochte aber nicht allein die Furcht, es konnte auch die Kälte des frischen Novembermorgens sein, und er stand da, fast wie Gott ihn geschaffen. Er konnte nicht dafür.

Da überkam ihn eine Wut. Irgendwo mußte es sitzen, und an der Wand hing sein Degen. Er riß ihn aus der Scheide, und mit dem blanken Schlachtschwert in der Hand, war er schon im Begriff, hinunterzustürzen, als ihm noch glücklicherweise die große Tirolerdecke zu Gesicht kam. Die schlang er um sich, doch daß der rechte Arm frei blieb, und vielleicht einem römischen Imperator vergleichbar, stieß Herr Gottfried die Tür auf.

Auf Flur und Treppe war es wie auf dem Hofe. Kein Trampeln, kein Wehen, kein Gehen. Mit dem Degenknauf stieß er an die Türen; keine Antwort. Er stieß eine und die andere auf; die Betten standen unberührt. Herr Gottfried war und blieb in einer sehr unangenehmen Lage. Er fror nicht allein und fing nicht allein an zu hungern, sondern er fand sich in der Notwendigkeit, über seine besondere Lage nachdenken zu müssen.

Sein Schlachtschwert mit der Spitze auf die Diele stützend, stand Herr Gottfried da und wollte denken, als der Hauskater plötzlich die Treppe herauf- und an ihm vorbeihuschte, im Maule ein gebraten Huhn. Wo das ist, ist mehr, dachte Herr Gottfried, und ehe er wußte wie, stand er in der Halle. Da war freilich auch kein lebendiges Wesen, still war es wie in der ganzen Burg, auf dem Herde glimmten nur noch wenige Kohlen; aber so unheimlich war es Herrn Gottfried doch nicht, denn die ordnende oder schaffende, oder, kürzer, die anrichtende Hand des Menschen war sichtbar.

Der große Tisch stand gedeckt, als warte er nur auf ihn. Sogar sein Lehnstuhl mit dem Lammfell darüber war zurechtgeschoben. In der Mitte prangte ein ungeheurer Ochsenschinken, daneben Schüsseln mit Würsten, gesäuerte Gänse, Backwerk, Brot, Käse, ein Topf mit Butter, Körbe mit Rüben, Äpfeln, Birnen; dazu getrocknete Pflaumen, hartgesottene Eier, und was nur die Speisekammer einer guten Burgwirtschaft aufweisen kann. Und neben den Eßwaren ein Krug Bier, eine Flasche Met und noch ein Kelchglas zum Wein. Auch brauchte Herr Gottfried nicht lange umherzusuchen, bis er das ganze Fäßchen mit Malvasier auf der Bank sah, mit eingeschraubtem Hahn und das Näpfchen darunter.

Alles mußte schon lange dastehen, ohne daß eine Hand daran gerührt hatte. Die kleine Unordnung, die sich nicht verbarg, kam offenbar nur von Katzenpfoten her, und als Herr Gottfried zwei freundliche Tiere an den Wänden Buckel machen sah, und ihre Augen schielten wieder auf den Tisch, hielt er dafür, sogleich Platz zu nehmen, denn der Tisch war unstreitig für Menschen, nicht für Katzen gedeckt.

Und deshalb schlang er sich rasch das Tüchlein um den Hals und ergriff das große Messer, um an die Arbeit zu gehen, die ihm nur insoweit schwer ward, als er einen Augenblick unschlüssig war, ob er zuerst die Gans oder zuerst den Schinken ergreifen sollte. Wie dem nun sei, es mochte eine kleine Stunde vergangen sein, in der Herr Gottfried sich recht wohl fühlte, weder Gespräche noch Gedanken hatten ihn gestört, als er einen Augenblick sich zurücklehnte und die Rechte mit dem Messergriff auf den Tisch stützte, nicht um aufzuhören, sondern um, was man in Hohen-Ziatz nannte — zu verpusten.

Der Bierkrug war leer, die Flasche Met schon durchsichtig; sein Auge blinzelte nach dem Fäßchen Malvasier: ,,Hübsch wär es doch, wenn das zu mir käme; dann brauchte ich nicht aufzustehen!'' Warum mußte das Herr Gottfried denken! Denn ein Gedanke lockt den andern; das ist eine furchtbare Wahrheit, gegen die alle Klugheit und Macht sich vergebens sträubt. — Warum kam das Malvasierfäßchen nicht zu ihm? — Weil es auf der Bank stand. — Warum stand es auf der Bank? — Weil sie es dahin gestellt hatten. — Wer hatte es dahin gestellt? Die Hexen? Die kleinen Leute oder wer sonst? — Wie eine Bezauberung sah das Ganze freilich aus. — Aber Herr Götz war nie bezaubert gewesen. — Hatte er ein Gebet vergessen? Hatte er eine Sünde begangen? Oder war alles ein Traum? Er wollte die freie Hand aufs Herz legen, aber sie glitt unvermerkt auf den Magen. — Nein, das war kein Traum gewesen. Auf die harten Eier wollte er ja eben den Malvasier setzen. Halb öffnete sich sein Mund, und in seine Augen trat das Weiße, das ein Zeichen plötzlichen Schreckens ist. ,,Blitz noch einmal'', brach es von seinen Lippen, ,,das ist nun zu spät!''

,,Noch nicht zu spät!'' rief eine dumpfe Stimme, und eine Gestalt trat vor den Ritter, die alle Wärme, so Bier und Met hervorgerufen, wieder erstarrte. Weiß eingehüllt, weißen Gesichtes stand das Gespenst vor ihm, in dem Herr Gottfried, erst nachdem es ausgesprochen, seinen Neffen erkannte.

,,Noch nicht, Ohm, aber bald.''

Dem Ritter entfiel das Messer.

,,Der Tropfen rinnt ins Meer, die Augenblicke und Stunden fließen in die Ewigkeit; wer schöpft den Tropfen zurück, wer faßt den verlorenen Augenblick! Es wird zu spät werden, aber Heil dem, der noch die Zeit erfaßt.''

,,Junge, bist du's?'' Ach, Herr Gottfried war so froh, als er das Wort aus der Brust heraus hatte.

,,Den du meinst, Ohm, bin ich nicht. Mein Geist schaut aus der gebrochenen Hülle heraus. Dieser frei gewordene Geist spricht zu dir.''

,,Setz dich doch, Hans Jochem'', atmete Herr Gottfried. ,,Dein Bein, du wirst ja müde sein.''

Hans Jochem schüttelte den Kopf wie ein Abgeschiedener, dem ein Lebendiger etwas zumuten möchte, was ihm ein schmerzlich Lächeln abringt.

,,O, daß d u müde wärst, Ohm, deiner selbst, müde des langen Lebens hinter dir; dann wäre Hoffnung, du könntest wieder wach werden.''

Herr Gottfried schnappte nach Luft.

,,Wie ein tiefer Brunnen bist du, in dem ein klarer Quell zutage strebte, und die Sonne und die Sterne spiegelten sich drein, aber die Wände waren nicht fest gezimmert und gemauert, und mit jedem Jahre fiel mehr Sand und Erde hinab, bis der Quell verschüttet ist. In dem Brunnen spiegeln sich nicht mehr die Gestirne, und der Zieheimer schöpft kein Wasser mehr. Aber der pflichtgetreue Brunnenwärter läßt doch den Eimer hinab und schöpft, bis er den Lebenstrank findet. So will ich schöpfen, Ohm, in deiner Brust.''

Herr Götz rief alle guten Geister und seinen Schutzpatron an; das gläserne Auge des Kranken schien wirklich ihm durch Brust, Magen und Bauch zu dringen.

,,Du hältst dich für einen Lebendigen und bist doch ein Gestorbener. Du atmest, aber dein Atem ist der Hauch der Stockung, und die Stockung ist der Tod. O, betrachte deinen Leib, wie er groß ist, wie riesenhaft die Glieder, und wo findest du die Seele; die ist verschwunden wie das Körnlein Salz, das man in einen Kessel mit Brei wirft. Daß du ohne Sünde wärst, möchtest du dich rühmen, aber tue es nicht, denn die Sünde ist besser als das Nichtsein. Du hast nicht Witwen und Waisen beraubt, nicht Gott gelästert und seine Heiligen, kein falsch Zeugnis abgelegt und nicht auf der Straße gelegen. O, hättest du's getan, es wäre dir besser, als daß du nichts tatest, dann konntest du's büßen, und je ärger die Sünde, so größer die Gnade. Dann führe vielleicht sein Blitzstrahl zündend in dein Eingeweide, und aus Zerschmetterung erhöbest du dich als ein Heiliger."

Herr Gottfried ein Heiliger! Immerhin, er hätte versprochen zu sein, was die Erscheinung von ihm verlangte, wenn er nur aus den Händen des Fieberkranken erlöst war.

„Oheim, Oheim! aber auch die Sünde floh dich. Wie die Flamme am Steine fand sie ja nichts Lebendiges an dir. Ach, hineingelebt hast du in den Tag, bis die Sonne umsonst dir aufging, die Vögel umsonst dir zwitscherten, die Glocken umsonst tönten; der Donner Gottes rollte über deinem Haupte und fand dich schlafend. Richte dich auf, schau dich an und frage dich: Was bist du? Ein Klumpen Erde, gehüllt in menschliche Form. Du fühlst den Schmerz; auch der Wurm krümmt sich. Du lächelst; auch mein Hund springt mich an. Aber wo ist sie geblieben, deine unsterbliche Seele? Du issest, du trinkst, du sprichst, du schlägst um dich, du wehrst dich deiner Haut, aber die Seele schläft dabei. Unglückseliger, wie lang ist dein Lebensfaden schon, und wo sind die Gedanken, an die du dich halten kannst, wenn der Leib in Staub zerfällt? Greife sie doch wie ich, die Flämmchen in der nächtlichen Wüste. Drei, vier schon griff ich. Ach, welche unermeßliche Wüste hinter dir, und ich sah auch kein einzig Flämmchen. Wenn dich der Posaunenschall weckt, schlägst du ja umsonst die Augen auf. Dein

Sinn zerfällt in nichts; es sind keine Führer für dich da, keine Gedanken, die dich zur Ewigkeit leiten. Ich will dich wecken, mein armer Ohm, schöpfen, bohren, schneiden, bis das Messer in der toten Masse —''

,,Jesu! Maria! Joseph!'' schrie der Burgherr, als der Fieberkranke beide Arme nach ihm ausstreckte. Und er saß festgeklemmt zwischen Tisch und Stuhl; nicht einmal sein Schwert konnte er ablangen; und wer braucht ein Schwert gegen den, der unsere Seele fordert! Aber die heiligen Namen, die er anrief, mußten doch dem Ritter geholfen haben. Neben dem weißen Plagegeist stand plötzlich ein schwarzer. Mit rußigem Gesicht, die Haare herabhängend, wie ein Kobold, der aus der Erde aufgeschossen, die noch von seinen Gliedern rollt, umfaßte den Fieberkranken eine kräftige Gestalt mit zwei starken Armen: ,,Junker, Ihr seid noch krank, Ihr müßt zu Bett.'' Im nächsten Augenblick war die weiße und die schwarze Erscheinung aus des Ritters dämmernden Augen verschwunden.

Die Mittagssonne schien freundlich durch die offene Tür. Das Federvieh gackerte auf dem Hofe, und eine Gans steckte neugierig ihren Hals über die Schwelle, als sich die zwei ansahen, die jetzt allein da waren. Die zwei waren Herr Götz von Ziatz und sein Knecht Kasper. Da keiner ihn erlösen kam, hatte er sich selbst erlöst aus der Schmiede. Die Tür, die seine Herrin verschlossen, nein, die durfte der treue Knecht nicht aufbrechen. Aber er hatte sich unter der Tür durchgewühlt. Vielleicht hätte er es schneller tun können, denn er war rüstig, wo es galt; aber er mußte wohl Gründe dafür haben, daß er nicht schneller war.

,,Nu sage mal, Kasper, was das ist!'' sprach sein Herr, als er die letzte Erde von den Schultern schüttelte.

,,Ja, ja'', sagte der Knecht und kraute sich hinterm Ohr.

,,Hat mich ordentlich erschreckt. — Es wäre zu spät, sagte er.''

,,Ich glaub's auch, Herr, nun ist's zu spät.''

Der Burgherr ward blaß. Hätte das der Knecht vorausgedacht, er würde es nimmer gesagt haben.

,,Wenn Ihr Euch recht zusammennehmt und die Sporen nicht schont, dann könnt Ihr's vielleicht noch nachholen. Ich weiß nur nicht, ob's gut ist — 's ist auch kein Pferd da.''

Herr Gottfried schien nur die ersten Worte gehört zu haben. Er ließ das Kinn auf die Hand sinken, und so saß er träumend: ,,Wie soll ich mich denn zusammennehmen? Ist's einem denn doch nicht schwer genug gemacht — Kasper, denkst du denn auch bisweilen?''

,,Wenn's mir befohlen wird.''

,,Das sag ich ja auch. Aber — 's ist mir in den Magen gefahren.''

,,Ihr solltet eins trinken auf den Schreck.''

Der Herr nickte ihm Beifall. Der Wein war süß, aber über die Lippen glitt etwas Bitteres dem guten Herrn Götz: ,,Als schnürte er mir die Kehle zu! Einmal war's mir doch, als stäk ich schon in einem Brunnen.''

,,Da muß man sich selber helfen'', brummte der Knecht. ,,Ich stak auch tief, aber ich buddelte mir ein Loch und da kam ich raus.''

,,Du! — Sahst du denn auch Flämmchen?''

,,Wie ich erst das Sonnenlicht sah, da ging's risch, rasch.''

Der gute Herr schüttelte den Kopf, so trübselig hatte er nie am Morgen nach einem guten Trunk ausgeschaut; nie hatte er den Knecht, auch in seiner weichmütigsten Laune, so weichmütig, nein so wehmütig angeschaut.

,,Kasper! Wenn er nur das nicht von dem Brunnen geredet hätte! Weiß Gott, seit er das gesprochen, 's rührt sich alles in mir.''

,,Ihr habt zuwenig aufs Essen getrunken.''

,,Und wie er mich mit den gläsernen Augen ansah, mir war's doch wie in der Storkower Fehde, weißt du noch, als abends das Sandtreiben kam, und ich lag verwundet und ringsum kein Mensch, glaubte, es sei mein letzter Tag. Da dachte ich auch — Kasper, toll ist er, aber 's ist mir, als ob's was wäre!"

„Ja, 's ist schon was", sagte der Knecht.

„Nu sage mal, Kasper! Hab's doch mein Lebtag nicht gehört: die Seele im Brunnen zugeschüttet! Werde ja an keinem Brunnen mehr vorbeigehn, daß mir's nicht über die Haut rieselt."

Der Knecht Kasper sann eine Weile nach, dann hub er an: „Ich meine so, gestrenger Herr, zweierlei. Das Denken ist schon gut, aber mancher Mann meint, daß er denken täte, und ist's doch nur, daß ihm im Kopfe rumsurrt, was ein anderer vor ihm gedacht hat, und er hat's aufgeschnappt, er weiß nicht wie, und wenn's in ihm losgeht, dann verschwört er Stein und Bein, 's wär sein eigener Gedanke. Darum ist's kein so groß Unglück, wenn einer gar nicht denken tut. Und dann denk ich, eins schickt sich nicht für alle. Wenn zum Exempel der Bauer immer denken wollte: warum sitzt der Junker im Schloß und trinkt, und ich muß roboten und dürsten, oder der Pracher: warum muß ich nackt aufs Betteln gehn, und der Bürger liegt in der Wolle übers Ohr, da käm alles aus dem Schick. Oder wo kriegten denn die Fürsten und die Hauptleute ihre Diener, so jedermann immer an seine Seele dächte und nicht an seines Herrn Vorteil. Dazu kriegen die Priester ihren Dezem, und wollte jeder für seine Seele allein denken, möcht ich mal sehen, ob sie den Priestern noch lange ihren Dezem geben täten, und wenn die nicht ihren Dezem kriegten, dann schrieen sie Zeter, und wo die Zeter über ein Land schreien, dann kommt die Pestilenz und Interdikte und was nicht alles."

Herr Gottfried nickte zu dem allen, aber daß es grade der Hans Jochem war, und wo der es her hatte, das konnte er nicht begreifen.

,,Wißt Ihr, Gestrenger, als der Kapuziner predigen tat zu Fasten, da sah's nachher bei uns doch aus wie ein Haferfeld, wo die Schloßen dreinschlugen. Es dauerte lang, bis das Volk die Köpfe wieder aufrichten tat. Der Junker Hans Jochem lachte dazumal, als die andern heulten und schrieen. Nun mein ich so: eingeschlagen hat's; beim einen schlägt's oben auf die Haut und beim andern unter die Haut. Bei dem da sieht man's, hier aber sieht man's nicht. Wie war's mit dem Gewitter im Ruppiner Turm! Sie suchten's lang und fanden's nicht. Aber unterm Blech glimmte es fort, bis am dritten Tage die Sparren in lichter Lohe standen, da schlug's denn auch durchs Blech. Beim Junker hat's drei Monate unterm Blech geglimmt.''

,,Kasper, wenn's bei mir auch rausschlüge!''

,,Bei Gott ist kein Ding unmöglich, aber dafür, mein ich, läßt man den lieben Gott allein sorgen. Und was der fügt, das muß der Mensch nicht ändern. Und was man findet, das muß man nehmen. Warum wär es sonst vor uns hingelegt? Und der Tisch ward nicht umsonst gedeckt, und der Wein ist auch nicht aus dem Keller geholt, damit er ausdunstet. Morgen ist auch ein Tag, und ein Sperling in der Hand besser als eine Taube auf dem Dache.''

Herr Gottfried fand den Malvasier wieder süß. Da reichte er dem Knechte noch einmal die Hand, und — ,,es sieht's ja keiner!'' dachte der gute Herr. Der Knecht mußte sich neben ihm an die Tischecke setzen. Malvasier auf den Lippen eines Knechtes! Aber ihre Seelen hatten sich gefunden. Der Herr ward froh, der Knecht ward traurig. Er wischte sich mit dem Finger ins Auge. ,,Nu steht die Welt auf dem Kopfe, mit meinem Herrn ist's aus.'' Das sprach er aber nur innerlich. ,,Kasper, was sprichst du für dich?'' — ,,Ach nicht für mich, Herr, 's ist nur — nur die armen Hühner! Wer streut ihnen Futter!'' — Herr Gottfried war ein Menschenfreund, aber die Tiere liebte er fast wie die Menschen: ,,Das arme Vieh hungert. Aber über die Brigitte, Donnerwetter, hat sie die Hühner vergessen! Wo ist sie denn?'' — Der Knecht erschrak. Wer nicht an Lügen gewohnt ist, hüte sich vor der ersten Lüge. ,,Sie wird schon kommen!'' — ,,Kommen — aber!'' sprach der Burgherr, und wieder eine lange, lange Reihe von Fragen stand auf den halb geöffneten Lippen. Da goß der treue Knecht, der selbst nur am Becher nippte, den großen Pokal seinem Herrn voll, bis er schäumte.

Ein immer süßeres Lächeln breitete sich um die Lippen des Burgherrn, und was fehlt dem Bilde an stiller Zufriedenheit, wenn wir den ehrenfesten Ritter und seinen rauhen Knecht sehen in der Mitte der Hennen und Küchlein, die nach den Brotkrumen schnappen, welche beide ausstreuen, und einer lächelt den andern vergnügt an. ,,Put — put!'' waren die letzten vernehmbaren Töne aus den Lippen des Ritters, der, wenn man ihn zur rechten Zeit geweckt und nicht die Hosen fortgenommen hätte, jetzt in der Köpnicker Heide in Stahl und Erz zu Roß trabte, um — doch die Sonne neigte sich schon wieder. Der jetzt in tiefem Frieden schlummerte, säße vielleicht nicht mehr zu Roß, das fürstenmörderische Schwert in der Faust; die Hände auf den Rücken gebunden, wanderte er, gesenkten Hauptes, von höhnenden Schergen umgeben, dem Tore Berlins zu. Wohl dem, der ein treues Weib hat, das wacht, wenn ihr Mann schläft, das für ihn denkt, wenn der süße Wein seine Gedanken abwärts führte, und für ihn handelt, wenn es schlimme Händel gibt. Das treue Gesicht der guten Frau blickte jetzt vorsichtig durchs Fenster. Da winkte ihr der Knecht Kasper vergnügt zu. Er hatte wohl gehört das Tor knarren. Und nun kamen noch viele neugierige Köpfe und blickten herein. Herr Gottfried sah sie nicht.

Das war wieder eine andere Sonne, die ins Fenster schien, als der Knecht die Tür zur Schlafstube ein wenig auftat und hineinrief: ,,Gestrenger, nun ist's Zeit zum Aufstehn!''

Als Herr Götz auffuhr, war das erste, was er zu Gesicht bekam, da er die Arme vorwarf, seine Elenshosen. Er betrachtete sie von allen Seiten, sie waren es. Er fuhr hinein, sie waren es. Er rieb sich die Stirn, sie blieben es. „Kasper! Brigitte!"

„Was hast du wieder, mein Götz", rief die Frau, so die Treppe eben heraufzukeuchen schien. Sie sah so ehrlich und treu aus.

„Glaube, ich habe geträumt!" sagte Herr Götz.

„Das kommt schon, Herr", antwortete der Knecht, der gar nicht den feinen, forschenden Blick seines Herrn zu verstehen schien, als der ihn wieder fragte: „Ob's denn zu spät ist!"

„Hab dir zum Morgenimbiß ein Ferkelchen gebraten, Götz. Wenn du jetzt runterkommst, blitzt es und knuspert nur so. Auch Hirsebrei und geschmorte Pflaumen."

Ein Ferkelchen und Hirsebrei! Und auf dem Hofe schupperte sich die Muttersau, und aus dem Stalle rauchte es, und – nicht die Tirolerdecke um die Schultern, in seinem wollen Wams war Herr Gottfried, er wußte noch nicht wie, die Treppe hinunter. Da küßte ihm Eva die Hand und dann die Backe, und wünschte ihm guten Morgen, und die Frau rückte ihm den Stuhl an den Tisch, und so zierlich und niedlich rauchte es vor ihm in der Schüssel.

„Ich dachte, ihr wärt –" sprach der Burgherr, aber die Frau sagte ihm, der Braten würde kalt werden; und in häuslichen Angelegenheiten ist es gut, wenn ein Mann seiner Frau folgt. Und doch, wunderbar, er war schon mitten im Ferkelchen, als er wieder fragte: „Ich dachte, ihr wärt alle aus. –"

„Sind wieder heimgekehrt, als es dunkelte. Du schliefst schon."

„Schon!" Herr Gottfried vergaß auf einen Augenblick das Ferkelchen und das Zerbster Bier; er lehnte sich zurück und hielt mit beiden Händen die Stirn: ,,Aber wie ist mir denn! Also das war auch nichts, der Malvasier und der tiefe Brunnen — aber die Flämmchen und der schwarze Maulwurf!''

,,Vater, das hast du geträumt.'' Eva streichelte mit ihren kleinen Fingern seinen Bart.

,,Das also! Aber —''

Und plötzlich sprang Herr Gottfried auf. Alle erschraken und sahen sich bedenklich an, da er forteilte. Aber die Edelfrau flüsterte ihrer Tochter zu: ,,Ich habe sie gewaschen und ausgebügelt.''

Der Ritter kehrte wieder, seinen Büffelhandschuh in der Hand, und sah ihn und fühlte ihn an und schüttelte den Kopf, dann sank er in den Stuhl: ,,Das also auch ein Traum! — 's ist wunderbar!'' aber unlieb schien es ihm nicht. ,,Wenn das nur nicht auch ein Traum ist!'' setzte er hinzu und sah ängstlich um sich her.

Nein, das war kein Traum, die Frau war so lieb und gut, und die Eva und das Ferkelchen so weich, es zerging ihm auf der Zunge. Seit lange entsann er sich nicht, daß er mit so gutem Appetit gegessen.

Aber es war doch etwas anders geworden, es war mit ihm etwas vorgegangen. Er saß stundenlang, den Kopf im Arme, und stierte auf einen Fleck und schüttelte den Kopf. Und als ihm die gute Frau erzählte von ihrem Hans Jürgen, wie der dem Kurfürsten das Leben gerettet, und der Kurfürst ihn drauf in so jungen Jahren vorm ganzen Hofe zum Ritter geschlagen, und wie von der Kanzel herab in Berlin von ihrem Neffen gepredigt worden, und wie der Kurfürst ihn in sein Gefolge genommen und für ihn zu sorgen versprochen, und es könne noch ein großer Herr aus ihm werden mit der Zeit, und mit der Zeit vielleicht sonst auch noch was, wobei sie auf die Eva schelmisch blickte und die Eva hochrot wurde, aber doch schmunzelte — da hörte es Herr

Gottfried ruhig an und sagte: ,,Wenn's nur nicht auch ein Traum ist.'' — Nachts fuhr der Mann, der einen so festen Schlaf hatte, daß ihn das Knallen einer Donnerbüchse nicht weckte, beim geringsten Geräusche auf und klagte, er sei in einen tiefen Brunnen gefallen, und wenn sie ihm vernünftig zugeredet, ward er wohl still, aber er weinte auch still, und sie hörte ihn die Worte sagen: ,,Ach, es ist doch zu spät.''

Da war der Frost gekommen, und mit ihm der Ritter Hans Jürgen nach Hohen-Ziatz. Auf dem Eisspiegel der Wiesen lief das junge Volk im hellen Sonnenschein Schlittschuh, und Herr Gottfried und seine Frau sahen von der Mauer zu.

,,Sieh, Götz, wie zierlich der Jürgen die Eva führt. Wer hätt's ihm angesehen! Wenn sie so bei Hofe tanzen, als jetzt auf dem Eise, was werden sie sprechen: Das ist ein schmuckes Paar!''

,,Ein Paar!'' rief Herr Götz. ,,Kinder! Die können ja noch nicht denken!''

Was soll draus werden, wenn's so fortgeht, hatte Frau von Bredow gedacht. Zuweilen dachte sie auch, es wäre doch gut gewesen, wär der Dechant geblieben. Er hätt's ihrem Herrn ausreden können, daß einer, der sein Lebtag nicht ans Denken gedacht, drei Schritt vor der Grube anfangen will.

,,Ketten und Kerker und bösen Leumund hat er überstanden, aber daran stirbt er mir noch'', hatte Frau von Bredow gedacht. Da kam ihr recht zum Trost ein lieber Besuch ins Haus, aus Schlesingen, der Ritter Hans von Schweinichen. Alle Welt kennt den Ritter Hans von Schweinichen, der durch die Welt geritten ist, er vorne, sein Knecht hinten; und wenn er etwas wankte, ritt der Knecht ihm zu seiten. Seinesgleichen sollte man weit und breit suchen. Vierzehn Tage hintereinander verstand er wie ein Edelmann zu trinken, und wenn er nüchtern ward, schrieb er's in sein Tagebuch, wo man's noch heute lesen kann, und in jedem Jahr, wenn's zu Ende ging, hat er aufgeschrieben, was der Roggen gekostet und der Hafer auf den Märkten. Herr Götz und er hatten einst gute Freundschaft gemacht in Kottbus an einem Fürstentag, da man sie beide nach einem guten Rausch in eine Kammer und in ein Bett trug. Das wollten sie nie vergessen, hatten sie sich geschworen. Nun, da Herr Hans zum Besuch ritt nach Ziesar zum Bischof Scultetus, seinem Landsmann, der ihn eingeladen, um mit ihm einen guten Trunk zu tun, wollte er vorher bei dem alten Freunde einsprechen. Da war große Freude, und Herr Götz und sein Ehegemahl ließen ihn nicht fort, er mußte an vierzehn Tage bleiben; und was die alten Freunde da miteinander getrunken und gesprochen, das läßt sich besser denken als erzählen. Niemand aber war froher, als Frau von Bredow, da sie ihren Eheherrn wieder so froh sah, und sie hatte nur Furcht, daß, wenn der liebe Gast fort wäre, er wieder in seinen Trübsinn verfiele; darum teilte sie dem Ritter Hans ihre Bekümmernis mit und fragte ihn, wie er's denn mache, daß er immer guten Mutes bleibe, wie ein Edelmann muß, und doch täte er nicht allein denken, sondern er schreibe sogar seine Gedanken nieder, und auf Papier.

„Meine liebe Frau von Bredow", sagte Herr Hans von Schweinichen, wie er's auch sonst oft gesagt hat: „Was uns kommt, kommt nicht von uns, sondern vom lieben Gott. Wenn ich einen guten Rausch gehabt, hat's der liebe Gott so gefügt, und da ich um mein liebstes Ehegemahl anhielt, hat er's auch so gefügt; denn wüßte sonst nicht, wie ich zum Mut kommen, daß ich sie fragte: Willst du mich? da ich noch bei unterschiedlichen andern hübschen und adligen Weibsbildern, so ich viel lieber gehabt, ehedem nicht den Mund auftun konnte. Wer sollte mir also da den Mund aufgeschlossen haben, als der ihn mir auch vorhinnen verschloß, der liebe Gott? Item wird es auch mit dem Denken und dem Schreiben sein. Kümmert Euch also, liebwerteste Frau Gevatterin, gar nicht darum. Wenn's Herrn Gottfried treibt, daß er denken muß, so hat's der liebe Gott gefügt, und wenn die ganze Welt anfinge zu denken auf eigene Hand, so müssen wir denken als gute Christen, der liebe Gott hat's nun mal gewollt."

„Was kannst du nun mehr wünschen?" sagte Eva, da sie Hans Jürgen ein Stückchen durch die Kiefern zum Abschied begleitet. Er führte sein Roß am Zaum, solange er neben ihr herging.

Da kratzte er sich hinterm Ohr und sah sie eigens an.

„Brummbär! Noch nicht zufrieden?"

„I ja, Eva, es wäre schon."

„Du, weißt du noch, wie du am Fließ Wache standst —" sie sprach es nicht aus, wovor der arme Junge Wache gestanden — „und jetzt, jetzt bist du eigentlich was von einem Geheimrate, und bei deinem Kurfürsten!"

„Eva, ich meine so, es hat jedwed Ding zwei Seiten. Von der einen sieht's so aus und von der anderen so. Schau da die alten Kiefern, nun die Abendsonne draufscheint, ist's so lustig gesprenkelt vom Wipfel bis zur Wurzel, als wären's Rosenstengel, und man möchte immer den Finger dran tupfen, daß der auch rot wird. Aber ist die Sonne ein weniges gesunken, werden sie grau und knarren, und man müßt auch 'ne Kräh sein, um sich gern drein zu schaukeln."

„Der Kurfürst ist dir immer gut, Hans Jürgen; er lächelt dir immer zu wie rosenrot. Hast's selbst gesagt."

„Das ist's eben, Eva. Wenn einer immer zu einem lächeln tut, und unsereinem ist nun nicht zum Lachen! Nun hast du schon recht, ich darf sprechen, wie mir ums Herz ist. Oder, wie er sagt, sprich wie dir der Schnabel gewachsen ist. Nun ist mir aber manches Mal so zumut, wie ihm nicht zumut ist, und was ich denke, das denkt er nicht; oder was er denkt, das denke ich nicht. Wenn ich's nun raussage, daß mir was nicht gefällt, und was mir nicht gefällt, und das ist oft gar viel, so würde ich das ganz recht finden, wenn er wieder rausführe und sagte: Du verstehst das nicht, drum halt dein Maul. Denn es ist richtig, ich versteh vieles noch nicht, aber ich will es lernen; und er könnt mich besser lehren. Aber er läßt mich schwatzen und reden, wie das nun ist, und dann sieht er mich so von oben freundlich an, wie die Sonne ein Mühlrad, und mir ist's, als spräche er bei sich: ‚Kann der kleine Hund auch bellen! Gottes Wunder! daß ich, der alles weiß und besser als alle andere, auch solche Stimme anhören muß!' — Sieh mal, Eva, da ist mir denn auch manchmal so kurios zumute, und gar nicht so, wie die Sonne auf die Kiefern scheint, als knarrten die Äste in mir, und die Krähen krächzten: Du bist doch auch ein Mensch von Gott gemacht, als wie der, und was ein Mensch nicht findet, das findet der andre; drum soll kein Mensch dem andern zu niedrig dünken, daß er nicht auch von ihm was anhören könnte und lernen dazu, und eines Menschen Stimme, wenn er auch nicht schön spricht und nicht so hohen Verstand hat, ist doch mehr als ein Mühlrad, auch wenn die Sonne draufscheint."

Da der Ritter Hans Jürgen aufs Roß sich geschwungen und nun auch ganz purpurbeschienen durch die hohen Kiefern ritt, glühte auch Evas Gesicht, ob's von der Abendsonne war, oder von der Freude, ihm nachzusehen? Aber als hätt's ein Kobold ihr angetan, unterkreuzte das hübsche Kind die Arme, und ein schelmisch Lächeln schwebte um ihre Rosenlippen, als sie mit einem Male die Worte des Kurfürsten wiederholte: „Kann der kleine Hund auch bellen?" Doch wie erschrocken, daß er's gehört haben könnte, oder erschrocken vor sich selbst, verstummte sie, und als wollte sie's wieder gutmachen, warf sie ihm Kußhände nach. „Ach, du lieber Hans Jürgen, ich bin dir doch so gut", das hörte er nicht, aber er sah, wie sie, auf den Zehen sich hebend, mit dem Tüchlein wehte, und wehte wieder mit dem Federhut, bis er an den Fichten verschwand. Wie lange stand sie noch da in der einsamen Heide, als lausche sie auf den Abendwind, der in den Wipfeln spielte. Ein andrer hätte sich gefürchtet, sie lächelte immer holder, als horche sie in dem Surren und Summen und Säuseln in der Heide, die jetzt grau ward, auf einen Brautgesang, den gute Geister anstimmten.